한 권으로 읽는 중국 문화

한 권으로 읽는 중국문화

1판 1쇄 발행 2010년 3월 5일
2판 1쇄 발행 2016년 8월 31일
2판 2쇄 발행 2018년 3월 12일

지은이 공봉진, 이강인, 조윤경
펴낸이 강수걸
기획 이수현
편집장 권경옥
편집 정선재 윤은미 박하늘바다 김향남 이송이
디자인 권문경 조은비
펴낸곳 산지니
등록 2005년 2월 7일 제333-3370000251002005000001호
주소 부산시 해운대구 수영강변대로 140 BCC 613호
전화 051-504-7070 | 팩스 051-507-7543
홈페이지 www.sanzinibook.com
전자우편 sanzini@sanzinibook.com
블로그 http://sanzinibook.tistory.com

ISBN 978-89-6545-352-9 94820
978-89-92235-87-7(세트)

* 책값은 뒤표지에 있습니다.
* 이 도서의 국립중앙도서관 출판예정도서목록(CIP)은 서지정보유통지원시스템 홈페이지(http://seoji.nl.go.kr)와 국가자료공동목록시스템(http://www.nl.go.kr/kolisnet)에서 이용하실 수 있습니다.(CIP제어번호: CIP 2016009481)

아시아총서 23

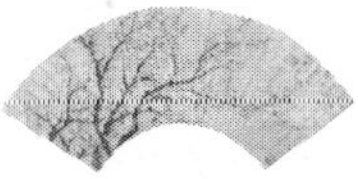

한 권으로 읽는 중국문화 개정판

중국의 전통문화와 소수민족문화 그리고 대중문화

공봉진 · 이강인 · 조윤경 지음

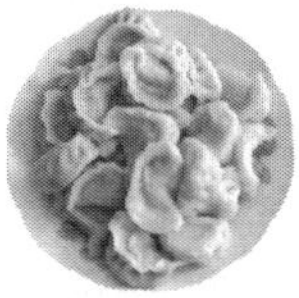

산지니

• 머리말

중국은 한족과 55개 소수민족으로 이루어진 다민족국가이다. 그런데 중국에는 공인된 56개 민족 외에도 다양한 민족이 존재한다. 오늘날 중국에서는 '중화민족'이라는 단일민족 만들기를 하고 있으나 소수민족은 여전히 존재하고 문화도 다양하다.

"十里不同風, 百里不同俗"이라는 말이 있듯이 중국은 지역마다 문화가 다르고 민족마다 다르다. 게다가 동일한 민족이라 하더라도 서로 다른 지역에 분포하면 다른 문화풍속을 갖는다. 또 서로 다른 민족이지만 오랫동안 교류하게 되면서 동일한 문화를 갖고 있기도 하다. 그래서 중국문화를 알려면 중국 각 지역, 각 소수민족의 문화에 대해 잘 알고 있어야 한다.

1949년 중국이 건국되면서 중국 문화는 구(舊)중국과 많이 달라졌다. 혼인법 제정으로 한족과 소수민족의 조혼풍습이 사라지기 시작하였고, 여성차별이 줄어들기 시작하였다. 또 토장을 금지하고 화장을 시행하면서 소수민족의 다양한 장례문화도 점차 사라져가고 있다. 하지만 중국 곳곳에는 구중국의 문화풍속과 소수민족의 전통문화는 여전히 남아 있다.

1966년부터 약 10년간의 문화대혁명 기간 동안 한족 우월주의가 태동하면서 소수민족 문화를 박해하였고, 또 중국 전통문화를 구관습으로 여기면서 타파하려 하였다. 문혁이 끝나고 1978년 개혁개방이 천명된 이후 중국은 또다시 변하기 시작하였다.

중국 전통문화가 회복되고, 중국사회가 변하면서 문화도 다양하게 변하고 있다. 그중에서도 소수민족지역의 문화와 대중문화는 더욱 빠르게 변하기 시작하였다. 특히 2012년 시진핑이 총서기가 된 이후 중국의 국학열은 더욱 강조되기 시작하였고, 중국에서의 전통문화에 대한 관심은 더욱 높아지기 시작하였다.

1992년 한중수교 이후 한국의 대중문화는 중국 대중문화에 많은 영향을 주었다. 2014년 3월 양회에서 중국 서열 6위인 중앙기율검사위원회 서기 왕치산은 한국드라마 〈별에서 온 그대〉를 극찬하며 "한국드라마의 핵심과 영혼은 전통문화의 승화"라고 분석하면서 중국은 이를 귀감으로 삼아야 한다는 의견을 제시하기도 하였다. 2015년에도 중국 양회에서 한국의 '런닝맨'이 회자되기도 하였다. 중국에서 일어난 한류(韓流) 붐은 일본, 동남아, 세계 여러 지역으로 확대되었고, 특히 K-pop은 전 세계를 강타하고 있다. 한국의 많은 PD와 작가들이 중국으로 진출하면서, 중국에서 우수한 드라마와 예능프로가 제작되고 있다. 뿐만 아니라, 한국에서 제작되고 있는 드라마와 영화 등은 중국의 문화산업 법률에 위반되지 않는 범위에서 만들어지는 현상들도 나타나고 있다. 이는 '별에서 온 그대'가 중국에서 2년 만에 심의에 통과되어 2016년에 방영되는 사례 때문이다. 중국 내에서는 외계인 도깨비 귀신 등의 설정이 심의에서 걸러지기 때문에 '별에서 온 그대'는 그동안 심의를 통과하지 못했었다.

한국에서 중국문화는 중국 관련 책이나 드라마 및 영화를 통해 많이 접해왔다. 사자춤, 무술, 경극이나 변검, 용선경기 등은 익히 잘 알고 있다. 반면 소수민족 문화나 대중문화에 대해서는 자세히 잘 알지 못하는 경향이 있다.

이 책에서는 일반적으로 알고 있는 중국문화에 대해서는 간략하게 소개하고, 다양한 소수민족 문화와 중국 대중문화를 좀 더 비중을 두고 소개하였다. 중국 전통문화, 소수민족, 대중문화를 전공하는 연구자가 모여 각 전공분야를 간략하고 쉽게 정리하였다.

이 책은 2010년 문화체육관광부 우수 학술도서로 지정되었던 내용을 수정보완한 것이다. 총 3개 부분으로 나뉘어 있는데, 제1부는 일반적으로 알려져 있는 중국 전통문화이고, 제2부는 중국 55개 소수민족 문화를 소개하고 있으며, 제3부는 중국 대중문화를 소개하였다.

제1부 전통문화에서는 중국개황을 비롯하여, 중국의 식의주, 명절과 국경절, 혼인과 상례, 공연문화와 놀이문화를 소개하였다.

제2부 소수민족 문화에서는 소수민족 개황을 비롯하여, 소수민족의 의식주, 관혼상제, 전통명절과 공연문화, 종교신앙과 금기사항, 관광명소, 기타 소수민족을 소개하였다.

제3부 대중문화에서는 대중문화의 정의와 특징, 중국 대중문화와 문화산업 정책, 중국 대중문화와 한류, 중국의 TV드라마 · 대중가요 · 광고 · 인터넷, 중국 전통과 대중문화의 소통을 소개하였다.

많은 사람들이 이 책을 통해 중국문화를 이해하는 데 도움이 되었으면 한다. 그리고 이 책이 출간되도록 도움을 주신 산지니출판사 강수걸 사장님과 권경옥 님 등 여러분께 감사드린다.

2016년 7월

저자 일동

• 차례

제6장 혼장례

제7장 공연문화와 놀이문화

제2部 중국 소수민족 문화

제1장 중국 소수민족 개황

제2장 소수민족의 의식주(衣食住)

제3장 소수민족의 관혼상제(冠婚喪祭)

제3부 중국 대중문화

제1장 대중문화의 정의와 특징

제2장 문화산업과 중국 문화산업 정책

제3장 중국 대중문화와 한류(韓流)

제4장 중국 TV드라마

제5장 중국 영화

제6장 중국 대중가요

* 국가 성급 행정구역

시, 성, 자치구, 특별행정구	약칭	성도(省都)
북경시(北京市)	경(京), 연(燕)	
천진시(天津市)	진(津)	
상해시(上海市)	호(滬)	
중경시(重慶市)	투(渝)	* 1997년에 직할시 됨
흑룡강성(黑龍江省)	흑(黑)	합이빈(哈爾濱, 하얼빈)
길림성(吉林省)	길(吉)	장춘(長春)
요녕성(遼寧省)	요(遼)	심양(瀋陽)
하북성(河北省)	기(冀), 연(燕)	석가장(石家莊)
하남성(河南省)	예(豫), 변(卞)	정주(鄭州)
산동성(山東省)	로(魯), 제(濟), 산좌(山左)	제남(濟南)
산서성(山西省)	진(晋), 산우(山右)	태원(太原)
안휘성(安徽省)	환(皖)	합비(合肥)
강소성(江蘇省)	소(蘇), 오(吳)	남경(南京)
절강성(浙江省)	절(浙), 월(越)	항주(杭州)
강서성(江西省)	공(贛), 강우(江右)	남창(南昌)
호북성(湖北省)	악(鄂)	무한(武漢)
호남성(湖南省)	상(湘)	장사(長沙)
복건성(福建省)	민(閩), 복(福)	복주(福州)
광동성(廣東省)	월(粵), 영남(嶺南), 영표(嶺表)	광주(廣州)
해남성(海南省)	경(琼)	해구(海口)
사천성(四川省)	천(川), 파(巴), 속(屬), 익(益)	성도(成都)
귀주성(貴州省)	검(黔), 귀(貴)	귀양(貴陽)
운남성(雲南省)	전(滇), 운(雲)	곤명(昆明)
섬서성(陝西省)	섬(陝), 진(秦)	서안(西安)
감숙성(甘肅省)	롱(隴), 감(甘)	란주(蘭州)
청해성(青海省)	청(青)	서녕(西寧)
내몽고자치구 (內蒙古自治區)	몽(蒙)	호화호특(呼和浩特)
광서장족자치구 (廣西莊族自治區)	계(桂)	남녕(南寧)
서장자치구 (西藏自治)	장(藏)	랍살(拉薩, 라사)
영하회족자치구 (寧夏回族自治區)	영(寧)	은천(銀川)
신강위구르자치구 (新疆維吾爾自治區)	신(新)	오로목제 (烏魯木齊, 우루무치)
홍콩(香港特別行政區)	항(港)	* 1997.7.1 중국에 회귀
마카오(澳門特別行政區)	오(澳)	* 1999.12.20. 중국에 회귀
타이완(臺灣)	대(臺)	대북(臺北)

제1부

중국 전통문화

제1부에서는 중국 개황, 언어와 문자, 식의주, 명절, 혼장례, 예술 등을 살펴본다.

제1장 중국 개황

1. 중국의 영토

1) 중국의 위치와 면적

한족과 55개의 소수민족으로 이루어진 다민족국가 중국은 아시아 대륙 동부와 태평양 서안에 위치하고 있다. 중국 영역은 북위 53°에 위치하는 북쪽의 흑룡강성 막하(漠河)로부터 북위 8° 전후에 위치하는 남쪽 끝인 남사군도의 증모암사(曾母暗沙)까지이다. 남북의 거리는 약 5,500km이고, 북단과 남단사이의 위도 차이는 약 50° 정도이다. 동서의 거리는 약 5,200km로 동쪽 끝은 흑룡강성의 오소리강(烏蘇里江)이 만나는 곳이고, 서쪽 끝은 신강위구르자치구의 파미르고원이다. 경도 차이는 62° 인데 경도 15° 마다 1시간의 시차가 생기므로, 중국의 동쪽과 서쪽 끝은 4시간의 시차가 있는 셈이다. 그러나 중국에서는 신강위구르자치구를 제외하고는 수도 북경의 표준시를 적용, 동일한 시간을 사용하고 있다.

중국의 전체면적은 약 960만km^2로, 지구 육지 총면적의 1/15이고, 아시아의 1/4를 차지한다. 이는 대략 유럽의 면적과 비슷하다고 볼 수 있다. 한반도 전체 면적의 약 44배 정도이고, 남한 면적의 약 96배나 된다. 쉽게 설명하자면 황해 건너 우리나라와 가장 가까운 산동성 하나만 보더라도 남한의 크기보다 크다. 산동성을 동서로 관통하자면 서울부터 부산까지의 이동 시간보다 많이 소요된다.

중국은 내륙으로 약 22,800km에 달하는 국경선에, 15개 국가와 국경을 접하고 있다. 국경선은 동쪽의 북한에서 시작하여 동북쪽과 북쪽 서쪽으로는 러시아 · 몽고 · 카자흐스탄 · 키르기스스탄 · 타지크스탄과 접경하고 있으며, 서쪽으로는 아프가니스탄 · 파키스탄 · 인도 · 네팔 · 시킴 · 부탄과, 남쪽으로는 미얀마 · 라오스 · 베트남과 국경을 접하고 있다.

2) 중국의 지형

중국 지형의 가장 큰 특징은 서고동저로, 동쪽에서 서쪽을 향해 중국 대륙을 바라보면 마치 세 단계의 계단 모양을 하고 있다. 이러한 중국지형은 산지가 33.33%, 고원이 26.04%, 구릉이 9.9%, 분지가 18.75%, 평원이 11.98%로 이루어져 있다. 산악 지대가 전 국토 면적의 2/3 이상을 차지하고 있기 때문에 토지 이용에도 한계가 있다. 특히 70%의 현(縣)급 행정단위가 산악 지대에 위치한다는 사실은 중국의 산악지형 특성을 단적으로 보여주는 것이다.

일반적으로 중국의 지형을 크게 세 단계로 나누지만, 대륙붕을 포함하여 서쪽의 청장(青藏)고원으로부터 동쪽으로 가면서, 크게 네 단계로 구분하기도 한다.

제1단계는 평균 해발 4,000m 이상으로 청장고원을 대표로 한다. 면적은 전국의 약 1/4를 차지하며, 세계에서 해발이 가장 높은 고원으로 남극 및 북극과 더불어 삼극으로 불리기도 한다. 서남쪽에는 세계의 지붕이라 불리는 히말라야산맥이 있다. 청장고원은 중국에서 '강하원(江河源)'이라는 또 다른 이름을 갖고 있다. 중국에서 '강(江)'은 장강(長江)을 의미하고, '하(河)'는 황하를 뜻하는데, 따라서 장강과 황하가 바로 이 청장고원에서 시작함을 알 수 있다.

제2단계는 해발 1,000~2,000m인 고원과 분지 지역이다. 내몽고고원, 황토(黃土)고원 · 운귀(雲貴)고원 등과 알타이산맥, 천산산맥, 진령산맥 등의 여러 산맥들을 말한다.

내몽고고원은 바람이 매우 강하다는 특징이 있다. 비교적 높은 지역에 해당하므로, 봄철의 황사 현상으로 그 남쪽에 위치한 북경이 피해를 입기도 한다. 황토고원은 중국문명의 발상지로서, 끝없는 황토가 펼쳐져 있다. 이 지역의 사람들은 황토산 중간에 굴을 파서 거주하기도 한다. 너무 건조하고 강우량이 적어 물 부족 현상이 심각한 편이다. 운귀고원은 중국 서남부에 위치하고 있으며, 이곳을 경유하는 하천이 많다. 낙차가 크고 하천의 흐름이 빠르며 지세 또한 매우 험준하다.

제3단계는 평균 해발 500m 이하인 지역으로, 넓은 평원과 구릉으로 이루어져 있다. 중국의 곡창지대를 형성하는 3대 평원인 동북평원 · 화북(華北)평원

· 장강(長江)중하류평원과 그 외 주강(珠江)삼각주평원 등이 있다. 이 지역은 지세가 광활하고 평탄하며, 인구 밀집도가 높고 교통이 편리하여 경제가 발달해 있다. 전 국토 면적의 1/3에 해당하는 이 지역에 중국 전체 인구의 90% 정도가 생활하고 있다.

제4단계는 수심이 대체로 200m 이하의 대륙붕이 있는 곳으로, 제3단계의 동남쪽 지역인 크고 작은 섬들이 많다.

이러한 고도의 엄청난 차이는 중국 사회의 경제 · 문화 등 여러 방면에 큰 영향을 미친다. 예컨대, 제1단계의 청장고원에서 교통 통행이 어려우면 정보 교류에 있어 여러 문제가 발생할 것이고, 현대화에 미치지 못하는 낙후된 경제 현상을 초래할 수도 있는 것이다.

3) 중국의 강

중국의 주요 강으로는 장강 · 황하 · 흑룡강 · 주강 · 회하 · 요하 · 송화강 · 란창강 · 노강 · 독룡강 · 금사강 등이 있다.

장강은 중국에서 가장 긴 강으로 나일강과 아마존강에 이어 세계에서 세 번째로 긴 강이다. 전체 길이가 6,300km로 청해성 청장고원의 당고랍(唐古拉) 산맥에서 발원하여 청해 · 서장 · 사천 · 운남 · 중경 · 호북 · 호남 · 강서 · 안휘 · 강소 · 상해 등 11개의 성, 시, 자치구를 거쳐 최종적으로 동해로 유입된다. 장강의 중하류 지역은 기온이 온난다습하고 토지가 비옥하여 생산물자가 풍부하고 경제가 발달하였다. 중경 · 무한 · 남경 · 상해 등 대도시가 이곳에 집중되어 있다.

황하는 중국에서 두 번째 긴 강으로, 길이는 5,460km이다. 황하 지역은 중국 고대 문명의 발상지로 북방 문화를 상징한다. 청해성에서 발원하여 청해 · 사천 · 감숙 · 영하 · 내몽고 · 산서 · 섬서 · 하남 · 산동 등 9개의 성과 지역을 거쳐 최종적으로 발해에 유입된다. 황하는 황토고원에서 내려온 진흙이 강물에 유입되어 만들어진 진갈색의 황토물이다.

흑룡강은 중국 북부에 위치해 있고 총 길이는 3,420km이다. 중국에서는 세 번째로 긴 강이고 몽고와 내몽고자치구에서 발원하여 최종적으로 오호츠크해로 유입되며 중국과 러시아의 경계선이 되기도 한다.

주강은 중국 남부에 위치해 있고 길이는 2,197km이다. 운남 · 귀주 · 광서 · 광동을 거쳐 최종적으로 남해에 유입된다. 수량이 풍부하여 제2의 장강이라 부르기도 하며, 특히 주강삼각주가 발달되고 토지가 비옥하여 각종 농산물의 중요 생산지이다.

2. 중국의 행정구역

중국의 현행 행정구역은 4개의 직할시와 22개의 성(省), 5개의 소수민족자치구, 2개의 특별행정구가 있다. 중국에서는 타이완을 중국의 행정구역에 포함시켜 23개의 성으로 간주한다.

4개의 직할시에는 북경 · 상해 · 천진 · 중경이 있는데, 이 네 도시는 정치 · 경제 · 문화 등 각 방면에서 중요한 위치를 점하고 있고 중국 중앙정부가 직접 관할하고 있다.

22개의 성으로는 흑룡강성 · 길림성 · 요녕성 · 하북성 · 하남성 · 산동성 · 산서성 · 강소성 · 절강성 · 복건성 · 광동성 · 해남성 · 안휘성 · 강서성 · 호남성 · 호북성 · 사천성 · 섬서성 · 운남성 · 귀주성 · 감숙성 · 청해성이 있다.

5개 소수민족자치구는 광서장족자치구 · 내몽고자치구 · 서장자치구 · 신강위구르자치구 · 영하회족자치구이다. 소수민족자치구에서는 통제가 있긴 하나 법에 의거하여 소수민족의 민족자치권을 보장해주고 있다. 뿐만 아니라 소수민족의 전통문화를 보장하고 있다.

2개의 특별행정구로는 홍콩과 마카오가 있는데 이 지역에서는 1국가 2체제(一國家二體制) 시스템으로 운영되고 있다. 1997년 7월 1일에 영국으로부터 홍콩을, 1999년에 12월 20일에 포르투갈로부터 마카오를 반환받아 중국정부는 이 두 지역을 특별행정구로 선포, 별도의 행정시스템으로 운영하고 있다.

중국 행정구역도

1국가 2체제(一國家二體制)

한 국가 내에서 서로 다른 두 개의 체제를 인정하는 원칙을 말하며, 일국양제(一國兩制)라고도 한다. 즉, 중국이라는 공산주의 국가 내에서 홍콩과 마카오 지역에서만 자본주의를 인정해주는 체제를 말한다.

인구

인구는 2015년 조사 자료로, 총 13억 7천462만 명이다. 그러나 중국에서는 흑해자(黑孩子: 호적에 오르지 못한 아이)의 수를 파악하기가 곤란하여 정확한 인구 파악은 어려운 실정이다.

중국의 국기(國旗)

중국의 국기명칭은 오성홍기(五星紅旗)이다. 국기의 형태를 보면, 붉은 바탕에 다섯 개의 오각형 황색별이 좌측 상단에 위치하고 있다. 다섯 개의 별 중 가장 큰 별은 중국공산당을 상징하고, 4개의 작은 별들은 모든 중국인을 의미하는데 각각 노동자, 농민, 도시소자산계급, 민족자산계급을 상징한다.

중국의 국가(國歌)

중국의 국가는 '의용군진행곡(義勇軍進行曲)'이다. 1935년에 극작가 전한(田漢, 1898~1968)이 작사하고 섭이(聶耳, 1912~1935)가 작곡했다. 이 곡은 1935년 영화 '풍운아녀(風雲兒女)'의 주제가로 항일 전쟁 시기에 널리 불리다가 1949년 9월 27일, 인민정치협상회의에서 국가로 지정되었다.

起来! 不愿做奴隶的人们! 把我们的血肉, 筑成我们新的长城!
中华民族到了最危险的时候, 每个人被迫着发出最后的吼声,

起来! 起来! 起来! 我们万众一心,
冒着敌人的炮火 前进, 冒着敌人的炮火 前进!
前进! 前进! 进!

일어나라 노예 되기를 원치 않는 사람들아
우리들의 혈육으로 쌓아 올리자 우리의 새 장성을
중화민족 최대의 위기를 맞아
이제 한 사람 한 사람 마지막 외침을 울부짖을 때다.

일어나라 일어나라 일어나라
우리 모두가 한마음 되어
원수의 포화를 뚫고 나아가자
원수의 포화를 뚫고 나아가자
앞으로! 앞으로! 앞으로!

제2장 중국의 언어와 문자

1. 중국의 언어

중국은 민족만큼 언어도 다양하다. 중국어는 크게 방언과 표준어, 소수민족 언어로 구분할 수 있다.

1) 방언과 보통화

우리나라에도 다양한 사투리가 존재하지만, 제주도 등의 전통 사투리를 제외하고는 의사소통에 별 무리가 없다. 그러나 중국은 광대한 영토에서의 수많은 사람이 다양하게 사용하는 언어의 차이가 매우 심하다. 가령, 광동성의 사람들이 북경으로 여행을 가서 광동어로 질문하면 북경 사람들은 전혀 알아듣지 못한다. 지역 간의 방언은 외국어 관계로 보면 쉽게 이해가 될 것이다.

중국어의 방언은 7대 방언으로 구분된다. 7대 방언은 북방관화(北方官話)·오(吳)방언·공(贛)방언·상(湘)방언·민(閔)방언·월(粵)방언·객가(客家)방언이다.

북방관화는 통상 황하를 중심으로 북쪽 지역을 가리키는데, 북경어가 대표적인 관화방언이며 성조는 4개이다. 오방언은 상해, 강소 남부, 절강 대부분 지역 및 강서와 절강이 맞닿아 있는 여러 현에 분포되어 있다. 대표지역은 소주이고, 성조는 7개이다. 공방언은 강서성 북부와 중부 지역에 분포되어 있고, 대표 지역은 남창이며, 성조는 6개이다. 상방언은 호남의 동정호 이남 지역에 분포되어 있다. 대표지역은 장사이고, 성조는 6개이다. 호남성 출신인 모택동은 공식석상 외에서는 상방언을 사용한 것으로 알려져 있다.

민방언은 복건지역, 광동의 동부 및 해남성과 뢰주(雷州)반도의 일부지역, 타이완의 대부분 지역, 절강성 남부와 복건성이 맞닿은 일부 지역에 분포되어 있다. 민방언은 해당 지역 내에서도 차이가 크고, 어음현상이 가장 복잡하며,

성조는 7개이다. 월방언은 광동성의 대부분 지역, 광서의 동남부 지역에 분포되어 있다. 일반적으로 광동어를 말하는데 성조는 9개이다. 객가방언은 강서의 남부와 광동의 북부, 복건의 서부 및 타이완의 신죽(新竹), 묘율(苗栗) 등지에 분포되어 있다. 공방언과 객가방언은 매우 비슷하며, 성조는 6개이다.

중국어의 표준어를 보통화라고 하는데, 중국공산당이 1949년 정권을 잡은 후, 다음과 같이 정의하였다. "북경어 발음을 표준어로 하고, 중국의 북방 지역의 말을 기초로 하여, 전형적인 현대문으로 쓴 저서를 문법 규범으로 하는 현재 한족(漢族)의 공통어"라는 학술적 용어가 되어 오늘날까지 널리 사용되고 있다. 정의상, 북경 지역의 말을 쓴다고 하나, 북경어에도 혀를 많이 굴리는 등 사투리가 존재하며, 흔히 동북3성, 즉 길림성 · 요녕성 · 흑룡강성에서 사용하는 언어가 표준어에 가깝다고들 한다. 영어로는 만다린(Mandarin)이라고 부른다.

2) 성조(聲調)

중국어에는 각 글자마다 음의 높낮이가 있는데, 이를 성조라고 한다. 총 4개의 성조가 있는데, 이를 각 1성 · 2성 · 3성 · 4성이라고 한다. 동일한 발음이라도 이 성조 때문에 뜻 구분을 할 수 있는 것이며, 각 성조의 발음적 특징은 다음과 같다.

1성은 제일 높은 음으로 길게 발음해준다.
2성은 아래에서 위로 빠르게 올라가는 특징이 있다.
3성은 중간쯤에서 아래로 내려갔다가 다시 올라가는 성조로, 중국어 음의 높낮이의 맛을 가장 잘 느낄 수 있는 성조라 하겠다.
4성은 위에서 아래로 강하고도 짧게 내려오는 성조이다.

위에서 설명한 4개의 성조 외에, 중국어에는 경성(輕聲)이 있다. 경성은 북경 지역에서 두드러지는 특징으로 가볍고 짧게 튕기듯이 발음하고, 4개의 성조와 달리 성조 표기는 하지 않는다.

3) 한어(漢語)

중국어를 나타내는 말로는 중국어 · 중국화(中國話) · 중문(中文) 등의 표현 외에도 한어라는 단어가 있다.

한어는 한족이 사용하는 말로, 1949년 이후부터 중국어를 지칭하는 단어로 쓰이기 시작했다. 중국은 절대 다수의 한족과 55개의 소수민족으로 이루어진 다민족 국가이다. 이들 소수민족도 각기 제 민족의 언어를 가지고 있기에, 한족의 언어를 포함해 모두 중국어라 할 수 있다. 이를 구별하기 위해 한어(漢語)라는 단어가 생겨난 것이다.

TIP

국어(國語)

모든 국민들이 사용한다는 의미로, 20세기 초 국어(國語)라는 말이 등장했는데, 타이완에서는 표준어를 가리키는 말로 아직 국어라는 단어를 쓴다. 이에 중국어를 가르치는 언어 교습소를 중국 대륙에서는 언어중심(言語中心)으로 쓰는 반면, 타이완에서는 국어중심(國語中心)이라는 말을 쓰고, "나는 표준말을 할 줄 안다."라는 표현도 "我會說國語."라고 쓴다.

2. 중국의 문자

중국의 문자를 한자(漢字)라고 부른다. 한자는 전 세계에서 가장 오랫동안 유지되고 있는 글자이며, 현재 가장 많은 인류가 사용하고 있는 글자이다. 이에 한자의 기원 및 변화 · 발전 과정을 살펴보기로 한다.

중국의 역사와 문화를 기록한 최초의 한자는 갑골문(甲骨文)으로, 현재 우리가 사용하는 한자의 자체(字體)는 갑골문에서 발전 및 변화를 거듭하여 형성된 것이다. 중국 문자는 최초 갑골문을 시작으로 금문(金文) · 대전(大篆) · 소전(小篆) · 예서(隸書) · 초서(草書) · 해서(楷書) · 행서(行書)를 거치면서 발전했다.

1) 갑골문

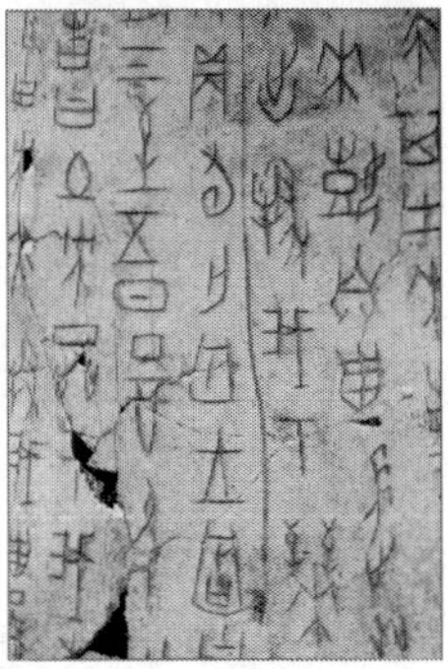

갑골문은 3,400여 년 전에 나타난 최초의 중국문자로, 은(殷)나라 혹은 상(商)나라 사람들이 당시의 글자를 거북이 껍데기나 짐승의 뼈에 새겨놓은 글자를 말한다. 당시 사람들은 국가의 중대사나 왕의 일상에 대해 점을 쳤는데, 즉 전쟁이나 사냥 · 제사 · 왕의 혼례 · 왕후의 출산 등을 앞두고 짐승의 뼈에 찬(鑽)과 착(鑿)이라는 홈을 파서 그 뒷면을 불로 지져 갈라지는 홈의 모양새에 따라 길흉을 판단했다. 점을 친 후, 점친 날짜 · 시행자의 이름 · 점을 친 사항 및 점의 결과 등을 문자의 형식으로 새겨놓았다. 갑골문은 주로 청동으로 만들어진 칼이나 옥으로 만든 예리한 도구로 딱딱한 갑각이나 짐승뼈 위에 새겨놓았기 때문에 필획이 날카롭고 직선과 모난 것이 많은데 오늘날의 한자 역시 이러한 특성들이 그대로 보존되어온 것이다.

TIP

갑골문의 발견

가장 오래된 글자이긴 하지만, 발견된 것은 백 년 정도밖에 되지 않는다. 1899년, 북경 국자감(國子監)의 지도자였던 왕의영(王懿榮)이 병이 나서 의사가 처방해준 약을 먹었다. 그 약 속에 용골(龍骨)이라 불리는 짐승의 뼛조각 약재가 들어 있었는데 이것에 문자 비슷한 것이 새겨져 있었다. 일반인들의 눈에는 띄지 않았던 이 문자가 금석학(金石學)에 조예가 깊었던 왕의영의 눈에 띄었고, 왕의영은 이 용골들에 새겨져 있는 부호가 결국 갑골문이라는 것을 밝혀내어 그 출처를 추적, 용골들이 하남성 안양(安陽)현에서 대량으로 출토되고 있다는 사실을 알았다. 이후 대대적인 수집과 연구가 진행되었고 사람들은 왕의영이 갑골문의 존재를 확인한 1899년을 갑골문의 실제 발견의 해로 삼고 있다. 지금까지 발견된 갑골 조각의 수는 약 10~15만 조각에 이르며, 여기에 새겨진 한자의 자종(字種) 수는 약 5천 자 정도로 그중 절반 정도가 판독되었다고 한다.

2) 금문(金文)

은나라 말부터 주(周)나라 시기에 사용되던 문자로, '금문'의 '금(金)'은 청동을 말한다. 금문은 솥이나 제사 용기 위에 글자를 새겨 주조한다. 들어가게 새긴 글자는 음문(陰文), 돌출되게 새긴 글자는 양문(陽文)이라 하며 주로 음문이 많다. 금문의 글자체는 갑골문과 비슷하나 갑골문에 비해 글자 수가 많기 때문에 내용도 다양하고, 어법의 수사도 더욱 따지고 있다.

3) 대전(大篆)

대전은 주문(籀文)이라고도 한다. 전국시대에 이르러 진(秦)나라는 지역적 · 문화적으로 밀접한 서주(西周)의 문자인 주문을 사용하였다. 진시황이 전국을 통일하면서 문자 역시 통일하였는데, 이 통일 문자가 바로 소전(小篆)이다. 소전은 대전을 근거로 만들어졌고, 이 소전보다 이전에 사용된 글자체라는 의미로 대전이라 부른 것이다.

사서의 기록에 의하면 주문은 주(周)나라의 태사인 주(籀)라는 사람이 아동의 글자 공부를 위해 제정한 것으로, 그 당시 통용한자의 표준 자체라고 할 수 있다.

대전은 허신의 『설문해자』에 220자가 수록된 것 외에는 확실한 자료가 없으며 자체는 금문보다는 단정하고 짜임새는 소전에 비해 획이 복잡하고 많다. 전국시대 진(秦)의 석고문(石鼓文)과 저초문(詛楚文)이 대전이라는 설도 있으나 확실하지는 않다. 일부 학자들의 연구에 의하면 석고문은 소전에 가깝고, 저초문이 주문에 가깝다고 한다.

4) 소전(小篆)

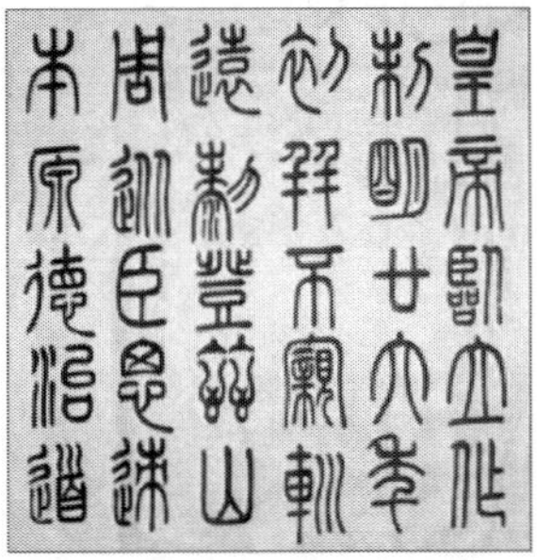

진시황은 천하를 통일하면서 국가 정비를 위해 화폐 통일, 도량형 통일, 문자의 통일 등을 단행했다. 이에 대전을 기초로 한 소전을 만들어 문자를 통일하였다. 이로써 한자는 지역적 혼란을 벗어나 표준 자체를 갖추게 되었고, 소전은 최초로 규범화된 문자로 고대문자에서 근대문자로 넘어가는 발판이 되었다.

『설문해자』에 9,353자를 수록하고 있는데 이전 문자에 비해 상형성이 적어지고 필획이나 변방을 쓰는 방법이 고정되었으며 글자 모양 역시 장방형으로 고정되었다는 데 그 특징이 있다.

5) 예서(隷書)

소전이 진보되고 통일된 글자체이긴 했으나, 중요 문건이나 공식적인 경우에만 쓰는 등 높은 신분의 사람들만 사용해 일반인이 소전을 쓰기에는 여전히 불편했다. 그래서 일반 민간사회에서 소전보다 더욱 간략화된 예서라는 글자체가 서한(西漢) 중기에 이르러 공식적으로 통용되었다. 한자의 발전을 고대문자와 근대문자 두 부분으로 분류한다면, 이 예서체가 본격적인 근대문자의 전환점이라 하겠다.

소전이 직사각형의 형체를 하고 있는 것과는 달리 예서는 옆으로 넓게 퍼진 모양을 하고 있으며, 둥근 필체인 소전과는 다르게 예서는 곧은 필체로 변하였다. 소전이 감싸는 필체인 반면, 예서는 마지막 부분이 갈라져 날아갈 듯한 삐

침획을 형성하고 있다. 뿐만 아니라 예서는 필획이 굵은 것도 있고 가는 것도 있어 변화가 다양하고, 모든 윤곽이 납작한 모양이라 단정하고 안정된 느낌을 주며, 사용하기에도 실용적이고 편리하다.

6) 초서(草書)

갑골문부터 예서체까지 새로운 글자체가 만들어진 과정이라 볼 수 있고, 예서체 이후로 새로운 형태의 글자체는 더 이상 만들어지지 않았다. 다만, 예서를 기준으로 하여 초서 · 해서 · 행서 등의 글자체가 형성된 것이다.

일반적으로 초서란 예서를 간략하게 흘려 쓴 자체를 말한다. 소전이 사용하기 불편해서 예서를 사용하였던 것처럼, 예서가 쓰기 불편해 예서의 윤곽이나 글자의 일부분만을 필기체 형식으로 흘려 쓴 것이 바로 초서이다.

초서체의 특징은 글자의 형상이 고도로 간략해져서 흘려 쓰고 빨리 써서 필획과 필획이 연결되고 글자와 글자가 연결되는 데 있다. 이러한 초서는 장초(章草), 금초(今草), 광초(狂草) 등 세 가지 종류가 있다. 장초에서 광초로 갈수록 흘려 쓴 정도가 심한데, 서예가인 왕희지(王羲之)의 글씨가 금초의 대표적 글자체이다. 장초와 금초는 눈으로 식별이 가능하지만, 금초를 기초로 하여 만들어진 광초는 정보교환 등의 문자로서의 기능보다는 서예라는 예술 대상으로 사용하게 되었다.

7) 해서(楷書)

지나치게 흘려 쓴 초서의 글자체로 식별이 어렵게 되자, 예서와 초서의 단점을 보완하고 장점을 취하여 이름처럼 '본보기가 되는 모범 자체'라는 의미의 또박또박 한 획씩 쓰는 단정한 형태의 해서가 등장했다. 그래서 해서를 '진서(眞書)', '정서(正書)', '금예(今隸)'라고도 한다.

해서는 예서의 삐침법 등 불편함을 다듬고 줄이고 초서의 산만함과 식별 어려움을 없애 정교한 필획과 깔끔한 구성으로 형성되었다. 간단하고 쓰기 쉬우며 글자의 구별이 쉬워서 현재까지도 한자문화권의 주요 한자 자체로 역할을 하고 있다.

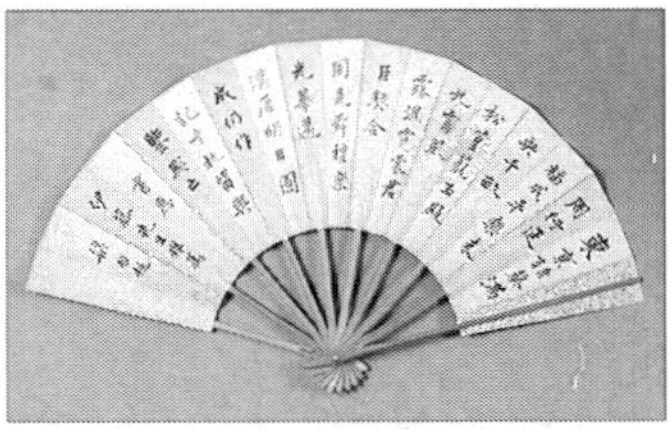

8) 행서(行書)

진(晉)대에 행서라고 하는 또 다른 글자체가 나타났는데, 이는 해서와 초서의 장점을 겸비한 중간적인 성격을 지닌 글자체이다. 해서, 초서처럼 흘려 쓰지도 않고, 해서처럼 깔끔하지도 않다. 문자의 변별력과 서사의 재빠름을 모두 구현한 행서는 지금까지 필기체로서 널리 사용되고 있다.

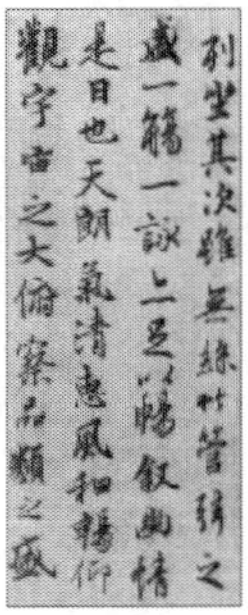

TIP

간체자(簡體字)

중국어의 글자는 한자(漢字)인데, 중국 대륙에서 현재 쓰고 있는 한자는 우리가 사용하고 있는 전통적인 한자와는 다른 모습을 한 글자가 상당수 쓰인다. 이러한 글자들은 원래의 전통 한자에 비해 모양이 간단하거나 획수가 줄어들어 간체자(簡體字)라고 한다. 간체자는 현재 중국 대륙에서만 사용하고 있고, 타이완이나 기타 동남아시아 등 외국에 거주하는 화교들은 원래의 전통적인 한자 즉, 번체자(繁體字)를 쓰고 있다.

제3장 식(食)

1. 중국의 음식

의식주행(衣食住行)을 중국 전통문화로 보면 식주의행(食住衣行) 순으로 볼 수 있다. '사람은 음식을 하늘과 같이 여긴다(民以食爲天).'라고 하듯이 중국에서는 생활방식에서 음식문화를 가장 먼저 언급한다.

중국은 수많은 요리와 다양한 요리법, 풍부한 재료와 향신료 등으로 음식에 관해서는 세계 최고의 수준을 자랑한다. 작은 규모의 식당이라도 찾아가 메뉴판만 보더라도 얇은 책 한 권의 분량은 되어 다양한 요리를 접할 수 있다.

1) 중국인의 주식

중국의 음식문화는 황하 이북과 장강 이남을 기준으로 크게 남과 북으로 경계 지을 수 있다. 북방에서는 밀을 재료로 만든 음식을 주식으로 먹고, 남방에서는 쌀을 주식으로 먹는다.

북방의 대표적인 밀가루 음식으로는 교자(餃子), 포자(包子), 만두(饅頭), 혼돈(餛飩), 병(餅), 면(麵) 등이 있다. 교자는 우리 식의 만두로, 물만두는 수교(水餃), 군만두는 전교(煎餃)라고 한다. 포자는 만두의 한 종류인데, 우리식 만두보다 훨씬 크다. 고기와 야채를 듬뿍 넣고 찐 것으로, 천진의 구부리포자(狗不理包子)가 아주 유명하다.

포자

만두

혼돈

만두는 속에 아무것도 들어 있지 않은 흰색의 찐빵으로 중국인들의 가장 보편적인 주식 중의 하나이다. 한국식의 만두로 생각하면 안 되고, 안에다 각종 야채나 소시지 등을 끼워 먹기도 하는데, 중국 북방의 각 가정에서 늘 쪄 먹지만 길거리나 슈퍼 등에서 만들어져 나온 것을 편하게 사 먹기도 한다.

혼돈은 얇은 피로 속을 싸서 작게 빚은 만두이다. 허나 일반 교자보다 만두피를 길게 빚어 밀가루의 부드러운 맛이 느껴지고, 이렇게 빚은 혼돈을 우리식의 만둣국처럼 끓여 혼돈탕(餛飩湯)이나 국수를 넣고 끓인 혼돈면(餛飩麵)을 해 먹는다. 병은 둥글게 혹은 납작하게 굽거나 찌거나 기름에 튀긴 빵으로, 속에 내용물이 있는 것도 있고 없는 것도 있다. 면은 일종의 국수로 가는 면은 세면(細麵), 두꺼운 면은 관면(寬麵)이라 부르고, 생일에는 건강과 장수를 기원하는 장수면(長壽麵)을 먹고, 결혼식에는 희면(喜麵)을 먹는다.

TIP

중국에도 자장면이 있을까?

중국에도 자장면이 있긴 하다. 하지만, 우리식의 달콤한 감자와 돼지고기, 양파 등이 들어간 맛깔스런 자장면이 아니다. 자장면(炸醬麵, 작장면)이란 말 그대로 '장을 튀긴 면'이라는 뜻으로, 면의 양은 많고 장(醬)의 양은 아주 적되 굉장히 짜다. 중국에서 들여온 자장면을 우리 한국인의 입맛에 맞게 재료와 조미료를 가미한 것이 현재 우리의 자장면인 것이다.

2) 중국의 4대 요리

중국 음식을 4대 요리, 5대 요리, 6대 요리, 8대 요리로 구분한다. 사람에 따라 구분하는 지역은 약간씩 차이가 난다. 4대 요리를 산동요리, 사천요리, 광동요리, 회양요리로 분류하기도 하고, 북경요리, 사천요리, 상해요리, 광동요리로 분류하기도 한다.

(1) 북경요리

북경요리를 '경채(京菜)'라고 부르며, 중국 북부 지역을 대표하는 요리이다.

북경오리구이

북경요리는 풍부한 해산물을 주재료로 하는 산동음식과 북방 민족 음식의 조리법을 모두 받아들여 한랭한 북경의 기후에 어울리는 다양한 요리를 개발해냈다.

북경은 오랫동안 중국의 수도로 요리 역시 정치 · 문화 · 경제의 중심지에 걸맞은 고급요리가 발달해왔다. 대표적인 요리로는 1,000년 이상의 역사를 갖고 있는 우리에게도 친숙한 북경오리구이(北京烤鴨)가 있고, 그 외 다양한 육고기와 해산물 · 각종 야채를 끓는 육수에 넣었다 바로 건져 먹는 중국식 샤브샤브인 화과(火鍋)가 있다.

(2) 사천요리

사천요리를 '천채(川菜)'라고도 부른다. 오늘날의 중국 사천성 성도(成都)와 자공(自貢) 지역 그리고 중경 지역의 요리를 가리킨다. 요리 종류만 해도 대략 수백 종에 달하고 특히 고추 · 후추 · 생강을 많이 사용하여 특유의 얼얼한 매운맛과 색깔이 깊고 진한 것으로 유명하다. "호남 사람은 매운 것을 두려워하지 않고, 귀주 사람은 매워도 겁내지 않지만, 사천 사람은 맵지 않을까 두려워한다(湖南人不怕辣, 貴州人辣不怕, 四川人怕不辣)"는 말이 있을 정도로 사천 사람들은 매운 것을 좋아한다.

궁보계정

마파두부

사천은 장강 중상류에 위치하여 산세가 험준하고 안개가 자주 발생하는 등

기후가 습하여 여름은 덥고 겨울은 몹시 춥다. 이러한 사천의 기후에 잘 적응하기 위해 강렬한 맛의 음식이 발달하게 되었다. 대표적인 사천요리로는 우리나라 사람들에게도 친숙한 닭고기와 고추 · 땅콩 등을 볶아 만든 궁보계정(宮保鷄丁), 두부와 다진 돼지고기를 이용한 마파두부(麻婆豆腐), 돼지고기와 목이버섯을 볶은 어향육사(魚香肉絲) 등이 있다.

(3) 상해요리

상해요리는 장강을 중심으로 한 중국 중부 지역인 남경(南京), 상해, 양주(揚州) 등지의 요리를 대표하는 음식이다. 상해는 근세에 들어 정치 · 경제적으로 발전하면서 중국 각지의 조리법에다 서양음식의 조리법이 가미되어 이 지역을 대표하는 요리가 되었다.

귀비계

상해는 기후가 온난하여 사철 푸른 채소가 생산되고 각종 해산물 또한 풍부하다. 상해요리는 담백한 맛을 위주로 간장과 설탕을 많이 사용해 농후한 맛을 내고, 진하고 선명한 색채를 낸다는 특징이 있다. 대표적인 요리로는 해삼을 조리한 하자대오삼(蝦子大烏參)과 닭고기에 포도주를 넣고 조리한 귀비계(貴妃鷄), 쏘가리 생선의 살과 소나무 씨를 볶아서 만든 송인어미(松仁魚米) 등이 있다.

(4) 광동요리

광동요리를 '남채(南菜)' 혹은 '오채(奧菜)'라고도 한다. 광동성 광주를 중심으로 하여 조주(潮州) · 동강(東江) 지역의 요리를 총칭한다. 또 '식재광주(食在廣州)'라고 할 정도로 먹거리가 풍부하다. 그리고 일반적으로 중국사람을 빗대어 "네 발 달린 것 중에서 책상과 의자를 빼고는 다 먹고, 날아다니는 것 중에는 비행기 빼고 다 먹는다"라고 하는데, 이는 엄격하게 광동요리를 가리켜 나온 말이다. 지금은 중국요리를 지칭하는 말이 되었다.

광동지역은 일찍부터 수륙교통이 발달한 중국 남부 교역의 중심지로 중국

차소육

에서 가장 먼저 대외 통상을 실시한 개항지다. 때문에 각지에서 몰려든 상인들의 여러 음식문화가 같이 발달해 중국요리 방법을 토대로 외지의 향신료를 첨가한 국제적인 요리법, 심지어 일부 음식에는 서양식 조리법이 가미되기도 하였다.

광동요리는 맵지 않게 원재료의 담백한 맛을 살려내는 요리 방식으로, 광동요리의 재료로는 뱀, 쥐, 원숭이, 거북이, 고양이, 참새, 토끼 등의 살아 있는 야생재료도 많이 사용한다. 죽(粥)과 탕(湯)이 아주 유명하며, 딤섬 또한 유명하다. 대표적 음식으로는 용과 호랑이가 싸운다는 의미의 용호투(龍虎鬪), 구운 돼지고기 요리인 차소육(叉燒肉)과 구운 비둘기 요리인 고유합(烤乳鴿) 등이 있다.

3) 중국의 길거리 음식

(1) 아침 메뉴

중국의 길거리 음식은 매우 다양하며, 골목 어귀나 시장 · 학교 앞 등 어디에서든 자주 볼 수 있다. 이러한 길거리 음식은 중국 사람들이 아침 식사로 집이 아닌 밖에서 간단하게 해결할 때 많이 먹는다. 지역별로 차이가 있긴 하나, 중국 사람들이 즐겨 먹는 아침 길거리 메뉴는 다음과 같다.

① 포자(包子)

우리의 왕만두와 비슷하며, 소의 종류가 매우 다양하다.

② 만두(饅頭)

밀가루 반죽을 크게 만들어 쪄낸 음식으로, 우리의 만두와는 달리 속에 내용물이 들어 있지 않다.

③ 소용포(小龍包)

우리의 찐만두와 같다.

④ 전병(煎餅)

밀가루 전병을 얇게 부쳐, 계란 · 야채 등과 네모난 튀김을 올리고 춘장을 발라 접어 만든 음식인데, 담백한 맛으로 인기가 좋다. 아침뿐만 아니라, 평소에도 역 앞이나 육교 밑 · 시장 · 학교 매점 등에서도 쉽게 사 먹을 수 있다.

⑤ 혼돈(餛飩)

작은 물만두를 넣고 끓인 탕 음식으로, 우리의 만둣국과 비슷하다.

⑥ 백죽(白粥)

쌀로 끓인 흰 죽이다.

⑦ 두장(豆漿)

우리의 콩국이나 두유와 비슷한데, 찬 것과 따뜻한 것이 있다. 설탕 등을 넣어 달게 먹기도 하고, 유조나 그외 튀긴 밀가루 음식 등을 찍어 함께 먹기도 한다.

⑧ 산우(酸牛)

중국식 요구르트로 항아리 모양의 작은 도자기 잔에 담아서 파는데, 플레인 요구르트 맛이 난다.

⑨ 유조(油條)

밀가루 반죽을 작고 얇게 밀어, 뜨거운 기름에 살짝 튀겨낸 음식이다.

(2) 기타

① 마랄탕

원래는 중국 사천성의 음식인데, 혀가 얼얼할 정도의 매운 국물에 야채 · 육류 · 완자 두부 등을 넣어 만든 음식으로, 지금은 중국 사람들이 아주 좋아하는 먹거리이다.

② 산랄분

새콤매콤한 사천성의 음식으로, 마랄탕과 달리 국수를 넣은 요리이다.

③ 화과(火鍋)

우리의 샤브샤브와 비슷한데, 주 육고기가 양고기이다. 양고기뿐만 아니라 소고기 등의 육고기와 각종 채소 · 해산물 · 두부 · 면 등을 끓고 있는 뜨거운 육수에 담가 익혀 먹는 음식이다. 본래는 양고기의 효능을 살려 몸을 따뜻하게 해주는 요리로 겨울철에 주로 먹었으나, 현재에는 사시사철 즐겨 먹는 음식이다. 때문에 화과 전문 식당은 중국 거리에서 아주 쉽게 찾아 볼 수 있다.

④ 양육관(羊肉串)

중국의 길거리 간식 중 가장 대중적인 음식으로, 양고기 꼬치이다. 저녁 무렵 시장이나 사람들이 모인 곳이면 어김없이 숯불에 양꼬치 굽는 냄새가 진동을 하는데, 쯔란이라는 향신료로 양념한 양꼬치 구이와 맥주는 최고의 궁합이다. 요즘은 우리나라에서도 양꼬치를 파는 음식점들이 많은데, 원래는 신강성 위구르족의 음식이었으나, 현재에는 중국 어디에서나 쉽게 맛볼 수 있는 요리이다.

⑤ 미선(米線), 미분(米粉)

중국식 쌀국수로 가늘고 굵은 면이 있다.

⑥ 취두부(臭豆腐)

발효시킨 두부를 기름에 튀겨내 양념에 찍어 먹는 음식인데, 이름처럼 '냄새나는 두부'로 특이한 냄새가 아주 고약하지만 씹을수록 고소한 맛이 있다.

(3) 간식거리

① 당호로(糖葫蘆)

중국 어디서나 만날 수 있는 과일 꼬치로 딸기나 키위 · 산사나무 열매 등의 과일을 꼬치에 끼워 설탕 시럽에 담갔다가 꺼내 굳힌 간식거리이다. 중국의 대표적인 겨울 간식거리로 제대로 된 맛을 보려면 겨울에 먹어야 한다.

② 마랄탕(麻辣湯) 꼬치

마랄탕에 각종 재료를 꼬치에 꽂아 국물에 익혀 먹는 음식으로, 길거리에서도 흔히 볼 수 있으며, 꼬치의 재료는 소시지에서부터 어묵 · 두부 · 미역 등 다양하다. 맵고 향신료 맛이 많이 나지만 자꾸 입맛이 당긴다.

③ 군밤, 군고구마

군밤과 군고구마는 겨울철 중국에서도 쉽게 만나볼 수 있는 간식거리이다.

4) 중국인의 식사법

중국인의 식사법은 우리와는 사뭇 다르다. 밥과 국은 숟가락으로, 그 외 반찬은 젓가락을 사용하여 식사를 하는 우리와는 달리, 중국인들은 주로 젓가락을 사용하여 식사를 한다. 물론 중국인들도 탕을 떠먹는 국숟가락을 사용한다. 하지만 탕은 대체로 마시고, 숟가락은 주로 요리를 본인의 개인접시로 덜어 올 때 사용한다.

중국요리는 식탁 위에 올라오는 요리 순서가 정해져 있다. 가장 먼저 본격적인 식사 전 간단하게 먹을 수 있는 땅콩이나 약간 짠 반찬 등의 소채(小菜)가 나온다. 이는 정식 요리가 나오기 전 입맛을 돋우는 가벼운 음식이다. 그 다음 정식 음식의 첫 번째 음식인 찬 요리로 냉채(冷菜)가 나오는데 전채(前菜)요리이다. 그 다음은 따뜻한 음식인 열채(熱菜)가 나오고, 마지막에는 주로 생선요리가 나온다.

TIP 중국인들이 생선요리를 귀한 음식으로 여기는 이유는 무엇일까?

중국은 전통적인 농경민족으로 한 해 농사의 풍년을 좌우하는 비를 영적인 존재로 여기고 비-물-물고기 등을 신비로운 존재로 숭상해왔다. 뿐만 아니라 광대한 중국 대륙 안에서 해안가가 아닌 보통 내륙에서는 물고기가 당연히 귀한 음식으로, 귀빈을 대접할 때는 반드시 빠지지 말아야 할 중요한 요리이다. 중국어로 '물고기(魚)'를 'yu'라고 발음하는데, '여유 있다' 의미의 '여(餘, yu)'와 발음이 같다는 이유도 있다.

생선요리 다음으로 탕이 나오고, 그 다음에 주식이 나온다. 주식의 종류로는 다양한 교자, 면, 만두나 일반적인 쌀밥, 볶음밥 등이 있다.

중국에서는 식탁에도 서열이 있다. 중국인들은 작은 규모의 식당을 제외하고는 통상 원탁 식탁에서 식사를 하는데, 이는 지위나 서열에 따라 좌석의 위치가 정해지기 때문이다.

식사를 초대하는 사람은 문을 바라보는 맞은편에 앉고, 접대를 받는 사람 중 가장 서열이 높은 사람은 이 초대자의 오른편, 접대받는 사람 중 두 번째 서열의 손님은 초대자의 왼편에 앉는다. 초대자 중 두 번째 서열의 사람이 문을 등지고 앉고, 접대받는 사람의 세 번째 서열의 손님이 오른편, 접대받는 사람의 네 번째 서열의 손님이 왼편에 앉고 나머지 사람들은 서열에 관계없이 앉는다. 식사할 때 좌석 위치만으로 손님들의 서열이 나타나므로 음식을 나르는 사람은 누구 앞에 음식을 놓아야 할지 금방 알게 된다. 통상 접대받는 사람 중 서열이 가장 높은 사람 앞에 음식을 가져다 놓는다.

2. 중국의 술

1) 중국 술의 기원

중국에는 '아침에는 차, 저녁에는 술'이라는 말이 있다. 중국인들이 언제부터 술을 마셨는지에 대해서는 의견이 분분하다. 『소문』에서는 황제, 『전국책』과 『여씨춘추』에서는 의적(儀狄), 민간야사에서는 두강(杜康)이 처음 만들었다고 하고 있다. 대체적으로 많은 사람들은 두강이 술을 제일 먼저 빚은 사람으로 여겨왔고, 두강을 양주의 시조로 보았다. 두강은 BC 21세기 중엽 중하(中夏)의 국왕이다. 그러나 진(晉)나라 때 강통(江統)은 두강이 술의 시조라는 것을 부인하고, 두강보다 1,000여 년 이전이라고 주장하기도 하였다.

2) 중국 술의 종류

중국 전통술은 크게 백주(白酒) · 황주(黃酒) · 약미주(藥味酒) · 기타 재제주(再製酒) 등으로 구분할 수 있으며, 지방에 따라 제조법과 원료의 차이가 있어 각각의 독특한 풍미가 있다.

(1) 백주(白酒)

한국 사람들이 '빼갈'이라고 부르는 술이 바로 백주이며, 우리의 소주처럼 가열하여 증류시킨 대표적인 증류주이다. 밀 · 보리 · 쌀 · 수수 · 소맥 등을 원료로 하여 만들고, 투명한 색을 띠고 있으며, 술의 도수가 40~80도로 대단히 높다. 중국 내 전체 주류 생산량의 80%를 차지할 정도로, 중국인들이 좋아하는 대표적인 술이다.

(2) 황주(黃酒)

찹쌀이나 쌀과 같은 곡물로 만들어 술 빛깔이 황색을 띠며, 곡물을 발효시켜 만드는 양조 기술은 중국 술의 대표적인 특징 중 하나이다. 미주(米酒)라고도 불리우며, 포도주 · 맥주와 함께 '세계 3대 술'로 유명하다.

소흥(小興) 지방의 황주가 가장 유명하며, 북방에서는 수수 · 좁쌀 · 기장쌀 등을 사용, 남방에서는 쌀이나 찹쌀을 사용해 술을 만든다. 술의 도수는 약 10~15도이고, 그윽한 향기를 풍기며 만든 지 오래될수록 그 맛과 향이 깊다.

(3) 약미주(藥味酒)

백주와 황주 혹은 과일주에 한약재를 첨가해서 술을 담가 약용으로도 마신다. 약미주의 대표적인 술로는 오가피주, 죽엽청주, 장미주, 녹용주 등이 있는데, 그중에서도 절강성(浙江省)의 오가피주와 산서성(山西省) 행화촌(杏花村)의 죽엽청주가 유명하다.

3) 8대 중국 명주

(1) 모태주(茅台酒)

백주의 대표적인 술로, 1972년 미국의 닉슨 대통령이 중국을 방문했을 때, 모택동이 만찬 자리에서 접대한 이후 세계적으로 유명해진 술이다.

귀주성(貴州省) 인회현(仁懷縣)의 모태진(茅台鎭)이 주생산지이며 800년의 역사를 가지고 있는 모태주는 원료인 고량을 누룩으로 발효시켜 10개월 동안 9차례 증류시킨 후 술독에 넣어 밀봉하여 최소 3년을 숙성시킨다. 알코올 도수가 52~53도로 무색투명의 빛깔을 띠며, 중국의 명주 중에는 도수가 낮은 편이다.

(2) 오량액(五糧液)

귀주성(貴州省)에서는 명주가 많이 생산되는데, 그중에서도 오량액주가 유명하다. 오량액주의 역사는 명대부터 시작되었고, 처음 빚은 사람은 '진씨' 였으며, 당시에는 잡량주(雜糧酒)라 불렸으나 1920년대에 오량액주로 이름이 바뀌었다. 고량 · 쌀 · 찹쌀 · 밀가루 · 옥수수 다섯가지 곡물로 만들며, 중국의 백주 중 판매량이 가장 많고, 이 술의 독특한 맛과 향은 곡식의 혼합 비율과 소량의 약재에 그 비결이 숨어 있다고 한다. 모태주와 함께 중국을 대표하는 명주로 손꼽힌다.

(3) 분주(汾酒)

분주는 남북조시대에 만들어져, 1,500년의 역사를 가지고 있으며, 현재 산서성(山西省) 행화촌(杏花村)에 있는 분주 공장은 중국 내에서 가장 규모가 큰 술 공장 중 하나이다. 황주로 처음 시작했으나, 후에 백주로 발전했고, 우물물을 이용해 수수 등을 주원료로 하여 만들며 알코올 도수는 61도이다.

(4) 고정공주(古井貢酒)

빛깔이 수정처럼 맑고 향기가 청아해 중국의 명주로 손꼽히는 이 술은 달고 연하면서도 그윽한 맛이 오래간다. 안휘성(安徽省) 호현에서 만들어지며, 1963년 중국의 8대 명주 대열에 올랐다. 안휘성의 대표적인 술로 모란꽃이라는 별명을 갖고 있는 백주이며, 도수는 45도이다.

(5) 양하대곡(洋河大曲)

옛 청나라와 명나라에서도 유명했으며, 청나라의 건륭 황제가 강남을 순시하면서 양하주를 마시려고 이 부근에 일부러 머물며 마실 정도로 반한 술이다.

강소성(江蘇省) 사양현(泗陽縣)에서 생산되며, 달콤하고 부드러우며 연하고 맑고 향기가 좋은 다섯가지의 특색이 있다.

(6) 노주특곡(瀘州特曲)

사천성(四川省) 노주(瀘州)에서 생산되며 400년의 역사를 지니고 있다. 고량을 양조한 뒤 항아리에 숙성시킨 술로, 중국의 백주 중 가장 오랫동안 발효시키는 술 가운데 하나이며, 알코올 도수는 45도이다.

(7) 동주(董酒)

동주는 모태주와 같은 동향의 술로 중국 명나라 때부터 그 역사가 이어지며, 귀주성(貴州省) 준의시에서 생산되는 술이다.

130여 가지 약초를 넣어 만든다는 동주는 포장에 국밀(國密)이라는 표시가 되어 있을 정도로 그 제조과정이 극비이며, 독특한 약초맛과 빛깔이 맑고 향기가 짙어 다른 술과는 전혀 다른 맛을 보여준다.

(8) 죽엽청주(竹葉青酒)

분주와 같이 산서성(山西省)에서 생산되며, 10가지 천연 한약재를 넣어 담갔기 때문에 음주 후 두통 등 부작용이 없을 뿐만 아니라 기(氣)를 충족시키고 혈액 순환에 도움을 주기도 한다.

4) 중국의 술 예법

중국인들은 술이 없으면 '예를 다하지 못한다(無酒不禮)'라고 하여 모든 행사에 술이 빠지지 않는다. 명절 · 손님접대 · 축하 연회 등의 자리에 없어서는 안 될 주요 음료로, 손님을 마음껏 취하고 충분히 즐기게 해야 제대로 대접했다고 생각한다. 남녀를 막론하고 술 마시는 사람은 많으나, 도수가 강한 백주를 대부분 마셔도 술주정을 하거나, 술을 먹은 사람이 밤늦게 돌아다닌다거나, 술로 인한 사고 발생 등은 드물다. 우리와는 사뭇 다른 중국인들의 주법을 알아보자.

첫째, 중국 사람들은 함께 술을 마시는 사람들끼리 잔을 돌리지 않는다. 우리나라 사람들은 자신의 술잔을 비워 상대에게 술을 권하면서 호의의 뜻을 전하기도 하지만, 중국 사람들은 술잔을 바꾸어 마시지 않는다.

둘째, 중국 사람들은 술잔이 비기 전에 첨잔을 한다. 우리는 술잔이 완전히 비어야 다시 술을 따르지만, 중국 사람들은 상대의 술잔이 완전히 비기 전에 계속 첨잔을 하는 것이 예의이다.

셋째, 술을 마실 때는 상대방의 눈을 보며 같이 술잔에 입을 대고 같이 입을 뗀다. 상대방과 눈을 마주치지 않고 혼자 빨리 마셔버리면, 마주 앉은 상대와 대작을 하기 싫다는 의미일 뿐만 아니라 체면을 잃기 싫다는 의미가 되기도 하기 때문이다. 상대방이 윗사람일 경우, 돌아 앉아 두 손으로 공손히 마시는 우리와는 또 다른 문화이기도 하다.

넷째, 통상 아랫사람이 먼저 술을 따르고 잔이 넘치지 않게 따라야 하는 우리와는 달리, 중국 사람들은 술잔에 술을 가득 따라 상대방을 존경한다는 표현을 하고, 항상 윗사람이 먼저 술을 따른다.

다섯째, 잔을 부딪히면 한 번에 다 마시는 건배(乾杯) 문화가 있다. 마신 후에는 상대방에게 술잔을 보여 다 마셨음을 확인시킨다. 특히, 첫 잔은 다 비우는 것이 예의이고, 우리나라의 부딪힌다는 '건배' 의미와는 달리 잔을 완전히 비운다는 의미의 '건배'를 외친다.

TIP 어두주(魚頭酒)

중국요리에서 빠지지 않는 주요 요리가 생선요리인데, 이 요리는 생선의 머리 부분을 함께 자리한 손님 중 가장 지위가 높은 사람 쪽으로 향하게 놓는다. 이 자리에 앉은 손님은 가장 먼저 술 한 잔을 비워야 하는데, 이를 어두주(魚頭酒)라고 한다.

3. 중국의 차(茶)

1) 차의 기원과 종류

중국에서 차를 언제부터 마셨는지는 정확하게 알 수 없다. 다만, 당대 육우(陸羽)가 지은 『다경(茶經)』에서는 "삼황시대의 신농씨, 주대(周代) 노(魯)나라의 주공(周公), 춘추시대 제(齊)나라의 안영(安嬰)이 마셨고, 한나라의 단구자(丹丘子), 오(吳)나라의 위요(韋曜) 등이 차를 마셨다"고 기록되어 있다.

고대에는 차를 약용으로 마셨거나 술을 대신해서 마셨다. 또 일반 백성들보다는 왕실이나 귀족들이 즐겨 마셨다. 이러한 차의 문화는 남제와 수 왕조를 거치면서 보편화되기 시작하였다. 특히 수 문제 이후 모든 사람들이 차를 달여 마시기 시작하였고, 황하 중하류 지역에 노점 찻집과 다포(茶鋪)가 생겨나기 시작하였다. 신분에 관계없이 모든 사람들은 돈을 내면 차를 마실 수 있을 만큼 아주 흔해졌다. 당대 덕종 원년(780년)에 전국 차 생산지에 다세(茶稅)를 징수하기 시작했다.

중국인은 기름진 음식을 많이 먹으면서도 여러 종류의 차를 마시기 때문에 비만인 사람이 많지 않다고들 이야기한다. 우리나라에서는 남의 집에 손님으로 방문하면 가장 보편적인 차가 커피 · 주스 등이지만 중국 가정에서는 가장 먼저 내오는 것이 차이고, 식사에도 반드시 빠지지 않는 것이 차이다.

중국인들은 우리가 물을 마시는 것처럼 늘 차를 휴대하면서 마신다. 호텔이나 기차에도 항상 뜨거운 물이 구비되어 있어, 언제 어느 장소에서든 차를 마실 수 있도록 해놓았다. 이러한 차를 마시면 여러 가지로 몸에 좋은 효과가 있는데, 갈증을 해소해주고, 몸의 분비 작용이 활발해지며, 숙취를 제거해주고, 정신을 맑게 해주는 기능이 있다.

중국 차는 발효 정도에 따라 흑차(黑茶), 백차(白茶), 홍차(紅茶), 황차(黃茶), 청차(靑茶), 녹차(綠茶), 화차(花茶) 등으로 구분할 수 있다.

흑차는 찻잎을 건조시키기 전 발효시킨 차로, 찻잎은 흑갈색이고 찻물은 갈황색이다. 백차는 찻잎에 흰털이 많고 10~20% 가량 발효시킨 가벼운 발효차로, 볶지 않고 햇빛으로 건조시켰는데 찻잎은 새하얗고 찻물은 연한 색을 띠며 향이 맑다.

홍차는 발효도가 80~90%인 발효차로 찻잎과 찻물이 모두 붉은색이며 현재의 홍차는 중국 송나라 때 생긴 것으로 전해진다.

황차는 녹차를 만드는 과정 중 잘못 만들어졌다 하여 송대에는 하등 제품으로 취급되었지만 연한 맛과 색 때문에 중국 고유의 차가 되었다. 찻잎, 찻물 모두 황색이라는 특징이 있다.

청차는 발효 중간에 볶아 발효를 멈추게 한 발효도 20~60%의 반 발효차로, 통상 오룡차(烏龍茶, 우롱차)라고 한다.

녹차는 발효가 되는 것을 방지하기 위해 잎을 딴 후 즉시 볶거나 찐다. 미발효차이므로 차 본래의 영양분이 많이 남아 있고 떫은맛과 쓴맛이 적고 맛과 향이 상쾌하다.

화차는 꽃으로 만든 차로 향이 좋고 약효가 있어 기분을 좋게 하고 건강에도 좋다.

이러한 중국차들의 대표적으로 유명한 지역과 차 이름을 아래와 같이 정리해보았다.

흑차: 보이산차(普洱散茶)·보이긴압차(普洱緊壓茶)·운남의 칠자병차(七子餠茶) 등

백차: 백호은침차(白毫銀針茶)·백목단차(白牧丹茶)·수미차(壽眉茶)·공미차(貢眉茶) 등

홍차: 안휘의 기홍차(祁紅茶)·운남의 전홍차(滇紅茶) 등

황차: 군산은침차(君山銀針茶)·북항모첨차(北港毛尖茶)·곽산황대차(霍山黃大茶)

등청차: 철라한차(鐵羅漢茶)·철관음차(鐵觀音茶)·황금계차(黃金桂茶)·봉황단종차(鳳凰單樅茶)·백호오룡차(白豪烏龍茶) 등

녹차: 항주 서호(西湖)의 용정차(龍井茶)·강소의 벽라춘차(碧螺春茶)·안휘 황산의 모봉차(毛峯茶)·안휘 육안(六安)의 육안과편차(六安瓜片茶) 등

화차: 복건의 말리화차(茉莉花茶)·목단말리(牧丹茉莉)·매괴화뢰(玫瑰花蕾) 등

2) 차의 음다법(飮茶法)과 유명한 차

차를 끓일 때 무엇보다도 중요한 것은 어떠한 물을 사용하느냐 하는 것이다. 이에 육우는 "샘물이 가장 좋고, 강물이 다음, 우물물이 그 다음"이라고 하였다. 그리고 차를 달일 때 숯불이 가장 좋고, 그 다음은 장작이 좋다. 이때 진이 너무 많이 나오는 나무나 오래된 나무를 사용해서는 안 된다. 또 물을 끓일 때에는 불의 세기와 시간을 파악해야 한다. 물에서 거품이 뜨기 시작할 때까지 끓인 다음, 차 부스러기를 병에 넣고 돌려 나누어 마시면 맛을 잃지 않는다고 하였다.

그리고 차의 맛을 내는 데는 다기(茶器)의 크기에 따라 차이가 나는데, 다기가 작으면 차 맛이 강하지만 여운이 적고, 다기가 크면 그윽하고 깊은 맛이 난

다. 찻잔을 쥘 때는 오른손으로 찻잔을 감싸 쥐고 바른 자세로 왼손으로는 차의 밑부분을 받쳐 들고 소리를 내지 않고 맛과 향을 음미하며 조용히 마신다.

중국에서 유명한 차로는 항주 서호의 용정차와 광동의 공부차(功夫茶)가 있다. 용정차는 절강성 항주시 서호 서남의 용정촌 주위 산지에서 나온다. 용정이란 원래는 샘의 이름이었고, 용정사란 절이 지어진 후 이 절에서 차를 재배한 것이 유래가 되어 용정차라고 부른다. 용정차는 짙은 향, 부드러운 맛, 비취 같은 녹색, 참새 혀 모양의 잎새로 유명하여 '4絶'이라 한다.

공부차는 다기가 유명한데 찻주전자와 다완이 아주 작다. 공부차를 마실 때는 예절이 중요하다. 공부차를 마실 때는 보통 네 명으로 제한되어 있는데, 4명 중 주인이 오른쪽에 앉고, 손님이 자리에 앉으면 주인이 공부차를 만든다. 먼저 찻주전자에 찻잎을 눌러 넣는다. 뜨거운 물을 따라 첫 번째 찻물을 버린 뒤, 두 번째 찻물부터 찻잔에 따른다. 주인은 상석의 첫 손님부터 시작해서 찻잔을 권한다. 이때, 손님들은 마실 때의 정해진 규칙이 있다. 찻잔이 아무리 작더라도 차를 단번에 마셔서는 안 되고, 차를 한 모금 입안에 넣고 입안에서 혀 주위로 돌리면서 입안 전체가 차의 그 향기를 맛보도록 한 후에 넘겨야 한다. 굽이 난 찻잔을 주인에게 보여주어 고마움과 칭찬을 표하는 것도 예의이다. 마지막으로 주인은 대나무 젓가락으로 찻주전자 속의 찻잎을 꺼내 손님에게 보여준다.

제4장 의(衣)와 주(住)

1. 의(衣)

치파오

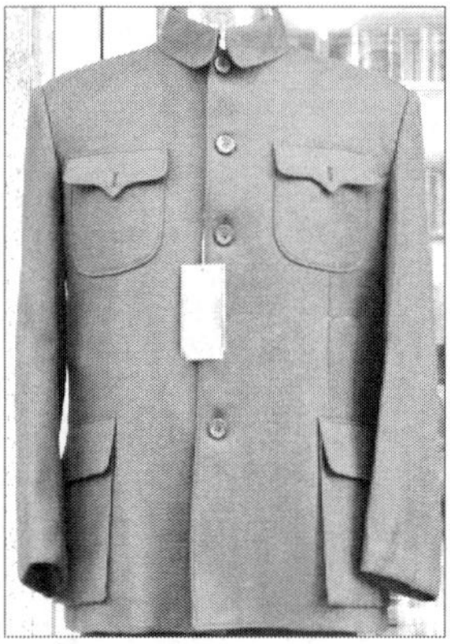
중산복

중국은 광대한 지역과 다양한 민족의 특성에 따라 의복 또한 천태만상이지만 그중 전통적으로 중국복장을 대변하는 것으로 치파오(旗袍)와 중산복(中山服)이 있다.

치파오는 청나라를 세운 만주족의 기인(旗人)들이 입던 긴 옷에서 유래하였는데, 청대에 전국적으로 유행되기 시작하여 중국의 전통의상이 되었다. 원래 남녀 의상 모두를 이르는 말이지만, 보통 원피스 형태의 여성 의복을 지칭한다. 통형으로 다리 옆부분이 갈라지고 앞에는 단추가 달려 있으며, 칼라가 목 부분을 둘러싸고 있는 것이 특징이다. 그러나 실용성이 없어 지금은 일상생활에서 입는 경우가 드물고 치마와 소매 길이 등이 짧아지고 편리한 옷감으로 만들어진 실용 위주의 현대판 치파오가 등장했다.

중산복은 손문(孫文)이 현재 생활에 편리하게 고안한 옷으로 지금까지 현대 중국인이 가장 애용하는 복장이다. 손문의 호가 중산(中山)이라 손문이 즐겨 입었다고 해서 중산복이라고 한다. 현재는 농촌에서나 나이가 많은 사람이 입은 모습은 간혹 볼 수 있으나 젊은 사람이 입은 모습은 보기가 힘들다.

현대 중국인에게도 서양의복 문화가 널리 퍼져 중국 전통의상인 치파오 · 중산복을 입은 중국인은 보기 힘들다. 치파오 같은 경우는 고급 음식점의 종업원이나 예복으로 전통 치파오에서 현대화에 맞게 예쁘게 변형된 것을 입고 있는 경우가 많고, 중산복 역시 중국 전통 각종 행사에서 공산당원들이 입은 모습을 간혹 볼 수 있다.

2. 주(住)

1) 중국 전통가옥-사합원(四合院)

사합원은 북경의 골목에서 자주 볼 수 있는 전통가옥으로 동서남북 4면의 가옥이 가운데 정원을 둘러싼 형태로 이루어진 주택이다.

모든 건축물이 마치 "口"자형으로 되었기에 사합원이라고 부르고 사합원의 이런 건축형식은 수백 년의 역사를 갖고 있지만, 북경에 현재 존재하고 있는 사합원은 대부분 명청 시기와 민국 시기에 건설한 것이다.

사합원은 각기 크기도 다르지만 하나의 뜰로 된 것도 있고 여러 개로 중첩된 것도 있다. 사합원의 규모와 건축설계는 주인의 경제적 · 사회적 지위에 따라 달라진다.

사합원 내 각 건물의 배치 양식은 전통적인 대가족이 한 집안에서 질서를 이루고 살아가기에 적합하도록 되어 있다. 집 안의 가장 중심이 되는 주 건물에는 웃어른 혹은 주인이 거주하면서 조상들의 위패를 모셔놓았고 아랫사람이나 하인은 함부로 들어갈 수 없다. 뿐만 아니라 주 건물과 측면의 방을 분리하여 대가족 생활 내에서도 각 세대의 독립성을 보장했다.

또한 자연 조건에 따라 사합원의 형태도 차이가 나는데, 남쪽 지역의 경우 여름에 덥고 습하기 때문에 더위를 피하기 좋은 구조로 집을 지었다. 북쪽의 사합원이 남북으로 긴 데 비해 남쪽의 사합원은 동서로 구조를 이루고 있다.

이는 가능한 한 햇빛을 적게 받기 위함이다. 비가 많이 오는 지역의 지붕은 배수가 잘 되도록 하기 위해 가파른 경사를 이루고 있기도 한다.

2) 중국의 4대 정원

중국의 4대 정원으로 북경의 이화원(頤和園), 승덕의 피서산장(避暑山莊), 소주의 졸정원(拙政園), 유원(留園) 등을 손꼽는다.

(1) 이화원

중국 북경에서 서북쪽으로 10km 떨어진 교외에 위치한 중국 황실의 여름 별궁이자 최대 규모의 황실 정원이다. 총면적이 2.9km^{2}에 이르며 자연 풍경을 그대로 이용한 정원에 인공 건축물이 환상적인 조화를 이룬 중국 조경 예술의 걸작품으로 1998년에 유네스코 세계문화유산으로 지정되었다.

금나라 때인 12세기 초에 처음 조성되어, 1750년 청나라 건륭제 때 대폭 확장되었다. 1860년 서구 열강의 침공으로 파괴되었는데 이후 서태후가 실권을 쥐고 있던 1886년 재건되면서 이화원이라고 불리게 되었다. 주로 이곳에서 수렴청정을 했던 서태후는 일시적인 피서와 요양 목적으로 건설되었던 이화원에 각종 전각과 사원을 추가해 본격적인 국사를 볼 수 있는 궁전 형태로 변모시켰다. 이화원 재건 비용 때문에 청나라가 1894년 청 · 일 전쟁에서 패배했다는 말이 나올 정도로 막대한 자금을 들였다고 한다.

이화원에는 거대한 인공호수와 60m 높이의 인공산을 중심으로 각종 전각(殿閣)과 사원, 회랑 등 3,000여 칸의 전통 건축물이 자리 잡고 있다. 가장 눈길을 끄는 것은 총면적의 3/4을 차지하는 거대한 인공호수 곤명호(昆明湖)다. 곤명호 북쪽에 있는 약 60m 높이의 만수산(萬壽山)은 곤명호를 파낸 흙을 쌓아 만든 인공산이다. 건축물들은 모두 산의 남쪽 기슭을 따라 배치되어 있다.

이화원에서 빼놓을 수 없는 또 하나의 건축물은 창랑(長廊), 즉 긴 복도다. 길이가 778m, 273칸으로 중국에서 가장 크고 긴 복도이며, 천장과 벽에 수많은 그림이 그려져 있어 '중국 최대의 야외 미술관'으로 불린다. 이외에도 중국의 안녕을 기원하며 만들었다는 곤명호에 떠 있는 듯한 석주(石舟), 여러 개의 돌다리, 아름답게 조각된 수많은 석상들을 볼 수 있다.

(2) 피서산장

중국에서 가장 큰 황실 정원이다. 피서산장 또는 '이궁(離宮)'이라고 불리며, 중국 하북성 승덕에 위치해 있다. 청나라 때 별궁으로, 더운 여름을 피해 황제가 이곳에서 집무를 보았는데 피서별궁과 열하행궁으로 불렸다.

강희제가 1702년 착공하였고 건륭제가 1790년 완공하였다. 현재 중국에 남아 있는 가장 큰 규모의 궁궐 동산으로서, 강남지방 명승지를 본떠 수려한 자연경치를 인공적으로 만들어놓았다.

유적의 대부분이 산지이고 나머지가 평야와 호수인데 총면적 5,460m^2, 총길이 약 10km에 이르는 궁궐 담장이 주위를 둘러싸고 있다. 호수 가운데에는 동해의 신선봉을 본뜬 3개의 섬을 쌓았으며 섬과 호숫가를 둑으로 연결해놓았다. 섬 위에는 궁전이 있고 호반에는 정자가 세워져 있다. 동궁 북쪽 수문 위, 하호(下湖)와 은호(銀湖)를 잇는 수로의 돌다리 위에는 3개의 정자가 있다. 1994년 유네스코에서 세계문화유산으로 지정하였다.

(3) 졸정원(拙政園)

강소성 소주에 위치해 있고, 총 면적 5만 1,950m^2이다. 명나라 정덕제(正德帝) 때인 1509년 어사 벼슬을 지낸 왕헌신이 낙향하여 대홍사 고적지를 증축하여 조성하였다. '졸정(拙政)'이라는 명칭은 진(晉)나라 시인 반악의 한거부에서 따왔다. 졸정원은 명대 화가 문징명이 그림 소재로 삼아 더욱 널리 알려졌다. 1961년에 중점문물보호지로 지정되었고, 1997년 소주원림에 포함되어 유네스코의 세계유산으로 등재되었다.

가장 완벽하게 보존되어온 개인정원으로서, 고대 강남지방 관료들이 거주하던 주택의 건축양식을 엿볼 수 있다. 정원은 동부 · 중부 · 서부의 3부분으로 나뉘며, 호수가 전체 면적의 2/3를 차지한다.

(4) 유원(留園)

소주에 있는 명대의 대표적인 정원이자, 중국 4대 정원 중의 하나이다. 1961년에는 전국중점문물보호단위 중 하나로 지정되었고, 1997년에 세계문화유산으로 등록되었다. 소주 고성의 서북쪽에 위치하여 졸정원과 비슷한 시기인 1525년 명대 가정년 간에 조성되었고, 1593년 만력 21년에 완공되었다.

명대 관리의 개인 정원이었다. 청대 후락해진 정원을 관리 유서(劉恕)가 수리하여 한벽장으로 개명하였다. 1832년 도광 3년 일반에 공개가 되면서, 유명한 볼거리가 되었다. 1876년 광서 2년에 관원이었던 성강이 이 정원을 다시 개보수하면서 유원이라 개명했다. 제2차 중일전쟁, 태평천국의 난 때에도 정원이 파손되어 황폐해졌다가 1954년 정부에 의해 수리가 되어 개방되었다. 이어 1961년에는 전국중점문물보호단위 중 하나로 지정되었다.

기석과 정자, 고목의 배치가 잘 조화를 이룬다. 총면적은 3만m^2이며, 중앙, 동, 서, 북 네 부분으로 나뉜다. 중앙 부분은 원래 한벽산장이었던 곳이고, 바깥 세부분은 확장하여 지었다. 동원의 관운봉(冠云峰)은 한 덩어리의 태호석(太湖石)으로 되어 있는데, 그 높이가 6.5m, 무게가 약 5톤으로 소주고전원림 중에서 가장 큰 태호석이다.

제5장 전통명절과 기념일

중국의 공휴일은 국무원령에 의해 실시되고 있다. 국무원령의 표기에 의하면 명절이나 공휴일을 '년절(年節)'이라 한다. 소수민족의 전통명절은 별도로 해당지방 인민정부에서 휴가일을 정할 수 있다.

춘절을 제외한 명절은 휴일이 아니었다가 2009년부터 청명절, 단오절과 함께 중추절도 각각 하루를 쉰다.

1. 전통명절

1) 춘절(春節)

춘절은 음력 정월 초하루이고 우리의 설날과 같다. 모든 명절 가운데 가장 중요시되는 큰 명절이다. 춘절이란 봄 '춘(春)', 절기 '절(節)'이라는 글자만 봐도 알 수 있듯 '겨울과 봄이 교체하는 계절'이라는 뜻이다. 예부터 '새해 첫날 새벽'이라는 뜻으로 '원단(元旦)'이라고도 하였으며, '한 해를 마감하고 새로 시작한다.'는 의미로 '과년(過年)'이라고도 했다. 1911년 신해혁명 이후 중화민국이 건국된 후, 세계적으로 통용되던 양력을 채택하여 양력 1월 1일을 원단으로 바꾸었다. 그러나 1949년 중화인민공화국 건국 이후, 양력 1월 1일은 원단으로, 음력 정월 초하루는 춘절로 구분하였다. 현재 중국과 타이완에서 모두 이 두 용어를 사용하고 있다.

중국인들에게 있어 춘절이란 음력 정월 초하루만을 의미하는 것은 아니다. 설날맞이 준비부터 명절 분위기가 끝나는 날까지 계산하면 대략 20여 일이 걸린다. 음력 12월 23일은 부엌신, 즉 조왕(灶王)이 하늘로 올라가는 날이라고 여기는데 중국인들은 이날부터 춘절이 시작된다고 생각한다. 공식적으로 사흘이 법정연휴지만, 농촌에는 일주일 정도 혹은 정월대보름까지 명절 기분을 내며 쉬기도 한다.

춘절에는 교자(餃子)와 연고(年糕) · 탕원(湯圓) 등의 음식을 먹고, 춘련(春聯) · 폭죽 · 배년(排年) · 홍포(紅包) · 압세전(壓歲錢) 등의 풍습이 있다.

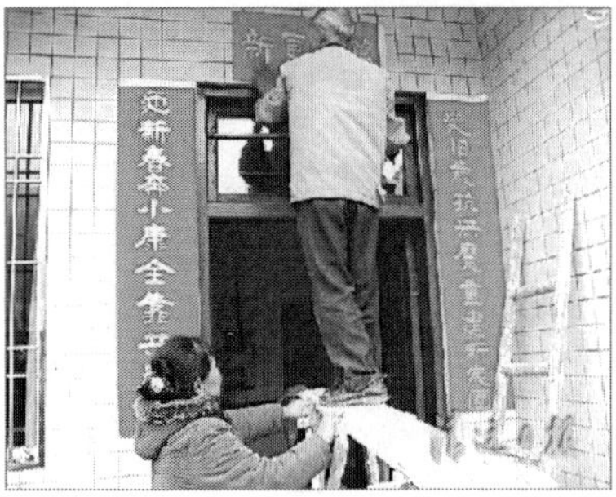

춘련

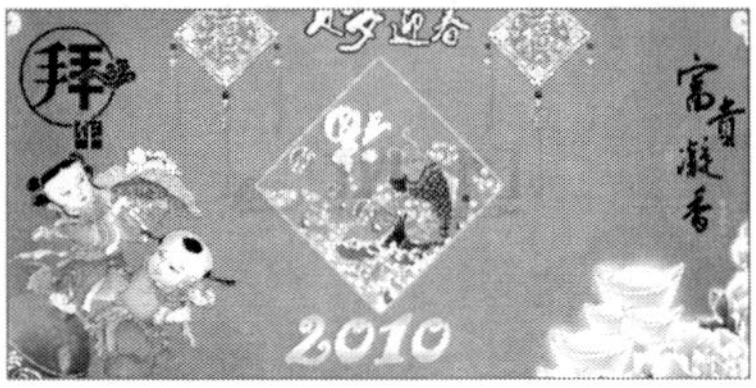

'복'자 거꾸로

'자시(子時)에 해가 바뀐다'는 의미의 '교자(交子)'와 발음이 같아 송구영신의 의미로 교자(餃子)를 온 가족이 둘러앉아 먹고, 우리나라의 떡국과 비슷한 연고(年糕)와 탕원(湯圓) 등의 음식을 먹는다. '연고(年糕)'란 발음이 같은 '연고(年高)'의 '새해에는 좀 더 발전하고 높이 올라가라'는 바람으로, '탕원'은 생긴 모양이 둥글고, '단결하고 화목하라'는 의미로 먹는다.

춘련(春聯)은 설날 무렵 대문에 축복의 글 등을 대구(對句)로 써, 대문 양쪽에 붙이는 풍습을 말한다. 주로 집안의 평안이나 새해에는 돈을 많이 벌게 해 달라는 내용들로, 사악한 기운을 물리친다는 붉은색 종이 위에 쓴다. 뿐만 아니라, '복(福)'자를 거꾸로 써 붙이기도 한다. '거꾸로(倒-dao)'의 의미의 글자와 '오다(到-dao)'의 글자의 발음이 같으므로 '복이 온다'는 의미로 '복'자를 거꾸로 붙이는 것이다.

설날 아침에 일어나면 제일 먼저 하는 행사가 폭죽을 터뜨리는 것인데, 어떤 사람들은 전날 밤 12시부터 터뜨리는 사람도 있는가 하면 정월 한 달 내내 중국 곳곳에서 폭죽을 터뜨리는 것을 자주 볼 수 있다. 폭죽을 터뜨리는 것은 '연(年)'이라는 귀신을 쫓기 위해 행했다는 설이 있다. 아이들이 어른들에게 세배(排年)를 하면, 어른들은 붉은 봉투(紅包)에 짝수로 세뱃돈(압세전)을 넣어준다.

2) 원소절(元宵節)

원소

정월대보름을 의미하며, 1년 중 가장 먼저 보름달이 뜨는 날로 처음 '원(元)'과 밤 '소(宵)'를 써서 원소절이라고 한다. 한나라 무제 때 음력 정월보름날에는 궁중에 등불을 켜고 천제에게 제사를 지내며 밤을 새웠던 풍습이 있었는데 이러한 영향으로 이날 저녁에는 전국 각지에서 다양한 꽃등이 도시를 장식하여 '등절(燈節)'이라고도 한다.

속에 깨를 넣어 찹쌀로 동그랗게 빚은 '원소(元宵)'를 먹는데 이는 '탕원(湯圓)'이라고도 부른다. 정월 초하루부터 시작된 설날의 분위기는 이 원소절이 지나면 차츰 가라앉는다.

3) 청명절(清明節)

24절기 중 하나인 청명절은 양력 4월 5일 전후에 해당되며, 이 시기는 날씨가 따뜻하고 만물의 싹이 돋아 사람들은 맑고 상쾌하고 청명한 기분을 느끼게 된다. 이리하여 청명절이라 명명하였고, 이날에 사람들은 조상의 묘를 찾아가 청소한다. 각종 제사용품과 음식을 들고 조상의 묘에 참배하고 주변을 정리한다. 조상의 묘를 참배하는 것이 주된 목적이지만, 이 즈음하여 봄의 따뜻하고도 좋은 날씨를 즐기려는 봄소풍의 의미도 있다.

청명절은 전국시대 고분에서 출토된 문헌에 기록이 있는 것으로 보아 이천수백 년 이상의 아주 오래된 역사를 갖고 있다. 청명절에는 연을 날리는 풍속이 있다. 조상의 묘를 참배하고 춥지도 덥지도 않은 이 시기는 연을 날리기에 아주 적합한 것이다.

TIP 연

연날리기는 춘추시대의 유명한 장인 노반(魯班)이라는 사람이 세계 최초로 만들었다고 한다. 당시 연을 날리는 것은 현재와 같이 놀이용이 아니라 적진의 정세를 정탐하기 위한 것이었다고 한다. 민속놀이로 자리를 잡은 것은 청명절에 연을 날리기 시작하면서부터라고 한다.

4) 단오절(端午節)

단오절은 춘절 · 중추절과 함께 중국 3대 명절 중 하나이다. 단오절은 음력 5월 5일이며 고대에는 '단오(端五)'라고 칭하였으나 '오(五)'와 '오(午)'의 발음이 같아서 점차 '단오(端午)'로 부르게 되었다.

단오절은 원래 중국민족이 전설상의 조상으로 여겼던 용에 대한 숭배에서 기원했다는 설이 있는데 이 때문에 이날에는 강에 용의 머리로 뱃머리를 장식한 용주(龍舟) 시합을 벌이고, 강에다 찹쌀 속에 여러 속을 넣은 종자(粽子)를 던져 전국시대 굴원(屈原)이라는 애국 시인을 추모하기도 한다.

또한 중국 사람들은 음력 5월을 좋지 않은 악월(惡月) 혹은 독월(毒月)이라 여겼는데, 이는 음력 5월이면 날씨가 더워지기 시작해 여러 곤충 · 해충 등으로 인해 전염병이 생겨나는 계절이라 여긴 탓인 듯하다. 그래서 5자가 둘인 5월 5일은 더욱 불길하다고 여겨 이날에 태어난 아이들은 재앙을 가져오는 아이라 하여 출생일을 속이기도 했다. 이에 재앙과 병을 없애기 위해 대문에 창포를 꽂고 부적을 붙이는 등 몸에 향주머니를 차기도 하고 창포 뿌리를 말려 빚은 중국인들의 '액막이 술'인 웅황주(雄黃酒)를 마시기도 하였다.

TIP 굴원과 종자(粽子)

기원전 340년 전국시대 때 초(楚)나라에서 태어난 굴원은 초회왕(懷王)에게 부패한 정치에 대하여 여러 차례 개혁을 건의하였으나 받아들여지지 않고 간신배들에게 모함을 받아 먼 곳으로 유배되었다. 기원전 278년 초의 수도가 진(秦)나라에 함락당했다는 소식을 듣고 비통해하다 호남성 장사(長沙) 부근 멱라강(汨羅江)에 투신해 자살했다.

종자는 찹쌀 속에다 여러 돼지고기나 대추 등을 넣고 대나무나 갈대잎으로 싸서 찐 삼각형 모양의 음식이다. 굴원의 자살 후 사람들이 굴원의 충정을 기념하고 그의 시체를 물고기들이 해치지 못하게 하도록 하기 위해 물고기 밥으로 멱라강에 던진 데서 기원한다

5) 칠석(七夕)

칠석의 '석(夕)'은 '저녁' 혹은 '밤'이라는 뜻으로, 칠석이란 음력 7월 7일 저녁을 말하는 것이다. 이날에는 견우성과 직녀성이 서로 만나는 날로 애틋한 전설이 전해온다.

옛날 가난하지만 매우 성실한 견우라는 청년이 있었는데 하늘에서 내려온 직녀라는 선녀를 만났다. 그들은 서로 사랑에 빠져 결혼을 했고 이들에게서 1남 1녀가 태어났다. 사실을 알게 된 하늘의 여신 왕모낭낭(王母娘娘)이 직녀를 불러들였고, 견우가 이를 쫓아가자 왕모낭낭은 자신의 비녀로 은하수를 만들어 견우와 직녀를 양 끝에 떨어져 있게 했다. 진심으로 그들이 사랑하는 것을 알고 왕모낭낭은 1년에 한 번 음력 7월 7일에 그들이 만나는 것을 허락했고, 이날이 되면 수많은 까마귀와 까치가 그들의 머리로 은하에 다리를 놓아 오작교를 만들어 견우와 직녀를 만날 수 있게 도왔다. 은하의 양쪽에 빛나는 별을 견우성과 직녀성이라 불렀다.

중국 사람들은 요즘도 젊은 미혼의 남녀를 중매하는 것을 '오작교를 놓는다'고 말하고, 이날이 되면 젊은 미혼 남녀들이 자신의 짝을 찾는 각종 행사를 벌

이기도 한다. 부녀자들은 누가 빨리 바늘에 실을 꿰는지 시합을 하고, 손재주를 뽐내는 풍습인 걸교(乞巧)를 행하기도 한다.

6) 중추절(中秋節)

중추절은 음력 8월 15일로 우리의 추석에 해당된다. 글자 그대로 가을의 중간이라는 의미로, 가을인 음력 7 · 8 · 9월 중 중간, 8월의 중간인 15일이다. 10월 1일의 국경절로 인해 긴 연휴는 통상적으로 없다. 이날에는 흩어져 있던 가족들이 둥근 달처럼 부모님 곁으로 모인다는 '단원(團圓)'이라는 의미로 단원절(團圓節)이라고도 한다.

월병

이날 기후는 춥지도 덥지도 않고 보름달 역시 유난히 크고 밝아 달을 감상하고 달에 제사지내고 월병(月餠)이라고 하는 달처럼 둥글게 생긴 과자를 먹는 풍습이 있다. 월병은 밀가루 반죽 속에 사탕수수 · 참깨 · 노른자 · 대추 등의 재료를 채워 넣고 계란 노른자 물을 빵 판에 발라가며 오븐에 구워낸 것이다. 가격대와 종류가 아주 다양하며, 이즈음에 남의 집을 방문하거나 인사를 하러 갈 때 가장 많이 쓰이는 선물이다.

7) 중양절(重陽節)

『주역』에서는 숫자 9를 양수라고 하였는데, 음력 9월 9일은 양수가 중복되었다 하여 중양절이라고 한다. 중국인은 숫자 9를 매우 좋아하는데, 이는 숫자

TIP 월병의 기원

정확한 고증은 없지만 원나라 설을 많이 믿고 있다. 몽고족의 지배를 받던 한족들이 거사를 모의하고 비밀리에 통신을 하기 위한 수단으로 월병 안에 "음력 8월 15일에 거사한다"는 쪽지를 넣어 사람들에게 돌렸다는 것에서 유래했다는 설로, 그날 이후 중국에서는 음력 8월 15일에 가까운 사람들이나 친척 · 친구들에게 이 월병을 선물하는 풍습이 생겼다고 한다.

9와 오래되다 의미의 '久'가 발음이 같을 뿐만 아니라 숫자 중 가장 큰 수라 여겨 오래되고 장수한다는 의미로 여기기 때문이다. 이날 경치 좋은 높은 산에 올라가 국화주를 마시며 길일을 축하하거나 장수를 기원하기도 한다.

8) 납팔절(臘八節)

음력 12월 8일이고, 원래 납(臘)은 섣달에 지내는 제사 이름으로 8신에게 제사를 지낸다고 하여, 납팔절이라고 한다. 뿐만 아니라 12월 8일은 석가모니가 득도한 날로, 불교의 명절이기도 하다.

중국에서는 이날 불교도들 및 일반 가정에서도 찹쌀 · 콩 등을 넣어 끓인 납팔죽을 먹는다.

2. 기념일

1) 부녀절(婦女節)

부녀절은 국제 부녀절과 마찬가지로 양력 3월 8일이며, 각종 기념행사를 거행한다. 부녀절은 여권신장을 위한 여성들의 시위를 기념하는 날로 세계적인 날이다. 1908년 3월 8일에 미국 시카고의 여성들이 남녀평등을 요구하면서 시위를 벌인 사건을 기점으로 1909년 덴마크 코펜하겐에서 제2차 국제사회주의 여성대회에서 국제여성의 날로 정했다. 중국정부는 모범여성을 뽑아 기념행사를 하기도 하고 여성들에겐 반나절만 근무하게 하는 곳도 있으며 백화점 및 상점에서 여성 우대 할인행사를 벌이기도 한다.

2) 노동절(勞動節)

국제 노동절과 마찬가지로 양력 5월 1일이다. 1955년 5월 1일은 주5일 근무제가 시작된 날이며, 노동절은 국경절 · 춘절과 함께 중국 3대 연휴 중 하나이다. 노동절의 법정공휴일은 5일이지만, 소비 촉진을 위해 일주일을 쉬고 그 다음 주 토, 일요일까지 추가하여 약 열흘까지 쉬기도 한다. 이 기간에는 각종 여행 상품이나 여행객들 및 백화점 매출액이 증가하기도 한다.

3) 청년절

1919년 5월 4일 굴욕적인 파리강화 조약 체결의 무효를 주장하고, 반제국주의 · 반봉건주의를 표방하는 청년들 선봉의 '5 · 4 운동'이 일어났는데, 이를 기념하기 위해 양력 5월 4일을 청년절로 정했다. 이날 청년들은 한날절을 쉬면서 기념활동을 벌이기도 한다.

4) 아동절(兒童節)

양력 6월 1일로 1949년 국제민주여성연합회에서는 전 세계 아동의 권익을 보호하고 아동에 대한 학대를 반대하기 위해 모스크바에서 회의를 개최하여 6월 1일을 국제아동절로 정했다. 이날 아이들은 학교에 가지 않고 각종 기념행사에 참가하며 즐거운 하루를 보낸다.

5) 건당절(建黨節)

양력 7월 1일이며 중국공산당 건립 기념일이다. 1921년 7월 상해에서 최초 중국공산당이 건립되긴 하였으나 1941년이 되어서야 7월 1일을 중국공산당 탄생일로 제정했다. 매년 이날 기념행사가 열리고 기념내용이 언론에 보도된다.

6) 건군절(建軍節)

1927년 8월 1일 중국공산당은 강서성 남창에서 무장 봉기를 일으켰는데, 당시 지도자는 주은래(周恩來) · 주덕(周德) 등이었다. 이듬해 4월 강서성 정강산(井岡山)에서 모택동이 이끄는 농민들로 구성된 부대와 합류하여 중국공농홍군(中國工農紅軍) 제4군을 조직하여 독립적인 무장 세력을 갖게 되었다. 이를 기념하기 위해 1949년 중국공산당이 집권한 후 8월 1일을 중국군 건군 기념일로 제정한 날이다.

7) 전승절(戰勝節)

전승절은 9월 3일이며, 중국이 제2차 세계대전의 승리를 기리는 날이다. 1945년 9월 2일 미주리 함에서 서명한 일본의 항복 문서를 연합국 일원인 중화민국 정부가 접수한 날을 기념하여 2014년 9월 3일을 전승절로 삼았고 2015년 처음 법정 휴일로 제정하였다.

8) 교사절(教師節)

양력 9월 10일로 이날 교사들은 쉬지는 않고 약간의 보너스를 받기도 한다.

9) 국경절(國慶節)

국경절은 1949년 10월 1일 중화인민공화국이 건국된 날을 기념하는 날이다. 중국정부는 이날 군중집회 등 각종 경축활동을 벌인다. 공식적으로 7일간 연휴이며, 북경의 천안문 광장에서 대규모 집회 및 열병식을 거행하기도 한다.

10) 헌법의 날

헌법의 날은 12월 4일이며, 원래 '법제 선전의 날'이었으나 시진핑 지도부가 2014년 당 18기 4중전회(4차 중앙위원회 전체회의)에서 의결된 '당 지도하의 의법치국(依法治國, 법에 따른 국가 통치)'이라는 국정운영 방침의 철저를 기하기 위해 '국가 헌법의 날'로 선포했다. 이날 중국에서는 각종 형식으로 헌법 선전 및 교육활동을 전개한다.

11) 국가추모일

국가추모일은 12월 13일이며, 남경대학살 사건의 희생자를 추모하는 날이다. 이날 남경에서는 곳곳에서 대규모 추모식을 개최하며, 전 중국에서도 남경대학살 희생자 추모식은 중요한 기념행사이다. 2014년 2월 제12회 7차전국인대상위원회(全國人大常委會)에서 전승일과 함께 지정하였다.

제6장 혼장례

1. 혼례

과거 중국의 젊은 남녀는 유가사상의 영향으로 자유롭게 연애를 할 기회나 권리가 없었다. 중국에서 혼례는 장례와 함께 매우 중시했으며, 집안과 집안의 결합을 의미하는 '문당호대(門堂戶對)'를 많이 따졌다.

중국에서 혼례는 서주(西周) 때부터 혼인에 대한 엄격한 규정이 있었고, 한(漢)대에 와서는 육례(六禮)라고 칭하는 혼인 절차가 완비되었다. 이는 1949년 중국 건국 이전까지 중국의 젊은 남녀가 결혼을 하기 위해선 필히 거쳐야 할 과정과 수속이었다. 육례는 지역과 시대에 따라 다소 차이가 있긴 하지만, 대체로 납채(納采) · 문명(問名) · 납길(納吉) · 납징(納徵) · 청기(請期) · 친영(親迎)의 여섯 단계를 말한다.

납채는 구혼을 하는 단계이다. 신랑 측에서 신부 측으로 중매인이나 적당한 인물을 보내 혼인의 의사를 전달하는 과정으로 예물을 보낸다. 이 예물을 신부 측에서 받아서 신랑 측으로 또 선물을 보낸다면 혼인의 성사를 말하는 것이고, 선물을 받지 않으면 거절한다는 의미이다.

문명은 남녀 간의 사주팔자 및 궁합을 보는 단계이다. 신부 측에서 선물을 받으면 신랑 측에서 신부의 이름과 생년월일 기타 경제적 상황이나 직업 등을 물어온다.

납길은 신랑 · 신부의 사주팔자를 가지고 조상신이나 신에게 일정한 형식으로 물어 궁합을 점치는 것을 의미한다. 점의 결과가 좋으면 혼인을 계속 진행시키고, 좋지 않다면 이 혼담은 더 이상 진행하지 않고 중지시킨다.

납징은 신랑 측에서 신부 측으로 혼인의 징표로 예물을 보내는 절차이다. 신랑 측에서 재력을 과시할 수 있는 기회이기 때문에 폭죽을 터뜨리거나 악대를 보내어 음악을 연주하는 등 잔치 분위기를 낸다. 예물이 도착할 때 신부 집에서는 향을 피우고 폭죽을 터뜨리며 신랑 측 손님을 융숭하게 대접하고 약간의 예물을 들려 보낸다.

청기란 신랑 측에서 혼인 날짜를 정해서 날짜를 적어 예물과 함께 신부 측에 보내 의논하고 동의하면 혼인 날짜가 정해지는 단계이다.

친영은 오늘날의 결혼식을 말하며, 신랑이 신부를 데려오는 절차이다. 전통 혼례 절차에서 '친영' 전에는 신랑 신부 당사자가 서로 만날 기회가 전혀 없었고, 이날 공식적으로 처음 만난다. 신랑은 먼저 신부의 부모님을 뵙고 신부 측 조상의 사당에 배알하고 예물을 바치며, 가마 등에 신부를 태워 신랑의 집으로 돌아온다. 신랑의 집에 도착하면 조상과 부모님께 절을 하고 저녁에 성대한 연회를 열어 손님 접대를 하고 합방을 한다.

이러한 전통혼례는 송(宋)대에 간소화되었고, 1950년 혼인법이 제정되어 형식과 사치에 얽매인 과거 결혼문화는 없애고 실용적 · 경제적인 결혼문화가 정착을 하게 되었다. 현재 중국에서는 1980년 제정한 '신혼인법'에서 남자 22세, 여자 20세 이상이 되면 결혼을 할 수 있다고 혼인연령을 밝히고 있다.

결혼을 하고자 하는 미혼의 남녀가 중국정부 산하의 결혼 등록 부서에 가서 결혼 등기를 해야 한다. 우선, 결혼연령이 되는지 확인하고 결혼 신체검사증 · 양측의 호적 증명과 신분증명서 · 호적 관리 기관에서 발급하는 결혼 상황 증명서 등의 자료를 제출한다. 별 문제가 없으면 중국정부가 발급하는 붉은색의 '결혼증명서'를 받게 된다. 이때부터 두 사람은 법적으로 부부가 되는 것이며, 설령 결혼식을 하지 않는다 하더라고 법적으로는 엄연한 부부관계가 성립된 것이다. 통상 결혼식을 하고 혼인신고를 하는 우리와는 반대의 순서이다.

2. 장례

중국인들은 전통적으로 죽음을 매우 중요하게 생각한다. '하늘이 내린 천수를 누리고 집안에서 죽음을 맞이하는 것(壽終正寢)'을 가장 큰 축복으로 여겼고, 가족들은 '망자의 임종을 지키는 것(送終)'을 가장 중요한 효(孝)의 덕목으로 여겼다. 이에 장례의 절차도 매우 중요하게 생각한다.

주(周)나라 때부터 장례와 관련된 엄격한 절차가 생겼는데, 사람이 죽으면 먼저 목욕을 시켜 시신을 청결하게 하고 수의로 갈아입히는데, 이를 소렴(小殮)이라 한다. 그다음 망자의 입에 돈이나 옥을 넣어주는데, 이것은 빈손으로 이승을 떠나지 않도록 하기 위한 배려이다. 다음 시신을 관에 넣는데 이를 입관(入棺), 제단을 설치하고 친지들의 조문을 받는 절차는 대렴(大殮)이라고 한다. 마지막으로 3일, 5일 혹은 7일 동안 조문객을 맞이하고 종이돈을 태워 망자가 노잣돈으로 쓰게 하며, 유족들이 밤새워 영구를 지키는 의식을 진행하고, 고별식을 마친 후 시신을 묘지에 안장한다. 이 절차는 송장(送葬)이라고 한다.

하지만 현재 중국에서는 건국 이후 장례 역시 간소화할 것을 권장, 농경지 절약을 위해 토장(土葬)은 반대하고 화장(火葬)을 장려한다. 요즘에는 죽은 사람을 화장한 후 유골을 땅에 묻고 봉분 대신 나무 한 그루를 심어 묘지로 삼는 수장(樹葬)도 권장되고 있는데 산림복원 및 토장의 효과를 동시에 누리게 되니 일석이조의 성과를 보이고 있다. 그 외 티베트에서는 시신을 들판에 버려 독수리 등의 먹이로 주는 조장(鳥葬) 혹은 천장(天葬)의 장례 문화도 존재한다.

제7장 공연문화와 놀이문화

1. 경극(京劇)

패왕별희

북경을 중심으로 발전한 연극을 '경극(京劇)'이라고 하는데, 1928년 국민당 정부가 북경의 명칭을 '북평(北平)'으로 바꾸자 경극 역시 '평극(平劇)'으로 불리다 1949년 중국 건국 이후 북경의 이름을 되찾자 다시 '경극' 본래의 이름을 찾았다.

서양에서도 '북경 오페라'라 불리는 경극은 중국 전통 예술의 대표적인 장르로 현재에도 북경의 극장에서 상시 공연하고 있다. 과거 높은 지위의 관료나 부호들은 자신의 집에서 극단을 초빙하여 경극을 감상하기도 했고, 일반 중국인들은 경조사가 있을 경우 식당이나 여관에 친척 · 지인들을 초대해 경극을 관람하는 등 중국인의 일상생활에도 깊숙이 자리 잡고 있다.

1) 음악과 의상

경극에서 사용되는 음악 중 약간 심각하고 진지한 상황에서 쓰이는 음악은 이황(二黄), 가볍고 즐거운 장면에서 사용되는 음악은 서피(西皮)라고 한다. 이렇듯 경극에서 사용되는 음악 양식은 주로 이황과 피황(皮簧)으로 이루어졌는데, 이황은 안휘와 호북의 민속음악에서 유래했고, 피황은 서피라고도 하는데 중국 서북지방 섬서 지역의 음악에 기원을 두고 있다.

또한 경극에서 주로 쓰이는 의상은 통상 명대의 복식을 기본으로 하고 있고 무대 공연의 필요에 따라 약간의 변형을 거치긴 하였다.

2) 분장

경극에서 가장 두드러지는 특징은 마치 가면을 쓴 듯한 등장인물의 화려한 분장이다. 얼핏 보기에는 가면 같지만, 사실 기름을 섞어 붓으로 직접 그린 것이다. 이처럼 경극의 인물에 맞게 정해진 색깔로 얼굴에 그리는 것을 검보(臉譜)라고 하는데, 이 검보의 종류는 수천 종에 달하며 각각의 검보마다 서로 다른 인물의 성격을 내포하고 있다.

검보에 사용하는 색깔로는 검정 · 빨강 · 흰색을 많이 쓰며, 경극의 주요 배역 중 정(淨) · 축(丑) 인물에게 특히 검보를 많이 그린다. 검은색은 호방함을, 빨간색은 충직함을, 흰색은 간사함을 나타내고 얼굴 중간에만 하얗게 분장을 하는 것은 아첨하는 천한 사람을 나타내며 그 외 파란색은 용맹함을 나타내어 관객들이 등장인물의 성격과 특징을 즉시 파악할 수 있다. 이 밖에도 초록색은 거친 용기를 표현하고, 황금색은 위세와 장엄함을 상징하며 신선이나 요괴 등의 배역에는 주로 황금색이나 은색을 사용하기도 한다.

3) 배역

통상 경극 배우는 일생 동안 단 하나의 배역만을 연기하는데, 경극에 등장하는 인물은 성별과 성격에 따라 생단정축(生旦淨丑)이라는 네 배역으로 구분한다.

생(生)은 남자 역할로 나이와 기질에 따라 노생(老生), 무생(武生), 소생(小生) 등으로 구분된다. 또한 노래를 전문으로 하는 문생(文生), 곡예와 무술이 뛰어난 무생(武生), 어린아이 역할의 왜왜생(娃娃生), 삼국지의 관우처럼 문무를 겸비한 홍생(紅生) 등이 있다.

단(旦)은 여성 배역의 총칭으로 청의(青衣), 화단(花旦), 무단(武旦), 노단(老旦), 채단(彩旦), 도마단(刀馬旦) 등이 있다. 청의는 정단(正旦)이라고도 불리는데 여성 배역 가운데서 가장 중요한 위치를 차지한다. 단아하고 정숙한 분위기의 전통사회의 현모양처나 정절을 지키는 열녀를 표현하며 젊은 처녀부터 중년까지의 연령대에 포함된다. 화단은 명문가 규수의 몸종이나 가난한 집안의 처녀, 또는 요염한 젊은 부인을 연기한다. 무단은 무예에 정통한 여성 배역으로 무생과 비슷하게 손발을 이용하여 창이나 봉 등의 무기를 사용한다. 노단은 여자 노인의 배역이고, 채단은 발랄한 역할로 화단과 비슷하지만 화단보다 더 희극적이다. 도마단은 말을 탄 여장군의 배역을 나타낸다.

정(淨)은 얼굴에 온통 화장을 하기 때문에 화검(畵臉)이라고 부르기도 한다. 이 배역은 모두 남성으로 성격이 거칠고 호방하며 큰 소리로 말하기를 좋아하고 급하면 무공을 쓰기도 한다. 전혀 현실적이지 않은 분장으로 상징적이며 다채롭고 복잡하다. 정은 문정(文淨)과 무정(武淨)으로 나누기도 하고 왕후장상 역할의 정정(正淨)과 부정(不淨)으로 나누기도 한다.

축(丑)은 어릿광대 역할로 여자 어릿광대는 축단(丑旦), 남자 어리광대는 특성에 따라 문축(文丑), 무축(武丑)으로 나누기도 한다. 문축은 관리 역할이고, 무축은 무술을 행하는 역할이다. 이 배역은 보통 즉흥 연기를 통해 날카롭고 매서운 풍자를 하며 익살스럽고 어리석은 역할이나 악한 역할을 하기도 한다.

4) 표현기법

경극 연출의 표현기법은 창(唱), 념(念), 주(做), 타(打)라는 네 가지 기본 방식으로 구성된다.

경극의 노래인 창(唱)은 극중 등장인물의 성별, 연령, 신분, 지위, 성격, 음색과 창법에 따라 서로 다른 배역을 나누어 연출한다. 각각의 배역은 자신만의 독특한 발성법과 창법이 있고 경극에 있어 이 노래는 가장 중요한 비중을 차지하고 평균 음역이 서양에서 사용하는 음역보다 높은 것으로 알려져 있다.

념(念)은 등장인물의 대사로 사건을 설명하고 풀어내는 서사의 작용을 한다. 대사로 상황에 맞는 정서를 표현하는 것은 노래보다 훨씬 어려워 많은 훈련과 노력이 필요하다. 이러한 념은 경극 표현 예술의 우아함과 단정함을 상징한다.

주(做)는 몸동작이고, 타(打)는 무예동작으로 모두 배우의 신체 동작을 이용하여 인물과 상황을 연출해낸다. 이러한 주와 타는 마치 춤을 추듯이 절제된 무도동작으로 아름답게 표현한다.

2. 천극(川劇)

사천지역에 공연되는 연극을 '사천극(四川劇)' 혹은 '천극(川劇)'이라고 부른다. 천극에는 얼굴모양을 바꾼다든가, 이마에 천리안 붙이기, 입에서 불꽃을 뿜어내기 등이 있다. 그중에서 변검(變臉)은 얼굴의 모양이나 색깔을 바꾸는 것을 일컫는다. '변검'의 기법은 수제자 한두 명에게만 전해져 얼굴색을 어떻게 바꾸는지는 아직까지 완전하게 밝혀지지 않고 있다.

얼굴색의 변화는 극의 전개와 등장하는 인물의 심리상태를 알 수 있게 해준다. 붉은색은 원수를 만났기 때문에 화가 나고 흥분해서 눈이 굉장히 충혈되었음을 나타내는 것이고, 푸른색은 너무 화가 난 것을 표현하는 것이고, 하얀색은 기쁨과 통쾌함을 나타내는 것이고, 검은색은 분노하여 화가 난 것을 표현하는 것이다.

변검은 크게 대변검(大變臉)과 소변검(小變臉)으로 나누는데, 전자는 얼굴 전체를 변화시키는 것이고, 후자는 얼굴 일부만을 변화시키는 것이다. 변검의 기법은 '차검(扯臉)', '취검(吹臉)', '말검(抹臉)', '운기변검(運氣變臉)'으로 나눌 수 있다. 일반적으로 잘 알려져 있는 방식은 차검이다. 차검은 공연에 앞서

비단에 가면을 한 장 한 장 그린 다음 잘 잘라서 각각의 가면에 실을 연결한 후 한 장씩 얼굴에 붙여 공연할 때 가면을 한 장씩 당겨 내리는 변검기법이다.

취검은 금분(金粉), 은분(銀粉), 묵분(墨粉) 등과 같은 분말식 화장품을 아주 작은 상자에 넣은 뒤 무대 바닥 위에 두었다가 배우가 바닥에 엎드리는 춤 동작을 취하면서 얼굴을 상자에 대고 확 불면 분말이 얼굴에 묻게 되어 다른 색깔의 얼굴로 바뀌게 된다.

말검은 얼굴의 특정 부위에 분장용 분을 묻혀놓았다가 필요할 때 손으로 문질러 다른 색으로 변하게 하는 것이다. 얼굴 전체를 바꾸려면 분장용 분을 이마나 눈썹에 묻혀두고, 얼굴의 하반부만 바꾸려면 분을 빰이나 코에 묻혀둔다. 또 어떤 특정 부분만 바꾸려면 분장용 분을 바꾸려는 그 부위에 묻혀둔다.

운기변검은 기공을 운용하여 얼굴을 홍색에서 백색으로, 백색에서 청색으로 바꾸는 기법이다.

이 외에 미간 사이에 천리안이 생기게 한다든가, 입에서 화염을 뿜는 기술도 천극에 속한다. 이마에 천리안이 생기는 것은 발등을 이용하여 빠른 동작으로 붙이는 것이고, 화염을 뿜는 기술은 입에 도구를 사용하여 화염(火焰)을 뿜는 것으로 밝혀졌다.

3. 기타 주요 지방극

경극과 천극 외에도 중국에는 지역마다 연극이 있다. 그중에서 유명한 극은 곤극(昆劇), 황매희(黃梅戲), 평극(評劇), 월극(越劇), 예극(豫劇), 월극(粵劇) 등이다.

곤극

곤극은 강소성 곤산(崑山) 지역 민간에서 유행하여 지속되고 있는 지방극이다. 곤곡(崑曲), 곤강(崑腔), 곤산강(崑山腔)이라고도 부른다. 명대 1531~1541년 강소성 소주 곤산현에서 위양보(魏良輔) 등이 북곡(北曲)과 남곡(南曲)의 장점을 취하여 남곡의 노래양식과 악기(피리)를 통일해 만든 곡조이자 희곡 및 전통극이다.

황매희는 안휘 지방에서 유행하던 전통 지방극이다. 강서, 호북의 일부 지역에서 유행한다. 곡조는 부드러우면서 감동적이고, 연기는 소박하고도 아름답다고 평가된다.

평극은 하북성 당산에서 시작하여 화북과 동북 지역에서 유행한 연극이다. 평극의 특징은 전체적인 극 분위기가 매우 활발하고 자유분방하여 인생살이의 깊은 맛이 배어 있다.

월극(越劇)

월극(越劇)은 절강성 소흥에서 발흥하여 절강, 강소, 강서, 안휘, 상해 등으로 확산되었다. 월극은 경극, 곤극, 천극과 더불어 4대 전통극 중의 하나이다. 처음에는 남자만이 연기할 수 있었다가 20세기 초부터 여성도 연기하기 시작하였다. 1920년경 상해에 입성하여 서구 연극과 영화 등의 장르적 특성을 수입해 월극화시켰다. 곡조가 부드럽고 표현이 정밀하여 극 중 손꼽히는 전통극이다.

예극은 하남 지방에서 유행하던 전통 지방극으로 하남방자(河南豚子), 하남고조(河南高調), 하남구(河南謳)라고도 불린다.

월극(粤劇)은 광동 지방의 전통 지방극으로 광서, 복건 남부에서 유행한다. 월극은 광동방언으로 공연되고, 노래곡조는 서피(西皮)와 이황(二簧)이 주를 이룬다. 민가와 민간악곡을 흡수하여 짙은 지방색을 띠고 있다.

월극(粤劇)

4. 용주(龍舟) 경기

일반적으로 많이 알려진 용주경기는 중국뿐만 아니라 타이완, 싱가포르, 말레이시아, 홍콩 등지에서도 크고 작은 경기가 열린다. 용주경기는 '용선(龍船)'이라고도 하는데, 단오날에 많이 한다.

용주경기와 관련된 가장 오래된 기록은 삼국 오나라에서 볼 수 있다. 당시 사람들은 매년 4월 8일이 되면 삼나무로 용주를 만들어 5월 1일에 물에 띄운다. 단오날 아침이 되면 사람들은 새벽에 일어나 이슬을 머금은 깨끗한 쑥으로 목욕을 한 뒤 굴원을 모시는 사당으로 가서 추모를 드린 뒤 강가로 간다.

굴원은 초나라 시인으로서 멱라수에 빠져 죽었다. 당시 고기를 잡으러 나갔던 배가 돌아와 굴원이 강물에 빠져 죽었다는 말을 듣고는 한밤중에 횃불을 켜고 그의 시신을 찾으려고 애를 썼다. 결국엔 찾지 못하였는데, 굴원의 시신이 고깃밥이 되지 않도록 하기 위해서 종자를 만들어 물고기밥으로 대신 주었다. 이후 매년 굴원을 기리기 위해서 사람들이 모여서 용선경주를 하게 되었다.

강가에 모인 사람들은 오색 깃발을 올리고, 용의 머리를 앞세운 긴 배를 띄우고 강 위에서 경주를 한다. 구경 나온 여러 사람들은 징이나 북을 치며 응원을 한다.

용주경기는 송나라 때 성대해졌고, 배의 모양, 장식, 노 젓는 사람의 배치와 역할, 경기의 규칙이 정해졌다. 보통 노를 젓는 사람은 웃통을 벗어야 하고 몸에는 문신을 새겨야 한다. 그리고 리더는 깃발을 흔들며 기합을 넣어야 하고 이기려는 순간에는 뱃머리에서 재주를 넘어야 한다. 승자는 더욱 빠르게, 천천히 회전하기도 하고 뒤로 가는 등 여러 가지 기술을 보인다. 용주경기는 한족만이 하는 경기가 아니라 운남성에 거주하는 소수민족 중 묘족과 요족(瑤族)도 즐겨 한다.

5. 사자춤(獅舞)

사자춤

중국영화를 보면 자주 나오는 놀이 중의 하나가 사자춤이다. 이연걸이 출연한 황비홍 시리즈에 특히 많이 나오는데, 중국인들은 춘절이 되면 사당(廟會) 앞 부근 농가에서 모여들어 사자춤을 춘다. 사자춤(狮舞)은 또 '사자무(狮子舞)', '사정(狮灯)', '무사(舞狮)', '무사자(舞狮子)'라고도 부른다.

사자춤은 북쪽에서는 개를 모방하였고, 남쪽에서는 고양이를 모방하여 춤을 추었다고 한다. 북경의 사자춤에 등장하는 사자는 털이 길고, 다리가 짧으며, 체격이 작은 편이다. 이는 백수의 왕으로 불리는 사자의 위엄을 빌어 모든 사악한 것을 피하기 위함이었다고 한다.

사자춤의 유래는 남북조시대까지 거슬러 올라간다. 송나라 문제(文帝) 유의륭(劉義隆)이 군대를 파견하여 임읍왕(林邑王) 범양(范陽)을 정벌할 때, 송의 병사들은 범양의 코끼리 부대에 패퇴하였다. 송의 장군 종각(宗慤)은 사자처럼 용맹무쌍한 모습으로 출진하면 코끼리들이 놀라 도망갈 거라는 생각에 부하들에게 천으로 된 사자 머리를 쓰게 한 다음 주요 요새에 숨게 하고 함정도 파두었다. 다음 날 범양의 군대가 코끼리를 타고 공격해 올 때, 천으로 된 사자 머리를 쓴 송의 병사들이 갑자기 나타나자 코끼리들은 놀라 우왕좌왕하다가 함정에 빠져버렸다. 이렇게 하여 송나라 군사는 대승을 거두었고, 이후 사자탈을 쓰고 춤을 추는 놀이가 성행하게 되었다.

제2부

중국 소수민족 문화

제2부에서는 중국 소수민족 개황, 의식주, 관혼상제, 전통명절, 축제, 체육대회와 공연문화, 종교신앙과 금기사항, 관광명소, 55개 이외 중국에 거주하는 민족에 대해서 살펴본다.

제1장 중국 소수민족 개황

1. 소수민족 분류

중국에서 소수민족은 한족(漢族)에 비해 인구수가 적은 민족을 가리킨다. 중국 소수민족의 정체성과 명칭은 1953년 이래로 진행되었던 민족식별(民族識別)작업에 의해 결정되었다.

민족식별이란 중국 당국이 중국 내 거주하면서도 어떤 민족인지 정확하게 알 수 없는 인간공동체, 그리고 여러 개의 민족명칭을 갖고 있는 민족이 실질적으로 어떤 민족인지를 밝히기 위해서 민족성분을 판별하고 분류하며 민족명칭을 공인한 작업을 가리킨다. 1953년부터 1979년까지 55개의 소수민족이 판별되었고, 1982년 국무원은 55개 소수민족을 공인하였다.

1949년 중국 건국 당시에 불과 9개 민족만이 중국 정부로부터 공인받았다. 이때 9개 민족은 몽고족, 회족(回族), 티베트족(藏族), 유오이족(維吾爾族, 이하 '위구르족'이라 지칭), 묘족(苗族), 요족(瑤族), 이족(彝族), 조선족(한국 재중동포), 만족(滿族, 만주족)이었다.

그런데 중국에는 정부로부터 독립된 민족으로 인정받지는 못하였지만, 55개 소수민족 이외에도 민족정체성을 가진 민족도 있다. 이들은 한족이나 몇몇 소수민족 내에 포함되었지만, 실질적으로는 독립된 민족정체성을 가진 민족이다. 예를 들면, 마사인(摩梭人, 모소족) · 찰파인(扎巴人, 찰패인扎壩人, 자바인) 등이다. 이렇게 아직 어떤 민족인지 판별되지 않은 민족을 '미식별민족'이라고 부른다.

2014년 언론에서 천청인(穿青人)이 새로운 소수민족체로 인정된 것처럼 기사화되었지만, 천청인은 미식별민족에 속하는 민족체이다. 1953년 중국정부가 민족식별을 할 때, 천청인을 한족의 지계로 간주하였다. 그런데 2014년 5월 7일, 사천성 미산시(眉山市) 단릉현(丹棱縣) 양장파출소민경(楊場派出所民警)이 곽단(郭丹)에게 발급한 신분증에 천청인이라 표시된 게 언론에 보도되면서 제56번째 소수민족이 승인되었다는 말이 회자되었다. 이렇게 언론과 인터넷에서 천청인의 존재에 대한 관심이 높아지자 국가민족사무위원회는 "최근 새롭게 확인된 민족은 없다"는 입장을 공식적으로 밝혔다.

한편, 중국에서는 타이완의 소수민족을 '고산족'이라 부르지만, 타이완에서는 '원주민족(原住民族)'이라고 부른다. 1994년 타이완 관방에서는 처음으로 '원주민(原住民)'이라는 용어를 사용하기 시작하면서 그동안 사용하던 '산포(山胞)'라는 용어를 정식으로 대신하였다. 1997년에 입법원이 원주민족교육법(原住民族教育法)을 통과시키면서 '원주민족'이라는 명칭이 법률상에 등장하였고, 2000년에 중화민국헌법을 수정할 때 민족권을 갖춘 의미로서의 '원주민족'이라는 단어가 정식으로 '원주민'을 대신하게 되었다. 2015년 11월 현재, 타이완에는 16개 원주민족이 인정받고 있으며, 원주민족의 총인구는 54만 6698명으로 타이완 총인구의 2.33%를 차지한다.

〈표 1〉 타이완 원주민족 인구수(2015년 11월 현재, 단위: 명)

민족명칭	민족어 원문	인구	부록
아미족(阿美族)	Pangcah (Amis)	203,377	1948년 국립타이완대학민족연구실에서 분류했던 9족 중 하나
배만족(排灣族)	Payuan (Paiwan)	97,537	1948년 국립타이완대학민족연구실에서 분류했던 9족 중 하나
태아족(泰雅族)	Tayal (Atayal)	87,041	1948년 국립타이완대학민족연구실에서 분류했던 9족 중 하나
포농족(布農族)	Bunun	56,761	1948년 국립타이완대학민족연구실에서 분류했던 9족 중 하나
비남족(卑南族)	Pinuyumayan (Puyuma)	13,629	1948년 국립타이완대학민족연구실에서 분류했던 9족 중 하나
로개족(魯凱族)	Drekay (Rukai)	12,971	1948년 국립타이완대학민족연구실에서 분류했던 9족 중 하나
추족(鄒族)	Cou(Tsou)	6,672	1948년 국립타이완대학민족연구실에서 분류했던 9족 중 하나

새하족(賽夏族)	SaiSiyat	6,483	1948년 국립타이완대학민족연구실에서 분류했던 9족 중 하나
달오족(達悟族) / 아미족(雅美族)	Tao / Yami	4,483	1948년 국립타이완대학민족연구실에서 분류했던 9족 중 하나. 원래는 'Yami'라 불림. 최근 어떤 사람은 'Tao'라 바꿔 부름
소족(邵族)	Thao	769	추족(鄒族)으로 분류되었던 민족, 2001년 8월 8일 승인
갈마란족(噶瑪蘭族)	Kebalan (Kavalan)	1,412	아미족(阿美族)으로 분류되었던 민족, 2002년 12월 25일 승인
태로각족(太魯閣族)	Truku (Taroko)	30,308	태아족(泰雅族)으로 분류되었던 민족, 2004년 1월 14일 승인
살기래아족(撒奇萊雅族)	Sakizaya	865	아미족(阿美族)으로 분류되었던 민족, 2007년 1월 17일 승인. 인구는 내정부(內政部)에 신고한 자
새덕극족(賽德克族)	Seediq	9,399	태아족(泰雅族)으로 분류되었던 민족, 2008년 4월 23일 승인
랍아로왜족(拉阿魯哇族)	Hla'alua	287	남추족(南鄒族)으로 분류되었던 민족, 2014년 6월 26일 승인. 인구는 내정부에 신고한 자
잡나잡나부족(卡那卡那富族)	Kanakanavu	253	남추족(南鄒族)으로 분류되었던 민족, 2014년 6월 26일 승인. 인구는 내정부에 신고한 자

자료 참조: 維基百科,自由的百科全書, https://zh.wikipedia.org/zh-tw/%E8%87%BA%E7%81%A3%E5%8E%9F%E4%BD%8F%E6%B0%91%E6%97%8F

2. 인구

2011년 4월 28일, 중국 국가통계국은 2010년 11월 1일 0시에 실시되었던 제6차 인구조사 통계를 발표하였다. 통계에서 중국 총인구는 13억 7053만 6875명이고, 그중 한족은 12억 2593만 2641명으로 총인구의 91.51%를 차지하며, 소수민족 총인구는 1억 1379만 2211명으로 총인구의 8.49%를 차지한다고 밝혔다. 2000년 제5차 인구조사 때보다 한족은 6653만 7177명이 증가하였고, 소수민족은 736만 2627명이 증가하였다.

중국은 계획생육(산아제한) 정책을 실시하고 있지만, 소수민족은 민족마다 다소 차이가 있다. 중국은 소생(少生, 아이 적게 낳기)과 만육(晩育, 아이 늦게 낳기)을 기본으로 삼는 계획생육정책을 실시하고 있다. 도시에서는 아이 1명, 지방에서는 아이 2명까지 허락하는 인구정책을 취해왔다. 하지만 소수민족에게는 그대로 적용하지 않았다. 소수민족은 2명을 낳을 수 있으나 민족의 숫자에 따라 조금씩 달랐다. 인구가 1,000만 명 이하의 소수민족에게는 한 부부가 두 명의 자녀를 낳는 것을 허용하였다. 개별적으로 3명을 낳을 수 있으나 4명은 허용하지 않았다.

TIP

중국은 2015년 제18차 5중전회에서 '1가구1자녀' 정책을 폐기하고 2자녀를 허용하기로 결정하였는데, 이 정책은 2016년 1월 1일부터 시행되었다. 이는 지난 2013년 제18차 3중전회에서 부모 양쪽 중 한 명이 독자일 경우 2명의 자녀를 허용하는 '단독 두 자녀(單獨二孩)' 정책을 시행하기로 결정한 이후 이미 예견된 일이다. 이로써 2018년도까지 2억 이상의 신생아가 태어나 연평균 신생아 수가 100~200만 명이 될 것으로 예상하고 있다.

2015년 12월 27일 제12차 전국인민대표대회 상무위원회 제18차 회의에서 "인구와 계획생육법 수정에 관한 결정(關於修改人口與計劃生育法的決定)"을 통과시켰다. 이 결정은 2016년 1월 1일부터 시행하였다. 이번에 수정된《중화인민공화국 인구와 계획생육법(中華人民共和國人口與計劃生育法)》의 제18조에서 "국가는 한 부부가 두 명의 자녀를 낳을 수 있게 장려한다(國家提倡一對夫妻生育兩個子女)"라고 정하였다. 그리고 법률과 법규 규정의 조건에 부합하면 '재생육자녀(再生育子女)'를 안배해 달라고 요구할 수 있게 정하였다. 여기서 '재생육자녀'란 "3명 및 3명 이상을 낳을 수 있는 상황"을 가리킨다. 주로 농촌과 소수민족 지역 및 특수한 가정을 대상으로 한다. 구체적으로는 성 · 자치구 · 직할시 인민대표대회 혹은 그 상무위원회의 규정에 따라 실시한다. 소수민족도 계획생육을 실시하는데, 구체적으로는 성 · 자치구 · 직할시의 인민대표대회 혹은 그 상무위원회 규정에 따라 실시한다. 부부 쌍방의 호적 소재지가 성 · 자치구 · 직할시 간의 재생육자녀에 관한 규정과 일치하지 않으면 소송당사자에게 유리한 원칙을 적용한다.

각 성과 자치구 및 직할시에서 제정한 소수민족의 계획생육정책에 관한 내용을 정리하면 대체적으로 크게 3개로 분류할 수 있다.

첫 번째는 5개 자치구와 소수민족인구가 비교적 많은 운남성 · 귀주성 · 청해성 등에서 실시하고 있는 계획생육정책이다.

내몽고자치구 규정 : 몽고족 공민인 한 쌍의 부부는 2명의 자녀를 낳을 수 있다. 비도시호구의 몽고족 공민은 비준을 거쳐 세 번째 자녀를 낳을 수 있다. 달알이족 · 악온극족 · 악륜춘족 공민은 우생(優生, 건강한 아이 낳기)과 소생(少生, 아이 적게 낳기)을 장려한다. 이들 민족이 자녀계획을 요구하면 기술서비스를 제공한다. 몽고족 · 달알이족 · 악온극족 · 악륜춘족 이외의 다른 소수민족 공민은 한 부부가 2명의 자녀를 낳을 수 있지만, 세 번째 아이 출산을 허가하지 않는다.

신강위구르자치구 규정 : 도시에 거주하는 소수민족은 부부가 2명의 자녀를 낳을 수 있고, 농업과 목축업에 종사하는 소수민족은 부부가 3명을 낳을 수 있다. 그리고 특수한 조건에 부합하는 부부는 1명의 자녀를 더 낳을 수 있다.

광서장족자치구 규정 : 부부가 요족 · 묘족 · 동족 · 흘료족 · 모남족 · 회족 · 경족 · 이족 · 수족 · 마료족 등 천만 명 이하의 인구를 가진 소수민족인 경우, 비준을 거쳐 2명의 자녀를 더 낳을 수 있도록 허가하였다. 하지만 1명을 더 낳을 수 있는 기간은 만 4년이 넘어야 한다.

영하회족자치구 규정 : 근로자, 도시 주민, 농민 중 부부 쌍방 혹은 한 명이 소수민족인 경우 2명을 낳을 수 있다. 일부 산지 현의 소수민족 농민은 3명을 낳을 수 있다.

서장자치구 규정 : 장족(티베트인)과 기타 소수민족 간부 · 근로자 · 도시 주민은 한 부부가 자녀 2명을 낳을 수 있도록 하였다. 농업과 목축업을 하는 소수민족에게는 '건강한 아이를 낳아 정성껏 키우고, 늦게 결혼하고 늦게 낳자(優

生優育晩婚晩育)'를 강조하였고, 아이를 낳을 수 있는 숫자를 제한하지 않았다. 자발적으로 자녀계획을 원하면 기술지도를 해준다.

운남성 · 귀주성 · 청해성의 규정 : 소수민족은 2명을 낳을 수 있다. 특수한 상황의 소수민족 농민과 목축민은 비준을 거쳐 1명을 더 낳을 수 있다. 총인구가 매우 적은 소수민족은 계획생육을 하지 않는다.

두 번째는 길림성 · 요녕성 · 흑룡강성 · 하북성 · 절강성 · 호북성 · 호남성 · 광동성 · 해남성 · 사천성 · 감숙성 등의 계획생육정책이다. 이러한 지역에는 소수민족 취거지(집중거주지)가 있기 때문에 자치주 혹은 자치현을 설치해 두었다. 일반적으로 부부가 모두 소수민족인 경우는 2명을 낳을 수 있도록 규정하였다.

길림성의 규정을 예로 들면, 부부 쌍방이 소수민족인 경우에는 두 번째 자녀를 낳을 수 있도록 하였는데, 첫 번째 자녀를 낳은 뒤 4년이 지나야 두 번째 자녀를 낳을 수 있다. 부부 중 1명이 소수민족인 경우 두 번째 자녀를 낳을 수 있지만, 1명을 낳은 뒤 8년이 지나야 두 번째 자녀를 낳을 수 있도록 하였다. 절강성의 규정에 의하면, 부부 쌍방이 모두 소수민족인 경우 비준을 거쳐 계획생육에 따라 두 번째 자녀를 낳을 수 있도록 하였다. 부부 쌍방이 모두 농업호구의 농민이거나 어민인 경우, 부부 중 한쪽이 소수민족으로 2代 이상의 호적을 갖추고 있어야 하고, 비준을 거쳐 계획생육에 따라 두 번째 자녀를 낳을 수 있다.

세 번째는 북경 · 천진 · 상해 · 산서성 · 강소성 · 안휘성 · 복건성 · 강서성 · 산동성 · 하남성 · 섬서성 등의 시와 성의 계획생육정책이다. 이러한 시와 성에 거주하는 소수민족은 섞여 살거나 흩어져 살고 있다. 제정한 계획생육정책 중에서는 소수민족의 특수한 상황을 고려하였다. 북경 · 천진 · 상해 3개 직할시의 규정에서는 일정한 조건에 부합하는 소수민족은 두 번째 자녀를 낳을 수 있다. 기타 성의 규정에서는 부부 쌍방이 소수민족인 경우 두 번째 자녀를 낳을 수 있다.

다음 〈표 2〉는 2010년에 실시되었던 중국 제6차 전국인구조사 내용이다.

〈표 2〉 제6차 인구조사(2010년 11월 1일 0시, 단위 명)

2010年第六次全國人口普查主要數據公報(第1號)
총인구: 13억 7053만 6875명
한족: 12억 2593만 2641명, 소수민족: 1억 1379만 2211명

1. 장족(壯族)	16,926,381	29. 마료족(仫佬族)	216,257
2. 회족(回族)	10,586,087	30. 석백족(錫伯族)	190,481
3. 만족(滿族)	10,387,958	31. 가이극자족(柯爾克孜族)	186,708
4. 위구르족(維吾爾族)	10,069,346	32. 경파족(景頗族)	147,828
5. 묘족(苗族)	9,426,007	33. 달알이족(達斡爾族)	131,992
6. 이족(彝族)	8,714,393	34. 살랍족(撒拉族)	130,607
7. 토가족(土家族)	8,353,912	35. 포랑족(布朗族)	119,639
8. 티베트족(藏族)	6,282,187	36. 모남족(毛南族)	101,192
9. 몽골족(蒙古族)	5,981,840	37. 탑길극족(塔吉克族)	51,069
10. 동족(侗族)	2,879,974	38. 보미족(普米族)	42,861
11. 포의족(布依族)	2,870,034	39. 아창족(阿昌族)	39,555
12. 요족(瑤族)	2,796,003	40. 노족(怒族)	37,523
13. 백족(白族)	1,933,510	41. 악온극족(鄂溫克族)	30,875
14. 조선족(朝鮮族)	1,830,929	42. 경족(京族)	28,199
15. 합니족(哈尼族)	1,660,932	43. 기낙족(基諾族)	23,143
16. 여족(黎族)	1,463,064	44. 덕앙족(德昂族)	20,556
17. 합살극족(哈薩克族)	1,462,588	45. 보안족(保安族)	20,074
18. 태족(傣族)	1,261,311	46. 아라사족(俄羅斯族)	15,393
19. 사족(畲族)	708,651	47. 유고족(裕固族)	14,378
20. 율속족(傈僳族)	702,839	48. 오자별극족(烏孜別克族)	10,569
21. 동향족(東鄕族)	621,500	49. 문파족(門巴族)	10,561
22. 흘료족(仡佬族)	550,746	50. 악륜춘족(鄂倫春族)	8,659
23. 랍호족(拉祜族)	485,966	51. 독룡족(獨龍族)	6,930
24. 와족(佤族)	429,709	52. 혁철족(赫哲族)	5,354
25. 수족(水族)	411,847	53. 고산족(高山族)	4,009
26. 납서족(納西族)	326,295	54. 락파족(珞巴族)	3,682
27. 강족(羌族)	309,576	55. 탑탑이족(塔塔爾族)	3,556
28. 토족(土族)	289,565		

중국 국적취득 외국인 : 1,448　　기타 미식별민족 : 640,101

자료 참조 : 《2010年第六次全國人口普查主要數據公報(第1號)》, 中国排行网 http://www.phbang.cn/general/144958.html, 百度百科 http://baike.baidu.com/link?url=x2GPKQZQpi7-w0HmbAbcTO18B-mfdzGNUlhBd7OoyJGt5X-gmupQyUKGhaOsEiPzg0Y6QxFql9fCq-3F9gepwa 에서 정리.

3. 분포와 면적

중국에는 민족구역자치법(1984년)에 의거하여 5개 자치구와 30개 자치주, 120개 자치현(기)(自治縣(旗)) 및 1,100여 개의 민족향이 있다. 이 중 민족자치지역은 155개가 있는데, 이를 합친 면적은 646.95만km^{2}로 중국 전체면적의 64.3%이다.

민족자치주 : 길림(1), 호북(1), 호남(1), 사천(3), 귀주(3), 운남(8), 감숙(2), 청해(6), 신강(5)
민족자치현 : 화북지역(9), 동북지역(12), 화동지역(1), 화중지역(9), 화남지역(21), 서남지역(48), 서북지역(20)
* 소수민족 자치지역의 기본조건은 해당 소수민족의 전체인구 중 구성 비율이 30% 이상 되어야 한다.

1984년에 《중화인민공화국 민족구역자치법(中華人民共和國 民族區域自治法); 이하 '민족구역자치법'》을 반포하였다. 민족구역자치법은 "서언, 제1장 총칙, 제2장 민족자치지방의 건립과 자치기관의 구성, 제3장 자치기관의 권리, 제4장 민족자치지방의 인민법원과 인민검찰원, 제5장 민족자치지방 내의 민족관계, 제6장 상급국가기관의 직책, 제7장 부칙"으로 이루어져 있다.

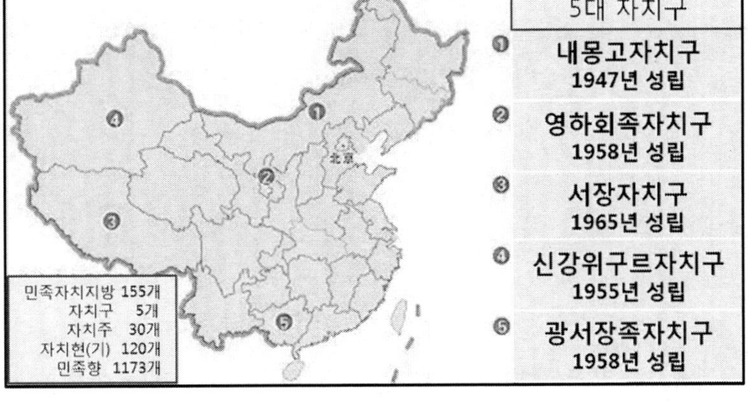

중국 소수민족은 직할시 · 성 · 자치구 각 지역에 거주하고 있다. 그리고 대부분의 현급 단위에 2개 이상의 민족이 거주하고 있다. 특히 5개 민족자치구를 포함하여 운남성 · 귀주성 · 청해성 · 사천성 · 감숙성 · 동북3성 · 호남성 · 호북성 · 해남성 등지에 분포해 있다.

55개 소수민족은 대체적으로 1) 동북 · 내몽골지역 2) 서북지역 3) 서남지역 4) 중남동지역에 분포하고 있다. 이를 간략하게 살펴보면 다음과 같다.

(1) 동북 · 내몽골지역 : 달알이족(達斡爾族, Dawor), 만족(滿族, 만주족), 몽고족(蒙古族, 몽골족), 악륜춘족(鄂倫春族), 악온극족(鄂溫克族, Ounke), 조선족(朝鮮族, Korean), 혁철족(赫哲族)

(2) 서북지역 : 가이극자족(柯爾克孜族, Kirghiz), 동향족(東鄉族), 보안족(保安族), 살랍족(撒拉族), 석백족(錫伯族), 아라사족(俄羅斯族), 오자별극족(烏孜別克族, Uzbek), 유고족(裕固族), 유오이족(維吾爾族, Uighur), 탑길극족(塔吉克族, Tadzhik), 탑탑이족(塔塔爾族, Tatar), 토족(土族), 합살극족(哈薩克族, Kazakh), 회족(回族)

(3) 서남지역 : 강족(羌族), 경파족(景頗族), 기낙족(基諾族), 납서족(納西族), 노족(怒族), 덕앙족(德昻族), 독룡족(獨龍族), 동족(侗族), 락파족(珞巴族, Lepa), 랍호족(拉祜族), 묘족(苗族), 문파족(門巴族), 백족(白族), 보미족(普米族), 수족(水族), 이족(彝族), 율속족(傈僳族), 아창족(阿昌族), 와족(佤族), 장족(藏族, Tibetian), 태족(傣族), 포랑족(布朗族), 포의족(布依族), 합니족(哈尼族), 흘료족(仡佬族)

(4) 중남동지역 : 고산족(高山族), 경족(京族), 마료족(仫佬族), 모남족(毛南族), 사족(畲族), 여족(黎族), 요족(瑤族), 장족(壯族), 토가족(土家族)

4. 특징

중국 소수민족의 특징은 "1) 분포지역이 넓고 차지하는 면적이 넓다. 2) 잡거(雜居)가 많고, 집거(集居)가 적다. 3) 자원과 광물이 매우 풍부하다. 4) 변경에 가깝고 인구가 희소하며, 경제와 문명이 비교적 낙후되어 있다."이다. 이를 구체적으로 설명하면 다음과 같다.

첫째, 중국 각 소수민족 지역에는 일정한 수의 한족이 살고 있다. 소수민족 자치구에도 한족이 점차적으로 늘고 있는 실정이다. 소수민족이 가장 많은 운남성에는 51개의 민족이 있고, 그중 26개 민족은 인구가 5000명이 넘고, 15개 민족은 운남성에만 분포하고 있다. 운남성 이외에도 5개의 민족자치구(내몽고 · 신강 · 티베트 · 광서 · 영하)를 비롯하여 흑룡강 · 길림 · 요녕 · 감숙 · 청해 · 사천 · 운남 · 귀주 · 광동 · 호남 · 하북 · 호북 · 복건 · 타이완 · 해남 등지에 주로 분포되어 있다.

둘째, 회족인구는 '대분산(大分散), 소집중(小集中)'의 특징을 갖고 있다. 31개의 성, 자치구, 직할시에 고르게 분포하고 있다. 기본적으로는 모든 현(縣)과 시(市)에 골고루 분포하고 있다. 경제구역 구분에 따르면, 62.83%가 서부지역에 집중하고 있다. 행정구역의 구분에 따르면, 회족인구가 많이 있는 곳은 영하회족자치구 감숙성 신강위구르차지구 순이고, 가장 적은 지역은 해남성 중경 강서성 순이다.

셋째, 소수민족이 주로 거주하는 곳은 고원 · 산맥 · 초원 · 삼림지대이다. 지역이 광대하고 지하자원이 풍부하다.

넷째, 국경 부근은 인구가 적고 경제와 문명(중국에서는 '문명' 대신 '문화'로 표현하고 있다)이 동부지역에 비해 낙후되어 있다. 소수민족이 집중된 지역은 대부분 중국 국경지대이다. 특히 민족자치구는 지정학적으로 매우 중요하다.

5. 소수민족의 언어와 문자

1980년대부터 시작된 중국 소수민족 언어문자 캠페인은 많은 변화를 가져왔다. 국가인민위원회에 따르면 현재까지 중국은 이미 몽골문 · 티베트문(藏文) · 위구르문(維吾爾文) · 합살극문(哈薩克文) · 가이극자문(柯爾克孜文) · 조선문 · 이문(彝文) · 태문(傣文) 등의 소수민족 문자 키보드와 글자판 등의 국가 표준에 도달하는 문자를 규범화하였다. 국제 표준 최신판 중 기본 문자에 몽골문 · 티베트문 · 위구르문 · 합살극문 · 가이극자문 · 이문 · 태문 등의 문자판이 기록됐다.

현재 중국소수민족 언어와 문자를 컴퓨터 윈도우 창에서 검색이 가능할 정도로 중국에서는 소수민족 언어와 문자에 관심을 가져왔다. 현재 전자판 시스템 시설과 사무자동화시스템을 개발하였고, 일부 소수민족 문자의 인터넷 사이트도 기초단계에 있다. 그리고 소수민족 어음 및 문자식별, 번역 등 다양한 서비스를 제공하고 있다.

1984년《중화인민공화국 민족구역자치법》10조에는 "민족자치지방의 자치기관은 본 지방 여러 민족이 모두 자기 민족 언어문자를 사용하고 발전시킬 수 있는 자유와 자기 민족의 풍속습관을 보유, 개량할 수 있는 자유를 담보해주어야 한다."고 명시되어 있다.

중국에는 55개 소수민족이 있지만, 모든 민족이 자민족의 고유한 언어와 문자를 갖고 있는 것은 아니다. 중국 소수민족 중 24개 민족이 문자를 갖고 있고, 현재 33개 종류의 문자가 있다.

위 : 한문(漢文), 아래 : 몽골문
좌 : 위구르문, 우: 티베트문

왼쪽 : 몽골문, 티베트문,
위구르문, 장(壯)문

왼쪽에서 오른쪽으로
몽골문, 티베트문, 위구르문, 장(壯)문

오른쪽 위 : 몽골문, 티베트문,
위구르문, 장(壯)문

다음 〈표 3〉, 〈표 4〉은 현재 중국 소수민족의 어족과 문자에 관한 것이다.

〈표 3〉 중국 각 민족 언어

종 류	범 위
한장(漢藏)어계	1. 한어 : 한족 공동어, 8대 방언. 회족, 대부분 만족과 사족 한어 통용 2. 장동어족(壯侗語族) 1) 장태어지(壯傣語支) : 장어(壯語), 포의어(布依語), 태어(傣語) 2) 동수어지(侗水語支) : 동어(侗語), 수어(水語), 마료어(仫佬語), 모남어(毛南語), 랍가어(拉珈語). 3) 려어지(黎語支) : 려어(黎語) 3. 장면어족(藏緬語族) 1) 장어지(藏語支) : 장어(藏語), 가융어(嘉戎語), 문파어(門巴語) 2) 이어지(彝語支) : 이어(彝語), 율속어(傈僳語), 납서어(納西語), 랍호어(拉祜語), 합니어(哈尼語), 기낙어(基諾語) 3) 면어지(緬語支) : 아창어(阿昌語), 재와어(載佤語) 4. 묘요어족(苗瑤語族) 1) 묘어지(苗語支) : 묘어(苗語), 포노오(布努語) 2) 요어지(瑤語支) : 요어(瑤語), 면어(勉語) 어지의 확정을 기다리는 언어 : 사어(畲語) 어족의 확정을 기다리는 언어 : 흘료어(仡佬語)
알타이어계	1. 돌궐어족 1) 서흉어지(西匈語支) : 위구르어(維吾爾語), 합살극어(哈薩克語), 살랍어(撒拉語), 오자별극어(烏孜別克語), 탑탑이어(塔塔爾語) 2) 동흉어지(東匈語支) : 가이극자어(柯爾克孜語), 서부 살랍어(撒拉語, 달호이堯呼爾), 도와어(圖佤語) 2. 몽고어족 : 몽고어, 달알이어(達斡爾語), 토족어(土族語), 동향어(東鄉語), 보안어(保安語), 동부 살랍어(撒拉語, 은격이恩格爾) 3. 만-퉁구스어족 1) 퉁구스어지 : 악륜춘어(鄂倫春語), 악온극어(鄂溫克語) 2) 만어지 : 만어, 석백어(錫伯語), 혁철어(赫哲語)
남아어계	맹고면어족(孟高棉語族) 와덕앙어지(佤德昻語支) : 와어(佤語), 덕앙어(德昻語), 포랑어(布朗語)
남도어계	인도네시아어족 : 고산족 여러 언어. 아미사어(阿眉斯語), 배만어(排灣語), 포눈어(布嫩語)
인구어계	1. 슬라브어족 : 아라사어(俄羅斯語, 러시아어) 2. 이랑어족(伊朗語族, 이란어족) : 탑길극어(塔吉克語)
확정을 기다리는 어계	경어(京語), 조선어

〈표4〉 중국 민족의 문자 현황

민족명칭	사용문자의 명칭
몽고족	몽고문, 탁특문(托忒文)
석백족	석백문
장족(藏族)	장(藏)문
태족	태력문(傣仂文), 태나문(傣那文), 태붕문(傣繃文), 금평태문(金平傣文)
위구르족	위구르문
합살극족	합살극문
가이극자족	가이극자문
아라사족	아라사(러시아)문
조선족	조선문
토족	토문
랍호족	납호문
납서족	납서문
율속족	율속문, 로율속문(老傈僳文)
합니족	합니문(哈尼文)
경파족	경파문, 재와문(載瓦文)
백족	백문
와족	와문
묘족	검동묘문(黔東苗文), 상서묘문(湘西苗文), 천검전묘문(川黔滇苗文). 전동북묘문(滇東北苗文)
요족	요문
장족(壯族)	장(壯)문
동족	동문
포의족	포의문
려족	려문
이족	이문

현재 중국에서 사용되고 있는 소수민족 문자는 티베트문 · 경파문(景頗文) · 합니문 · 납서문 · 랍호문 · 백문 · 묘문 · 요문 · 장문(壯文) · 포의문 · 몽고문 · 토가문 · 토문 · 위구르문 · 합살극문 · 가이극자문 · 석백문 등이다. 그런데 과거에는 사용되었다가 지금은 사용되지 않는 문자로는 돌궐문(突厥文) · 거란문(契丹文) · 서하문(西夏文) · 여진문(女眞文) · 파스파문(八思巴文) · 만문(滿文) 등이 있다.

6. 중국 소수민족 문자의 예

1) 납서족(나씨족)의 동파문(東巴文, 동파문자)

동파문자는 운남성에 거주하는 납서족이 사용하는 상형문자이다. 동파문자는 오늘날 1,400여 개의 글자가 확인되고 있다. 동파문자의 숫자는 많지 않지만 단어가 풍부하다. 그래서 인간의 세세한 감정뿐만 아니라 복잡한 사건의 기술, 시와 문학까지 표현할 수 있었다. 납서족은 동파문자를 이용해 신화 · 전설 · 종교의례 · 천문역법 · 민속풍습 · 의학 등을 기록한 동파경(東巴經)을 남겼다. 오늘날 확인된 동파경의 수는 약 1만 4,000여 권이다. 동파경은 종이와 목판으로 되어 있다. 2003년에 동파문자와 동파경은 유네스코 세계기록유산에 등재되었다.

동파문(東巴文)

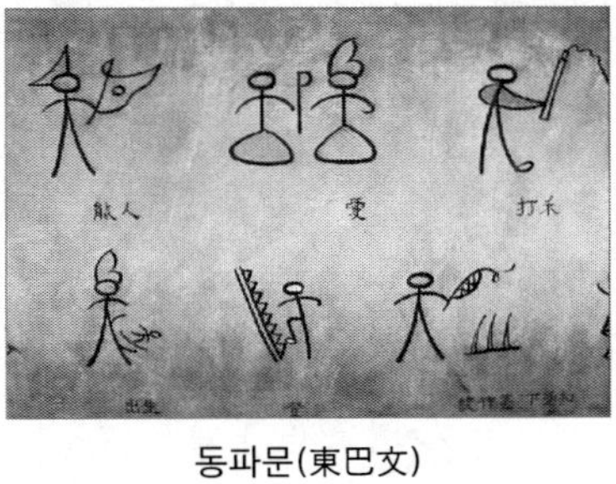

동파문(東巴文)

동파문자는 19세기 중엽 프랑스 선교사에 의해 처음으로 알려졌다. 동파문자의 등장은 서양인이 리강(漓江, 이강)에 관심을 갖게 하는 계기를 마련하였다. 프랑스 티베트학자 파커 교수는 1907년과 1909년에 리강을 방문하였고, 1913년에 동파문자를 체계적으로 정리한 『마사연구(麼些研究)』를 발간하여 370개의 동파상형문자를 서방에 알렸다. 이후 1922년에 식물 채집을 위해 리강에 온 미국인 루크는 27년간 리강에 머물며 동파경 연구를 하였다. 루크가 쓴 『나시어 · 영어 백과사전』과 『살아 있는 상형문자 동파경』은 동파문자 연구를 하는 주요 자료가 되었다.

동파교 사제인 동파와 일부 납서족 지식인은 '살아 있는 상형문자'라고 불리는 동파문자를 사용하였다. 이석(李錫) 리강 민속박물관 관장은 "동파라면 누구나 동파문자를 쓰고 읽는 교육을 먼저 받는다."고 하였고, "납서족 지식인이라면 누구나 인문 소양의 기본 척도가 동파경을 쓰는 것이었다."고 하였다.

2) 요족의 여서(女書) 문자

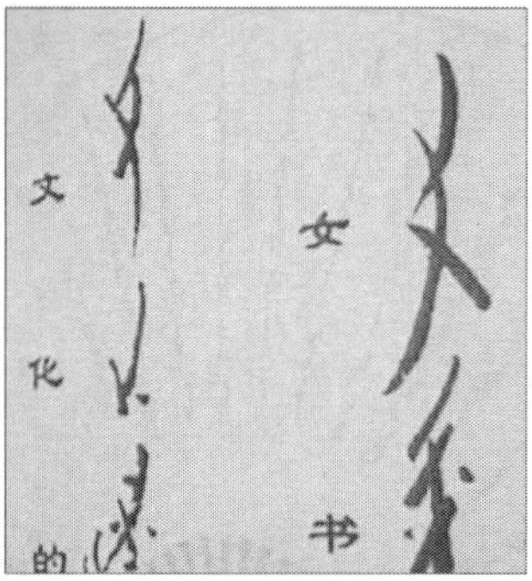

여서(女書)

세계 유일의 여성문자인 여서(女書, 뉘수) 문자는 1983년에 세상에 알려졌다. 호남성 문서관 관장 류가녕(劉歌寧)이 공개한 여서 문자가 적혀 있는 손수건 · 앞치마 · 스카프 · 핸드백 · 부채 · 서예작품 등의 303점은 1900년대 초부터 1970년대까지 시대별로 다양하다.

여서는 소수민족인 요족 여성들만이 사용한 독특한 마름모꼴 문자이다. 이 문자는 호남성 강영현(江永縣), 도현(道縣), 강화요족자치현(江華瑤族自治縣)의 대요산(大瑤山)과 광서장족자치구 일부 지역에서 사용되었다. 여서는 음절문자로서 글자 수는 약 600~700여 개에 이른다. 그리고 요족의 청관(淸官) 방언 표기에 사용되고 글자 수는 청관 방언의 절반에 해당하며, 나머지 음절(성조 포함)은 부호를 덧붙여 표시한다. 청관 방언이 중국어 방언인 상어(湘語)의 일종인지는 명확하지 않다.

강영현의 여성들은 남자의 전유물로 여기던 한자를 사용할 수 없었고, 이러한 이유 때문에 자신들의 의사 표시 도구로 여서를 사용하였다. 특히 남자들의 눈을 피해 비밀리에 전수되었다. 문자의 전수는 어머니나 의자매가 맡았으며, 장식 무늬 등으로 위장하기도 하였다. 대부분의 글씨는 5자나 7자로 구성된 시의 형태였고, 이 시의 주요 내용은 주로 여성들만의 애환 · 소망 · 희망 등을 담고 있었다. 요족 여성들의 불행과 심리상태를 표현할 수 있었던 여서는 어머니에게서 딸들에게로만 전해졌고, 고립된 지역에서 발전했기 때문에 남성들은 해독할 수 없었다.

1930년 일본이 중국을 침략할 때, 일본군은 여서 문자가 암호로 사용되는 것을 우려하여 여서 문자 사용을 금지시켰다. 최근에 들어와서 여성 사회의 변화에 따라 농촌의 일부 할머니들만이 사용하다 보니 여서는 거의 사라지게 되었다. 특히 여서를 사용한 지역에서는 여자들이 죽을 때 여서로 쓴 물건을 불태우거나 시신과 함께 매장하였기 때문에 여서 관련 자료는 매우 적은 편이다.

7. 55개 소수민족의 개괄적 소개

1) 동북 · 내몽골 지역 : 달알이족(達斡爾族), 만족(滿族, 만주족), 몽고족(蒙古族), 악륜춘족(鄂倫春族), 악온극족(鄂溫克族), 조선족(朝鮮族), 혁철족(赫哲族)

(1) 달알이족(다우르족): 거란족의 후예로 알려진 민족이다. '달알이'의 뜻은 달알이어로 '개척자'란 의미가 있다.

(2) 만족(만주족): 중국 전통 복식으로 알려진 '치파오'는 만주족이 입던 옷이다. 오늘날 중국에서는 동북공정 이후 백두산을 만주족의 발상지로 선전하면서 한국의 동북3성 역사를 왜곡하고 있다.

(3) 몽고족: 중국에서는 '몽고족'이라 부르지만, 일반적으로는 '몽골족'이라 부른다. 현재 중국에서 몽골의 역사를 중국역사로 만들기 위해서 북방공정을 진행하고 있다.

(4) 악륜춘족(어룬춘족): 러시아의 어벤키족, 중국의 악온극족과 동일한 민족으로 알려진 민족이다. 악륜춘이란 '산 속의 사람' 혹은 '순록을 가진 사람'이란 뜻도 있다.

(5) 악온극족(원크족): 악륜춘족과 마찬가지로 러시아의 어벤키족(Evenks)과 동일한 민족으로 알려진 민족이다. 1950년 이전까지 '색륜(索倫)', '퉁구스', '야크트' 등으로 불렸다. '악온극'이란 '산마루에 살고 있는 사람'이라는 뜻이다.

(6) 조선족: 한국의 재중동포이다. 중국이 건국될 때 인정받은 9개 소수민족 속에 포함되어 있다. 오늘날 중국과 한국의 이중적 민족정체성을 가졌다고 볼 수 있다.

(7) 혁철족: 러시아에서는 '나내족(那乃族, 나나이)'이라 부르고, 일본 북방지역에 사는 '아이누족'과 관련이 있는 민족으로 알려져 있다. 중국 북방에서 유일하게 물고기를 잡아 생활한다.

2) 서북 지역 : 가이극자족(柯爾克孜族), 동향족(東鄕族), 보안족(保安族), 살랍족(撒拉族), 석백족(錫伯族), 아라사족(俄羅斯族), 오자별극족(烏孜別克族), 유고족(裕固族), 유오이족(維吾爾族), 탑길극족(塔吉克族), 탑탑이족(塔塔爾族), 토족(土族), 합살극족(哈薩克族), 회족(回族)

(1) 가이극자족(키르키즈족): 중앙아시아의 키르기스스탄(Kyrgyzstan)의 주 민족과 동일한 민족정체성을 갖고 있다. 1935년 4월 신강 제2차 민중대표대회에서 정식으로 가이극자(柯爾克孜)라는 명칭을 공식적으로 채택하였다.

(2) 동향족: 몽고족의 민족기원인 동향족은 14세기 후반 동향 지역에 정착하여 토착민과 융합하여 형성된 민족으로 알려져 있다. 이들의 민가(民歌)를 '동향화아(東鄕花兒)'라고 부른다. 이슬람교의 명절을 지내지만, 원소절(元宵節)을 즐기기도 한다.

(3) 보안족: 보안족의 기원은 원명 시기에 청해성 동인(同仁) 부근에 정착한 몽고족으로 보고 있다. 보안족이란 명칭은 명대 만력 연간에 동인현(同仁縣) 내에 보안영(保安營)을 설치하고 보안성(保安城)을 개축한 것에서 유래되었다.

(4) 살랍족: 일부 민족은 티베트어를 할 수 있다. 13세기경 중앙아시아의 사마르칸트에서 이주해 온 사람들로 알려져 있다. 이전에는 '사랄족(沙剌簇)', '살나(撒喇)', '살랍회(撒拉回)'라 불렸다.

(5) 석백족: 선비족의 후예 혹은 만주족의 한 부류라고 알려져 있다. 18세기 중엽 동북지역의 만주족이 신강지역으로 파견되었다가 정착하여 석백족이 되었다고 한다.

(6) 아라사족(러시아족): 러시아족으로서 러시아문자를 통용한다. 부활절과 성탄절은 그들

의 전통명절이다.

(7) 오자별극족(우즈베크족): 중앙아시아의 우즈베키스탄 민족과 동일한 민족이다. 주로 신강 지역에 많이 분포한다.

(8) 유고족: 이들은 선조는 고대 위구르족의 한 갈래로 알려졌다. 주로 티베트불교를 믿는다.

(9) 위구르족: 2009년 신강우루무치에서 민족운동을 한 것으로 알려진 위구르족은 1949년에 중국공산당에 병합되었다. 신강지역을 중심으로 주권회복 운동을 하고 있다.

(10) 탑길극족(타지크족): 중앙아시아 타지키스탄(Tajikistan)의 민족과 동일하다.

(11) 탑탑이족(타타르족): 중앙아시아 타타르스탄(Tatarstan)의 민족과 동일하다. 타타르족은 동부유럽과 중앙아시아에 넓게 분포하고 있고, 돌궐계 계통이다.

(12) 토족: 청해성 토족 자치현이 주된 거주지이다. 토족은 '토착 민족'이란 의미를 갖고 있다.

(13) 합살극족(하사크족, 카자흐족): 중앙아시아 카자흐스탄(Kazakhstan)과 동일한 민족이다. '하사크족' 혹은 '카자흐족'이라고도 부른다.

(14) 회족: 한족과 가장 유사한 문화를 가진 것으로 알려진 회족은 이슬람교를 믿는다. '회회족'이라고 하는데, 회(回)는 '윤회'의 의미를 지닌다.

3) 서남지역 : 강족(羌族), 경파족(景頗族), 기낙족(基諾族), 납서족(納西族), 노족(怒族), 덕앙족(德昂族), 독룡족(獨龍族), 동족(侗族), 락파족(珞巴族), 랍호족(拉祜族), 묘족(苗族), 문파족(門巴族), 백족(白族), 보미족(普米族), 수족(水族), 이족(彝族), 률속족(傈僳族), 아창족(阿昌族), 와족(佤族), 장족(藏族), 태족(傣族), 포랑족(布朗族), 포의족(布依族), 합니족(哈尼族), 흘료족(仡佬族)

(1) 강족: 5호16국 시대인 386년 장안에 후진(後秦)을 건국하였고, 강족의 일파인 당항족(黨項族)은 서하(西夏, 1032~1227)를 건국하기도 하였다. 주요 거주지는 사천성 아패장족강족자치주(阿壩藏族羌族自治州)의 무현(茂縣)과 문천현(汶川縣)이고, 2008년 문천대지진의 진앙 중 하나로 막대한 피해를 입었다.

(2) 경파족: 고대 저강인(氐羌人)과 관련이 있다. 당(唐)대에 '전만(傳蠻)', '고려(高黎)', '공인(貢人)'으로 기록되어 있다. 원명청 시기에는 '아창(峨昌)', '차사(遮些)', '야인(野人)' 등으로 기록되어 있다.

(3) 기낙족: 55개 소수민족 중 가장 뒤에 민족식별된 민족이다. 1979년 6월에 이족(彝族)이 아닌 독립된 민족으로 분류되었다.

(4) 납서족: 동파교(東巴教)라는 종교를 믿고 있고, 경전인 동파경(東巴經)이 있다. 고유의 언어인 납서어(納西語)와 동파문, 가파문(哥巴文) 2종의 문자를 보유하고 있다. 동파문은 세계에서 현재까지 사용되고 있는 유일한 상형문자이다.

(5) 노족: 운남성 노강(怒江)과 란창강(瀾滄江) 주변에 산다. 민족기원은 독룡족과 동일하다. 노족은 스스로 '노소(怒蘇)', '아룡(阿龍)'이라 부른다.

(6) 덕앙족: 고대 복인(濮人)이 덕앙족의 선조이다. 처음엔 '붕룡족(崩龍族)'이라 불리다가 1985년에 그 민족의 의사에 따라 덕앙족이 되었다.

(7) 독룡족: 민족명칭은 독룡강과 관련이 있다. 이전에 '독룡(獨龍)'·'적마(迪麻)' 등으로 불리고 '구인(俅人)'·'구곡(俅曲)'·'곡인(曲人)'으로 불렸다. 중국 건국 이후 독룡족으로 불렸다.

(8) 동족: 동족의 민족명칭은 거주지의 행정단위에서 기인된다. 동족은 다신교를 믿는데, 특히 여성조상인 살모(薩母)를 숭배하며 많은 지역에 살모사(薩母祠)를 건립하였다.

(9) 락파족: 락파는 티베트어로 '남방의 사람'이라는 뜻이다. 티베트족으로 분류되었다가 1965년에 독립된 민족으로 식별되었다. 락파족은 히말라야의 원시삼림으로 덮여 있는 고산협곡에 거주한다.

(10) 랍호족: 청대 문헌에는 '라흑(倮黑)'이라고 적혀 있고, 자칭은 랍호(拉祜)인데 "불을 사용하여 호랑이 고기를 구워 먹는다"는 뜻이다. 미얀마 고산지역의 라후족과 동일한 민족으로 알려져 있는데, 김병호 박사는 미얀마의 라후족이 고구려 후예라고 주장하며 이들에게 고구려 역사를 가르치고 있다.

(11) 문파족: 장족(藏族)과 밀접한 관계를 지니고 있어 생활 및 풍습에서 장족의 영향이 비교적 큰 편이다.

(12) 묘족: 중국 내 다섯 번째로 인구가 많은 소수민족으로, 중국 내 여러 지역과 동남아 여러 국가에 널리 분포하고 있다. 고대 삼묘(三苗)를 민족기원으로 하는 역사가 유구한 민족 중 하나이다.

(13) 백족: 고대 대리국(大理國, 937~1254)을 세운 민족이다. 이 민족의 발수절(潑水節)과 삼도차는 매우 유명하다.

(14) 보미족: 티베트족 문화의 영향을 많이 받았다. 보미족 대부분은 장족(藏族)의 성씨를 사용하고 있다. 보미족은 '보영미(普英米)'·'보일미(普日米)'·'배미(培米)'라고 부르는데, '백인(白人)'의 의미이다.

(15) 수족: 고유의 문자인 수서(水書)를 사용하고 있다. 자형은 형상(象形), 회의(會意) 및 가차(假借) 형태로 약 1,400여 개가 있다.

(16) 아창족: 문헌에는 '아창(峨昌)'·'아창(娥昌)'·'아창(莪昌)'·'아창(阿昌)'·'악창(萼昌)' 등으로 기록되어 있는데, 중국 건국 이후 아창족으로 통일되었다.

(17) 율속족: 랍호족처럼 고구려의 후예로 알려진 민족이다. 율속족의 칼자루 축제는 매우 유명한 축제 중 하나이다.

(18) 와족: 자칭은 '아와(阿佤)'이고, 백복(百濮)의 지계이다. 중국 건국 이후 와족이라 불렸다.

(19) 이족: 운남과 귀주 지역에 거주하는 이족은 불교와 도교의 영향을 많이 받았다. 사천 량산(凉山) 지역에 거주하는 이족은 주로 만물정령·자연숭배·조상숭배 등을 중요하게 여긴다. 명절 중 화파절(火把節)이 유명하다.

(20) 장족: 티베트족이라 부른다. 티베트족은 대장구를 주장하며 위구르족처럼 주권회복을 위한 민족운동을 하고 있다. 이들은 1950년 중국공산당의 침략을 받고 주권을 상실하였다고 여긴다.

(21) 태족: 타이 국가와 동일한 민족이다. 전통명절인 발수절은 유명한 민족명절 중의 하나이다.

(22) 포랑족: 고대 복인(濮人)의 후예이다. 당대에는 '박자만(朴子蠻)', 원명청대에는 '포만(蒲蠻)'이라 불렸다. 태양을 숭배하고, 참나무쥐·하마 등을 신성하게 여긴다.

(23) 포의족: 주로 귀주 지역에 거주한다. 술을 권할 때 예의를 중시한다.

(24) 합니족: 주로 운남 지역에 거주한다. 태국에서는 아카족이라 부른다. 청춘남녀는 꽃을 이용해 사랑을 표현한다.

(25) 흘료족: 고대 귀주 일대의 요인(僚人)과 관계가 있으며 고대 요인(僚人)의 풍습을 보전하고 있다.

4) 중남동지역 : 고산족(高山族), 경족(京族), 마료족(仫佬族), 모남족(毛南族), 사족(畲族), 여족(黎族), 요족(瑤族), 장족(壯族), 토가족(土家族)

(1) 고산족: 주로 복건성과 타이완에 거주한다. 타이완에서는 고산족이라 부르지 않고, 원주민족이라 부른다.

(2) 경족: '월족(越族)' 혹은 '월인(越人)'이라고 칭한다. 중국에서는 1958년 월족을 베트남의 다른 민족과 구별하기 위해 경족이라 부르기로 정하였다.

(3) 모남족: 주로 광서 지역에 거주한다. 모남족은 '아남(阿南)'이라 자칭하는데, 뜻은 '당지인(當地人)' 즉 '지역 토착민'이다.

(4) 마료족: 당송 사료에 '요인(僚人)', '령인(伶人)'으로 기재되어 있다. 청대에 '모료(姆佬)'라고 불렸다.

(5) 사족: 객가족과 관련 있는 민족으로 알려져 있고, 언어와 풍습이 객가족과 상당히 유사하다.

(6) 려족: 해남성에 주로 거주한다. 송대 이후에 려족(黎族)이란 명칭이 주로 사용되었다.

(7) 요족: 묘족과 한족처럼 용주경기를 한다. 광서장족자치구 전주에 있는 일부 요족은 고대 백제의 후예로 알려져 있다.

(8) 장족: 광서장족자치구에 거주하는 장족은 중국 소수민족 중 가장 인구가 많은 민족이다. 티베트족의 지계로 알려져 있다.

(9) 토가족: 호남과 호북에 주로 거주하는 토가족은 '지역 토착민'을 의미한다. 장가계엔 토가족 마을이 있다.

한편, 중국 소수민족 문화를 이해할 때 몇 가지 주의해야 할 사항이 있다. 첫째, 동일한 소수민족이라 하더라도 분포지역에 따라 문화가 서로 다르다. 둘째, 서로 다른 민족 명칭이지만 동일한 민족기원을 가진 민족이라서 동일하거나 유사한 문화를 갖고 있다. 셋째, 중국 소수민족 중 과계민족(Trans-border Ethnicity, 국경을 초월하여 여러 나라에 분포하고 있는 민족)은 인접국가의 민족과 동일하거나 유사한 문화를 갖고 있다. 넷째, 중국 소수민족 중 일부는 동남아 지역에 분포하는 민족과 민족 명칭이 다르더라도 동일한 민족기원과 문화를 갖고 있다.

제2장 소수민족의 의식주(衣食住)

1. 의복문화

중국 드라마나 영화 속에 등장하는 소수민족의 가장 커다란 특징은 복식에서 찾아볼 수 있다. 일반적으로 소수민족의 남자복식은 한족의 영향을 받은 반면, 여자복식은 자민족의 고유 특징을 갖고 있다. 특히 모자와 치마 및 신발 등에서 각 소수민족의 특징이 잘 나타난다.

중국 소수민족의 복식은 민족에 따라 다양한 특징을 띤다. 민족이 과계민족이냐, 오지에 있는 민족이냐, 다른 민족과 왕래를 어느 정도 하는 민족이냐에 따라 다양한 특색을 띤다. 또 역사 변천 과정 중 민족 간의 교류로 인해 서로 다른 민족이지만 공통적인 복식이 나타나기도 한다. 몽골족은 몽골의 복식과 유사하고, 위구르족과 우즈베크족의 여자복식은 비슷하다.

중국 몇몇 소수민족의 복식 특색을 살펴보면 다음과 같다.

소수민족은 대체적으로 원색을 선호한다. 이슬람교를 믿는 회족 · 동향족 · 살랍족 등은 흰색 · 검은색 · 녹색을 숭상하며, 가이극자족과 탑길극족은 붉은색을 좋아한다. 가이극자족에게 붉은색은 즐거움과 행복, 탑탑이족에게 흰색은 우유와 양떼를 상징한다. 백족은 흰색을 숭상하는데, 젊은 여성은 머리를 길게 길러 하나로 땋고는 흰색 비단 모양의 천으로 한 바퀴 둘러맨다. 그리고 흰색 위주의 상의를 입는다.

위구르족을 비롯한 서부지역에 거주하는 민족의 장포(長袍)를 겁번(袷袢, 치아판)이라고 부르는데, 길이가 무릎을 가릴 정도이다. 겁번은 보통 비단으로 만들며, 우즈베크족은 줄무늬의 포(袍)를 즐겨 사용한다.

겁번(袷袢, 치아판)

회족의 복식은 성별과 연령에 따라 구분한다. 특히 여자들은 혼인과 연령에 따라 복식을 엄격하게 구분한다. 부녀자들은 우선 두발을 정수리에 모아 올려 고정하고 백모를 쓴 후 개두(蓋頭)를 한다. 미혼은 개두색이 녹색이고, 기혼은 흑색이며 노년은 백색이다. 와족은 검은색과 붉은색을 숭배하는데, 이들도 지역에 따라 복장이 조금씩 다르다.

같은 민족이라도 지역과 생활형태에 따라 다양한 복식이 나타난다. 묘족의 경우 의복의 색상에 따라 흑묘족(黑苗族) · 백묘족(白苗族) · 화묘족(花苗族) 등으로 구분된다. 묘족은 100여 개의 계열이 있고, 복장도 100여 개가 있다고 한다. 그만큼 묘족의 복장이 풍부하고 다양함을 알 수 있다.

흑묘족(黑苗族)

백묘족(白苗族)

화묘족(花苗族)

청대 만주족의 복식은 남녀 모두 장포 형식으로 치파오(旗袍, 기포)였다. 청대 이전에는 남녀노소 모두 항상 치파오를 입었다. 만주족이 중국대륙을 차지하면서 점점 중원문화의 영향을 받았다.

치파오(旗袍)

아동 몽골포(蒙古袍)

혁철족은 물고기의 껍질을 의복 재질로 사용하였다. 그래서 '어피부(魚皮部)'라 불리기도 하였고, 개를 생활의 운반수단으로 사용하여서 이전에는 '사견부(使犬部)'라는 이름도 있었다. 혁철족은 짐승 가죽을 풍부하게 얻을 수 있어서 이를 이용하여 장포를 만들었다.

몽골족은 지역에 따라 약간의 차이는 있지만, 남녀노소 모두 북방민족의 공통적인 장포 형태인 몽골포(蒙古袍, 몽골 두루마기)를 입는다. 몽골포는 치파오와 같으나 지역에 따라 약간 다르다. 동북지역의 몽골족은 자신들의 전통풍습을 많이 유지하는 편이다.

2. 음식문화

1) 먹거리

중국 소수민족의 음식은 종교와 자연지리 등의 영향을 받아 민족과 지역마다 독특한 특색을 갖고 있다. 목축업을 하는 소수민족은 소고기와 양고기 및 유제품을 주로 먹는다. 북방의 소수민족은 밀가루나 잡곡이 주식이고, 남방의 소수민족은 대부분 쌀을 주식으로 한다.

이슬람교를 믿는 회족과 위구르족 · 합살극족 · 동향족 등은 돼지고기를 먹지 않는다. 위구르족의 주식은 '낭(馕, Nang, 피자모양의 빵)'이고, 약 50여 개의 종류가 있다. 낭은 우유와 밀가루 등을 섞어 반죽을 한 후 뜨거운 철판에 굽는다. 갓 구운 낭은 매우 부드럽고 고소하다. 낭이 식으면 딱딱해져 요구르트와 함께 먹는다.

낭(馕, Nang)

위구르족은 양고기를 사용하여 구이나 만두 등으로 요리하여 먹는다. 일반적으로 널리 알려진 먹거리는 '양꼬치구이(烤羊肉串)'이고, 양고기와 파를 소로 넣고 구운 만두인 '고포자(烤包子)', 생후 2년이 안 된 양의 내장을 들어내고 통째로 구워내는 '고전양(烤全羊)' 등이 있다. 양꼬치구이는 일정한 크기로 썬 양고기를 쇠꼬챙이나 대나무에 꿰어 숯불에 굽는데, 양념에 따라 맛이 달라진다. 양꼬치구이는 중국뿐 아니라 우리나라 여러 지역에도 전문점이 생겼다.

위구르족은 국수 종류를 많이 먹는데, 세계에서 가장 오래된 국수 미이라가 발견된 곳도 신강지역이다. 이들이 즐겨 먹는 면으로는 국수면을 양고기와 야채 등과 비벼 먹는 '랍면(拉麵)'이 있다. 또 수제비를 양고기와 파 · 토마토 · 피망 등과 함께 볶아 먹는 '초면(炒麵)'이 있다.

구완삼행(九碗三行)

중국 회족의 음식 중에는 '구완삼행(九碗三行)'이 유명하다. 회족의 '만한전석(滿漢全席)'이라 불리는 구완삼행은 '구개완(九個碗)'이라고도 한다. 구완삼행은 만찬 코스로 손님을 접대할 때 많이 사용된다. 구완삼행은 9가지 요리를 세 변에 각각 3개의 사발을 놓아 진열함으로써 어느 방향에서 봐도 모두 똑같은 모양을 형성한다고 해서 이름이 붙여졌다.

구완삼행의 요리에는 기름에 튀긴 것이 없다. 찌고 삶거나 냉요리 등의 요리법을 사용하고, 요리 재료로는 소고기 · 양고기 · 배추 · 두부 · 당면 · 목이버섯 · 계란 · 파 · 고추 등 고기와 야채를 사용한다. 구완삼행은 순서에 따라 식탁에 올리는데, 먼저 식탁의 네 귀퉁이에 네 가지 육류요리를 올리고 다음 네 면에 네 가지 요리를 올린다. 나중에 냉요리나 전골을 중앙에 올린다. 손님이 식탁에 앉으면 먼저 차를 따르고, 그 다음에는 해바라기씨 · 땅콩 · 사탕 · 대추 · 사과 등의 간식을 올린다. 좀 지나서 구완삼행 요리를 올리고 나중에 밀가루 떡과 같은 식사를 올린다.

운남성 율속족은 옥수수와 메밀로 만든 고두밥 같은 밥을 주식으로 먹는다. 아침과 점심은 각자 자신들의 집에서 식사를 하지만, 저녁이 되면 마을 회관 같은 곳에 모두 모여 함께 식사를 한다. 각자의 집에서 가져온 반찬은 순서대로 상 위에 차린 뒤 마을에서 가장 연장자가 오면 그때부터 식사를 하기 시작한다. 이러한 모습을 '동담식(同談食)'이라고 부른다.

혁철족은 생선을 즐겨 먹다 보니, 생선요리법도 다양하다. 생선회를 즐기기도 하고, 구워 먹거나 찜을 해 먹기도 한다. 신선한 물고기를 채 썰어서 여러 가지 조미료와 함께 볶은 요리를 실고기요리라 부른다. 혁철족은 고기잡이철에 잡은 생선을 햇볕에 말리거나 불에 구워 말리는 방법으로 가공하여 저장하였다가 1년 내내 식탁에 올린다. 티베트족은 생선을 먹지 않는다.

보미족은 옥수수를 주식으로 하고 주로 옥수수떡을 먹는다. 보미족의 돼지고기 저장법은 특이하다. '저표육(猪膘肉)'이라 불리는데, 이는 막 잡은 통돼지의 내장과 뼈를 가려내고 소금과 후추 및 술을 돼지 뱃속에 넣어서 봉합한 후 바람에 염한다. 손님이 오면 저표육으로 접대한다.

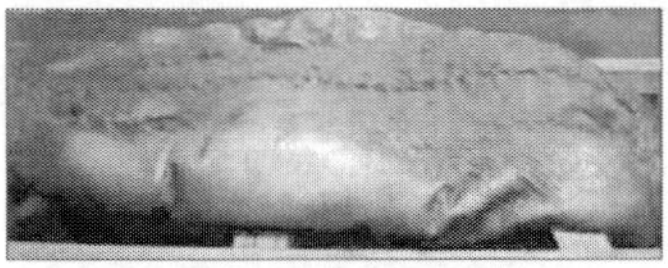
저표육(猪膘肉)

저표육(猪膘肉)을 썰은 모습

운남성 로고호(瀘沽湖, 루구호)에 거주하는 마사인(摩梭人)들도 '저표육'을 먹는다. '비파육(琵琶肉)' 혹은 '비파저(琵琶猪)'라고도 부르고, 마사어로 '모차(布差)'라고 불린다. 모차는 겨울에 돼지를 잡아 내장을 꺼낸 뒤 속에 '초염(椒鹽)'이라는 소금을 넣어서 만든 것으로, 10년 동안 보관하여 먹을 수 있다. 모차는 매우 귀한 음식이어서, 모차를 얼마나 갖고 있느냐에 따라 얼마나 부자인지를 가늠하기도 한다.

포랑족은 신맛의 음식을 매우 즐겨 먹는다. 생선요리를 하더라도 신 생선, 볶음요리도 신 볶음요리, 죽순요리도 신 죽순이다. 차를 마셔도 신맛이 나는 차를 마신다. 귀주의 동족 또한 신 음식을 좋아한다. 민요에 "형은 게으름을 피우지 않고, 동생은 놀지 않네. 찹쌀밥을 다 짓고 초어를 절이네. 사람들은 부지런하고 산에서는 보물이 나오니, 집집마다 신맛이 장독대를 가득 메우네."라는 데서 알 수 있듯이 신 음식을 매우 좋아한다.

와족은 쌀을 주식으로 삼는데 농번기에는 하루에 3끼를 먹지만 평소에는 하루에 2끼를 먹는다. 남녀노소 모두 고추를 먹는데, 민간에는 "고추를 먹지 않으면 밥을 먹었다고 할 수 없다(無辣子吃不飽)"고 할 정도로 매운 음식을 좋아한다. 와족의 육식은 대체적으로 가정에서 기르는 돼지 · 소 · 닭을 먹지만, 일부 지역에서는 쥐나 곤충을 잡아먹기도 한다. 식용번데기 · 초목식물에서 기생하는 붉은털벌레(紅毛蟲) · 동과나무에서 기생하는 동과충(瓜蟲等) 등의 10여 종류이다. 계육죽(鷄肉粥)과 다화죽(茶花稀飯)은 가정에서 먹는 최고의 음식이다. 보통때는 식용곤충과 쌀을 함께 삶아 죽을 만든다. 거기에다 채소 · 소금 · 섞은 고추와 향신료를 더해 먹기도 한다. 서맹(西盟)지역의 와족은 채소 · 소금 · 쌀을 삶아 비교적 걸쭉한 진밥을 좋아하고, 기타 지역의 와족은 밥을 많이 먹는다.

2) 차

백족의 삼도차(三道茶) 축제

삼도차(三道茶)

중국의 소수민족은 차를 즐겨 마시는데, 민족마다 독특한 차 풍속이 있다. 소수민족 차 중 가장 널리 알려진 것은 대리(大理) 백족의 '삼도차(三道茶)'와 티베트의 '수유차(酥油茶)'이다.

먼저, 삼도차는 운남성 백족이 귀빈을 초대하였을 때 차를 마시는 방식이다. 삼도차의 다도(茶道)는 일찍이 명대 때 백가(白家)가 손님을 대접하고 친구를 사귈 때의 예의이다. 그래서 삼도차는 '인생을 맛보는 차'라 할 수 있다. '삼반차(三般茶)'라고도 불리는 삼도차를 백족은 '소도조(紹道兆)'라고도 부른다.

삼도차는 "첫 번째는 쓰고(頭苦), 두 번째는 달고(二甜), 세 번째는 맛을 음미하는 것(三回味)"이다. 특히 세 번째에는 생강과 꿀, 산초나무, 그리고 계수나무를 우려서 만든 음료를 마신다. 세 번째의 회미(回未)차가 주는 교훈은 "회미차의 무궁무진한 맛처럼 모든 일에서 좋은 결과가 돌아오길 바란다."며 '고진감래의 이치를 기억하라'는 것이다. 백족이 손님을 대접할 때 주인이 어떻게 차를 대접하느냐에 따라 손님을 대하는 태도가 열정적인지 냉담한지를 알 수 있다. 차는 반드시 끓는 물에 타야 하는데 미지근한 물에 타서 손님을 접대하면 주인의 태도가 성의가 없는 것으로 보인다. 백족에게는 "술을 넘치게 붓는 것은 상대방을 존중하는 것이고, 찻물을 넘치게 따르는 것은 상대방을 무시하는 것이다."라는 말이 전해오고 있다. 이는 중국의 일반적인 술과 차의 풍속과 동일하다.

티베트 사람들은 수유차를 즐겨 마신다. 수유차를 'Tibetan butter tea'라고 부른다. 수유차는 보이차를 주원료로 하고, 거기에 야크의 젖으로 만든 치즈버터를 넣은 후 소금과 기타 곡물의 가루를 첨가하여 마신다. 수유차를 만드는 대나무 차통을 '설동(雪董, 돔부)'이라고 부른다. 보이차 차물과 야크 버터를 넣어 돔부에서 100번 이상 저어야 수유차가 된다. 티베트에는 "차는 피요, 고기요, 생명이다."라는 말이 전해온다. 춥고 건조한 고지대에 사는 티베트 사람들은 이를 극복하기 위해 수유차를 하루에도 수십 잔씩 마신다.

수유차(酥油茶)

차마고도(茶馬古道, Ancient Tea Route/Southern Silk Road)

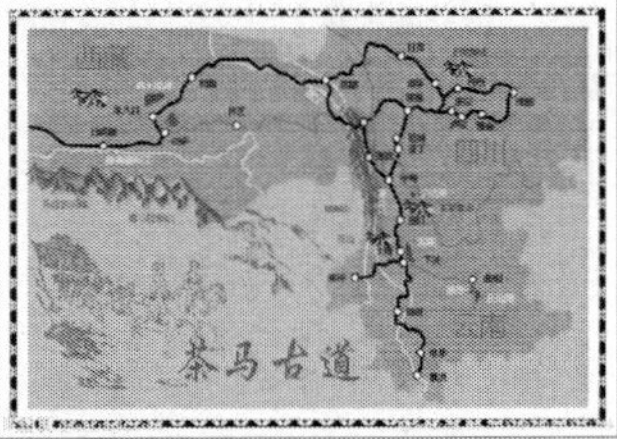

차마고도의 경로는 주요 8개 노선이 있다. 크게는 운남성과 사천성에서 출발하는 두 경로가 있다. 운남성의 서쌍판납(西雙版納)-보이(普洱)-대리(大理)-려강(麗江)-덕흠(德欽)-찰우(察隅)-방달(邦達)-임지(林芝)-라싸(拉薩)-네팔-인도의 경로와 사천성 아안(雅安)-대도하(大渡河), 강정(康定), 덕격(德格)-서장-네팔-인도로 이어지는 경로가 마방들의 활동이 활발한 경로였다. 해발 4,000m가 넘는 험준한 길과 눈 덮인 5,000m 이상의 설산과 협곡을 잇는 길을 통해, 마방이라 불리는 상인들은 말과 야크를 이용해 중국의 차와 티베트의 말을 교환하였다. 차와 말 외에도 소금, 약재, 곡식 등의 다양한 물품의 교역이 이루어졌다.

구도차(九道茶)

한편, 운남성 곤명(昆明)에는 '구도차(九道茶)'가 있다. 구도차는 '영객차(迎客茶)' 즉 '손님을 맞이하는 차'라 불린다. 구도차는 주로 중국 서남지역에서 유행하였는데, 운남 곤명 일대에서 가장 많이 보인다. 외국 이름으로는 'Kunming nine tea'이다. 구도차를 우려낼 때 가장 많이 사용되는 차는 보이차(普洱茶)이다. 구도차의 기본방식은 태도를 온화하게 하고 거동을 우아하게 하는 것인데, 이를 중국인들은 '온문이아(溫文爾雅)'라고 부른다. 구도차란 명칭은 차를 마실 때 아홉 가지 단계로 나누어 행한 데서 유래하였다. 아홉 단계를 살펴보면 다음과 같다.

첫 번째는 '상다(賞茶)'이다. 즉, 진귀한 보이차를 작은 다반(小盤)에 올려놓는 단계이다. 주인이 손님에게 차의 감상을 청하면 손님은 차의 외형을 관찰(觀形)하고 색을 살피며(察色) 차향을 맡는다(聞香). 이때 주인은 손님에게 보이차의 문화적인 특징을 간단히 설명하여, 손님이 차를 마시고 싶은 정취를 북돋운다. 두 번째는 '결구(潔具)'이다. 이는 차 마실 도구를 청결하게 씻는 단계이다. 영객차는 의홍(宜興)의 자사(紫砂) 다기를 사용하는 것을 손님 접대의 최상으로 친다. 통상적으로 차호(茶壺), 찻잔, 다반(茶盤)을 한 질로 갖춘다. 끓인 물로 씻어 다기의 온도를 높일 수 있고, 차즙을 우려내는 데 도움이 된다. 그리고 다구를 청결하게 할 수 있다. 세 번째는 '치다(置茶)'로, 차를 넣는 단계이다. 일반적으로 차호의 크기부터 살펴야 하는데, 차 1g당 끓인 물 50-60ml의 비율로 맞춘 뒤, 보이차를 자사호에 넣고 포다(泡茶)할 준비를 한다. 네 번째는 '포다'이다. 막 끓인 물을 보이차가 든 차호 안에 빠르게 붓는데, 이때 차호의 30~40% 정도만 채운다. 다섯 번째는 '침다(浸茶)'이다. 즉, 차의 성분을 물속에 우려내는 단계이다. 물을 붓자마자 즉시 차호 덮개를 덮고 차호를 좌우로 약간 흔들어준다. 그리고 다시 5분 정도 찻잎이 물속에 충분히 우러나도록 조용히 놓아둔다. 여섯 번째는 '균다(匀茶)'로, 차호 속 차의 농도를 고르게 하는 단계이다. 차호의 덮개를 열고, 차호 속에 남은 끓인 물을 다시 부어 넣어 차의 농도를 알맞게 조절한다. 일곱 번째는 '짐다(斟茶)'로, 차를 찻잔에 따르는 단계이다. 차호 속에 차의 농도가 고르게 우려진 차를 주인 앞에 반원형으로 배열된 찻잔 속에 각각 나누어 따른다. 이때 왼쪽에서 오른쪽으로 다시 오른쪽에서 왼쪽으로 왕복하며 각 찻잔 속 차의 농도를 고르게 하고 찻잔의 80% 정도까지만 따른다. 여덟 번째는 '경다(敬茶)'이다. 주인이 손으로 다반을 받쳐 들고 나이에 따라 순서대로 차를 권하며 예를 표한다. 아홉 번째는 '품다(品茶)'이다. 일반적으로 먼저 차향을 맡아 마음을 맑게 하고, 이어서 차를 천천히 입속에 넣어 섬세하게 차 맛을 음미하고 차를 마시는 즐거움을 누린다.

중국 남부지역에 널리 분포하고 있는 묘족은 오래전부터 차를 재배하고 마셔왔다. 그래서 '차묘족(茶苗族)'이라고 부를 정도로 차는 일상적으로 생활화되어 있다. 예를 들면, 아이가 태어나면 이웃에 물을 뿌린 차를 돌려 아이가 태어났음을 알린다. 남자아이면 '일아일엽(一芽一葉, 싹 하나 잎 하나)'의 차를 보내고 여자아이면 '일아이엽(一芽二葉, 싹 하나 잎 둘)'의 차를 보낸다.

묘족은 차로써 정혼을 하는데, 남녀애정이 변함없이 충성과 지조를 다함을 상징한다. 그래서 차를 마시는 것(吃茶)은 정혼의 대명사이다. 정혼하지 않은 여자는 반드시 "여자는 두 집의 차를 마시지 않는다(一女不飮二家茶)"라는 규칙을 엄격하게 지켜야 한다. 묘족은 결혼의식을 '삼다(三茶)'라고 표현한다. 이들은 차를 세 번 마시는데, 첫 번째는 매파가 집에 들어올 때 매파에게 설탕을 탄 차를 대접한다. 이는 '달콤한 사랑(甜甜蜜蜜)을 부탁한다.'는 뜻이다. 두 번째는 신랑이 신부집에 처음 들어설 때 신부가 신랑에게 차를 주는데, 이는 '진정한 사랑(一片眞情)'을 뜻한다. 세 번째는 결혼식 당일 대추 · 생강 · 땅콩 · 설탕을 넣어 달인 차를 손님들에게 대접하는데, 이는 '빨리 아이를 낳고 잘 살라'는 뜻이다. 그리고 묘족은 사람이 죽을 때도 차를 사용한다. 사람이 죽으면 애도의 차를 죽은 자의 입에 뿌리고 입관할 때 관 속에 차를 함께 넣는다. 또 제사를 지낼 때에도 차를 사용한다.

묘족들이 즐겨 마시는 차는 '유피차(柚皮茶)'인데, 이는 상서정주묘족자치주(湘西靖州苗族自治州)에서 유행하는 차로, 귀한 손님이 오면 대접한다. 유피차는 늦가을에 유자를 따서 유자 껍질을 잘게 썰어 그늘에서 잘 말린 후 이것을 차와 섞어 단지에 두었다가 손님이 오면 내놓는다. 또 묘족의 '김치차(泡菜茶)'는 독특하다. 김치차는 배춧잎에 차를 겹겹이 싸서 은근한 불의 화덕에 넣어 배춧잎이 마를 때까지 두었다가 배춧잎이 마른 후 찻잎을 털어내어 뜨거운 물에 넣어 우려 마신다.

처녀차(姑娘茶)

포의족이 거주하는 지역에는 중국의 명차들이 많다. 그중 도균(都匀) 모첨차(毛尖茶)는 1915년 파나마 엑스포에서 우수상을 받았는데, 중국 10대 명차에 속한다. 모첨차는 귀주 검남포의족묘족자치주(黔南布依族苗族自治州)의 도균현에서 생산된다. 포의족이 생산하는 차 중에서 가장 유명한 차는 '처녀차(姑娘茶)'이다. 처녀차는 청명절 전에 처녀들이 산에 가서 애순 찻잎을 따다가 볶아 말린 후 일정한 습도를 보장한 상태에서 한 잎 한 잎 원추 모양으로 다져 말린 차이다.

포랑족은 신맛이 나는 차(산차酸茶)를 마시는데, 이때 찻물에 식초를 넣어 만드는 것이 아니라 당지에서 나는 좋은 찻잎을 끓여서 볕이 들지 않는 음지에서 신맛이 들 때까지 말린다. 산차를 다시 참대통에 넣어서 마개를 봉한 후 땅에 3~4개월 묻어두면 신맛이 나는 차로 숙성이 된다. 이를 '청죽차(青竹茶)'라 부른다.

뢰차(擂茶)

토가족은 모두 뢰차(擂茶)를 마시는 습속이 있다. 뢰차를 '삼생탕(三生湯)'이라고도 부른다. 일반 사람들은 낮에 노동을 하고 집으로 돌아가서 식사 전에 언제나 몇 잔의 뢰차를 마시는 것을 생활의 즐거움으로 여긴다. 어떤 나이든 사람은 하루라도 뢰차를 마시지 않으면 온몸이 기력이 없고 정신이 상쾌하지 않다고 느낀다. 뢰차 마시는 것을 밥을 먹는 것과 같이 중요하게 여긴다. 당지 사람들은 '열의가 충만한 탕(干勁兒湯)'이라고 부른다. 그런데 만약 친구가 문으로 들어올 때, 뢰차를 마시고 있다면 반드시 약간의 차와 간식을 준비해야 한다. 간식은 담백하고 바삭바삭한 식품이어야 한다. 예를 들면

땅콩 · 쌀엿 · 고구마 조각 · 수박씨 · 생선튀김 조각은 뢰차를 마시는 분위기를 북돋운다.

운남성의 창원(滄源) · 서맹(西盟) · 란창(瀾滄)에 거주하고 있는 와족의 소차(燒茶)는 동족어로는 '왕석(枉腊)'이라 불린다. 소차는 고차(烤茶)와 유사하지만, 독특한 음다(飲茶) 방법을 갖고 있다. 먼저 차호를 샘물로 끓이고 한쪽에서는 불에 달군 철판 위에 찻잎을 얹어 찻잎의 색깔이 노랗게 변하고 차의 향을 느낄 수 있을 때까지 볶는다. 볶은 후에, 끓인 차호에 찻잎을 넣고 끓인다. 이러한 찻물은 약간 쓰지만 고소함이 있다.

와족의 소차(烧茶)

빈랑(檳榔)

덕앙족은 진한 차를 즐겨 마시고, 담배와 빈랑(檳榔, 삔랑)을 좋아한다. 이들은 "차가 없으면 일이 성사되지 않는다."고 할 정도로 차를 즐겨 마신다.

그밖에, 경파족의 엄차(腌茶), 기낙족의 양반차(凉伴茶)와 자차(煮茶), 납서족의 용호투(龍虎鬪)와 염차(鹽茶) 염파차(鹽巴茶), 동족과 요족의 타유차(打油茶), 랍호족의 고차(烤茶), 몽골족의 함내차(咸奶茶), 묘족의 팔보유차탕(八寶油茶湯), 율속족의 유염차(油鹽茶)와 뇌향차(雷響茶), 위구르의 향차(香茶), 장족(壯族)의 함유차(鹹油茶), 카자흐족의 우유차(奶茶), 태족(傣族)의 죽통차(竹筒茶)와 죽통향차(竹桶香茶), 합니족의 토과차(土鍋茶), 회족의 괄완자차(刮碗子茶)와 관관차(罐罐茶) 등이 있다.

3) 술

소수민족의 술 문화의 특징은 일상생활과 손님맞이에서 잘 나타난다. 이족(彝族)은 술을 매우 좋아하는데, "한족 사람들은 차를 귀중하게 여기지만, 이족 사람들은 술을 귀중히 여긴다."라는 말에서도 알 수 있다. 이족은 찹쌀로 빚은 감주와 쌀보리로 빚은 백주를 즐겨 마신다. 그리고 손님을 대접할 때 꼭 술을 내놓는다. 손님이 술을 마시든 마시지 못하든 모두 사발로 세 사발을 마셔야 한다.

묘족 역시 술을 좋아하고, 손님 대접하는 것을 좋아한다. 묘족의 술 종류로는 단 술과 구운 술 그리고 약술 등이 있다. 이들은 집집마다 술을 담가놓고 손님이 오면 술을 내놓는다. 술을 권할 때는 노래를 부르면서 흥을 돋운다.

란로주(攔路酒)

세계문화유산으로 지정된 귀주성 대당현(大塘縣) 랑덕마을(郎德山寨)에 사는 묘족은 손님을 맞이할 때 성대하게 한다. 반가운 표시를 마을 입구에서부터 나타낸다. 부녀자들이 명절에만 입는 은관(銀冠)에 은식(銀飾)이 달린 성장(盛裝)을 하고, 길가 양옆으로 술잔을 들고 줄을 서서 손님에게 작은 술잔에 술을 부어주고는 마시게 한다. 이 술을 '란로주(攔路酒)'라고 부르는데, '길을 막는 술'이란 의미이다. 손님은 열두 명의 여인에게서 술을 한 잔씩 입에 대어 마셔야 한다. 이때 남성들은 길게 늘어서서 생황을 분다. 그런 뒤 마을에 들어서려 하는 문턱에서 묘족의 여인이 손님에게 뿔잔에 든 술 한 잔을 건넨다. 이 술은 '진채주(進寨酒)'라고 불리는데, '손님들이 먼 길을 마다하지 않고 와서 반갑다'는 의미로 권하는 것이기 때문에 꼭 마셔야 한다.

몽골족의 마유주(馬乳酒)

악온극족은 손님을 대접할 때 술을 올리는데, 흰 술을 제외하고 집에서 빚은 야생 과일술을 마련하기도 한다. 술을 따를 때 주인은 먼저 술잔을 높이 들어 불 속에 조금 붓고 자신이 한 모금 마신 다음 손님에게 권한다.

아이락(Airag, 말젖술)은 '마유주(馬

乳酒)'로, 말젖을 발효시켜 만든 몽골의 대표적인 술이다. 대체적으로 합살극족 등의 유목민족들이 말젖술을 즐겨 마신다. 손님 맞이하기를 좋아하는 몽골족은 손님이 오면 아이락을 내놓는다. 이때 손님은 오른손 중지로 술잔의 술을 찍어 위와 아래로 한 번 튕기면서 하늘과 땅에 경의를 표한 뒤 술을 단숨에 마셔야 한다.

보미족은 각종 모임에서 소뿔로 만든 잔을 사용하여 술을 마신다. 손님을 접대할 때에는 손님이 취해야 주인의 체면이 서게 된다. 그리고 친구의 도움으로 새집을 짓게 되면 주인은 돈을 주지 않고 술과 고기로 대접한다.

장족(壯族)은 쌀로 빚은 술을 명절 때나 손님을 접대할 때 마신다. 술을 빚을 때 닭의 쓸개를 함께 넣은 것을 '계담주(鷄膽酒)', 닭 내장을 넣은 것을 '계잡주(鷄雜酒)', 돼지 간을 넣은 것을 '저간주(猪肝酒)'라고 부른다.

포의족의 성년 남자들은 미주(米酒)를 좋아하고, 부녀자들은 찹쌀로 만든 단술을 좋아한다. 매년 추수 이후에 집집마다 미주와 찹쌀로 만든 단술을 빚는다. 미주는 평상시에 마시기도 하고 손님이 오면 내놓기도 한다. 손님을 맞이할 때 상에 미주가 없으면 풍성한 연회라 하더라도 손님은 신이 나지 않게 되고 주인은 체면이 떨어지는 것처럼 느끼게 된다.

영객주(迎客酒)

또, 포의족의 술문화에는 '영객주(迎客酒)'라는 것이 있다. 포의족은 신부를 맞이할 때나 설 혹은 명절 때 손님이 오면 주인이 대문 입구에서 술상을 내놓는다. 술상에는 술과 술잔이 놓여 있는데, 손님이 오면 주인이 술잔에 술을 따르고 두 손을 들어 '손님을 맞이하는 환영의 노래(迎客歌)'를 부른다. 손님이 노래를 잘 부르면 노래로 답을 하고, 마지막 손님은 술 한 잔을 마셔야 하고, 마신 뒤 곧바로 안채 안으로 들어간다. 하지만 만약 노래를 부르지 못하면 주인이 노래를 한 수 부를 때마다, 손님은 술 한 모금을 마셔야 한다. 주인이 일곱 수 혹은 아홉 수를 부르면, 손님도 일곱 모음 혹은 아홉 모금의 술을 마신 후에야 그만두게 된다. 그래서 노래를 부르지 못하면 벌주를 당하게 되고 구경하는 사람들은 집안이 떠들썩할 정도로 크게 웃게 된다.

요족은 소주(笑酒)를 마신다. 5월 달노절(達努節)과 10월 반왕절(盤王節)이 되면 요족 사람들은 집에서 빚은 술단지를 내어놓고 마을 전체 사람들과 모여 술을 마신다. 한 모금 마실 때마다 노래를 크게 부르고 재미있는 말로 놀려가면서 서로서로 한바탕 크게 웃는다. 마을 사람 전체가 웃는 술이라 하여 '소주(笑酒)'라 부른다. 이 술을 통해 마을 사람들은 단결을 도모한다.

와족의 민간전설에는 "술이 없으면 제사를 하지 못하고, 말만 하고 책임을 지지 않는다(無酒不成禮, 說話不算數)"라는 말이 있다. 와족은 술을 마실 때 친구를 불러 함께 즐긴다. 주인이 손님에게 술을 권하는데, 반드시 참석한 사람에게 한 명씩 한 명씩 술을 권해야 한다. 만약 빠뜨리는 사람이 있게 되면, 와족의 예의에 위배가 된다. 술을 권할 때, 두 손으로 대나무 마디의 술통을 들고 손님 앞으로 걸어가서, 몸을 굽혀 술통을 자기의 가슴 앞에 두고 다시 손님의 입가에 보낸다. 손님은 두 손으로 술통을 잡으며, 그것을 주인의 입가에 내민다. 주인이 한 모금 마시면 또 다시 손님에게 권하게 되고 손님은 단번에 마신다. 맨 처음 술을 접대받는 사람은 가장 존경을 받는 사람이거나 가장 연장자인 사람이고, 그가 술을 받은 이후에 오른손 무명지로 몇 방울의 술을 묻혀서 땅에 뿌리며 축사를 읊는다. 그리고 주인의 조상에게 존경의 표시를 해야 한다. 와족의 음주요청을 거절하는 것은 예의가 없는 표현이다. 술을 얼마나 마시는 가는 중요하지 않고, 주인은 우정과 기쁨을 위해서 절대 강요해서는 안 된다.

토족은 술을 즐겨 마시는데, 술은 식생활에서 중요한 자리를 차지한다. 집집마다 알코올 도수가 낮은 술을 만들어 마신다. 랑주(郎酒)는 사천의 이랑탄(二郎灘) 일대에 전해지는 술로서, 북송 때 이랑탄 일대의 토족 주민들이 랑천(郎泉)의 물로 빚은 술을 마시기 시작하였다고 전해진다. 랑천은 깊은 골짜기에서 솟아오르는 샘물인데, 겨울에는 따스하고 여름에는 시원하며 가뭄에도 마르지 않고, 비가 내려도 샘물은 흐려지지 않는다고 한다.

그리고 토족의 술문화로 '삼배주(三杯酒)'가 있다. 삼배주는 '손님을 환영한다'는 의미를 가진 풍습으로, 말에서 내릴 때 석 잔, 문에 들어설 때 석 잔, 말에 다시 오를 때 석 잔을 대접한다. 만약 손님이 술을 마시지 못한다면 술잔을 받아서 자신의 가운데 손가락에 술을 묻혀 허공에 세 번 튀기는 것으로 대신한다. 이는 하늘과 땅과 조상에게 경의를 표한다는 의미를 지니고 있다.

3. 주택문화

중국 소수민족의 주택과 건축물은 자연지형에 따라 다양하게 나타난다. 정원식 가옥은 한족과 문화교류가 왕성한 지역이거나 한족과 섞여 사는 소수민족 지역 그리고 소수민족이 거주하는 지역 중 비교적 발달된 지역에서 볼 수 있다.

소수민족 주택 중 대외적으로 가장 많이 알려진 형태는 토장방(土掌房) · 토루(土樓) · 간란(干欄) 등의 층집 구조이다. 그중에서 몇 가지의 주택형태와 구조를 살펴본다.

토장방(土掌房)

이족(彝族)의 가옥 형태는 매우 다양한데, 전통주택의 특징은 흙으로 쌓아서 만든 토장방(土掌房)이다. 1층은 소나 돼지를 가두는 우리로 사용하고 2층은 거주공간이다. 그리고 지붕은 건조실로도 사용한다.

독룡족의 가옥들은 독룡강 양안의 산언덕에 다락집으로 지었다. 이를 '장죽루(長竹樓)'라 부른다. 이 일대에 거주하는 다른 민족들의 가옥도 2층으로 된 다락집이다. 아래층은 가축들이 살고 윗층은 생활구역이며 방 한가운데에는 화로를 둔다. 자녀들이 결혼하더라도 함께 살고 새로운 화로를 하나 더 놓는다.

운남성의 많은 민족들은 2층짜리 집을 짓고 사는데, 민족 중 랍호족은 2층에는 사람이 거주하고 아래층에는 가축을 기르거나 장작 등의 물건을 놓는다. 합니족은 참대로 만든 다락집을 짓고 사는데, 흙으로 기초를 쌓고 참대로 골격을 세운 층집이다. 아래층에는 가축을 기르고, 2층은 주거와 쌀저장 장소로 사용하며, 3층은 과일이나 채소를 저장한다.

태족 주택의 가장 커다란 특징 중 하나는 모두가 하나로 통하게 뚫려 있다는 점이고, 집 밖에는 토지가 있으며, 각 집마다 마당을 갖고 있다. 태족의 전통주택은 간란식 방법의 죽루이다. 죽루는 서쌍판납 · 덕굉(德宏) · 맹련(孟連) 등지에 사는 태족들이 많이 거주하는 형태이다. 죽루는 상하 2층의 구조로 되어 있는데, 위층에는 주로 사람이 거주하고 아래층에는 가축이나 농기구 직물기 등을 둔다.

TIP

상해 태가촌

상해에 있는 태가촌은 태족의 전통공연과 음식을 동시에 즐길 수 있는 극장식 레스토랑이다. 태가촌에 들어가면 태족 전통의상을 입은 종업원들이 전통적인 인사 방식으로 맞이하며, 공연 중간마다 손님들과 함께 춤을 추기도 한다. 공연을 마치면 무희들이 손님들에게 향주머니를 목에 걸어주고, 장수를 기원하는 붉은색 털실을 손목에 매어준다.

복건성에는 토루(土樓)가 있다. 중원에서 전쟁을 피해 이주해 온 객가족이 거주하는 곳이다. 2000년 4월 복건성 지방정부는 영정(永定) · 남정(南靖) · 화안(華安) 세 개 현(縣)에 있는 총 46채의 토루를 '복건토루'라 칭하고, 이는 2008년 8월 세계문화유산으로 등재되었다.

복건 토루

복건토루는 송원 시기에 형성된 것으로서 세계적으로 유일한 산간지대의 토루 건축이다. 남정의 토루 중 축조 연대가 가장 오래된 것은 600여 년의 역사를 지니고 있고, 200년 이상 된 것도 130여 개가 남아 있다. 토루의 조형구조는 원형과 방형이 있는데, 모두 폐쇄식이며 오직 큰 대문 하나로 출입이 가능하도록 되어 있다. 이런 형태는 적의 침입을 비교적 용이하게 막을 수 있는 구조로, 토루가 작은 사회이자 국가 속의 또 다른 작은 세계였음을 알려준다. 토루는 두터운 흙벽으로 외부를 구축하고 내부는 목조로 짜 맞춘 '토조+목조'의 혼합구조를 가진 세 층 내지 다섯 층 규모의 집합주택이다.

내부는 벽을 따라 일정한 형식의 생활공간이 정연하게 배열되어 있다. 생활공간 내부를 보면, 1층은 부엌 · 식당 등 공적으로 사용하는 공간이고, 2층은 창고이다. 그리고 3층 이상은 사적 공간인 침실이 있다. 외부에는 학당이나 부속실 등이 설치되어 있다. 하지만 모든 객가인들이 토루에서 사는 것은 아니다. 또 토루가 객가인만의 가옥은 아니고 객가지역이 아닌 곳에서도 토루를 볼 수 있다

장족(壯族)의 일부 지역 주거형태는 '간란(干欄)' · '마란(麻欄)' · '고란(高欄)'이라 불린다. 간란은 지상에서 높이 떨어진 곳에 나무기둥 혹은 대나무를 엮어서 틀을 만든 다음에, 그 위에 상하층으로 집을 짓는 것이다. 위층에는 사람이 거주하고 아래층에는 가축을 키우거나 물건을 보관한다.

간란(干欄)

묘족의 차차방(叉叉房)은 운남성 동북과 귀주성 서북 등지에 분포하는 일부 묘족의 주거형태이다. 차차방은 여러 개의 마른 나무로 엇갈리게 천막을 치고 띠로 지붕을 덮는다. 그리고 4개의 벽을 나뭇가지나 대나무를 엮어 그 위에 흙을 바른다. 창문은 없고 실내에는 방이 2개가 있는데, 하나는 가축을 기르는 방이고 다른 하나는 사람이 거주하는 방이다. 차차방은 묘족만이 아니라 운남지역에 거주하는 요족 등의 주거형태이기도 하다.

차차방(叉叉房)

와족의 주택

와족은 대나무로 만든 집에서 사는데, 과거에는 소의 머리뼈를 집에 거는 것으로 부를 자랑했다. 부자들은 창고

를 두어 소의 머리뼈를 장식하였는데, 많은 집은 소의 머리뼈가 500개 이상이 되기도 하였다고 한다. 와족의 방은 지역마다 차이가 있지만 크게 두 가지 형태로 분류할 수 있다. 하나는 한족의 영향을 받은 초가집의 형태로, 벽을 나무나 흙으로 하여 사면을 세우고 지붕에 짚 등으로 얹는다. 또 다른 하나는 태족의 영향을 받은 것으로, 대나무나 목재로 2층집을 만든다. 이때 위층은 사람이 거주하고, 아래층에서는 가축을 키운다. 와족은 방을 주인방과 손님방으로 나누고, 문은 3개(鬼門, 火門, 客門)를 낸다. 귀문(鬼門) 밖으로 베란다 같은 공간을 만들어 곡식이나 옷가지를 말리기도 하고, 여러 물건을 쌓아두는 곳으로 사용한다. 화문(火門)은 평소에 출입구로 사용하는데 귀문의 오른쪽에 있다. 귀문의 왼편에는 객문(客門)이 있는데, 평소에는 아이들이나 손님의 잠자리로 사용되지만 초상이 났을 때는 시신을 잠시 놓아두는 곳으로 사용된다.

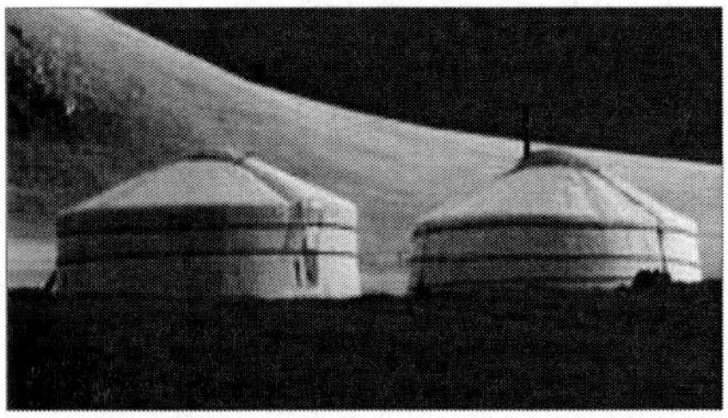
게르

몽골족의 전통적인 주거 형태는 '게르(Ger/Yurt)'이다. 게르는 동그란 타원형의 모양으로 위로는 원뿔 모양이다. 여름에 시원하고 겨울에는 양털로 보온이 되어 따뜻하다. 게르의 구성은 나무골조와 천 덮개, 고정벨트 등으로 나눌 수 있다. 게르는 각 계절에 따라 좀 더 따뜻하고 가축의 먹이인 신선한 풀들이 많은 곳을 골라 옮겨가는 생활을 하는 몽골인에게는 주거를 분리하여 마차에 싣고 이동 설치함에 있어서 가장 적합한 형태이다.

제3장 소수민족의 관혼상제(冠婚喪祭)

1. 관혼례(冠婚禮)

1) 소수민족 혼례의 변화

1950년에 반포된 중국《혼인법(婚姻法)》은 반봉건적인 규정을 많이 없애고 새롭게 제정한 것이다. 예를 들면, 부모의 결정에 따른 혼인제도와 남존여비(男尊女卑) · 자녀의 이익을 경시하는 상황 등의 폐지, 중혼(重婚) · 첩(納妾) · 민며느리(童娘媳) · 과부재혼에 대한 간섭 · 혼인을 빙자한 재물의 요구 등의 금지를 포함하고 있다.

1951년 결혼증서

1960~70년대 결혼증서

1980년 9월 10일 전인대에서는《혼인법》을 개정하였다.《혼인법》2조에서는 '일부일처제'를 원칙으로 정하였는데, 이러한 원칙은 소수민족마다 다른 결혼형태에도 영향을 주었다. 예들 들면 1981년 4월 18일 서장자치구 제3차 인민대표대회 상무위원회 제5차 회의에서는《西藏自治區施行〈中華人民共和國婚姻法〉的變通條例》를 통과시켰다. 티베트인들의 전통적인 혼례방식은 일처다부와 일부다처였다. 조례에서는 혼인법의 기본원칙을 따르면서, 혼인의 자유를 실행하고 일부일처제를 실행하였다. 그리고는 일처다부와 일부다처의 혼례풍속을 폐지하였다.

《혼인법》6조는 만혼(晩婚)과 만육(晩育)의 장려에 대한 조항으로서, "남자는 만 22세, 여자는 만 20세로 한다."고 하였다. 그러나 소수민족 지역의 규정을 살펴보면 탄력적으로 규정짓고 있다. 각 소수민족 자치지역에서는 2세 인하한다는 것인데, 이는 소수민족에게만 적용되고 한족은 제외된다.

1990년대 각 민족여성의 평균 초혼 연령이 상당히 높은 민족은 티베트족과 합살극족 및 조선족으로서 각각 23.8세, 23.6세, 22.7세이다. 평균 초혼 연령이 비교적 낮은 민족은 위구르족, 합살극족, 태족과 이족(彝族)으로서 각각 19.4세, 20.0세, 20.9세와 20.9세이다. 하지만 일부 소수민족은 여전히 12~16세에 결혼하는 조혼 풍속을 유지하고 있다. 이러한 결혼 풍토는《혼인법》에 위배되지만, 소수민족 보호차원에서 제재를 가하지는 않는다.

중국 소수민족은 다양한 형태의 사회가 존재하고 있다. 결혼 형태 또한 다양하다. 일부다처제를 비롯하여 약탈혼과 매매혼, 일처다부제 및 계급혼 등 다양한 혼인관습이 존재하였다. 하지만 아직까지도 중국 내 많은 소수민족 사회는 다양한 전통적인 혼인형태를 유지하고 있다. 마사인(摩梭人)처럼 모계사회인 경우는 아직까지 '주혼(走婚)'이 남아 있다.

한편, 소수민족들은 자신들의 전통풍속에 따라 결혼은 하였으나 결혼 등기를 하지 않는 경우가 많아서 결혼한 사람들을 파악하기가 어렵다. 이처럼 소수민족들은《혼인법》에서 정해놓은 혼인 등기에 대한 인식이 희박하다. 소수민족들은 역사적 원인과 풍속습관 때문에 결혼 등기를 중요시하지 않는다. 오히려 전통풍속에 따라 결혼식을 올렸느냐를 중히 여긴다. 즉, 민족 전통풍속에 따라 결혼식을 올리게 되면 부부가 되는 것이고, 부부관계는 민족의 승인을 얻게 된다.

신강소수민족결혼증명서

합니족과 이족 및 랍호족이 주체가 된 어떤 향의 농촌인구 결혼 등기 상황을 살펴보면, 2004년에 스스로 결혼증명서를 신청하여 취득한 사람은 단 4쌍에 불과하였고, 2005년에는 6쌍이었다. 그리고 2004년에는 초혼 여성의 숫자가 104명이고, 2005년에는 84명이었다. 결혼한 숫자에 비해서 결혼 등기를 한 사람이 너무 적다는 것을 알 수 있는데, 이러한 것이 중국 소수민족의 결혼 등기 상황을 나타낸다. 그러다 보니 재산권 등 피해를 입는 여성들이 생겨나고, 이로 인한 여성들의 인권문제가 심각하다.

근래에도 소수민족 사회에는 여전히 조혼이 이루어지는 지역이 있다. 신강 묵옥현(墨玉縣) 위구르족에 대한 조사를 살펴보면, 이미 결혼한 여성 중에서 10~14세와 15~19세에 결혼한 비율이 각각 24.67%와 77.18%였다. 그리고 운남성 포랑족에 대한 조사에서, 이미 결혼한 여성 중에서 10~14세와 15~19세에 결혼한 비율이 각각 2.23%와 17.56%였다. 또 운남성 와족 중 이미 결혼한 여성 중에서 10~14세와 15~19세에 결혼한 여성의 비율이 각각 0.92%와 23.29%였다. 1990년대에 조혼비율이 높은 민족은 대체적으로 위구르족·합니족·태족·이족·티베트족이었다. 이슬람교를 믿는 합살극족 여성들의 조혼 비율은 2.6%였다. 합니족은 남녀 18세 전후에 결혼하는데, 남자가 일반적으로 여자보다 나이가 많다. 묘족은 일반적으로 16~18세 사이에 결혼하는데, 10세 때 결혼하는 사람도 있지만 숫자는 많지 않다. 태족은 일반적으로 16세가 되면 결혼을 한다. 백족은 여자는 16세, 남자는 18세가 되면 결혼을 할 수 있다. 25세가 넘어 결혼하는 경우는 매우 드물다.

그리고 많은 소수민족은 "결혼 나이가 짝수 때는 길하고 홀수 때는 흉하다"고 여기는 습속이 있기 때문에, 보통 16, 18, 20세에 결혼하는 사람이 많다. 만약에 20세가 넘어서도 결혼을 하지 않으면, '老姑娘(노처녀)', '老伙子(노총각)'라 불리고, 배우자를 구하기가 곤란하게 된다.

근래에도 낙후된 소수민족 지역에서 조혼현상이 많아지고 있다는 것을 천진에서 거행한 "貫徹未成年人保護法學校與家庭責任" 학술대회에서 발표된 논문에서 알 수 있다. 중국가정교육학회(中國家庭教育學會) 부회장인 조충심(趙忠心)은 구습속의 압력과 금전적인 유혹 때문에 조혼현상이 일부 지역에서 갈수록 보편화되고 있다고 주장하였다. 광서의 산간마을 어떤 여자아이는 소학교 5학년인데도 불구하고 가장이 약혼을 시켰다고 한다. 또 어떤 여자아이는 소학교 2학년인데 학업을 중단하고 결혼을 하였다고 한다. 어떤 부모는 땅을 얻기 위하여 미성년자인 자녀를 조혼시켰고, 어떤 부모는 예물을 받는 방식으로 금전을 취하기도 하였다. 그러한 이유로 미성년인 여자아이에게 시집가기를 강요하였는데, 부모들은 조혼이 미성년자의 성장에 좋지 못한 영향을 준다는 것을 알지 못한다고 하였다. 또 조충심은 미성년자가 조혼을 하게 되면, "첫째는 미성년자인 아이의 육체와 심리적 건강에 중대한 영향을 준다. 둘째는 아이들이 종종 학업을 포기하게 된다. 셋째는 법률적 보호를 받지 못한다. 넷째는 다음 대의 자녀부양에 매우 불리하다"고 하면서 조혼은 가정문제이면서 사회문제이고, 악순환을 형성한다고 주장하였다.

2) 소수민족의 다양한 관혼례 풍속

중국 소수민족의 성인식 · 사랑고백 · 결혼풍속 등은 민족마다 독특하다. 이에 대해 간략하게 살펴보면 다음과 같다.

보미족은 설을 쇨 때 만 13세가 되는 아이들의 성인식을 지낸다. 이 행사는 엄마 혹은 외삼촌이 주최한다. 성인이 되는 아이는 재부(財富)와 풍년을 의미하는 '저표육(절인 통돼지고기)'과 쌀자루에 올라선다. 무당의 기도 속에 성인이 되는 아이에게 웃옷과 긴바지를 입힌다. 이때 성인이 되는 아이들은 절을 하고 술을 부어 감사를 표한다. 성인이 된 아이들은 이날부터 각종 사회활동에 참가할 수 있다.

포랑족은 꽃을 꺾어서 처녀에게 사랑을 고백한다. 이때 총각이 마음에 들면 처녀는 꽃을 자기 머릿수건에 꽂는다. 부모의 동의를 거쳐 약혼을 하고, 총각이 처녀 집에 갈 때엔 발효가 잘 된 신차와 소금을 가져간다. 그러면 처녀와 동거를 할 수가 있다. 먼저 동거를 하고 1년 안에 반드시 길일을 택해 결혼을 한다. 운남성 합니족의 젊은 남녀들도 꽃으로 마음을 전한다. 먼저 남성이 마음에 드는 여성에게 예쁘고 싱싱한 생화 한 다발을 사랑의 징표로 보내면, 꽃을 받은 여성은 며칠 후 남성의 마음을 받아들이겠다는 답례로 짝수의 꽃송이가 담긴 꽃다발을 남성에게 보낸다. 이로써 두 사람의 사랑은 이루어진다. 그런데 여성이 홀수의 꽃송이를 보내면 남성의 마음을 거절한다는 의미를 담고 있다.

귀주의 려파(荔波)에 모여 사는 흑고요족(黑褲瑤族) 가정에서는 딸이 16~17세가 되면 대문 옆에 있는 '결혼상담방'으로 옮긴다. 그리고 바깥쪽으로 향한 벽에 작은 구멍을 뚫는다. 결혼상담방에 묵는 여성을 그동안 마음에 두고 있던 마을 남성들은 늦은 밤 '결혼상담 구멍'을 찾아와 여성에게 사랑을 고백한다. 만약 여성이 남성을 받아들이겠다는 게 보일 경우 결혼을 전제로 본격적으로 대화를 주고받을 수 있지만, 반대로 남성이 마음에 들지 않는다는 뜻을 표시할 경우에는 남성은 물러나야 한다.

티베트족은 전통적으로 내려오는 신분내혼제(身分內婚制, 신분이 비슷한 집안끼리의 혼사)를 내세우는데, 귀족 출신은 평민과 결혼을 할 수 없다. 또 다른 민족과도 결혼은 금기시되어 있으며, 만약 연애하여 결혼한 사실이 알려지면 동네 사람들이 일방적으로 처치해버리는 관습이 남아 있다. 한편, 청해성 황남(黃南)티베트족자치지역에 거주하는 티베트족에게는 형제일처혼이라는 풍습이 있다. 이는 장원가(莊園家)에서 전해오던 결혼풍습이다. 장남이 결혼하면 그 집 형제 모두가 동시에 한 여자와 결혼하는 것이고, 그 여인을 공동의 아내로 공유하는 풍습이다. 어린아이가 태어나면 연장자인 맏형만이 아버지가 되며, 동생들은 전부 '리로이(삼촌)'로만 부르게 하고 있다.

서남지역의 경파족은 신분내혼제를 고집하고 있다. 관리는 관리 집안끼리, 상인은 상인끼리, 농민은 농민 자녀끼리 혼사를 하고 있다. 만약 농민의 아들이 관리의 딸을 아내로 맞아들이고 싶으면 딸을 가진 부모가 요구하는 모든 조건을 받아들여야 결혼을 할 수 있다.

이족(彝族) · 아창족 · 경파족 등이 갖고 있는 통과의례의 하나인 쇄친(刷親)은 여성 측의 묵인하에 진행된다. 마음에 드는 여성을 선택한 남자는 상대방을 몰래 보쌈하는 형태로 여자의 승낙을 받는 절차를 마련한다. 이 과정에서 여성은 큰소리를 지르며 반항하는 시늉을 해야 한다.

울음혼례(哭婚)

호남성 토가족의 울음혼례(哭婚)는 매우 특이하다. 울음혼례는 결혼을 한 달 앞두고 꼭 울어야 하는 것이다. 그냥 우는 것이 아니라 노래에 곡을 붙여가며 열흘 내지는 두 달을 계속해서 울어야 한다. 여자아이가 태어나면 15세까지 계속 울리는데, 동네에서 잘 울기로 소문난 아주머니를 모셔 와서 우는 방법을 배운다. 여자는 결혼 전에만 우는 것이 아니라 시집간 첫날 시부모 앞에서도 울어야 한다. 시댁에서는 잘 울고 눈이 통통 부어야만 며느리를 잘 보았다고 하고, 며느리로 인정하고 재산상속을 해준다. 우는 게 서툴면 3년을 더 연습하게 하고, 흡족하게 울 때까지 곳간

열쇠를 내놓지 않고 실랑이를 벌인다. 이러한 울음혼례 형태는 백족 · 장족(壯族) · 태족 · 합니족 · 티베트족 등도 갖고 있다.

운남성의 납서족과 보미족은 '아주혼(阿注婚)'이란 결혼 풍속을 갖고 있다. '아초혼(阿肖婚)'이라고도 불린다. '아주(阿注)' 혹은 '아초(阿肖)'는 '친구'라는 의미를 지니고 있다. '아주'의 관계는 남녀 간에 사귀는 것을 일컫는다. 이 풍속은 남자가 밤에 처갓집에 가서 배우자의 역할을 하고, 낮에는 자신의 모계 가정으로 돌아가서 어머니나 외삼촌 및 형제자매와 함께 노동을 하며 공동생활을 하는 혼인형태이다. 특별한 경우를 제외하고는 밤 시간 이외에는 처갓집에 함부로 찾아갈 수 없다.

묘족의 혼세교차제란 아버지 자매 측의 처녀와 어머니 형제 측의 총각이 결혼하는 풍습이다. 만약 어머니 형제 중 마땅한 총각이 없으면 다른 집안과 혼사가 가능하다. 서남지역의 락파족은 혼세교차제를 매우 장려하는 민족이다. 락파족은 인척 간의 통혼이야말로 '금화(金貨)하고도 바꿀 수 없는 혼인'으로 여긴다. 예를 들면, 남편이 먼저 사망하면 그 부인은 남편의 형제와 재혼해야 한다. 반대로 부인이 먼저 사망하면 남편은 결혼하지 않은 부인의 자매와 재혼한다.

독룡족의 경우, 부인과 사별했으면 부인의 자매와 결혼을 하게 된다. 그런데 나이가 어리면 결혼할 수 있는 나이가 될 때까지 기다려야 한다. 이때 남자는 칼 · 삼베 · 소 · 돼지 등을 사전에 혼약의 표시로 여자의 집에 갖다 주어야 한다. 묘족과 위구르족 역시 부인이 사망하면 부인의 자매와 재혼하는 오랜 풍습이 있다.

기낙족 · 포랑족 · 경파족 · 수족은 미혼 남녀가 자연스럽게 구혼할 수 있도록 마을에 별도의 장소를 마련한다. 여기서 임신이 되면 남자는 여자 측 부모에게 찾아가 두 손을 머리에 얹고 꿇어앉아 인사만 하면 혼인이 끝난다.

동향족에게는 '아합교(阿哈交)'라는 혼속이 전해져 온다. '아합교'는 '종족 혹은 가족'의 잔존형태로, 동일한 '아합교'에 속하는 남녀는 결혼을 할 수 없다. 이를 위반한 사람은 질책을 받는다. 과부가 재혼을 할 경우에는 동년배의 친척에게 우선권이 있다. 남녀 16,7세가 되면 결혼을 할 수 있으나, 오늘날에는 혼인법에서 정한 나이에 따라 결혼하는 남녀가 늘어나고 있다. 혼례의식은 종교적인 분위기를 띠고 있다. 그리고 동족이나 경파족은 인척 간의 혼인을 절대적으로 금지한다. 이들 민족은 어머니 형제나 아버지 형제를 같은 씨족으로 생각하기 때문에 혼인을 못하도록 한다.

포의족은 결혼 당일 신부가 신랑집에 가서 인사만 하고 돌아온 후 계속 친정에서만 생활한다. 또 신랑집에 특별한 일이 생겨서 가게 되어도 절대 같은 방을 쓰지 않는다. 그 밖의 동족 · 요족 · 경파족 등도 약간의 차이는 있지만, 결혼 후 여자는 아이가 둘이 될 때까지 시댁에 가지 않고 친정에서 생활한다, 그 중에서 동족은 제삿날에만 아내를 시댁에 잠시 데려갈 수 있고, 대부분은 처가에서 생활한다.

대다수 소수민족은 부모의 뜻에 따라 혼인을 결정하지만, 상당수의 소수민족은 여전히 고가품의 예물을 제공하고 결혼을 한다.

2. 상례(喪禮)

중국 건국 이후 모택동은 1956년 화장(火葬)을 법으로 정하고 토장제도를 금지하는 '장묘문화혁명'을 시작했다. 사람이 죽으면 법에 따라 화장을 해야 하지만, 회족은 토장을 고집한다. 소수민족 중 자신들의 독특한 장례방식을 그대로 갖고 있는 민족이 많다. 소수민족의 전통적인 장례의식을 살펴보면 다음과 같다.

수족(水族)은 사람이 죽으면, 죽은 후 곧 죽은 자의 당을 지어 제사를 지낸다. 조문 기간에는 가당을 지어 노래를 부르고 춤을 춘다. 특히 화등헌(花燈獻)을 노래하는데, 이는 가축을 죽여서 길일을 택해 장사를 치를 때까지 계속된다.

려족(黎族)은 성인이 죽으면 총소리를 내어 죽음을 알린다. 소리를 듣고 온 마을 사람들이 조문을 온다. 죽은 자의 가족들은 3일간 주식을 먹지 않고 찹쌀로 만든 단 술만 먹는다. 관은 일반적으로 통나무를 파서 만든다. 입관 시 죽은 자에게 이미 준비해두었던 의상을 입힌다. 입관한 후 묘소에 가서 매장한다. 매장한 후 봉분을 만들지 않고, 매장지점에 죽은 자가 생전에 쓰던 물레나 직

포기 등을 놓아둔다. 남자가 죽으면 그 마을에서 동일한 혈통을 묻은 공공묘지에 묻고, 여자가 죽으면 본가에 보내 본가에서 장례를 치르게 한다. 여자의 본가에서는 일반적으로 같은 혈통을 묻은 공공묘지에 죽은 자를 묻는다.

암관장(巖棺葬)

토가족은 암관장(巖棺葬)과 화장을 실시해왔다. 최근 상서(湘西)와 사천 동남의 유수(酉水) 일대에서 암관이 적지 않게 발견되었다. 암관장은 사람이 죽었을 때 입관한 후 그 관을 현애절벽에 낸 동굴에 안치하는 것을 말한다. 청대 후 토가족은 주로 토장을 실시해왔다. 사람이 죽으면 무당이 경을 읽고 도사가 죽은 사람에게 저승길을 안내한다. 온 마을 사람들이 찾아와 조문을 표하고, 죽은 사람의 친척들도 장례에 참가한다. 시신이 집에 있는 기간 동안 청년 남녀들은 밤을 새워가며 춤추고 노래하며 북을 두드리면서 추모한다.

몽골족의 장례에는 토장 · 야장(野葬) · 천장(天葬) · 화장이 있다. 고대 몽골인들은 사람이 죽으면 야외에 내다가 묻는데, "묘소는 있되 봉분은 없다"고 기록하고 있다. 천장은 목축지역에서 흔히 볼 수 있는 장례방식이다. 시신을 매나 승냥이가 뜯어 먹게 야외에 버려두는데, 이렇게 하면 죽은 사람이 바로 승천한다고 여긴다. 반면, 1주일이 지나도 시신이 그대로 있으면 불길하다고 여겨 라마를 청해 경을 읽게 하고 망인을 위해 액막이를 하게하고는 야생 매들이 시신을 쪼아 먹게 한다. 화장을 할 때에는 라마를 청해 경을 읽게 한다. 시신을 흰 천에 싸고 그 위에 황유를 바른 후 장작더미 위에 올려놓고 불을 붙인다.

티베트 탑장(塔葬)

티베트족은 천장을 주로 하지만 탑장(塔葬)과 화장도 한다. 천장은 사람이 죽으면 시신을 3일 동안 집에 두면서 일련의 종교활동을 진행한 후 천장을 하는 곳에 사람을 보내 시신을 가져가게 한다. 시신은 가장 높은 산 정상에 두어 새와 짐승들이 먹게 한다. 새와 짐승들이 시신을 말끔히 먹어버리지 않으면 죽은 자가 생전에 죄를 지었기 때문이라고 여긴다. 그래서 죽은 자의 가족들은 라마를 청해 경을 읽게 하고 속죄하면서 죽은 자가 천당에 가기를 빈다. 한편, 탑장과 화장은 티베트족의 고급스런 장례풍속이다. 탑장은 지위가 높은 활불(活佛)에게 하는 장례로서, 향료로 시신을 처리한 후 금속탑에 넣어 보존한다. 화장은 활불과 대라마에게 행하는 장례다.

경파족은 주로 토장을 하지만 비정상적인 사망, 예를 들면 피살 혹은 싸움으로 사망한 경우에는 화장을 한 후 납골을 땅에 묻는다. 그러나 영아나 어린이가 죽으면 천장을 한다. 천장을 할 때는 죽순으로 만든 옷으로 시신을 싸서 나무 위에 걸어놓는다. 정상적으로 사망하였을 경우에는 가족들이 밖에 나가 총을 쏘아 마을 사람들에게 사망소식을 알려 도움을 청한다.

사천의 대량산(大凉山)과 소량산(小凉山) 지역의 이족(彝族)은 사람이 죽으면 시신을 널판자 위에 눕히는데 머리는 안으로 다리는 밖으로 향하게 한다. 일부 흑이(黑彝, 노예)가 죽으면 마당에 만들어놓은 흰 천을 덮은 영구를 두는 작은 방에 시신을 안치하고 친척과 친구들에게 알린다. 죽은 자의 가족은 모두 상복을 입는다. 무당이 경을 읽어 죽은 자에게 영혼이 가야 할 길을 알려준다. 경을 읽을 때는 죽은 자가 저승에서 노잣돈으로 쓰라고 종이돈을 태운다. 화장할 때는 시신과 시신을 눕힌 널판자를 장작더미 맨 꼭대기에 올려놓고 불을 붙인다. 화장이 끝나면 납골을 즉시 그 자리에 묻어버린다.

묘족은 고대에 현관장(懸棺葬) · 암장(巖葬) · 토장을 해왔다. 이러한 풍속은 정상적으로 사망하였을 경우에 행해진다. 비정상적으로 사망하였을 경우, 예를 들면 피살 · 천재지변에 의한 사망 · 산후 사망일 경우에는 화장을 한다. 토장을 할 경우, 사람이 죽으면 시신을 씻은 후 수의를 입히고 입관한다. 영구는 집에 며칠 두었다가 무당이 경을 읽어 죽은 자의 영혼을 보낸 후 묘지에 묻는다. 토장에는 순장(順葬)과 횡장(橫葬)이 있다. 순장은 머리를 북쪽으로 두고 발은 남쪽을 향하게 하는 것이고, 횡장은 머리를 동쪽으로 두고 발은 서쪽을 향하게 하는 것이다.

현관장(懸棺葬)

동장(洞葬)

귀주성 고파(高坡)와 갑정(甲定)에 거주하는 묘족은 동장(洞葬)을 지낸다. 동장은 동굴에 관을 차곡차곡 쌓아두는 장례방식이다. 청대 이전의 이 지역 묘족은 현관장을 하였는데, 수직의 절벽에 구멍을 뚫고 받침대를 꽂은 다음에 그 받침대 위에 관을 올려두는 장례방식이다. 고파의 묘족은 동장(洞葬)을 '把洞杜' 혹은 '把個杜'라고 부른다. 이 두 명칭에 대해 의미를 달리하고 있는데, 전자인 '把洞杜'의 '把'는 '동굴(洞)'의 의미이고 '洞杜'는 묘족어로 '죽은 사람 시체'의 의미라고 한다. 그래서 '把洞杜'는 "동굴속의 죽은 사람의 시체"라는 의미이다. 그리고 후자인 '把個杜'의 '把個'는 '동굴'의 의미이고, '杜'는 묘족어로 '혼'이라는 의미라고 한다. 그래서 '把個杜'는 '동굴 속의 혼'이라는 의미를 담고 있다고 한다.

태족은 토장을 위주로 하고 화장도 한다. 일부 지역에서는 수장(水葬) 혹은 천장을 한다. 태족의 토장은 일반적으로 속장(速葬)이다. 영구를 하루 내지 사흘 동안 집에 두었다가 영구가 나가는 출빈(出殯)식을 한다. 이날은 마을 사람들이 일을 하지 않고 장례에 참가한다. 관을 묻은 후 봉분을 만들지 않기 때문에 서쌍판납에는 묘지는 있으나 봉분이나 비석은 없다. 일부 지역에서는 원시적인 묘혈 선택 관습이 남아 있다. 묘혈 선택은 달걀을 뿌려 묘혈을 택하는 것을 말한다. 죽은 자의 친척이 손에 쥐고 있던 달걀을 망인이 생전에 묘혈로 선택한 곳에 던진다. 달걀이 깨지면 즉시 무덤을 파고, 깨지지 않으면 다른 곳을 택한다. 수장은 대체로 피살되었거나 질병으로 죽은 경우 그리고 어려서 요절한 경우에 행해진다. 일반적으로 강 부근 마을에서는 수장을 행한다. 천장은 매우 드문 편인데, 천장을 할 때에는 죽은 자의 사지를 떼서 야외에 널어놓으면 새나 짐승들이 먹는다.

제4장 소수민족의 전통명절과 공연문화

1. 전통명절과 축제

소수민족의 전통명절과 축제에는 각 민족의 전통풍속이 잘 나타나 있다. 특히 축제 때에 젊은 청춘남녀들이 노래와 춤을 즐기며 자신들의 짝을 찾기도 하고, 민족 간의 다양한 문화활동과 경제교류활동을 한다.

티베트의 가장 중요한 민족 명절은 장력신년(藏曆新年)이다. 신년은 장력(티베트족이 쓰는 역법) 1월 1일부터 15일간 진행된다. 장력 12월 초부터 사람들은 신년을 맞이하기 위한 물건들을 준비한다. 새해가 밝아오기 이틀 전에 집집마다 대청소를 하고 새로운 양탄자를 깔며 벽에 새 신년 그림을 내건다. 장력 1월 1일이 되면 온 가족이 아침 일찍 일어나 새옷을 입고 등을 밝힌다. 제사를 지낸 후 서열대로 앉아 차를 마시며 손아랫사람이 어른들께 기마(琪瑪)라는 티베트 전통 음식과 차를 올린다. 가정에서 신년 의식이 끝나면 이웃에게 축하 인사를 하러 간다. 시내에서는 티베트족의 전통극과 음악 연주가 공연되고 춤과 노래가 펼쳐진다. 명절 기간에 사람들은 씨름 · 투척 · 줄다리기 · 말타고 활쏘기 등의 시합을 즐긴다.

태족의 발수절(潑水節)은 태력(傣曆, 태족의 역서)의 매년 4월 중순에 시작하여 3~7일간 진행된다. 첫날 아침이 되면 사람들은 명절 복장을 하고 맑은 물을 길어 제일 먼저 절에 가서 불상에 뿌린다. 그다음 서로에게 물을 뿌리기 시작한다. 상대방에게 맑은 물을 뿌리며 길운 · 행복 · 건강을 기원한다. 이날 사람들은 줄을 지어 징과 북을 치고 전통춤인 '의랍하(依拉賀)'를 추며 집집마다 방문해 새해 인사와 한 해의 행복을 빈다. 밤이 되면 등을 밝게 밝히고 춤과 노래를 한다. 이날에는 용선(龍船)경기 · 닭싸움 등의 경기를 벌이고, 공중에 등(燈)을 띄우는 등의 민속활동과 예술공연을 한다.

달알이족의 가장 큰 명절은 '아열절(阿涅節)'로서 정월 초하루부터 정월 16일까지이며, 한족의 춘절만큼 성대하다. 아열절이 되면 달알이족은 자기 집 문

아열절(阿涅節)

앞에 소똥 혹은 말똥을 태우며 새해의 길상과 흥성을 빈다. 그믐날에는 집집마다 폭죽을 터뜨리고, 저녁에는 물만두를 빚어 먹으며 뜬 눈으로 새해를 맞이한다.

사족(畲族)의 전통 명절은 음력 2월 2일의 '춘룡절(春龍節)'과 음력 3월 3일의 '산가회(山歌會)'가 대표적이다. 2백여 년의 역사가 있는 춘룡절은 주로 서로 멀리 떨어져 있는 일가친척들이 매년 파종 전인 2월 2일을 계기로 서로 모이는 행사이다. 저녁 어둠이 들면 꽃불을 신호로 멀리서 온 친척들과 온 마을 사람들이 초롱을 들고 거리에 나선다. 폭죽과 불꽃 속에 오랜만에 만난 친척과 친구들이 서로 안부를 전하고 새해 농사의 대풍을 기원한다. 3월 3일이 되면 사족들은 검정쌀밥을 지어 이웃과 함께 모여 식사하거나 서로 선물하기도 하고 조상 차례를 지낸다. 검정쌀밥을 짓는 방법은 오수유엽(吳茱萸葉)이라는 나뭇잎을 짓이겨 입쌀과 찹쌀로 쌀밥을 찧을 때 함께 넣는다.

장족(壯族)의 화조절(花朝節)은 매년 음력 2월 2일에 거행된다. 전설에 따르면 백화(百花) 선녀가 2월 2일에 인간세계에 내려와 목화나무 위에 머물며 대지의 온갖 꽃을 보호하고 인간세상의 평안을 다스렸다고 한다. 이 백화 선녀를 기념하기 위해 사람들은 2월 2일을 화조절로 정했다. 축제는 큰 목화나무가 있는 곳에서 열리며, 민족 전통복장을 곱게 차려입은 청춘 남녀들이 애인에게 줄 선물을 준비한다. 전통풍습에 따라 사람들은 산(山)노래를 부르고 애인을 찬미하며 백화 선녀의 성스러움과 아름다움을 노래한다. 노래가 무르익을 즈음에 서로 수구(공 모양의 장신구)를 던진다. 밤이 되면 사람들은 수구를 목화나무 위로 높이 던진다.

동족(侗族)의 씨름절(摔跤節)은 귀주성 려평현(黎平縣) 갱동(坑洞)에서 매년 음력 2월 15일, 사채(四寨)에서는 음력 3월 15일에 열린다. 레슬링과 비슷한 씨름경기는 무술과 오락이 함께하는 동족의 전통 운동이다. 이날 남녀노소가 모두 명절 복장을 하고 모인다. 밤이 되고 경기가 끝나면 사람들은 멀리서 온 친구들과 큰 술잔치를 벌인다. 밤이 깊어지면 짝을 이룬 청춘남녀들은 달을 보고 노래하며 밤을 지새운다. 동족 씨름은 양 선수가 모두 손을 쓰지 않고 팔뚝의 힘과 허리와 다리의 힘을 이용한다.

동족의 씨름절(摔跤節)

토가족의 발등밟기는 3월 3일에 행해진다. 토가족 처녀 총각들은 한자리에 모여 앉아 노래로 자기의 의사를 표현하는데 총각이 노래를 부르면 처녀가 화답한다. 토가족 여인은 마음에 드는 남자가 있으면 먼저 그의 발등을 밟으며 청혼을 한다. 토가족 남자가 결혼을 하고 싶으면 발을 밟힌 후 똑같이 여자의 발등을 밟으면 된다. 그러나 남자가 발등을 밟히고 청혼을 거절하려면 황소 1마리를 주거나 1달 동안 여자집에 가서 일을 해줘야 한다.

묘족의 용선절(龍船節)은 매년 음력 5월 24~27일까지 열린다. 귀주성의 묘족은 이날에 모내기를 잘 마친 것을 축하하고 풍성한 수확을 기도한다. 용은 묘족 사람들의 마음에 길(吉)과 힘을 상징한다. 묘족의 용선은 한 그루의 큰 삼나무 혹은 오동나무를 파서 만들어졌다. 용주경기에 참가하는 묘족은 한 배에 많으면 30~40명까지도 탄다. 경기가 시작되기 전에 마을 사람들은 참가한 각 용선에게 닭 · 오리 · 거위 · 돼지 등을 선물한다. 정오가 되어 출발을 알리는 폭죽이 터지면 수십 척의 용선이 경주를 한다. 묘족의 용주경기는 한족과 다른 점이 있는데, 바로 고수가 없다는 것이다. 한족의 용주경기는 고수의 북소리에 맞춰 노를 저으나, 묘족의 용주경기는 그러한 것이 없다. 이날에는 용선경기 외에도 경마 · 소싸움 · 새싸움 · 젊은 남녀의 노래부르기 등이 늦은 밤까지 벌어진다.

화파절(火把節)

이족(彝族)의 화파절(火把節,

횃불 명절)은 음력 6월 24일에 열린다. 이날 횃불을 밝히는 이유는 귀신과 악을 쫓고 해충을 죽이며 풍성한 수확을 보장하기 때문이다. 화파절 기간에 사람들은 횃불에 불을 밝히고 춤을 추며 노래한다. 청년들은 횃불 싸움을 하며 즐긴다. 각 지역에서는 노래와 춤 · 경마 · 소싸움 · 활쏘기 · 씨름 · 줄다리기 · 그네타기 등의 행사가 열린다. 또 화파절은 청춘남녀가 교류하고 서로의 짝을 찾을 수 있는 좋은 날이다. 청춘남녀는 횃불을 들고 야외에 모여 함께 노래하고 춤추며 밤늦게까지 즐긴다. 이렇게 즐기면서 자신의 마음에 드는 상대를 찾는다. 화파절은 이족 외에도 납서족 · 백족 · 합니족 등 소수민족이 음력 6월 중순에 3일간 진행한다. 거대한 화톳불을 피워놓고 노래하고 춤추는 등의 행사로 신을 위한 제를 지낸다.

우르꿍절(烏日貢節)

설돈절(雪頓節)

혁철족의 명절 중 '우르꿍절(烏日貢節)'이 있다. 이는 혁철족들이 새로운 탄생을 기념하여 쇠는 명절이다. 1985년부터 우르꿍절을 쇠기 시작하였는데, '우르꿍(烏日貢)'은 혁철어로 '오락' 혹은 '문화체육대회'라는 뜻이다. 2년에 한 번씩 음력 5~6월에 3일간 진행된다. 이 기간 동안 다양한 민속놀이와 체육 활동을 한다.

몽골족의 나달목대회(那達慕大會, Nadam Fair)는 매년 음력 6월 4일부터 닷새 동안 진행된다. '나담 페어'는 몽골어의 음역으로 '오락' 혹은 '게임'이라는 뜻이다. 이날이 되면 전통적인 활쏘기 · 말타기 · 씨름 · 마술 · 사격 · 유도 등을 즐긴다.

티베트족의 설돈절(雪頓節)은 매년 6월 말 · 7월 초에 열리며, '요구르트절

(酸奶節)'이라고도 불린다. 이날이 되면 불교 신자들이 랍살(拉薩, 라싸)에 모여 예배를 드리고 산에서 도를 닦는다. 친인들은 요구르트를 가지고 산에 올라가 도를 닦는 그들을 맞이한다. 산에서 집으로 돌아오는 길에 요구르트를 마시고 춤을 추며 노래를 부른다.

요족의 반왕절(盤王節)은 매년 음력 10월 16일에 열린다. 일반적으로 2~3일간 진행된다. 요족의 남녀노소는 민속복장을 하고 모여서 노래하고 춤을 추며, 요족의 선조로 불리는 반호(盤瓠)를 위한 제사를 지낸다. 반호신화는 묘족에게도 전해진다. 반왕절 기간 동안 청춘남녀들은 노래 잇기 시합을 벌이면서 마음에 드는 상대에게 마음을 전한다.

반왕절(盤王節)

위구르족의 고이방절(古爾邦節)은 이슬람교력 12월 10일에 열린다. 명절 전에 주부들은 명절에 자신의 집을 방문하는 친지와 친구들을 대접하기 위해서 기름에 튀긴 각종 먹을거리를 준비한다. 무슬림은 새벽에 목욕을 하고 옷을 갈아입은 후 사원에 가서 절을 하고 경문을 읽는다. 또 성묘를 가고 고인을 기리기도 한다. 이날 서로 덕담을 나누고, 청춘남녀는 함께 노래하고 춤을 추며 각종 민족 경축 활동을 벌인다.

율속족의 도간절(刀杆節, 칼자루축제)은 운남성 변방의 윤마산(輪馬山)일대의 율속족이 1년에 한 차례 개최하는 전통 체육명절로 음력 2월 초파일에 개최된다. 전설에 따르면 도간절은 명나라 때 변방의 백성들의 고충을 잘 살핀 병부상서 왕기(王驥)를 기념하기 위해서 생겨났다고 한다. 도간절 때 '불바다 걷기'와 '칼

도간절(刀杆節)

산 오르기'라는 2개의 행사를 진행한다. 그래서 "칼산에 오르고(上刀山),불바다에 뛰어든다(下火海)"라는 말이 있다. 이 두 가지 공연을 하는 사람들을 '향통(香通)'이라고 부른다. '불바다 걷기'는 밤에 진행되는데, 먼저 7~8명의 향통이 큰 통나무를 모아 모닥불을 지피고 불이 다 타면 그 자리에 남은 숯불 위를 맨발로 지나간다. 이는 새로운 해에 여러 종류의 재난을 없애는 것을 의미한다. 다음 날에는 '칼산 오르기'를 진행하는데, 72개(36개×2)의 칼로 만들어진 19.6m의 사다리를 맨발로 올라갔다 다른 면으로 내려오는 것이다.

그 밖에 포랑족의 후남절(厚南節), 백족의 삼월가(三月街)가 있다. 근래에는 백족의 삼월가에 이족(彝族) · 티베트족 · 납서족 · 노족 · 한족 등도 함께 참가한다.

한편, 중국에서는 전국민족형식체육시범 및 경기대회가 개최된다. 각 소수민족의 민속놀이대회라 할 수 있는 체육시범 및 경기대회는 1953년 11월에 천진에서 처음으로 개최되었다. 이 대회에 참가 민족은 한족 · 납서족 · 몽골족 · 회족 · 티베트족 · 묘족 · 위구르족 · 합살극족 · 탑탑이족 · 만주족 · 조선족 등 총 395명이 참가하였다. 경기종목으로는 역도 · 복싱 · 씨름 · 사격 등이 있었으며, 무술 · 민속놀이 · 마술(馬術) 등은 시범종목으로 실시되었다. 이 대회의 영향으로 1975년에 개최된 제1회 국민경기대회에 소수민족 전통놀이인 널뛰기 · 씨름 · 경마 등이 정식 경기종목으로 채택되었다.

1986년에는 제3회 전통스포츠제전이 위구르족 자치구인 우루무치에서 개최되었는데, 경마 · 그네 · 궁술 등이 포함되어 전부 7개 경기종목과 115개 시범종목이 시연되었다. 이때에 조선족의 민속놀이인 널뛰기와 그네타기가 각각 경기종목과 시범종목으로 전국규모의 대회에 정식으로 채택되었다.

1985년부터 1990년까지 국가민족사무위원회와 국가체육운동위원회는 공동으로 소수민족의 전통놀이에 대한 조사정리를 실시하여 소수민족의 전통 스포츠 676개 종목을 채집 정리했다. 여기에 한족 스포츠 30종목을 추가하여 중국 민족전통스포츠 문화체계화를 구축하였다. 이 대회는 그 후에 '제1회 소수민족 전통체육운동회'라 칭하게 되었다. 그리고 전통놀이의 스포츠 발전을 위해 규칙을 통일하였다. 즉, 각 민족과 지역에 따라 서로 다른 특징을 지니고 있던 규칙을 통일시켜 근대 스포츠화하여 다른 민족에게도 보급될 수 있도록 하였다. 또 소수민족의 전통놀이가 발굴되면 이를 운동경기 종목으로 활성화시키기 위해 상을 주어 장려하고 있다. 대표적인 예로 연날리기 · 무술 · 그네뛰기 · 경마 등의 수준을 향상시키기 위해 노력하고 있다. 이러한 정책으로 한 민족에서만 행해지던 놀이가 지금은 여러 민족에게도 보급되어 행해지고 있다. 이러한 보급은 전통놀이의 전승 보급이라는 목표도 있으나 다민족국가의 소수민족에 대한 문화정책이 포함되어 있다.

2. 공연문화와 문학

중국 소수민족의 예술공연(全國少數民族文藝會演)은 1980년, 2001년, 2006년, 2012년 네 번에 걸쳐 진행되었다. 이 공연은 국가민위(國家民委) · 문화부(文化部) · 광전총국(廣電總局) · 북경시정부(北京市政府)가 연합하여 주관한다.

그리고 중국의 티베트족 · 백족 · 장족 · 포의족 · 동족 · 태족 · 위구르족 등 각 소수민족은 자기 민족의 민간문학 · 음악 · 무용을 발전시킨 기초하에 자민족의 극예술을 형성하였다. 소수민족문화를 계승하고 발전시키기 위해 각 민족 자치구와 자치주는 상황에 따라 해당 지역의 작가협회 · 연극협회 · 음악협회 · 무용협회 · 미술협회 · 영화협회 · 촬영학회 등을 세웠다. 일부 소수민족 자치지역의 대학과 민족대학에서는 소수민족 문학학과를 개설하였으며, 어떤 곳에서는 또 음악학원 · 연극학원 · 영화학원 등 예술학교를 세우고 많은 소수민족 문학예술인재를 양성하였다.

동족의 연극을 동극(侗劇)이라 부른다. 동극은 19세기 초에 생성되었다. 동극은 계극(桂劇)과 귀주성의 꽃등극의 영향을 받았고, 동족의 대형설창에서 점차적으로 발전하였다. 전통적인 동극은 50종 이상에 달한다. 동극이 유행되는 지방에는 한 마을에 한 개 내지 몇 개의 연극단체가 있다. 이러한 연극단체는 장부를 맡아 보는 스승이 관리한다. 스승은 연기가 비교적 높은 사람이 맡는다. 그들의 연기는 대부분 선조로부터 물려받거나 스승에게서 전수받은 것이다. 문자가 없는 동족은 한자로 동족음을 기록하는 방법을 사용하여 대본을 쓴다. 악대는 호금을 켜는 한 명 내지 여러 명의 사람, 징과 북을 치는 사람들로 구성된다. 공연이 시작되면 두 배우가 무대 앞에 나와 신분을 소개한 후에 한 사람이 노래를 부르고 다른 한 사람은 화답한다.

운남 태족의 연극을 태극(傣劇)이라 부른다. 태극은 민요대창에서 기원이 되어 근대의 전극(滇劇)을 모방하여 발전한 것으로 백여 년의 역사를 가지고 있다. 태극은 중국 건국 이후 민간에 널리 전해졌고, 대중적인 연극활동이 급속하게 발전하였다.

운남 백족의 연극을 취취강극(吹吹腔劇)이라 부른다. 취취강극은 약 2백여 년 전에 설창(說唱) 곡예 대본곡의 기초 위에서 생성되었다. 전통적인 극 종목은 2백여 가지나 되는데, 일부는 대본이 보존되어 있다. 취취강극은 크게 남자역 · 여자역 · 부정인물 · 어릿광대역으로 나누고, 다시 16가지로 세분한다. 그리고 나이와 성격에 따라 복장과 얼굴화장이 다르다.

1933년 이후 여러 민족들이 문화촉진회를 창건하였는데, 위구르족 문화촉진회는 예술단을 조직하고 위구르족 연극인원들을 양성했다. 이들은 많은 자료를 수집하고 활발한 창작활동을 진행하였다.

티베트극은 티베트 · 사천 · 운남 · 청해의 티베트족이 집단으로 거주하는 지역에서 유행되고 있다. 처음에는 연극에 치우친 무언극이었다가, 후에 민간무용 · 민요 · 설창출연 · 노래와 춤의 형식으로 문학내용을 표현하는 티베트극으로 형성되었다. 티베트극은 주로 광장에서 공연했는데 화장이 간단했고 탈을 썼다. 탈의 조형과 색에 의하여 선량 · 흉악 · 충성 · 간사한 형상이 구별되었다. 티베트극은 공연할 때 먼저 한 사람이 전문적으로 극의 줄거리를 소개하고, 다음에 배우가 등장한다. 자바라와 북의 반주에 따라 배우가 노래를 부르면 무대 뒤에서 따라 부르는데 대사가 아주 적다.

중국에는 전국소수민족문학창작(全國少數民族文學創作)《준마상(駿馬奬)》이 있다. 이 상은 1981년에 제정되었고. 중국작가협회와 국가민족사무위원회에서 공동주관하는 중국 소수민족문학의 국가급 문학상이다. “장편소설, 중편소설집, 단편소설집, 시집, 산문집, 보고문학집, 평론, 이론집, 번역, 신인신작”으로 구분하여 상을 수여하고 있다. 이는 중국작가협회에서 설치한《모순문학상(茅盾文學奬)》,《노신문학상(魯迅文學奬)》,《아동문학상》 등과 일치하며 중국 당대의 최고 문학상으로 인정받고 있다.

제9회 소수민족문학창작《준마상》(2005년~2007년)에서는 인구가 적은 민족을 고려해서 특별상 5부와 소수민족문학번역상 4명을 선정하였다. 수상작품 35부에서 소수민족 모어(母語) 창작품이 14부로서 수상작품의 40%를 차지하였고, 티베트문 · 위구르문 · 합살극문 · 몽골문 · 조선문 · 장문 · 경파문 7종 소수민족모어 작품이 포함되었다. 재중동포인 조선족 평론가 장춘식(중국사회과학원 문학연구소 교수)과 시인 김학송(연변문학 시편집)이 제9회 중국소수민족문학창작 '준마상'을 수상하였다.

第5장 소수민족의 종교신앙과 금기사항

1. 종교신앙

중국 소수민족의 종교신앙은 매우 다양하다. 동일한 민족이라 하더라도 서로 다른 지역에 거주할 경우에는 숭배사상과 종교가 조금씩 다르다. 그리고 한 민족이 다양한 종교신앙을 갖고 있는 경우도 있다. 대체로 소수민족은 자신들의 전통풍속을 유지하면서 종교신앙을 숭배하고 있다.

회족과 신강위구르자치구와 청해성에 주로 거주하는 위구르족 · 합살극족 · 가이극자족 · 탑길극족 · 탑탑이족 · 오자별극족 · 동향족 · 살랍족 · 보안족은 이슬람교를 믿는다. 이슬람교는 7세기 무렵 페르시아 상인들에 의해 중국에 전해졌다. 중국에서는 이슬람교를 회교(回教) · 청진교(淸眞教) · 천방교(天方教) · 대식교(大食教) · 목사림교(穆斯林教) 등으로 부른다. 모스크에 해당되는 이슬람 사원을 청진사(淸眞寺)라 부른다.

티베트족과 몽골족 · 문파족 · 보미족 · 납서족 · 노족 · 강족 등은 라마불교를 믿는다. 운남성에 사는 마사인(모소족)도 라마불교를 믿는다. 토족과 유고족은 라마교의 황교(黃教)를 믿고 있다. 라마불교는 모자 색깔에 따라 황모파(거루파) · 홍모파(닝마파) · 백모파(거쥐파) 등으로 구분되기도 한다. 이 중 백모파는 활불환생 제도를 제일 먼저 실행하였다. 황교에서는 라마가 혼인하는 것을 금지하고 우두머리는 백모파에서 창시한 환생승계법을 가져다가 승계를 하고 있다. 티베트인들은 남녀노소를 막론하고 호신부를 지니고 다닌다. 호신부는 불상 · 불경 · 불교사리 등으로, 보물함에 넣고 가죽이나 모포 조각으로 싸서 허리에 차거나 목에 건다.

티베트인의 일반가정에서는 전경통(轉經筒, Prayer Wheel)을 갖고 있다. 전경통은 '마니차'라고도 부른다. 동판으로 만든 원통의 전경통에는 경문이 새겨져 있어 한 번 굴릴 때마다 경을 한 번 읽은 것과 같은 효과가 있다고 한다. 전경통은 대중소 세 가지 형태가 있는데, 둥근 나무통처럼 생겼다. 그 안에 불경을 감아 넣고 겉을 소가죽이나 나무 또는 구리로 싸서 만드는데 가운데 축이 있어 돌아갈 수 있다. 큰 것은 직경이 10자나 되고, 티베트말로 '동과(董果)'라 부르는데, '천 사람이 함께 돌린다'는 의미이다. 중간 형태는 직경이 한 자 혹은 몇 자 정도 되는데 티베트 말로 '가욕(可浴)'이라 부른다. 보통 절간 주위에 수십 개 혹은 수백 개를 배열해놓는다. 소형 전경통은 직경이 1자 정도 되는데 금속으로 만든다.

전경통(轉經筒, Prayer Wheel)

티베트인들은 재산이 생기면 사원에 시주하거나 라싸 같은 성지로 순례를 떠나는 것을 가장 성스럽게 생각한다. 대부분의 티베트인들은 경전을 읽고 오체투지로 절을 한다. 오체투지는 신체의 다섯 부위를 땅에 닿게 하는 절로, 먼저 두 무릎을 꿇고 두 팔을 땅에 댄 다음 머리가 땅에 닿도록 한다. 몸을 똑바로 세우고 두 손을 합장하여 이마 입술 심장에 댄 후 몸 전체를 나무토막이 거꾸러지듯 땅바닥 앞으로 던지며 두 손과 팔을 위로 쭉 뻗는다.

티베트족 지역 인근의 강족은 라마교를 믿기도 하고, 기독교가 전파된 후엔 일부 사람은 기독교를 믿기도 한다. 그러나 강족이 가장 숭배하는 신은 천신(태양신)이다. 사천 량산(凉山) 지역 이족은 주로 자연과 조상을 숭배한다. 자연숭배 중 가장 중요시되는 것은 정령과 귀신에 대한 믿음이다. 운남성과 귀주성의 이족은 불교와 도교의 영향을 많이 받았다.

몽골인은 예로부터 '하늘(영원한 하늘, 멍흐 텡게르)'을 숭상하였다. 이와 동시에 몽골인은 대지와 물의 주인을 '에투겐'이라 부르며 숭상해왔다. 몽골인은 비옥한 토지와 풀이 무성함이야말로 대지와 물의 주인인 에투겐이 베푸는 은총이라 여겨 대지를 '나의 황금 대지'라 부르며 숭상해왔다. 그리고 조상 대대로 정성을 다해 지내온 특수한 제사를 '어워(Ovoo, 오보)'라 불렀다. 샤먼들은 물의 주인을 '로

어워(Ovoo, 敖包, 오보)

스(Lus)'라 부르고, 대지와 대지의 주인을 '사브닥(savdag)'이라 부르며, 그들이 산 정상이나 봉우리 혹은 높은 언덕에 머물고 있다고 여겼다. 그래서 바로 그 자리에 약간의 흙을 쌓고 돌과 나무 등을 얹어 장식을 더했는데 이를 '어워(敖包, 오보)'라 부른다. 어워는 몽골어이고, 의미는 '둔덕, 초소'이다. 또 '뇌포(脑包) 혹은 '악박(鄂博)'이라고도 부른다. 특히 '악박'은 몽골어로 "유목 부족의 경계를 표시하기 위하여 돌을 쌓아올린 것"을 가리킨다.

태족 · 포랑족 · 덕앙족 · 아창족 등의 운남성에 거주하는 일부 민족들은 남방불교(소승불교)를 믿는다. 합니족 · 묘족 · 요족 등은 다양한 형태의 다신교와 자연숭배신앙을 갖고 있다. 만주족 · 악온극족 · 악륜춘족 · 석백족 등은 샤머니즘을 믿는다. '샤먼'은 퉁구스어로서 '무당'의 의미이다. 또 달알이족은 주로 샤머니즘을 숭배하지만, 관우에 대한 숭배도 보편화되어 있다.

한편, 소수민족 지역에는 기독교도 많이 전파되어 있다. 러시아족은 그리스정교를 믿으며 기독교를 믿기도 한다. 중국정부에서는 선교활동을 금지하고 있으나, 선교사들이 교육이나 다른 방법을 동원하여 선교활동을 하고 있다. 운남성의 일부 이족과 묘족 등의 민족은 기독교로 개종하였다. 그 밖에 내몽고자치구 · 청해성 · 운남성 · 감숙성 · 귀주성 등지에서 기독교로 개종하는 민족이 늘어나고 있다.

2. 금기사항

모든 민족은 자민족의 고유한 종교문화와 풍속 습관을 가지고 있다. 그렇기 때문에 이방인이 각 민족의 종교문화와 풍속습관을 잘 모르면 예에 어긋나는 행동을 할 수 있다. 그래서 각 지역 소수민족들의 금기사항을 알고 있어야 한다. 대표적인 것은 이슬람교를 믿는 10개의 소수민족은 돼지고기 먹는 것을 금기한다.

이슬람을 믿는 위구르족 · 합살극족 · 가이극자족 · 탑길극족 · 오자별극족 · 탑탑이족은 비슷한 금기사항을 많이 갖고 있다. 예를 들면, 여러 명이 함께 얘기하거나 식사할 때 가장 해서는 안 될 행동은 코 푸는 것, 가래침 뱉는 것, 방귀 뀌는 것 등이다. 그리고 식사 전후에는 반드시 손을 씻어야 하고, '낭떡'은 손으로 조금씩 떼어 입에 넣어야지 입으로 뜯어 먹으면 안 된다. 그리고 물건을 받을 때는 두 손으로 받아야 하며 한 손으로 받으면 예의에 어긋난 행동이다.

합살극족은 손님맞이 하기를 좋아하는데, 손님은 대접받을 때 코로 음식냄새를 맡는다든가, 집어든 음식을 다시 제자리에 놓는다든가, 또 떨어진 음식을 식탁에 다시 올려놓는 행동을 해서는 안 된다.

요족은 생활상의 금기가 많았다. 예컨대 매년 천둥 치기 시작하는 날을 기억해 전년 매월 이날에는 씨를 뿌리지 않는다. 집에서 기르는 살찐 소에게는 절대로 칭찬하지 않는다. 그렇지 않으면 곧 병들어 죽거나 엎어져 죽게 된다. 또 상(喪) 기간에는 부부가 동방(동침)할 수 없고 맨발로 땅을 밟지도 못한다. 상후 7일 내에는 토지에 나가 생산활동을 하지 못하고, 3개월 내(어느 지방은 4개월)에는 머리를 깎지 못한다. 장작을 땔 때에는 먼저 나무 머리 부분을 놓아야 한다. 그렇지 않으면 장차 부인이 아이를 낳을 때 난산하거나 거꾸로 낳게 된다.

락파족은 귀신을 믿다 보니 금기하는 것도 매우 많다. 사람이 죽은 이튿날에는 모든 마을 사람들이 밭일을 나가지 못한다. 만약 밭일을 하면 곡식이 썩어버려 수확을 할 수 없게 된다고 믿기 때문이다.

아창족은 정월 초하루에 가축을 죽이거나 동물을 해치는 것을 금한다. 그리고 부녀자가 아이를 출산했을 때 만 7일이 되기 전에 다른 집 남자가 그 집 안에 들어가면 안 된다. 합니족은 밥을 먹는 화로의 삼각대에 젖은 신발을 올리면 안 되고, 또 부녀자가 출산하면 외부인의 실내출입을 금한다.

율속족은 성인이 된 이후에 어렸을 때 부르던 이름을 절대로 부르지 않는다. 랍호족은 개를 욕하거나 죽이지 않으며 개고기를 먹지 않는다. 왜냐하면 랍호족은 조의 종자를 개가 꼬리에 달고 가져왔다고 믿기 때문이다.

묘족은 봄에 첫 번째 번개 소리가 나면 3일 동안 밖에 나가서 일을 하지 않거나, 양력 매월 초하루와 보름에는 밭에다 거름을 주지 않는다. 그리고 집 안에 아기를 낳은 산모가 있으면 대문 위에다 풀로 만든 모자를 걸어놓고 외부인의 출입을 막는다. 만약 외부인이 집 안으로 들어갔을 경우, 나올 때는 반드시 발을 씻어야 하며 한 컵의 냉수를 마셔야 한다. 그렇지 않으면 산모의 젖이

말라버린다고 믿고 있다. 또 길을 가다가 목이 마르다고 샘물이나 도랑물을 마음대로 마셔도 안 되는데, 그 이유는 마음대로 마셨다간 배가 아프다고 여기기 때문이다. 그래서 목이 마르면 먼저 풀줄기를 물 속에 집어넣은 뒤 마셔야 한다. 이는 물을 지배하는 용왕에게 알리는 표시이다.

그 밖에 소수민족 지역에서 유의해야 할 사항은 다음과 같다. 먼저 마음대로 어린이나 어린 스님 그리고 소녀의 머리나 머리 장식품을 만지지 않아야 한다. 그리고 소녀들에게 장식품을 선물해서는 안 된다. 타인이 밥을 담아줄 때에는 양손으로 받는다. 본인이 타인에게 밥과 요리를 담아줄 때에는 가득 채우지 않고, 또 한 국자만 담아서는 안 된다. 술을 권할 경우 거절하지 않으며 조금이라도 마셔야 한다. 문턱 중간에 앉아서는 안 되고, 화로에 가래를 뱉어서는 안 된다. 소수민족의 종교 표지를 만지거나 밟아서는 안 된다. 집안에서 휘파람을 불거나 밀짚모자를 착용해서는 안 된다. 산모 혹은 환자들의 방에 들어가지 않는다.

3. 중국당국의 종교탄압

중국은 소수민족의 종교를 인정한다고 하지만, 티베트 불교와 이슬람교에 대해서는 혹독할 정도로 탄압을 하고 있다. 중국 당국이 티베트 불교와 이슬람교를 탄압하는 이유는 티베트와 위구르족의 민족주의운동과 밀접한 관련이 있기 때문이다. 두 민족은 중국 내 소수민족 중에서 중국으로부터 독립하려는 움직임이 가장 강한 민족이다.

먼저, 티베트 불교와 관련하여 중국 정부는 티베트 공산당원들이 불교를 믿는 것을 금지하며 '민주관리위원회'를 통해 각 사원에 대한 중국 정부와 공산당의 지배를 강화하고 있다. 게다가 티베트인들이 학교와 공공장소에서 티베트어를 사용할 수 없게 하였다. 대학생이 종교 활동에 참여하면 퇴학을 당하게 된다. 중국 당국은 2011년 12월부터 오성홍기와 모택동을 비롯한 국가 최고지도자들의 초상화 100만여 장을 제작하여 티베트의 가정과 사원에 배포하여 걸게 하였다.

티베트 뉴스 매체인 파율의 2012년 10월 18일 기사에 의하면, 동부 티베트 렙꽁(중국 지명은 동인同仁이다.) 지역 롱워(Rongwo)에 내려진 2012년 9월 17일자 중국정부의 공식문서에 14대 달라이 라마와 티베트 독립을 소재로 한 책이나 비디오 그리고 사진 판매금지를 강화하는 내용 등의 주요 지시가 내려졌다고 밝혔다.

중국당국의 강경한 종교탄압정책에 대항하여 티베트 승려는 분신자살로 항거하고 있다. 2011년 3월 16일 사천성 아패티베트자치구 아패현 키르티 사원에서 승려가 분신한 것이 도화선이 되었고, 이후 승려들의 분신자살이 지속적으로 일어나고 있다.

다음은 중국정부의 신강위구르자치구 이슬람교에 대한 정책이다. 2014년 12월 10일 신강위구르자치구 우루무치시 인민대표대회 상무위원회는《우루무치공공장소 복면과 긴 겉옷 착용금지 규정(烏魯木齊市公共場所禁止穿戴蒙面罩袍的規定)》을 통과시켰다. 그리고 2015년 1월 10일 신강위구르자치구 제12차 인민대표대회 상무위원회 제13차회의에서 비준한 후에 16일에 공포하였고, 2월 1일부터 시행하였다.

우루무치 시의 이슬람복장 금지는 중국에서 법으로 정한 최초의 도시가 되었다. 금지된 복장은 머리부터 발목까지 전신을 가리는 여성 복장인 부르카, 머릿수건인 터번 · 히잡 등이다. 규정은 총13개조로 되어 있다. 공공장소에서 종교극단사상을 선양하는 복식과 휘장 · 기물 · 기념품 · 표지 · 상징 등의 패용 혹은 사용을 금지하였다. 공공장소로는 기관 · 단체 · 사업단위의 사무실 · 기업생산경영장소(공장) · 공공교통수단 · 정류소 · 학교 · 병원 · 유치원 · 가도 및 도로와 사구공공구역 · 여가장소 등과 인민정부가 정한 기타 장소이다. 규정을 위반하게 되면 공안기관이 법률에 의거하여 처벌할 수 있다.

제6장 소수민족 관광명소

중국 북경이나 상해 등 대도시에서는 소수민족의 생활이나 문화를 알 수 있고 경험할 수 있는 우리나라 용인 한국민속촌 같은 곳이 있다. 그리고 운남성이나 광서장족자치구 등 소수민족이 집거하는 지역에서도 소수민족의 생활이나 문화를 경험할 수 있는 곳이 많다.

1. 북경중화민족박물원(北京中華民族博物院)

북경중화민족박물원은 '중화민족원(中華民族園)'이라고 하며, 한족과 55개 소수민족의 생활과 문화를 보여주는 대형 인류학박물관이면서 종합 관광지역이다. 중국에서 첫 번째로 A급 박물관으로 지정되었다. 북경중화민족박물원은 1992년에 건설하기 시작하여 1994년 6월 28일 북쪽 민족원(북원, 北園)이 완공되어 개방되었고, 2001년 9월 29일에 남쪽 민족원(남원, 南園)이 완공되어 개방되었다. 전체 면적은 약 45만m^2이다.

북경중화민족박물원은 중국 소수민족의 전통건축과 민속을 집중적으로 재현하는 민족문화교류 장소이다. 이곳에서는 소수민족의 풍습과 문화 등을 전시하거나 공연하고, 독특하고 다양한 생활양식을 갖고 있는 소수민족들의 건축물과 문화를 모아두었다. 이러한 북경중화민족박물원은 1998년 세계건축사대회 팀위원회로부터 '민족건축보호상'을 수상하였다.

북경중화민족박물원

면적이 약 20만m^2인 북원에는 티베트족 · 묘족 · 이족 · 동족 · 타이완 원주민족 · 포의족 · 합니족 · 태족 · 와족 · 강족 · 달알이족 · 경파족 · 악온극족 · 악륜춘족 · 혁철족 등 16개의 소수민족촌이 형성되어 있다. 건축물들은 실제 크기 그대로 지어져 있고, 각 민족의 문화를 그대로 반영하고 있다. 또 북원에는 중국 최대의 철제 조각과 열대 용나무 수림 · 티베트의 대조사당 · 수중 카르스트 동굴 · 토림(土林) 등 유명한 경관들이 많다.

남원에는 민족박물관 · 조각 광장 등의 대형 시설물들이 설비되어 있고, 20여 개의 민족촌이 형성되어 있다. 여기에 건설된 건물들은 모두 1:1 비율의 건축물로 실제 모습과 똑같은 모양으로 만들어져 있다. 각 민족지역에는 민족전통의상을 입은 소수민족들을 만날 수 있다. 현재 이곳에는 6만여 점의 소수민족 용품들이 전시되어 있다. 이곳에서는 각 민족의 노래와 춤 · 음식 · 고유문화 등을 체험할 수 있다.

2. 상해민족문화촌(上海民族文化村)

상해민족문화촌은 1996년에 건설된 대형 관광지로서 면적이 약 20만 m^2에 달한다. 상해민족문화촌은 청포구(青浦區)의 상해 대관원(大觀園) 동쪽에 위치하며 전산호(淀山湖)와 인접해 있다. 이곳에는 전통건축물 · 전통문화행사 · 자연환경 · 향토 음식 등이 다양하다. 특히 10대 민족의 문화풍속을 중점적으로 전시하고 있다.

상해민족문화촌

건축물로는 태족의 죽루(竹樓, 대나무집) · 백탑(白塔) · 면사(緬寺) · 백족의 조화루(雕花樓) · 묘가(苗家)의 적각루(吊脚樓) · 동족의 고루 풍우교(風雨橋) · 몽골족의 몽고포(蒙古包) 등이 있다. 또 문화촌에는 먹자골목이 있어 몽골족의 우유차 등 각 민족의 전통요리와 간식을 즐길 수 있다. 또 종합공연장에서는 이족(彝族)의 화파절(火把節) · 와족의 북소리 · 묘족의 생황(芦笙) · 태족의 공작새춤 · 이족의 칼산에 오르기(上刀山) · 경파족의 칼춤 등 각 민족의 전통문화 공연이 있다. 그 외에도 투계(鬪鷄) · 투마(鬪馬) · 투사(鬪蛇) 경기를 관람할 수 있다.

3. 운남민족촌(雲南民族村)과 해남 중화민족문화촌(中華民族文化村)

중국 운남성의 성도인 곤명(昆明)시 남서쪽에 운남민족촌이 있다. 이곳에는 운남 각 지역에 거주하는 26개 소수민족 마을이 한곳에 조성되어 있다. 운남민족촌 내 민족가무청에서는 매일 오후 3시에 운남성에 거주하는 소수민족의 민족가무공연을 펼친다. 관광객들은 이곳에서 각 소수민족의 독특한 건축 · 의복 · 생활양식 · 전통가무 등 풍속과 문화를 직접 볼 수 있다. 또 관광객들이 야영을 하며 그 민족의 삶을 체험할 수도 있다.

해남성 중화민족문화촌(中華民族文化村)의 여족마을은 오지산(五指山) 남쪽 기슭, 통십(通什)시에 위치한 민속촌으로 중국 내 소수민족의 전통문화와 생활모습을 볼 수 있다. 총면적 40만m^2의 부지 내에는 20여 민족의 민가가 원형 그대로 재현되어 있으며, 전통 무용과 악기 연주 등 소수민족의 공연도 펼쳐진다. 그 밖에 민속 의상 및 수공예품을 판매하는 곳도 마련되어 있다.

4. 광동 중국민속문화촌(中國民俗文化村)

중국민속문화촌

중국민속문화촌은 광동성 심수(深圳)시 금수중화(錦繡中華)의 서쪽에 있다. 1990년 5월에 착공하여 1991년 10월1일에 정식으로 개방하였다. 약 20만m^2의 넓은 면적 안에 21개 민족의 24개 주거촌을 만들어두었다.

마을과 민가를 1:1의 비례로 만들어 놓았는데, 안에는 민속의상을 걸친 소수민족들이 생활상을 실질적으로 재현하고 있다. 오후 7시 30분이 되면 민족예술 길거리공연이 펼쳐지는데, 민족악기로 연주하는 악대와 각 민족 고유의 민속춤을 펼쳐 보인다.

각 소수민족의 촌락은 각 소수민족의 특색을 지니고 있다. 묘족 · 동족 · 요족 · 와족 · 려족 · 경파족의 주거촌에는 소수민족 아가씨와 젊은이들이 열정적으로 관광객을 맞이한다. 백족 · 티베트족 · 납서족 · 조선족 · 고산족의 주거 건축은 각각 특색을 갖고 있다. 포의족의 석두채(石頭寨) · 마사인의 목릉방(木楞房) · 합니족의 마고방(蘑菇房) · 태족의 죽루(竹樓) · 합살극족의 전방(毡房) · 토가족의 수상가시(水上街市) · 몽고족의 몽고포 · 티베트족의 라마사(喇嘛寺) · 이족의 토장방 등에는 많은 관광객들이 참관한다.

또 양주의 목교(木橋) · 절강의 석교(石橋) · 동족의 풍우교(風雨橋) · 독룡족의 등교(藤橋)가 있고, 이 밖에 해남의 야림(椰林) · 서쌍판납의 고용수(古榕樹)가 있다. 또 태족의 발수절 · 이족의 화파절 · 회족의 화아회(花兒會) · 율속족의 도간절(刀杆節) 등의 축제를 관람할 수 있다.

5. 장가계 토가족풍정원(張家界土家族風情園)과 야인곡(野人谷)

호남성 장가계 토가족풍정원은 1999년에 토가족의 오래된 산간마을을 개조 · 복구하여 만들었다. 점유하는 토지는 약 54만m^2이고, 총 7,500만 원(RMB)을 들여 만들었다. 장가계토가풍정원은 '장가계 민속원'이라고도 한다. 이곳은 인문경관과 자연풍경이 서로 조화를 잘 이루고 있는 지역으로, 토가족의 농경문화 · 전투문화 · 건축예술 · 공예미술 · 표현예술 · 민속풍경과 음식문화를 두루 접할 수 있다.

장가계 토가족풍정원

TIP

장가계시의 상주인구는 147만 명(2010년 제6차 인구조사) 정도이다. 그중 소수민족이 111만여 명으로 약 75%를 차지하고, 한족은 36만여 명으로 약 24.7%를 차지한다. 소수민족 중 토가족이 93만 명으로 66%를 차지하고, 백족이 9만여 명 살고 있다. 2014년 말에 조사된 바에 의하면 총 인구는 172만 명이고 상주인구는 151만여 명이다.

구중천 조각루

장가계 야인곡

원내 건축물 대부분은 나무와 돌을 이용한 구조로 기둥과 대들보는 금빛의 장식이 휘황찬란하며, 위로 살짝 들린 처마가 매우 정교하면서 멋스럽다. 대표적인 건출물로는 민속원 외성의 보루(토사성루, 土司城堡)와 파수당(擺手堂), 토가산채(土家山寨), 후왕궁(后王宮) 등이 있다. 특히 충천루(沖天樓)라 불리는 구중천(九重天) 조각루는 산비탈에 지어진 12층짜리 누각으로 48m의 높이로 웅장하고 독특한 건축예술을 보여준다.

토가족 정원에서 주로 전시하는 것은 토가족 혼인풍속이나 장신구, 납염색, 직조, 은장, 석장, 조각 등 진귀한 문물이다. 또 토가족의 민족예술을 그대로 느낄 수 있는 공연 프로그램이 진행되는데, 울음혼례 재연 · 모고사춤(茅古斯舞) · 동령춤(銅鈴舞) · 파수춤(擺手舞) 등이 공연된다.

한편, 장가계의 야인곡(野人谷)은 이 지역의 원주민들이 산속에서 야인 생활을 하는 모습을 인형과 실제 사람들이 그때의 모습으로 분장하여 야인들의 생활 모습을 보여주는 곳이다.

6. 리강민속풍정원(漓江民俗風情園)

리강민속풍정원 입장권

계림 리강민속풍정원은 1992년에 타이완 상인에 의해 개발되어 경영되었고, 2005년 8월에 '중국유명기업(中國名企)'이라 불렸다. 광서장족자치구 계림에 위치한 리강민속풍정원은 광서 소수민족의 문화 · 예술 · 민속 · 가무 · 음식을 일체화한 광서 최대의 관광 오락장소로 광서 여러 소수민족의 건축물이다. 리강의 동쪽에 위치한 소수민족의 테마파크이다. 광서의 장족(壯族) · 동족 · 묘족 · 요족 등의 건축물이 재현되어 있다.

원내 주요 경관으로는 소수민족 토템기둥 · 최고의 동족 고루 · 풍우교 · 연극무대와 묘족풍광 · 민족공예 제작 시연장 · 가무극장 등이 있다. 관광객들은 소수민족 특색이 있는 민속품들을 구매할 수도 있고, 소수민족 가무를 감상할 수도 있으며 독특한 별미를 맛볼 수도 있다. 또 소수민족 혼례식도 경험할 수 있다.

7. 아랍저(阿拉底, 아라디) 조선족민속촌

아랍저 조선족민속촌

길림성 길림시 용담구(龍潭區) 오랍가만족진(烏拉街滿族鎮) 아랍저촌은 1960년대 초부터 중국의 모범촌으로 이름이 높았다. 개혁개방 후 아랍저촌 사람들이 도시와 해외로 빠지면서 인구가 격감해 현재 마을의 상주인구는 800여 명밖에 안 된다.

'중국 속의 경상도'라 불리는 아랍

저 조선족 마을은 1927년 독립단체인 정의부(正義府)에 소속된 조선인 다섯 호가 입주하면서부터 형성되었다. 이곳은 경상도 사투리와 풍습 및 문화가 보존된 곳으로 연변조선족자치주와 250km 떨어져 있다. 하지만 이곳은 아픈 한국역사를 담고 있는 곳이기도 하다. 1931년 만주사변 발발 이후, 일본은 이곳을 병참기지로 만들기 위해 경상도 주민을 강제로 이주시켰다. 당시 많은 사람들은 척박한 타향에서 추위와 배고픔 때문에 죽었다. 이곳에서 태어난 2세와 3세들은 마을 안에 있는 학교에서 한글교육을 받았다. 1970년대 말, '남은 화서촌을 배우고, 북은 아랍저를 배운다.(南學華西村, 北學阿拉底)'라는 말이 있었다. 이곳 사람들은 조선민족의 전통 관념을 잊지 않았고, 배가 고프더라도 아이들에게 교육을 시켰으며, 9년째 의무교육을 우선적으로 실시하였다. 개혁개방 이후 많은 젊은이들이 일거리를 구하기 위해 중국 도시와 한국으로 떠났고, 현재 마을에는 노인들이 많이 남아 있다.

1952년 7월, 중공연변지위는 "길림성연변조선민족취거구실시구역자치적계획"을 만들었고, "길림성연변조선민족자치구인민정부조직조례(초안)"을 입안하였다. 8월에는 연변각족각계인민대표회의주비위원회가 성립되었다. 그리고 9월 3일 연변조선민족자치구성립대회가 연길시에서 개최되었고, 조선민족자치구의 성립을 선포하였다. 1955년 12월에는 조선민족자치주로 바뀌었다. 조선족의 연변자치주는 중국건국 이래 세 번째로 건립된 자치구역이 되었다.
흑룡강성에는 1956년에 33개의 조선족향이 있었고, 요녕성과 내몽고자치구에는 각각 3개의 조선족향이 있었으며, 길림성에는 7개의 조선족향과 1개의 조선족-만족 혼합향이 있었다. 장백조선족향은 1958년에 장백조선족자치현으로 승격되었다. 조선족 자치는 조선족을 위한 정치적 행정적 틀을 제공하였다.

한편, 아랍저촌은 '중국국가급문명촌(中國國家級文明村)' 활동을 전개하면서 중국중앙선전부로부터 '중국문명촌창건활동시범지(中國文明村創建活動示範點)'로 확정되었다. 그리고 길림시에서 1997년에 제일 첫 번째로 〈사회주의신농촌건설시범촌(社會主義新農村建設示範村)〉이 되었다. 그리고 2009년 5월 아랍저조선족민속촌(阿拉底朝鮮族民俗村) 건설의 발전목표를 제정하였다.

중국에서 조선족민속촌이 건설되었다는 것은 매우 고무적인 일이다. 하지만 중국의 중화민족주의를 비추어 볼 때 무조건 반길 일은 아니다. 중국정부는 조선족문화를 한국문화가 아닌 중국민족문화의 일부로 소개하면서 중국문화로 편입시킬 가능성이 있기 때문에 이를 경계해야 할 것이다.

제7장 기타 민족

중국에는 한족과 55개 소수민족 이외에 어떤 민족인지 정확하게 판별되지 않은 민족이 있다. 현재 이들은 한족이나 특정 소수민족에 속해 있지만, 이들의 민족정체성은 여전히 모호하다. 가장 많이 알려져 있는 민족은 마사인(摩梭人, 모소족)과 객가족(客家族)이다. 잘 알려지지 않은 민족으로는 사천성 찰파인(紥巴人, 扎壩人, 자바인), 단민(蛋民), 혜안녀(惠安女), 천청인(穿青人) 등이다.

1. 운남성 마사인(摩梭人, 모소족)

로고호(瀘沽湖)

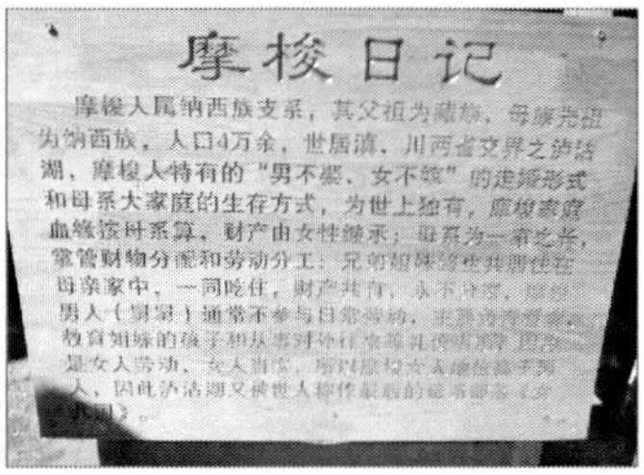

마사인(摩梭人)

운남성 로고호(瀘沽湖) 호수가에 3~4만 명의 마사인이 살고 있다. 해발 2,680m에 위치한 로고호는 고원 호수로 운남성 려강(麗江)에서 동북쪽으로 180km 떨어진 사천성 경계에 있다.

납서족에 속해 있는 마사인은 티베트계로 알려져 있다. 마사인은 모계사회로서 할머니 중심의 가족제를 갖고 있으며 라마불교의 성격을 띤 달파교(達巴敎)를 믿는다. 려강의 납서족이 믿는 동파교(東巴敎)와 밀접한 관련이 있다. 달파교는 무사(巫師) 달파(達巴)에서 명명되었다.

마사인은 나무로 집을 짓는데, 이를 '목릉방(木楞房)'이라 부른다. 그리고 이들은 그들의 탄생신화와 관련 있는 객모산(格姆山, 꺼무산)의 객모여신(格姆女神)을 숭배한다.

마사인은 딸이나 아들이 태어나서 13세가 되면 그해 정월 '성인식'을 갖는다. 이때 딸은 할머니가 아들은 삼촌이 성인식을 해준다. 성인식을 거친 남녀는 마을축제에 참여하고 집안일이나 고기잡이 등의 바깥일을 한다.

목릉방

남자는 장가를 들지 않고, 여자는 시집을 가지 않는다. 단지 '아하(阿夏, 연인)' 관계만을 맺는다. 이러한 형태를 '주혼(走婚)'이라고 부른다. 남자는 늦은 밤에 여자가 묵고 있는 방에 가서 잠을 자고 동이 트기 전에 나온다. 아무도 모르게 가는 것으로 되어 있으나 여자의 방 앞에서 세레나데를 부르기도 하기 때문에 반드시 그렇지는 않다. 아이가 태어나면 아버지는 아이가 아버지를 알아보기 전까지는 만나볼 수 있다. 그러나 아이가 아버지를 알아보기 시작할 때가 되면 더 이상 아이를 만나볼 수 없다.

2. 객가족(客家族)

중국 55개 소수민족에는 속하진 않지만 일반적으로 널리 알려진 민족으로 객가족이 있다. 현재는 한족에 속해 있다. 광동어로 '하카'라고도 발음되는 객가는 역사적으로 중원에 살던 한족 중 전란을 피해 남쪽으로 이주해 온 사람들이라고 알려져 있다. 하지만 객가족은 한족이 아닌 독립된 민족정체성을 가진 민족이라 인식한다.

서진(西晉) 시기에 전란을 피해서 다른 지역으로 이주한 사람들이 객가족의 기원이라 일컫는데, 복건성에 거주하는 사족(畲族)과 밀접한 관련이 있는 것으로 알려져 있다. 객가족의 반대 개념은 토가(土家)이다. 즉, 말 그대로 객가는 '다른 지역에서 온 사람'을 의미하고, 토가는 '토착민'을 의미한다. 객가어는 중국의 7대 방언에 속하고, 객가인들이 사는 토루 중 복건 토루는 2008년에 세계문화유산으로 등재되었다.

객가족은 장강 이남의 각 성에 분산되어 살고 있는데, 특히 복건성과 광동성 및 사천성의 객가가 유명하다. 그리고 매주(梅州), 공주(贛州), 정주(汀州), 혜주(惠州)를 객가 4주라고 부른다. 역사적으로 객가족으로 알려진 위인이 많은데, 태평천국의 홍수전 · 신해혁명의 손문 · 개혁개방의 총설계사 등소평 등을 들 수 있다. 그리고 외국에는 동남아시아 여러 국가에 많이 분포하고 있다. 동남아 화인 중 3분의 1이 객가인이다. 이등휘(李登輝) 타이완 전 총통과 이광요(李光耀) 전 싱가포르 총리가 객가인으로 알려져 있다.

도가(道家)에서 천지만물이 생성된 순서에 따르면, 옛날 사람들은 정월 초하룻날은 닭날(雞日), 둘째 날은 개날(狗日), 셋째 날은 돼지날(猪日), 넷째 날은 양날(羊日), 다섯째 날은 소날(牛日), 여섯째 날은 말날(馬日), 일곱째 날은 사람날(人日)이다. 이에 첫째 날에는 닭을 죽이지 않고, 둘째 날에는 개를 죽이지 않는다. 그리고 일곱째 날에는 죄를 지은 자에게 형을 가하지 않는다.

이렇듯 정월 칠일은 인류가 탄생한 날이다. 민간에서는 이에 대해 특별하게 생각하였다. 객가 지역에서는 매년 정월 칠일이 되면 새벽에 습속에 따라 일곱 가지 요리를 먹는다.

매주(梅州) 객가지역에는 '칠양채(七樣菜)'가 있다. 채소로는 미나리(芹菜), 마늘(蒜), 파(蔥), 부추(韭菜), 고수(芫荽)인데, 이 다섯 재료는 반드시 있어야 한다. 그 밖에는 '물고기(魚)'와 '돼지고기(猪肉)' 혹은 '완자(丸子)'와 '갓(芥菜)' 등의 재료가 있어야 한다. 이 재료는 동시에 알맞게 삶거나 볶아야 하고, 전 가족이 나누어 먹어야 한다. 이 '칠양채'는 그들의 해음(諧音)에 따라 모두 상징하는 의미가 있다. '미나리'의 '근(芹)'자는 '근면하다'의 '근(勤)'의 해음으로, '근면하다. 부지런하다'를 비유한다. '마늘'의 '산(蒜)'자는 '계산하다(算計)'와 '수지맞다(劃算)'의 '산(算)'과 동음으로 '면밀하게 계산하다'를 비유한다. '파'의 '총(蔥)'자는 '총명하다(聰明)'의 '총(聰)'과 동음으로 '총명하다. 재능이 있다'를 비유한다. '부추'의 '구(韭)'자는 '장구하다(長久)'의 '구(久)'와 동음으로 '매우 장구하다(長長久久)'를 비유한다. '환자(丸子)'의 '환(丸)'자는 '온 가족이 단란하게 지내다(團圓)'의 '원(圓)'의 발음에 가까우며, '온 가족이 단란하게 지내다(團團圓圓)'를 비유한다. '물고기'의 '어(魚)'는 '잉여(剩餘)'의 '여(餘)'자이고, '해마다 여유가 있다(年年有餘)'를 비유한다. 두부(豆腐)의 '부(腐)'자는 '부유(富裕)'의 '부(富)'자의 해음이고, '생활이 부유하다'를 비유한다. 그래서 일곱 가지의 요리를 먹으면 사람들이 부지런하고, 셈을 잘하고, 총명하고, 인연이 있고, 장구하며, 여유가 있고, 부유해진다는 것이다. 객가인들은 이 요리가 '복을 가져다주는 요리(吉祥菜)'라고 여긴다.

칠양채(七样菜)

한편, 일반적으로 많이 알려진 칠양채 요리는 '미나리, 마늘, 파, 고수, 부추, 육류, 물고기'를 먹는데, 이때 미나리 근(芹)은 '부지런하다'의 근(勤), 마늘 산(蒜)은 '계산하다'의 산(算), 파의 총(葱)은 '총명하다'의 총(聰), 고수풀 원(芫)은 '인연'의 연(緣), 부추의 구(韮)는 '오랜 세월'의 구(久), 육류의 육(肉)은 '벼슬살이'를 뜻하는 녹(祿), 물고기의 어(魚)는 '여유 있다'의 여(餘)와 발음이 같기 때문이다.

1000년 전의 남북조 시기의 민간에는 이러한 습속이 있지만, 후래에 대부분의 지역에서는 이러한 습속은 기억이 흐려지면서 잊혀졌다. 하지만 객가인들은 이러한 습속을 이어왔고, 아름다운 생활을 동경하고 있다.

3. 사천성 찰파인(扎巴人, 찰패인扎壩人, 자바인)

2003년 탐험가가 사천성 티베트족자치주 대협곡에서 특이한 언어를 사용하는 약 1만 명의 찰파인을 발견하였다. 찰파인은 현재 티베트족에 속해 있다. 이들 사회의 특징은 모계사회이며, 주혼(走婚)이라는 풍속을 갖고 있다. 찰파인들은 주혼을 '열작의자(熱作依玆)'라고 부른다. '熱'의 의미는 '여자아이'를 뜻하고, '作'은 '여자아이가 있는 그곳에 묵다'라는 의미이며, '依玆'는 '가다'라는 뜻이다. 이것을 합치면 '여자아이가 머무는 곳에 묵으러 가다'가 된다. 이들의 문화풍속은 운남성의 마사인(모소족)과 유사하다. 찰파인들은 4~5층의 특이한 돌집 '조루(碉樓)'를 짓고 살고, 20년 이상 삭힌 돼지고기 '워궈'를 즐겨 먹는다.

찰파인은 1,500년 전 역사에서 사라졌던 전설의 여인국인 동여국(東女國)의 후예로 밝혀지고 있다. 찰파인을 '인류사회 진화과정을 보여주는 살아 있는 화

파방자(爬房子)

석'이라 부른다. 찰파인들은 여인을 중심으로 가족을 이루며, 남자는 여인의 사랑을 받기 위해 목숨을 걸어야 한다.

주혼은 낮에는 각자 모계가정에서 따로 살고 밤에만 함께 지내는 것으로, 이를 위해서는 '파방자(爬房子)'를 해야 한다. 파방자는 남자가 사랑하는 여인이 살고 있는 집의 담벼락을 10m 이상 맨손으로 기어오르는 것으로, 어떤 사람은 올라가다가 떨어져 다치거나 죽기도 한다.

4. 단민(蛋民)

해남 수상거민(水上居民)

광동 · 복건 · 광서 · 해남 · 홍콩 · 마카오 등지에서 부둣가와 내륙의 강에서 배 위에 집을 짓고 사는 사람들을 '단민(蛋民)' 혹은 '단민(蜑民)'이라고 부르고, '단가(蜑家)'라고도 부른다. 일반적으로는. '수상거민(水上居民)'이라고 부르는데, 이들은 현재 한족에 속해 있다. 이들은 자신들이 독립된 민족이라고 주장하였지만, 중국 정부는 이들의 민족기원이 한족이라고 주장하면서 한족으로 분류하였다. 정부는 단민의 문화풍속이 한족과 다르지만 민족기원이 동일한 것으로 보았다.

현재까지 알려진 그들의 조상은 죄를 짓고 파직당하여 물 위의 집에서 귀양살이를 하면서 어로 · 운수 · 소매업 등을 하던 사람들이었다. 송대에 수상생활을 하는 단민에 대한 기록이 있으며, 그들이 사는 배가 달걀을 눕혀놓은 것처럼 타원형으로 생겼기 때문에 '단민'이라고 부른다고 한다. 1729년 청 옹정제의 명에 따라 물가에 인접해 있는 마을에서 거주하기 시작하면서 일부는 육지로 이주하여 농사를 짓고 살았다. 현재에는 홍콩을 중심으로 마카오와 광주 등지에 많이 분포하고 있다.

이들은 육지에서 살지 않고 거의 배 위에서 수상생활을 한다. 묘지를 제외하고는 육지에 토지나 가옥을 소유하는 일이 없다. 배의 규모는 4~27m에 이르고, 배에는 방과 부엌 및 변소 등이 있다. 이들은 주거하는 배를 이용하여 어업과 도선(渡船) 외에 도시주변에서 수상직업에 종사한다. 홍콩에서는 수상생활을 하는 사람 중 광동인을 '단가', 조주인(潮州人)을 '학료(鶴佬)'라고 부른다. 그러나 보통은 '수상인(水上人)'이라고 부른다.

5. 혜안녀(惠安女, 혜안여인)

복건성 천주(泉州) 혜안현(惠安縣) 혜동반도(惠東半島) 해변에 특이한 사람들이 살고 있다. 이들은 바로 혜안여인들이다. 이들의 복장은 특이하고 혼례방식도 특이하다. 이들을 소수민족의 지계라고도 하고 한족이라고도 하는데, 아직까지 명확하게 밝혀지지 않고 있다. 이 일대의 7개 마을에 몇만 명의 혜안여인들이 있다. 혜안현 인구 중에는 소수에 불과하지만 중국 내외 학자들의 관심을 끌고 있다. 노란 삿갓과 꽃두건, 파란셔츠에 무늬 있는 검은 바지와 은허리띠를 한 혜안여인들의 독특한 복식은 복건성 관광 5대 자원의 하나가 되었다.

혜안여인들의 특수한 복장은 숭무(崇武)와 산하(山霞)의 복식, 소작(小岞)과 쟁봉(淨峰)의 복식이 있다. 전자 지역의 복장은 삿갓이 비교적 크고 두꺼우며 무겁고 삿갓의 끝자락이 다소 구부러져 있다. 후자 지역의 복장은 삿갓이 상당히 촘촘하게 엮여 있고 가볍고 작다. 그리고 두건을 쓰는 특징이 있다.

혜안여인들에게는 아직까지 '불락부가(不落夫家)'의 풍속이 남아 있다. '불락부가'란 결혼한 여자가 3년 정도를 친정에 있으면서 농사철에 신랑집에 와서 일손을 돕다가 나중에 함께 살게 되는 풍속이다. 혜안여인들은 비교적 이른 나이에 결혼을 한다. 대체적으로 15세 이전에 결혼하기도 하는데, 지난 1980년대 중반에는 5~6세 때 이미 부모에 의해 정혼을 하였다.

혜안여인들이 삿갓을 쓴 것은 여족 · 경족과 유사하다. 여인들의 짧은 상의는 특히 운남성 서쌍판납의 태족 복식과 유사하다. 혜안여인들은 청색 상의와 검은색 바지를 즐겨 입는다. 색채로는 운남성 수족의 복식과 거의 동일하다. 춘절 때 여인들은 나비형태의 머리모양을 하는데, 나비는 고대 백월족이 숭배하는 토템이기 때문에, 혜안여인이 고대 백월족과 관계가 있을 가능성도 있다.

1951년 이후 십 몇 년간 이 지역에서 약간의 고대 백월민족의 생활흔적을 발견하였다. 혜안여인이 생활하는 대작(大岞)의 산지에서도 신석기시대의 흔적을 발견하였다. 이러한 고고학적인 분석을 고려하여, 2천 년 전 복건지역에는 고대 백월족이 생활하였고, 주된 사람은 민월인(閩越人)이었다고 추정하고 있다.

혜안여인

6. 천청인(穿青人)

'천청인(川青人)'이라고도 불리는 천청인(穿青人)! 이 천청인은 2014년 중국 언론을 뜨겁게 달구었다. 56번째 소수민족이 나타났다고 언론에서 떠들었지만, 실질적으로는 국가로부터 독립된 민족으로 공인받지 못했다. 천청인의 민족기원에 관한 설은 귀주에 거주하던 토착민족이라는 설과 명나라 때 군대를 따라 귀주로 이주해 온 한인의 후예라는 설이 있다. 이족(彝族)은 천청인을 'Sher tu' 혹은 'Sher feizu'라고 부르는데, 그 의미는 '흰 피부의 한인(白皮膚的漢人)' 혹은 '뱀을 먹는 한인(吃蛇的漢人)'이라는 뜻이다. 그 밖의 일부 당지 사람들은 천청인을 '大脚板(큰 발)', '大袖子(큰 소매)'라고 부른다. 천청인은 자신들이 특별한 민족이라고 여긴다.

천청인의 신분증에 '천청인'이라 적혀 있는데, 역사적인 관점에서 보면 그들은 일찍이 한족에 속하였으나, 중국정부는 줄곧 그들을 '아직 식별되지 않은 민족(未識別民族)'으로 간주하고 있다. 중국국가민족사무위원회는 '천청인'의 신분증에 대해서 아직 불명확하다.《귀주성민족사무위원회(貴州省民族事務委員會)·귀주성공안청(貴州省公安廳)(黔族(政)發字第(1996)19호)문건》의 규정에 의거하여, 이러한 특수한 민족을 '천청인'이라 정하였다.

천청인은 주로 귀주성 서부의 필절(畢節), 안순(安順), 육반수시(六盤水市), 검서남(黔西南), 검남(黔南) 5개 지역의 주와 시에 속하는 20여 개의 현에 주로 분포한다. 1954년 보통선거 당시 24만 8천 여 명이 등기를 하였고, 2000년 제5차 인구조사 때 자신이 '천청인'이라고 등기한 사람의 수는 약 67만 명이 된다. 대다수가 직금현(織金縣)과 납옹현(納雍縣)에 거주하는데, 그 밖의 사람들은 대방현(大方縣), 수성현(水城縣), 관령현(關嶺縣), 청진시(清鎮市), 보정현(普定縣), 육지(六枝)특구(特區)현(縣)에서 생활한다.

천청인이 이전에 사용하던 한어방언의 하나인 '老輩子話'는 이미 많이 사용되지 않는다. 하지만 귀주의 검남과 검동남 지역에서는 아직도 유행하고 있고, 많은 지역에서는 방언의 흔적이 남아 있다. 예를 들면, 'f'를 'h', 'ian'을 'ie' 등으로 말하는 사람은 곧 천청인임을 알 수 있다. 천청인의 한문화의 영향을 받았기 때문에 모어는 소실하였고, 그들의 언어는 이미 분별하기 어렵다. 이러한 '老輩子話'가 독립된 민족언어의 흔적인지는 아직 확실한 증거가 나오지 않고 있다. 현재 그들은 모두 보편적으로 귀주에서 통용되는 관화(官話)를 사용하고 있다.

원숭이 토템

천청인의 명절·혼인·상장례 등의 풍속은 주변의 민족과 상당히 다르다. 가장 알려진 것은 천청인의 오현신(五顯神)이다. 천청인은 원숭이를 토템으로 삼고 있다. 오현신은 원숭이류의 '맨드릴(mandrill)'이며, 오늘날까지 여전히 '오현단(五顯壇)'이라는 신앙을 유지하고 있다. 천청인의 '오현신' 신앙은 그들의 상징이기도 하다. 평상시에 서로가 모르는 사람일지라도, 그 집 속에 오현신을 보기만 하면 천청인은 곧 동일한 민족이라고 여긴다. 그래서 상대방과 친한 벗이라 칭하고 흉금을 털어놓게 얘기를 한다.

한편, 『삼교원류수신대전(三教源流搜神大全)』 기록에 의하면 오현신은 강서 덕흥(德興)과 무원(婺源)일대 한족 민간에서 숭배하는 재신이다. 원래 형제가 5명이었는데, 송대에 왕으로 봉해졌다. 그 봉호의 첫 번째 자가 모두 '현(顯)'이었기 때문에 '오현신'이라 부른다.

'오현단(五顯壇)'은 '은신(恩神)'과 '복신(福神)'이라고 여기고 또 "일가의 주인(一家之主)"라고 여긴다. 그래서 천청인의 가정에는 대대손손 '오현신'을 모시고 있다. '오현신'을 제사지내는 사당을 '경오현단(慶五顯壇)'이라고 부른다. 간절하게 비는 과정은 일종의 종교제사이다.

'간절하게 비는 것을 공연하는 연극'은 '희극활화석(戲劇活化石)'이라 불리는 나희(儺戲)이다. 천청인의 나희는 '오현신' 신앙의 예술형식을 보존해오고 있기 때문에 2009년에 귀주성에 의해 비물질문화유산명록에 등록되었다.

나희(儺戲)

나희는 천청인의 정신적인 춤이다. 매년 음력 9월부터 음력 섣달까지, 천청인은 모두 오현신에게 제사지내는 활동을 한다. 민간에서는 '경단(慶壇)' 혹은 '도보살(跳菩薩)'이라고 부른다. 매년 추수를 한 후, 천청인은 대부분 모든 시간을 '경단'에 쏟는다. 많게는 3일 밤낮으로 진행되고, 적게는 1박 2일 동안 행해진다. 천청인의 '경단' 표현 활동은 집안 정채에서 진행된다. 연극하는 장소의 배치를 '파단(擺壇)'이라고 부른다. 오현신과 관련된 신성스러운 그림을 걸어놓고, 옥으로 만든 벽 아래에 3층의 제단을 설치한다. 앞에는 책상 하나를 진열하고 그 위에 징과 북, 책(科書), 사도(師刀), 우각, 영패 등의 도구를 진열한다. 연극은 모두 15장이고, 매 장은 매우 많은 절(折)로 나뉜다. 천청인의 선조들은 농업에 종사하는 노동의 전 과정과 일상생활을 완전하게 표현하였다.

천청인은 오랫동안 '의상청(衣尚青)'의 습속을 유지하였다. 의복의 주된 색깔이 대부분 청색과 남색이었기 때문에, 옛날 사람들은 그들을 '천청인'이라 명명하였다. 오늘날 천청인의 복식은 이미 대부분 소실하였고, 오지 지역에서만 뚜렷하게 볼 수 있을 뿐이다.

제3부

중국 대중문화

제3부에서는 대중문화의 정의와 특징, 중국대중문화의 역사, 대중문화산업 및 한류에 대해서 알아본다.

제1장 대중문화의 정의와 특징
제2장 문화산업과 중국 문화산업 정책
제3장 중국 대중문화와 한류(韓流)
제4장 중국 TV드라마
제5장 중국 영화
제6장 중국 대중가요
제7장 중국 광고산업
제8장 중국 인터넷
제9장 중국 전통문화와 대중문화의 소통

제1장 대중문화의 정의와 특징

1. 대중문화의 정의

21세기에 들어 중국은 경제발전에 힘입어 소강사회를 달성하고 중국대중들의 소비형태가 변화함에 따라 대중문화에 관심을 갖고 이에 대한 투자를 지속적을 이루고 있다. 대표적으로 알리바바, 텐센트 등의 IT기업들을 중심으로 그리고 많은 중화권 배우들이 헐리우드로 진출함으로써 대중문화는 매우 보편적 현상으로 나타나고 있다. 이러한 시점에서 대중문화에 대한 이론적 틀을 갖고 중국문화현상을 이해하는 것이 선행되어야 한다고 본다.

그러면 중국대중문화를 이해하는 데 앞서 대중문화란 무엇인가라는 질문을 던질 수 있다. 우리는 일반적으로 대중문화라는 말을 자주 그리고 쉽게 사용하고 있다. 그러나 문화라는 말이 그러하듯이 대중문화 역시 복잡하고 모호한 개념이기는 마찬가지이다. 먼저 상식적으로 알고 있는 대중문화의 개념에 대해 알아보자.

〈비틀즈〉

우리는 흔히 대중문화는 질 높은 고급문화, 예컨대 클래식이나 오페라 같은 것에 비해 수준이 낮고 그래서 평범한 다수의 사람들이 좋아하는 문화라는 상식을 가지고 있다. 그렇다면 그 수준은 누가 정하는 것인가. 뉴욕 필하모니 같은 오케스트라가 번스타인 같은 유명한 지휘자의 지휘로 비틀즈의 레퍼토리를 연주할 때 그것은 대중문화인가, 아닌가.

그런가 하면 과거에는 대중적인 작품으로 받아들여지던 것이 지금에 와서는 고급문화의 범주로 분류되는 것들도 적지 않다. 셰익스피어의 연극은 동시대 사람들에게 그저 대중적인 연극이었을 뿐이며 찰스 디킨스의 소설 또한 마찬가지였다. 이른바 고급과 대중을 가르는 심미적 기준 역시 고정되어 있는 것이 아니라는 것이다.

또한 사람들은 고급예술을 하기 위해서는 대중문화에 비해 훨씬 많은 재능과 훈련이 필요하다고 생각하는 경향이 있다. 그러나 예컨대 에릭 클랩튼 같은 기타리스트의 훈련과정이 요요마 같은 연주가에 비해 수월했다고 말할 수 있을까? 영국의 엘튼 존이 최고의 권위를 자랑하는 영국왕립음악학교 출신이라는 사실은 이를 잘 말해준다.

사람들은 고급문화는 오랫동안 사랑을 받는 것이고 대중문화는 일시적인 유행으로 그친다는 상식을 가지고 있다. 그러나 이 역시 따지고 보면 그다지 근거가 확실하지 않다. 20세기 초 재즈는 21세기가 된 지금도 여전히 연주되고 있고 1950년대 엘비스 프레슬리와 60년대 비틀즈의 음악은 지금까지도 매년 가장 많은 저작권료를 발생시킨다. 이른바 고급문화의 유산들이 수백년 간의 역사 속에서 형성되어온 것인 데 반해 우리가 대중문화라고 부르는 문화 산물들은 고작 그 역사가 100년을 넘지 않는다. 그것을 수평적으로 비교한다는 것 자체가 무리가 있다. 모든 고급예술이 살아남지 않듯이 모든 대중문화 산물이 금방 사라지지는 않는 것이다.

결국 우리가 상식적으로 이해하고 있는 대중문화 개념은 이렇듯 많은 허점과 모순을 지니고 있다. 그것은 대중문화에 대한 오랜 편견이 상식이라는 이름으로 자리 잡은 것에 기인하기도 하지만 어떻게 보면 대중문화 현상 자체가 그만큼 복잡하고 다양한 측면을 포괄하고 있기 때문이다.

1) 대중문화의 특징

대중문화(大衆文化, mass culture)란 이윤창출을 목적으로 대량으로 생산되며, 대량으로 소비되는 상업주의 문화를 말한다. 이러한 대중문화가 주목받는 이유는 현대사회의 지배적인 문화 형태이기 때문인데, 관점에 따라 다양한 개념정의가 있을 수 있으며, 또한 개념정의에 따라 긍정적인 면 또는 부정적인 면을 부각시킬 수도 있다.

첫째, 문화의 생산자와 소비자가 분리되어 있다. 바로 이 점에서 대중문화는 문화의 생산자와 소비자가 일치되어 있는 민속 문화 또는 민중문화와 다른 성격을 지닌다. 여기서 말하는 대중문화의 생산자는 신문 · 방송 · 잡지 · 출판 · 영화 · 음반 · 광고 · 패션 등과 같은 대중문화산업이 된다. 그리고 소비자는 대중문화산업이 생산한 문화상품을 소비하는 불특정 다수인 대중이다. 현대사회에서 대중은 광범위한 공간에 산재되어 있으며, 익명의 원자화된 개인들로서 수동적인 존재들이다. 따라서 소비자인 대중은 대중문화산업의 문화상품 판촉활동에 의해 쉽게 조정되는 성격을 지닌다.

둘째, 대중문화의 창조자는 대중문화산업에 고용되어 있거나 계약관계에 있다. 즉 대중문화의 창조자는 앞에서 지적한 대중문화산업체들 가운데 어느 하나에 고용된 사원이거나 특정 업체와 계약을 맺고 창작활동을 하는 것이다. 대중문화의 창조자는 문화산업의 요구와 타협하여 문화 창조 행위를 하지 않을 수 없게 된다. 이 점에서 대중문화의 창조자는 자신의 독창적인 창조행위에 전념할 수 있는 고급문화의 창조자와 구별된다고 할 수 있다.

셋째, 대중문화산업이 이윤창출을 목적으로 생산되는 상업주의 문화이므로 그 문화상품의 유통과정은 일반소비재와 마찬가지로 자유시장의 경쟁원리에 따르게 된다. 따라서 대중문화산업들은 관련 산업체와 시장점유율을 놓고 치열한 경쟁을 하지 않을 수 없다. 특히 신문 · 잡지 · 방송 등과 같은 대중문화산업들은 독자와 시청자라는 시장의 점유율을 높임으로써 광고수익도 증대되므로 치열한 경쟁을 하지 않을 수 없다.

넷째, 대중문화상품은 대량생산되는 것이므로 상품이 규격화되지 않으면 안 된다. 그 결과 대중문화상품은 표준화되고 개성이 없는 제품이 되고 만다.

다섯째, 대중문화는 복제기술의 발달과 함께 성장해왔으며, 개인의 산물이 아니라 대중문화산업이라는 복합조직이 생산하는 제품이다. 그러므로 대중문화라는 상품은 복제기술과 조직이 결합되어 생산되는 제품이라 할 수 있다.

여섯째, 대중문화산업은 시장점유율을 높임으로써 더 큰 이윤을 창출하기 위해 대중문화 상품에 몇 가지 특성을 부여하게 된다. 즉 대중문화 상품은 소비자들에게 아무런 부담을 주지 않고 소비될 수 있게 만들며, 소비자들이 대중문화상품을 통해 즉각적인 만족을 얻도록 하기 위해 가능한 한 흥미롭게 만든다. 그 결과 대중문화는 오락 지향적인 성격을 지니지 않을 수 없게 된다. 또한 시장점유율의 확대를 위하여 성별 · 연령 · 교육정도 · 직업 등과 관계없이 누구나 즐길 수 있는 상품을 만들려 하기 때문에 모든 사람이 공통으로 흥미를 느끼는 섹스 · 폭력 · 모험 등이 주된 소재가 되며, 인구구조에서 차지하고 있는 비중이 큰 젊은이들과 여성들의 취향에 맞게 형식과 내용을 갖추게 된다.

빠른 템포의 춤과 노래는 젊은이의 취향에 따른 것이며, 멜로드라마, 애수와 연민의 정에 호소하거나 비탄에 빠진 운명을 그린 영화나 방송극 혹은 노래 등은 모두 여성의 취향에 맞춘 상품들이다.

〈빅뱅〉

일곱째, 대중문화의 상품은 유행성을 지닌다. 그 까닭은 2가지로 볼 수 있다. 하나는 기본적으로 소비재이므로 즉각적인 만족을 준 다음 더 이상 생명력을 갖기 어렵기 때문이며, 다른 하나는 대중문화산업이 지속적인 이윤확보를 위해 새로운 상품을 계속적으로 생산 · 유통시키기 때문이다.

2) 대중문화의 범주

문화라는 개념 자체가 너무나 광범위하고 다양한 영역을 포괄하고 있는 것은 주지하고 있는 사실이다. 또한 대중이라는 개념 역시 보는 관점과 시각에 따라 적잖은 논란의 여지를 가지고 있기도 하다.

대중문화라는 개념을 구체적인 내용으로 정의하려는 시도는 언제나 다양한 반론과 비판에 직면하기 마련이다. 서구에서 이루어진 문화연구의 사례들을 보아도 대중문화는 그것에 대립되는 상대 개념이 무엇인가에 따라 다양한 의미를 가져왔다.

파퓰러 컬쳐(popular culture)는 그것을 지배하는 사람에 따라 고급문화, 민속문화 등과 상대개념이 되어왔다. 특히 많은 사람들은 여전히 대중문화를 고급문화의 대립항으로 이해하고 있고 진보적인 문화 활동을 펼치던 사람들은 대중문화를 민중문화 또는 민족문화의 대립개념으로 규정하였다.

고급문화의 상대개념으로 보면 대중문화는 저급한 싸구려 문화라는 함의를 갖게 되고 민중문화라는 대립항을 설정하면 대중문화는 대중을 마취시키는 지배의 도구라는 측면에서 정의된다. 어느 쪽이든 대중문화는 긍정적이기보다는 부정적인 쪽으로 규정되어온 것이 사실이다.

결국 이렇게 복잡한 논의 구조 속에서 대중문화를 구체적인 대상으로 규정하는 것은 사실 큰 의미가 없다. 대중문화라는 것은 그 개념이 사용되는 맥락에 따라 때로는 서로 모순적일 수도 있는 여러 가지 것들로 채워질 수 있는, 그런 의미에서 사실상 비어 있는 개념이라는 것이다. 따라서 우리는 대중문화를 애써 정의하려 하기보다는 그것이 다양한 문화 담론 속에 어떤 방식으로 채워질 수 있는가를 살펴볼 필요가 있다. 즉 대중문화의 개념이 포괄하는 문제 영역이 무엇인가 하는 것이다.

(1) 대중매체

인간은 태어나 죽을 때까지 다양한 미디어를 수단으로 커뮤니케이션을 한다. 한 송이 장미꽃이 미디어가 될 수 있듯이 인간이 사용하는 미디어는 헤아릴 수 없이 많다. 어쩌면 인간이 만들어 내고 사용하는 모든 사물이 미디어라고 말해도 좋을 정도이다. 그 다양한 미디어들 가운데에는 비교적 규모가 작고 개인적인 수준에서 사사로이 사용되는 것도 있고 한꺼번에 다수의 사람들을 상대로 메시지를 유통시킬 수 있을 만큼 규모가 큰 것도 있다. 규모가 큰 것들, 이를 테면 시문, 방송, 출판 광고, 영화, 음반 같은 미디어들은 몇 가지 공통점들이 있다.

첫째, 이들은 모두 대규모의 자본을 필요로 한다. 예컨대 웬만한 영화 한 편을 만들기 위해서는 적어도 10억 원 이상의 돈이 든다. 그렇기 때문에 일정한 정도의 자본을 가지지 못한 사람들이 이런 미디어를 이용해 커뮤니케이션하기는 어렵다. 오직 자본을 가진 사람, 혹은 집단만이 이러한 미디어들을 통해 의미를 생산 유통시킬 수 있다.

둘째, 이들은 대량 복제의 기술을 전제로 한다. 그래서 이들은 인쇄술, 전자통신 기술 등 대량복제 기술이 발명된 근대 자본주의 이후에 등장했다.

셋째, 이러한 미디어들을 통해 생산되는 커뮤니케이션 산물들은 모두 상품의 성격을 가지고 시장을 통해 유통된다. 미디어의 소유자들은 생산하고 대부분의 사람들은 이를 돈을 주고 사서 소비한다. 결국 여기에는 최소비용으로 최대이윤을 노리는 경제원칙이 작용한다.

넷째, 이들은 모두 한 사람의 힘으로 제작하기 어렵다. 여기에는 일정한 분업체계를 갖춘 집단, 즉 조직이 필요하다. 신문사, 방송사, 영화사, 음반회사, 출판사 같은 조직이 그것이다. 그 조직은 자본가를 정점으로 하는 위계구조를 갖는다. 작가, 피디, 가수, 연기자 등등.

다섯째, 이런 미디어들이 생산하는 의미들은 특정한 사람을 대상으로 하는 것이 아니라 불특정한 다수를 대상으로 한다. 이 불특정한 다수를 흔히 대중이라고 부른다.

이러한 몇 가지 특징을 공유하는 대규모의 미디어를 매스미디어, 혹은 대중매체라고 부른다. 19세기 초부터 서구 사회에서 산업혁명과 함께 공업화, 도시화가 빠른 속도로 진행되면서 거대도시가 출현했다. 거대도시들은 다양한 출신 배경을 가진 이질적인 구성원들로 형성되어 집단적 결속력이 약했고 구성원 상호 간의 관계는 자본주의적인 계약관계로 이루어졌다.

자연히 공동체적인 유대관계는 사라져갔고 사람들은 고립된 개별적 존재로 남게 되었다. 매스미디어는 도시의 대중이 고립감을 벗어나 사회적 관계를 맺을 수 있는 통로로 기능하게 되었지만 매스미디어에 의존한 사회적 관계는 결과적으로 대중의 고립과 개별화, 원자화를 더욱 심화시켰다. 권력을 가진 지배자들은 매스미디어를 통해 대중사회를 통제하고 사회적 통합을 이룸으로써 체제를 유지하려고 했다.

우리가 흔히 대중문화라고 부르는 현상은 이러한 대중사회에서 매스미디어에 의해 형성된 문화를 지칭하는 경우가 많다. 영어로 mass culture에 해당하는 대중문화의 개념이 이것이다. 여기서 대중(mass)이라는 말에는 고립, 분산되어 있고 주체성을 가지지 못했으며 비합리적이고 열등한 집단이라는 경멸적 의미가 담겨 있다.

그러나 언제부터인지 서구 세계에서 매스 컬쳐라는 개념은 거의 쓰이지 않게 되었다. 경멸적인 대중의 개념 대신 중립적이거나 긍정적인 함의를 가진 대중성의 개념을 가진 파퓰러 컬쳐라는 용어를 보편적으로 쓰고 있다. 파퓰러 컬쳐라고 할 때 대중문화는 다수의 사람들이 향유하는 문화라는 의미에 가깝다. 매스 컬쳐가 주로 문화의 생산과정에 초점을 맞춘 개념이라면 파퓰러 컬쳐는 문화의 소비 내지 수용과정에 초점을 맞춘 개념이라 할 수있다. 매스 컬쳐는 대량복제가 가능한 매스미디어가 등장한 근대자본주의의 이후의 문화산물로 한정되지만 파퓰러 컬쳐는 자본주의 이전 민중들 사이에 존재했던 문화까지 포괄하는 개념이 된다.

즉 삶의 양식이라는 좀 더 보편적인 문화의 개념을 염두에 두면 매스 컬쳐라는 개념으로는 대중적 문화현상의 많은 부분을 놓치게 된다. 따라서 일반적인 의미에서 대중문화의 개념은 파퓰러 컬처로서의 대중문화, 즉 많은 사람들이 소비 향유하는 문화라는 관점으로 접근하는 것이 타당하다. 사실 어떤 문화든 그것이 대중의 삶속에 존재하며 대중에 의해 수용되지 않으면 아무런 의미가 없는 것이다.

(2) 대중문화의 생활화

대중문화는 우리의 생활공간 가장 가까운 곳에 존재한다. 우리는 길을 걷거나 밥을 먹는 것처럼 가장 일상적인 행위 속에서 대중문화를 접촉하고 실천한다. 예를 들면, 저녁식사를 하며 TV드라마를 시청하고, 침대에 누워서 음악을 듣는다. 그리고 친구와 커피숍에서 커피를 마시거나 동료와 함께 술집에서 술잔을 기울이며 일상적으로 대중문화를 이야기한다. 대중문화를 수용 또는 소비하는 것은 전혀 특별한 것이 아니다. 그것은 마치 호흡을 하듯 밥을 먹듯 자연스러운 일이다.

대중문화의 가장 중요한 특징은 이렇게 자연스러운 일상 속에서 그다지 특별하거나 낯설지 않은 행위로 존재한다는 사실이다. 이 말은 대중문화 실천이 의식적인 선택에 의해 이루어지기도 하지만 상당 부분 무의식적인 행위로 이루어진다는 뜻이다. 그런 까닭에 대중문화는 대중의 감수성이나 취향, 행동양식에 무의식적인 영향을 미친다. 서구의 대중문화 연구에서 정신분석학 같은 학문 분야가 중요한 이론적 자원이 되는 까닭도 여기에 있다.

사실 대부분의 사람들은 자신의 문화적 취향이나 정치적 성향이 개인의 주체적인 선택이라기보다 자신의 일상을 둘러싼 문화 환경의 영향 속에서 형성된 것임을 인정하고 싶어 하지 않는다. 그러나 모든 사람들의 취향이나 성향은 다분히 성장과정을 둘러싼 문화 환경의 영향 속에서 형성되는 것이며 대중문화는 그런 문화 환경의 가장 중요한 부분이다. 다만 그것이 너무나 가까이 일상적으로 존재하기 때문에 그 영향을 쉽게 인식하지 못할 뿐이다.

2. 대중문화의 역할

대중문화는 인간의 정신과 정서에 호소하는 성격을 지녔기 때문에 사회적 역할을 일반 소비재보다 광범위하게 수행하게 된다. 이와 같은 대중문화의 특징은 긍정적, 부정적 측면을 동시에 지니고 있다.

먼저 긍정적 특징은 다음과 같은 몇 가지를 들 수 있다.

첫째, 문화를 보편적으로 공유하는 데 기여했다. 과거의 고급문화는 고등교육을 받은 경제적으로 부유한 계층만이 누릴 수 있었으며, 그 결과 대중은 문화를 향유할 기회를 박탈하여 문화로부터 소외되어 있었다. 그러나 대중문화가 발달되어 누구나 쉽게 대중문화 상품을 소비할 수 있게 되었다.

둘째, 일상생활 속에서 받는 긴장과 좌절감을 해소시켜줌으로써 생활에 활력을 불어넣어 준다. 그 결과 사람들로 하여금 새로운 활력을 얻어 생산적인 일에 종사할 수 있게 도와준다.

셋째, 다수 사람들의 취향과 욕구를 반영하고 표현해줌으로써 사회의 일반적 가치를 표출하고 강화시켜주기도 한다.

넷째, 고급문화를 대중화시키는 가능성을 보여주었다. 그렇게 함으로써 고급문화의 성역을 무너뜨려 대중도 고급문화를 향유할 수 있게 만들었다. 대중문화가 고급문화의 수준을 저하시킨다는 비판이 있으나 이는 고급문화를 독점했던 계층이 자신들의 영역이 무너지는 데 대한 불만을 표현한 것으로 볼 수 있다. 모든 사람은 누구나 각자의 취향에 따라 문화를 선택할 권리가 있다. 따라서 대중문화가 저급하므로 무조건 배척해야 하고 고급문화를 옹호해야 한다는 주장은 재고되어야 한다.

이에 비해 부정적 특징은 대중문화에 대한 비판적 관점이라 할 수 있다.

첫째, 상업주의적 성격을 지니고 있으므로, 대중의 말초적 흥미에 영합하기 위해 실질이 배제된 표피적이며 감각적인 문화를 사회에 전파시킴으로써 사회 구성원들의 문화적 수준을 저급하게 만든다.

둘째, 현실과 유리된 세계를 묘사하므로 이를 지속적으로 수용하는 대중들은 현실과 다른 환상의 세계에 빠지게 되며, 현실을 도피하게 되는 수동적 인간으로 전락시킨다.

셋째, 섹스 · 폭력 · 모험 등을 주된 소재로 삼기 때문에 사회구성원들에게 반사회적인 행동규범을 가르치며, 사치와 낭비의 풍조를 만연시키고, 황금만능주의를 전파시킨다. 특히 이러한 대중문화의 역기능은 청소년들에게 영향을 미쳐 청소년의 일탈행위를 부추기며, 예외적인 병리현상을 과장하거나 지나치게 강조함으로써 사회의 미풍양속을 해친다.

넷째, 현실보다 화려한 세계를 묘사하기 때문에 사회구성원들 사이에 상대적 박탈감을 만연시켜 사회불안의 요인이 되며, 좌절감과 욕구불만을 증폭시켜 비행과 범죄를 자극하게 된다.

다섯째, 대중문화는 문화의 획일화를 초래하여 다양한 문화의 발전을 저해한다.

3. 문예사조에 대한 이해

오늘날 대중문화라는 용어는 평범한 대중의 문화(매스 컬쳐), 다수가 선호하는 문화(파퓰러 컬쳐), 겉으로는 문화를 표방하면서도 실제로는 이윤 극대화에 급급한 기만적 문화산업 등 다양한 뜻으로 통용된다. 주로 대중매체를 통해서 매개된다는 의미에서 매스미디어에 의해 매개되는 문화라고도 하고, 문화적 현상형태 이면의 사상적 조류를 지칭할 때는 포스터모던 문화라고도 한다. 그러나 오늘날의 포스터모던 문화를 이해하기 위해서는 모더니즘을 알아야 하고 모더니즘의 기본 특징은 그 이전의 문예사조였던 리얼리즘과 무관할 수 없다. 따라서 그동안의 대표적 문예사조를 간략하게 개관하는 것이 포스트모던 문화의 특징을 파악하는 데 유익할 것이다.

우선 고전주의는 르네상스이후 서구인들이 고대 그리스와 로마시대의 문학작품을 모방하던 문예사조를 뜻한다. 고전주의는 그리스와 로마시대의 문학작품이 이룩한 완성도에 도달하려는 17세기와 18세기 유럽의 문예사조를 총칭한다. 이 시대가 이른바 '이성의 시대'였고 구체적으로는 과학적 이성을 강조하던 시대였기 때문에 고전주의 시대는 과학적 이성의 원칙에 따라 질서와 조화 및 형식을 강조하면서 지나친 활력을 가라앉히고 감성보다는 이성을, 창조적 상상력보다는 객관적 정확성을 중요시하고 개인보다는 사회적 진보에 대한 확신을 강조하였다.

1) 고전주의

고전주의가 옹호한 이성은 고대 그리스의 사변적 이성과 중세 말엽부터 착실히 발전해온 신흥자연과학에 체현된 과학적 이성을 종합한 이성이었다. 다시 말해서 고전주의는 이성과 경험적 이성을 종합하여 과학과 기술을 발전시키고 산업화를 촉진시킴으로써 사회진보를 이룩할 수 있다는 시대정신의 표현이었다. 그러나 시간이 지남에 따라 이성 중심적 고전주의가 지나치게 직관성을 강조하고 자유로운 창작활동을 제한하는 부작용을 야기하였을 뿐만 아니라 기술문명의 부작용에 대한 비판적 반응이 제기되었고, 그 결과 영국과 독일을 중심으로 낭만주의 문예사조가 등장하게 되었다.

2) 낭만주의

낭만주의는 이성의 시대 및 고전주의에 대한 반동으로 18세기 말에 등장한 문예사조였다. 낭만주의는 과학과 기술 그 자체보다는 과학과 기술을 선용하려는 인간의 주관적 상상력이 구원의 원동력이라고 보는 문예사조였다. 고전주의가 이성과 지력 및 두뇌를 강조하는 문예사조라면, 낭만주의는 감성과 상상력 및 가슴을 신뢰하는 문예사조라 할 수 있다. 고전주의가 개인보다는 사회발전에 관심을 두는 경향이 있는 데 반해, 낭만주의는 인간 자신의 내면을 중요시하는데 중점을 두고 있다. 낭만주의는 이성보자는 감성을, 질서와 보편성보다는 개성과 자아의 고유성 같은 주관성을 중요시하며 창조적 상상력을 중요시한다.

3) 리얼리즘

리얼리즘은 19세기 중반에 실증적 철학사조가 풍미하던 시대적 상황을 배경으로 출현한 문예사조라 할 수 있다. 그래서 리얼리즘은 사회적 현실을 마치 사진을 찍듯이 객관적으로 묘사한 문학과 예술이 진정한 문학과 예술이라고 보는 입장이고 객관성을 강조하는 문예사조이다. 1840년대에 들어서자 유럽 전역에 확산된 낭만주의 운동이 한 풀 꺾이고 낭만주의에 대한 반동으로 리얼리즘 문예사조가 출현하게 된 것이다. 주관적 상상력을 강조하던 낭만주의와 대조적으로 리얼리즘은 객관적 묘사의 정확성을 강조한다. 리얼리즘은 19세기 중엽에 출현한 콩트의 과학적 실증철학 그리고 과학을 기초로 하여 진보의 확신을 심어준 스펜서 및 다윈의 진화론 등의 출현과 깊은 관련이 있다.

그러나 리얼리즘 작가들 사이에서도 문학적 묘사의 진실성이 과연 사진을 찍는 것과 같은 객관적 묘사인가라는 문제가 제기되었고, 그래서 무엇을 실재로 보느냐에 따라서 리얼리즘도 여러 갈래로 나뉘게 되었다. 그중에서도 자연주의적 리얼리즘과 사회주의적 리얼리즘은 극단적 대조를 보인다. 졸라의 자연주의적 리얼리즘은 경험적 현상의 세계를 실재로 보는 입장이고 루카치의 사회주의적 리얼리즘은 경험현상 이면에 은폐된 본질을 실재로 파악하는 입장이다.

4) 모더니즘

모더니즘은 20세기에 접어들면서 출현한 문예사조이다. 문학과 예술을 마치 사진처럼 객관적으로 기술하고 경험 과학적으로 접근해온 리얼리즘 문예사조에 대한 반동으로 출현한 것이다. 원래 리얼리즘은 19세기 중엽 이후 과학적 실증주의 및 과학과 기술의 비약적 발전의 토대 위에 형성된 문예사조였으나, 모더니즘은 바로 이러한 기술적 세계관이 정신적 자유를 추구하는 개인의 자아실현에 멍에가 된다고 본 것이다. 모더니즘은 현대과학기술 문명 전체에 대하여 부정적인 관점을 견지한다. 따라서 모더니즘은 뚜렷한 개성과 주체적 의식을 강조하면서 신랄한 현실 비판과 강렬한 실험적 정신을 추구하기 때문에, 주관성에 특권적 지위를 부여하는 문예사조라 할 수 있다. 20세기에 출현한 인상주의, 입체파, 미래파, 초현실주의 등 다양한 유파들은 모두 모더니즘에 속한다.

5) 포스트모더니즘

포스트모더니즘은 역사상 전례를 찾기 어려울 정도로 전혀 새로운 관점이다. 그동안의 문예사조는 객관성을 강조하던 고전주의에 대한 반동으로 주관성을 존중하는 낭만주의가 출현하고, 객관성을 강조하던 리얼리즘에 대한 문학적 반동으로 다시 주관성을 존중하는 모더니즘이 출현한 것처럼, 객관성과 주관성 사이를 단진자의 운동처럼 반복해온 것이 그 특징이었다. 그러나 오늘날의 포스트모더니즘은 기존의 관점과 전혀 다른 새로운 문화이론이다.

첫째는 포스트모더니즘은 객관과 주관의 진부한 이원적 대립 그 자체를 초월하는 새로운 문화관이다. 현상에 대한 인식의 실상을 세심하게 따져보면, 우리 인간에게 있어서 객관과 주관은 대립항이 될 수 없기 때문에 객관성과 주관성 중 어느 한쪽에 특권적 지위나 궁극적 가치를 부여할 수 없다는 것이다. 어떤 경우에도 객관적으로 관찰하려고 하는 뚜렷한 주관이 없이는 객관적 관찰이 불가능하기 때문이다. 오늘날의 포스트모더니즘은 모든 유형의 근원주의를 철저히 거부하기 때문에 대상세계에 특권적 지위를 부여하는 객관주의나 내면세계에 특권적 지위를 부여하는 주관주의를 모두 거부한다. 문화적 실천과 그 산물은 객관적 대상세계의 거울 이미지도 아니고 주관적 내면세계의 여실한 재현도 아니라고 보기 때문에 포스트모더니즘은 객관과 주관의 대립을 초월하는 새로운 관점이다.

둘째로 객관과 주관을 대립항으로 규정하고 대립항의 한쪽에 특권적 지위를 부여하고, 다른 쪽을 무시하고 억압해온 서열적 관점만 비판하는 것이 아니라, 이성과 감성, 남성과 여성, 고급문화와 저급문화, 중심과 주변, 실재와 이미지, 동일자와 타자, 혹은 내부자와 국외자 등 모든 유형의 진부한 이원적 대립을 해체하는 것이 오늘날 포스트모더니즘의 사상적 특징이다. 요컨대, 객관성과 주관성을 비롯한 대립항 사이를 마치 단진자 운동처럼 반복하여, 동일한 것이 끝없이 되돌아오는 영겁회귀 같은 것이 종래의 문예사조였다면, 오늘날의 포스트모더니즘이 규범적으로 지향하는 것은 저 권태롭고, 무의미하고 저주스러운 영겁회귀의 악순환을 끊고 날로 새로운 자신을 창조하려고 하는 끊임없는 초월의 열정이다. 그래서 거의 모든 포스트모던 담론은 우선 이러한 규범적 지향을 가로막는 소비자본주의 시대의 암울한 문명의 역설을 비판하는 데 치중하고 있다.

제2장 문화산업과 중국 문화산업 정책

1. 문화산업의 정의와 특징

1) 문화산업 정의

'문화산업'은 산업 혁명 이후의 현대사회에서 문화와 경제, 기술이 서로 융합되어가는 과정에서 비롯된 새로운 문화적 현상이다. 산업화가 경제와 과학기술의 융합으로 일어난 현상이라면 문화의 산업화 또는 산업의 문화화 현상은 경제와 과학, 그리고 문화가 하나로 융합되어 일어나는 현상이다. 현대 사회에서 과학자들의 과학적 발견은 인류의 삶을 보다 편리하게 해주는 기술의 발명으로 이어지고 있으며 발명된 기술은 다시 경제적인 산업 활동에 응용되면서 과학과 경제의 융합이라는 새로운 경제적 계기를 이끌어내고 있다. 과학적 원리의 발견과 기술의 발명에 매진하는 것은 기본적으로 과학자들의 몫이지만 그 같은 과학적 지식이 인류의 삶을 위해 널리 이용되게 하는 과정은 사업가들에 의해 촉진되어왔다고 하겠다.

한편, 문화 예술인들 역시 창조 활동을 할 때 다양한 도구와 기술적 산물들을 활용한다. 음악, 미술, 영화 등 다양한 형태의 문화 예술 작품들이 많은 사람들에게 의해 향유되기 위해서는 도서, 음반, 비디오, 방송 등과 같은 대중 매체들을 필요로 하며 그와 같은 매체의 발달은 과학 기술의 발전에 크게 의존하지 않을 수 없다. 더 나아가서 이와 관련 있는 산업에 종사하는 사업가들의 활동에 크게 의존하지 않을 수 없다. 그러므로 오늘날의 문화산업은 문화예술인, 과학 기술자, 사업가 등이 서로 깊이 연계되어 움직이고 있는 하나의 문화적 현상이라고 볼 수 있다.

문화산업이란 표현이 처음 출현한 것은 독일의 프랑크푸르트학파의 아도르노, 그리고 호르크하이머가 공동으로 저술한 『계몽의 변증법』(1947)에서였다. 이들은 제 1, 2차 세계대전 이후 활발하게 전개되기 시작한 서구 자본주의 경제 시스템을 점검하면서 1930년대 중반부터 1950년대 무렵까지 서구 사회에서 활성화되기 시작한 소비사회의 출현과 더불어 대중매체들과 대중문화의 확산에 주목해, 시대적 특징으로 문화산업이라는 개념을 이끌어 내었다. 그리고 이 개념을 이용해 문화의 대중화 현상과 세속화 현상을 비판했다.

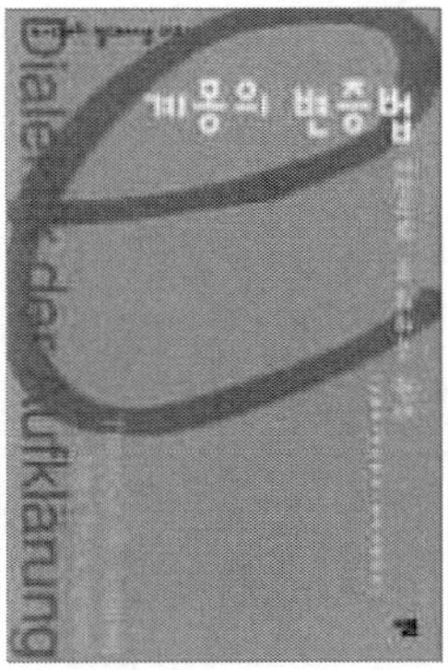

『계몽의 변증법』

그러나 실제로 문화산업이 일반인들의 관심과 주목을 끌기 시작한 것은 오락성을 강조하는 미국 영화가 제2차 세계대전 이후 저렴한 가격으로 전 세계 시장에 대량으로 배급되어 국제적 영화 수요가 엄청난 규모로 증가하게 되고 미국 TV 영화 시리즈가 지구촌의 안방에서 절대적인 문화적 힘을 행사하게 되는 1970년대를 경과하면서부터다.

그 후 문화산업에 대한 관심은 더욱 가속화되었다. 다국적 문화산업 기업의 등장, 이를 통한 국가 간의 문화적 지배와 종속 및 문화적 정체성(Cultural Identity)을 둘러싼 문제, 문화 산업부문에 대한 지원과 육성 등의 문제가 국가정책의 관건으로 부상하게 되는 1980년대에 이르면 문화산업은 도덕적 비판의 대상에서 벗어나 서구사회의 중심문화로 떠오르게 되어 새로운 문화적 위상을 정립하게 된다.

그럼에도 불구하고 유네스코위원회가 1982년에 제출했던 오귀스탱 지라르의 문화산업에 대한 보고서에 따르면 문화산업은 10개의 범주로 분류되어 있는데 도서, 신문, 잡지, 음반, 라디오, TV, 영화, 새로운 시청각 제품과 서비스, 사진, 미술품 복제, 광고가 그것이다.

이러한 문화산업의 개념과 범주는 분명 역사성이 가미된 시대적 산물이다. 이와 더불어 지역성, 민족성, 사회성 등과 같은 문화적 특수성과 개별성이 상호 작용하는 가운데 규정되는 개념이기도 하다. 그런 까닭에 대량 생산과 소비의 가능성, 문화와 예술을 소재로 상품화한다는 점에서는 어느 정도 의견의 일치를 보면서도, 아직까지 명확한 개념정리와 범주 체계는 학자에 따라 그리고 국가와 단체에 따라 상이한 형태로 제시되고 있는 것이 사실이다.

외국의 경우에 영국에서는 창조산업(Creative Industry), 미국에서는 정보산업(Information Industry), 캐나다에서는 예술산업(Art Industry), 일본에서는 전통산업(Traditional Industry)라는 개념 등으로 문화산업이 정의되고 있다.

따라서 문화산업의 개념과 범주 체계를 설정 하는 데는 한 국가가 처해 있는 현실과 실상, 그리고 문화적 특수성에 따라 그 기준이 달라질 수 있다. 뿐만 아니라 해당국가의 산업화와 기술수준은 물론이거니와 시대별로도 기술의 발달에 의해 그 대상이 달라질 수밖에 없다.

문화산업의 분야는 출판, 인쇄, 방송, 영화, 음반, 수공예, 미술품 등의 분야로 국한되어 있다가 최근 들어 패션, 음식, 관광, 스포츠, 공연, 지방축제, 멀티미디어 콘텐츠 등올 확장된 것에서도 알 수 있다. 이렇다 보니 문화산업의 통일된 개념과 범주를 명확하게 설정하는 것은 갈수록 어려운 일이 아닐 수 없다.

위와 같이 문화산업의 개념과 범주에 대한 다양한 견해와 주장을 살펴보면 다음과 같은 사실을 발견할 수 있다.

1. 문화산업은 많은 자본을 필요로 한다.
2. 대량 재생산 기술을 사용한다.
3. 문화를 상품화한다.
4. 시장경제의 노동조직을 바탕으로 한다.

이러한 관점에서 볼 때 문화산업의 생산자 입장에서 문화산업의 생산물은 분명 시장을 통해 소비자에게 전달될 수 있는 대량 생산 가능한 상품이어야 하고, 소비자의 입장에서 볼 때 이 상품은 문화적인 요소 가운데에서도 여가와 놀이의 수단이 될 수 있는 생산물이어야 한다.

이러한 점에서 현재 최고의 문화산업으로 주목받고 있는 컴퓨터 게임 산업이 문화산업으로 평가받는 이유를 생각해보자.

우선 게임 산업은 대량 생산시스템에 의한 수평적 이면서도 수직적인 시장확대를 통해 그 상품의 가치를 확인시키고 있다. 다시 말해 하나의 게임 상품이 경제적 가치를 창출하기 위해서는 계층과 연령, 지역 등에 상관없이 광범위

한 소비자의 욕구를 충족시켜줄 수 있는 평등한 상품가치를 가져야 할 뿐만 아니라 소비자의 경제적 능력에 합당한 가격이어야 한다는 것이다. 이외에도 놀이로서의 즐거움과 컴퓨터라는 정보 사회의 놀이 문화라는 상징적 가치를 보유하고 있어야 한다. 그리하여 생산자들에게는 상품판매를 통한 이윤 획득을 창출시키고 소비자들에게는 여가와 놀이를 통해 욕구를 충족시켜주어야 하는 것이다.

여하튼 문화산업의 개념과 범주 설정은 매우 어려운 일임에는 틀림없다. 그러나 과학기술의 발전과 성장에 따른 생산성 향상의 여부, 그리고 놀이와 여가로서의 문화적 요소를 시대적 현실에 맞게 갖고 있느냐의 여부에 의해 판가름난다고 할 수 있다.

2) 문화와 문화산업의 특징

문화를 사고팔아 이익을 실현하는 문화산업이 각광받고 있다고는 하나, 문화로 사업을 한다는 말처럼 이질적으로 느껴지는 표현 또한 없을 것이다. 그것은 문화와 장사가 기본적으로 다른 차원이라고 생각하기 때문이다. 하지만 문화상품, 문화콘텐츠 개발, 문화의 산업화라는 말들을 많이 들어 알듯이 이제 더 이상 문화는 정신적 차원에 머물러 단순히 정서를 함양하고 물질적 욕구에 탈색되어서는 결코 안 되는 숭고한 대상으로 여겨지는 시대가 아니다. 이제 문화는 경제적 효용가치를 창출하는 또 다른 원동력이다.

세계 컴퓨터 게임 산업에서 오락실용 비디오 게임의 90%를 독점하고 있는 일본의 닌텐도(NINTENDO)사와 세가(SEGA)사가 한 해 벌어들이는 돈은 대략 6조 원 정도이다.

이처럼 문화산업은 그 산업 자체의 성장에서 비롯되는 직접적인 경제효과뿐만 아니라 그와 관련 있는 간접적인 효과의 창출이라는 측면에서도 고부가 가치를 불러일으키는 산업임에 틀림없다.

그러나 현재 문화산업의 중요성이 크게 부각되고 있는 이유를 경제적인 요인에서만 찾는 것은 문화산업이 갖는 시대적 의미와 역할에 대하여 제대로 이해하는 것이 아니다. 문화가 산업으로 발돋음 하는 현재의 상황에서 그 상품성과 상업성의 중요성만 지나치게 강조하다 보면 자칫 문화의 본질적인 가치를 왜곡시킬 수가 있다. 또한 문화 산업의 결과물 자체가 사회 간접 자본과 마찬가지로 중요한 정신적 간접 자본으로 활용될 수 있다는 사실을 소홀히 하게 될 것이기 때문이다. 요컨대, 문화 산업의 경제적 의미는 문화산업이 본질적으로 보유하고 있는 문화적 측면에서 함께 발견되어야 하며 거기서 문화산업은 더욱 중요한 의미를 획득할 수 있다.

문화상품의 1차적인 특징은 그 상품이 내재적으로 보유하고 있는 고유한 문화적, 역사적 요소, 즉 문화적 정체성과 연결되어 있다고 할 수 있다. '상품의 품질에 대한 신뢰'를 파는 것이 아니라 '이미지'를 파는 상품인 것이다. 일반 제조상품의 경우 단순히 상품이 가지고 있는 가치, 즉 제품력에 디자인, 브랜드 가치 등과 같은 미적인 요소들을 적용하여 물건을 구입할 것인가를 결정하게 마련이다. 반면 문화상품은 상품의 외관을 둘러싸고 있는 미적인 요소와 더불어 소비자의 경험을 통하여 심리적으로 구축된, '차별화된 이미지', 예를 들면 특정한 나라나 지역이 지닌 이미지 등과 같은 문화적 요소가 수요창출을 유발시키고 구매 욕구를 촉발시키게 된다. 따라서 문화상품의 가치 지표는 상품에 내재하는 고유한 문화적 요소를 잘 개발하여 소비자의 심리적 요구를 만족시키는 문화적 가치와 상품 고유의 가치를 더불어 창출시켜야 하는 데 있다.

세계는 지금 문화전쟁을 치르고 있다. 세계의 문화산업을 선도하고 있는 선진국들은 자신들이 세계 최강의 문화 산업국으로 자리 잡고자 뜨거운 문화대

란에 총력을 기울이는 현실이다. 세계의 많은 국가들은 왜 이토록 문화산업에 매진하는 것일까. 무엇보다도 21세기는 문화와 경제가 개방되는 무국경의 시대다. 외국의 선진 문화를 단순하게 모방해서는 산업 경쟁력의 우위를 확보할 수 없다. 따라서 자국의 고유한 전통문화와 문화적 정체성을 바탕으로 한 국가 이미지와 상품이미지를 구축할 수 있을 때만이 비로소 무한 경쟁의 세계시장에서 절대적 우위를 장악할 수 있는 것이다.

또한 문화는 접촉과 유입이라는 문화의 상호교류를 통해 완성된다는 속성을 고려해 볼 때 글로벌 시대의 산업생산물들은 단순히 경제적인 힘뿐만 아니라 엄청난 문화적 파급효과를 불러일으킬 수 있는 것이다. 따라서 세계 각국은 자국의 문화산업을 보호하고 절대적 경쟁력을 확보하고자 노력을 기울이고 있다.

현재의 세계 추세는 문화의 무국적 시대를 맞이하고 있다. 그 문화의 본원지가 어디고 성장지가 어딘가라는 뿌리의 개념은 더 이상 실행의 강제력이나 규범의 힘을 지니지 못한다. 문화와 문화산업의 세계시장이 통합되어감에 따라, 즉 자본과 기술 및 상품의 흐름이 국가 간의 경계를 초월하여 자유로워짐에 따라 선진국의 문화상품이 세계시장에서도 독점적인 지위를 차지할 경우, 대부분의 후진국들은 무역역조와 적자를 기록하지 않을 수 없다. 게다가 장기간에 걸쳐서는 문화적 정체성의 상실과 문화종속이라는 커다란 위험에 봉착하게 될 것이다. 그러므로 정보화와 세계화가 진행되면 될수록 개별 국가의 문화산업은 다른 산업과 마찬가지로 세계시장에서의 경쟁력을 높여나가기 위해 힘써야 하는 것이다.

이제 세계화라는 이름 아래 전개될 불투명한 미래 속에서 고유한 문화적 전통과 정체성을 유지하기 위해서는 경제와 문화가 하나로 결합된 새로운 기반 위에서 보편성과 특수성을 겸비한 문화를 창조하고 이를 다시 세계 언어의 문화로 숙성시켜내야만 한다. 즉 전세계가 공유할 수 있는 보편적인 문화의 건설을 통하여 자문화의 고유성과 풍요로운 미래를 부단히 엮어나갈 수 있을 것이다. 21세기 국가전력에서 문화산업이 중심을 떠오를 수밖에 없는 이유가 바로 여기에 있다.

3) 문화와 문화산업의 연관성

보통 문화를 이야기하면 대부분 협의의 문화개념에 머무른다. 문화를 특수한 정신적 산물만으로 한정하고, 또 그 울타리 안에 사는 사람을 문화 예술인이라고 규정하면서 문화 따로 건설 따로 산업 따로 나가는 사회 분위기가 바로 그것이다. 하지만 각 산업의 밑바탕에는 이미 문화가 자리 잡고 있다. 집을 짓는 것은 건축자재의 선택과 조립 기술에 국한 된 것은 아니다. 창을 미닫이로 할 것인가, 여닫이로 할 것인가를 결정하는 과정에는 인간에 대한 배려가 담겨야 하기 때문이다. 이제 문화는 생활양식 그 자체가 되어버렸다. 이제 우리는 이러한 문화의 원형을 파악하고 정리하면서 차별성을 강조하고 그것이 대중화가 가능하도록 융복합해야 한다. 이러한 시도가 바로 삶의 질을 고양시키는 문화의 본래적 의미를 되살리는 일임과 동시에 문화를 산업으로 확장시키는 첩경이다.

21세기는 문화의 세기가 되어버렸다. 이러한 현상은 예측의 차원을 넘어서 보편적, 일반적 현상으로 인식되었다. 이러한 현상은 세계 질서가 유형의 자원이 힘이 되었던 산업 사회에서 눈에 보이지 않는 무형의 지식과 정보가 경쟁력의 원천이 되는 지식 정보사회로 재편되는 것과 맥을 같이한다.

지금까지 산업사회에서 문화와 경제는 각각 독자적 영역을 유지해왔다. 그러나 지식정보사회하에서는 경제성장에 따라 소득수준이 향상되고 교육기회가 확대되면서 물질적 풍요를 뛰어넘는 삶의 질을 고민하게 되었고 모든 재화와 서비스를 선택할 때 기능성을 능가하는 문화적 미적 가치를 고려하게 되었다. 뿐만 아니라 정보 통신이 급속하게 발달함에 따라 세계 각국의 다양한 문화를 보다 빠르게 수용하면서 문화적 욕구와 소비를 가속화시켰고 그 상황 속에서 문화와 경제는 서로 간에 도움이 되는 보완적 기능을 하게 되었다.

한편으로 문화에 대한 개념도 협의의 예술 및 정신적 산물에서부터 광의의 상징체계 또는 생활양식으로 인식되고 문화에 대한 새로운 징후도 나타나게 되었다. 이제 문화는 배부른 자나 유한계급의 전유물이 아니라 생활 그 자체가 되었다. 고급문화와 대중문화의 경계가 무너지고 장르 간 구분이 모호해지면서 서로 다른 문화가 뒤섞여 새로운 문화가 생겨나고 있다. 이렇게 해서 나타나는 퓨전 문화가 대중적 관심을 끌고 있는 가운데 이율배반적인 것처럼 보였던 문화와 경제의 공생시대가 도래한 것이다. 특히 경제적 측면에서 문화는 고전 경제학에서 말하는 생산의 3대 요소인 토지, 노동, 자본을 대체하는 생산 요소가 되었을 뿐만 아니라, 경제적 자본 이상의 주요한 자본이 되고 있다.

이러한 시대적 맥락 속에서 문화와 예술이 경제와 어떤 관련성이 있는지, 그 사례는 먼저 문화산업의 총화로 불리는 영상예술의 부가가치에서 찾아볼 수 있다. 스티븐 스필버그 감독의 〈쥬라기 공원〉이 9억 불의 판매수익을 올리고 제임스 카메룬 감독의 〈타이타닉〉이 11억 불 이상의 판매 수익을 올리는가 하면 우리나라에서도 강제규 감독의 〈쉬리〉, 박찬욱 감동의 〈공동경비구역JSA〉, 곽경택 감독의 〈친구〉가 엄청난 관객을 동원하여 고수익을 올렸다. 이런 것들을 보면 가히 문화의 경제적 위력을 짐작할 수 있다. 한편 영화 이외의 다른 예술 분야에서도 기획과 마케팅 능력에 따라 부가가치를 높이고 있는 것을 이제는 흔히 볼 수 있다.

둘째, 우리가 사용하고 있는 생활용품에 심미적 디자인과 색채를 가미함으로써 부가가치를 높이고 있다. 자동차든 가전제품이든 디자인과 색채가 상품 선택의 주요한 결정요인이 된 것은 주지의 사실이다. 나아가서 브랜드 이미지를 선호하기 때문에 비싼 가격에도 불구하고 심리적 만족을 느끼면서 구입하게 된다. 세계적인 패션 디자너이인 조르지오 아르마니, 지아니 베르사체 등의 브랜드가 주는 이미지와 시장성을 보면 알 수 있다.

셋째, 경제활동의 중심적 주체인 기업은 이제 정보의 네트워크에 노출된 생산물들이 보다 좋은 이미지를 얻게 하기 위해 디자인, 광고, 포장, 판매 전략에서뿐만 아니라 기업의 직장문화에 이르기까지 문화적 가치를 고려할 수밖에 없게 되었다. 예컨대 환경 친화적인 문화마인드를 가진 어떤 기업이 제품을 환경 친화적으로 디자인하고 생산하여 포장하며 기업문화 자체를 이에 맞춘다면 환경보호의식을 가진 많은 소비자들에게 좋은 이미지를 얻어 더욱 높은 이윤을 획득하게 될 것이다.

넷째, 전통문화예술에 대한 근원적 연구와 체계적 분석을 통해 얻어낸 문화콘텐츠와 정보 통신기술을 접목한다면 높은 경쟁력을 가질 수 있다. 이는 특히 영화, 애니메이션, 방송, 광고, 게임 등 여러 분야의 소재로서 활용될 가능성이 높다.

마지막으로 고유의 전통문화예술은 문화관광수익 증대에 지대한 영향을 미친다. 굴뚝 없는 산업인 관광산업 중 문화관광의 비중이 갈수록 높아지고 있음을 감안할 때, 문화예술은 그 자체로서도 의미가 있지만 경제적 측면에서도 매우 높은 부가가치를 창출하는 분야이다.

앨빈 토플러는 "문화는 어린이들의 동심뿐만 아니라 소비자의 기호까지 바꿔버린다. 멀티미디어를 통해 세계가 하나로 묶이는 21세기에는 그 영향력이 더 커질 수밖에 없다. 문화의 주도권을 잡은 나라가 세계인의 감성까지 지배하게 된다. 부가가치가 높은 제3의 물결 경제가 21세기를 지배함에 따라 사고와 지식의 힘이 시장을 지배하는 New Economy 시대가 도래한 것이다. 문화의 주도권을 확보하기 위한 무한한 전쟁이 시작되었고 각국은 이제 그 미래를 준비해야 한다"라고 밝힌 바 있다.

지식정보화 사회에서 요구되는 인간의 창조적인 아이디어는 풍부하고 다양한 문화적 기반에서만 기대할 수 있다. 창조적 상상력은 바로 문화를 향유하고 생산 소비하는 과정에서 길러진다는 것에 대해 재론의 여지가 없을 것이다. 다시 말해서 지식정보화 사회에서 눈에 보이지 않는 소프트웨어인 지식, 정보, 문화 창조력이 국부를 결정짓는 요인이 된다고 하는데 여기서 문화 창조력은 문화와 경제를 상생시키는 가장 부가가치가 높은 분야가 되는 것이다.

나아가서 문화는 단순한 경제력만이 아니라 개인이나 집단의 심미적, 도덕적, 정서적 판단 능력이나 통합 능력과 연관 지어지기 때문에 경제보다 훨씬 상위의 수준에서 생존방식에 절대적 영향력을 미친다고 하겠다.

4) 문화와 엔터테인먼트

엔터테인먼트 산업의 매력은 아이디어와 기술만으로 고도의 부가가치를 창출하는 데 있다. 소득이 높아질수록 오락 산업의 수요는 높아지고 디지털 기술의 발전이 그 성장에 견인차 역할을 한다. 극단적으로 영화 한 편이 성공하면 비디오, DVD, 음반, 게임, 캐릭터, 테마공원 등에 이르기 까지 막대한 영향력을 미치고 있다.

이러한 엔터테인먼트 산업의 고부가가치는 여러 사례에서 살펴볼 수 있다.

먼저, 전 세계적으로 유행한 '스타크래프트' 게임을 들 수 있다. 스타크래프트란 미래 우주 공간에서 펼쳐지는 전략 시뮬레이션 게임이다. 탄탄한 줄거리 구성, 상황과 상대에 따라 수많은 전략, 전술을 펼치는 박진감이 세계의 많은 사람들의 마음을 사로잡아 전 세계 시장을 석권했다.

영국 BBC 방송이 1997년에 제작한 '텔레토비' 역시 전 세계의 어린이의 관심을 끌어버렸다. 이 프로그램은 영국 BBC 방송과 어린이 프로그램 전문 프로덕션 렉돌사가 기획한 작품이다. 유아의 행동, 언어, 사고방식 등을 철저하게 연구하여 제작해 어린이에게 재미있는 호기심과 집중력을 불러일으켰다. 이 방송 프로그램은 비디오, 오디오, 도서, 캐릭터를 활용한 장남감 등에서 부대수익을 올렸다.

〈토이 스토리〉

테마 공원과 〈인어공주〉, 〈알라딘〉 등의 애니메이션으로 고수익을 올린 미국의 월트디즈니사, 영화사 픽사의 영화 〈토이 스토리1〉(1995), 〈벅스 라이프〉(1998)와 〈몬스터 주식회사〉(2000), 〈토이 스토리 4〉(2017년 예정) 그리고 〈우주소년 아톰〉, 〈마징가제트〉, 〈드래곤 볼〉 등 애니메이션과 함께 주제음악, 장난감까지 널리 유행시킨 일본의 오락산업 관련업체들, 고수익을 창출하고 부지불식간에 문화적 지배를 하게 된 사례는 그 밖에도 무수히 많다.

앞에서도 언급했듯이 미국 할리우드의 영화들이 공전의 히트를 치며 황금알을 낳는 거위로 인식된 것도 일반화된 이야기이다.

한국에서도 최근 엔터테인먼트 사업에 청신호를 올리는 반가운 사례들이 많다. 몇몇의 영화가 대박을 터트린 가운데 엔터테인먼트와 벤처가 결합되어, 문화벤처캐피털이 등장하는가 하면, 사이버 엔터테인먼트 주식 사이트가 개설되어 투자재원 확보와 온라인 마케팅 홍보라는 일거양득의 새로운 현상들이 나타나고 있다.

특히, 최근 대중문화와 관련하여 아시아에 불고 있는 한류(韓流) 열풍은 엔터테인먼트 산업의 중요성을 일깨워주고 있다. 이 한류 현상은 1997년 〈별은 내 가슴에〉라는 드라마가 중국과 홍콩 등 아시아 지역에 방송되면서 탤런트 안재욱의 인기가 치솟으며 시작되었다. 안재욱을 필두로 HOT, NRG, 베이비복스 등 청소년들이 열광하는 젊은 가수들이 중국 등지에서 최고의 인기를 누리게 되었다. 이런 인기 속에서 그곳의 어린 청소년들이 이들의 춤을 배우고 가방에는 태극기를 넣고 다니는가 하면 한국산 옷과 액세서리로 치장하며, 한국어를 배우기도 한다고 한다. 그런가 하면 이들의 공연을 보기 위해 팬클럽을 결성하여 한국에 관광을 오기도 한다.

타이완에서도 한때 가수 클론의 바람이 불었고 드라마 〈마지막 승부〉, 〈가을동화〉가 큰 인기를 얻었다. 〈가을동화〉에 출연했던 송승헌과 송혜교는 타이완 측 초청으로 국빈대접을 받기도 하였다.

베트남의 호치민TV와 베트남TV에서 높은 시청률을 기록했던 드라마 〈의가형제〉의 주인공 장동건 역시 대규모 오빠 부대를 거느리는 스타가 되었고, 이들이 출연한 CF광고로 인해 한국의 전자제품이나 화장품이 엄청난 매출신장을 이루었다.

이 같은 한류 열풍에 대해 홍콩의 시사 주간지 〈아주주간〉에서는 "수많은 중국인들의 일상화두는 한국 대중문화다. 극장에서는 한국영화 〈쉬리〉로 경악하고 안방에서는 한국드라마 〈가을동화〉에 울고 웃는가 하면 한국노래에 가슴을 적신다…… 한여름에 땀을 뻘뻘 흘리며 불에 직접 구워 먹는 한국 불고기의 뜨거움과 여기에 곁들인 소주를 한잔 맛보는 청량제와 같은 느낌이 바로 중국인이 경험하고 있는 한국문화다"라고 언급했다.

최근에는 SNS, 유튜브, 페이스북 등의 발달로 가요와 드라마에서 시작된 한류는 한글, 한식, 한국의 순수예술 등 전반적인 문화에 관심으로 전환하고 있다.

5) 문화와 디지털

이제 디지털은 우리에게 매우 친숙해졌다. 사이버 세계를 비롯하여 첨단 기술 분야에는 디지털 개념을 그 바탕에 깔고 있고 그러한 기술은 점차 우리들의 삶을 지배하게 되었다. 이른바 디지털 문화를 형성하게 된 것이다.

인터넷상의 디지털 정보를 통해 우리는 물리적, 시공간적 조건의 제한을 넘어서 다른 사람들과 간접적인 관계를 맺을 수 있다. 여러 웹사이트를 방문하면서 수많은 사람들과 역동적으로 상호작용을 하며 디지털 문화를 만끽하고 있다. 이제 인터넷과 디지털은 전화나 TV처럼 우리들의 삶의 일부가 되어 버렸다. 차츰 디지털 기술은 사회의 특정 분야뿐만 아니라 사회 전반에 영향을 미치게 되었다.

문화예술 영역에서도 전에는 생각지도 못했던 변화가 일고 있다. 언뜻 보기에 인문학적 요소가 포함된 문화예술은 디지털이라는 과학기술의 산물과는 별개의 것으로 인식되지만 이제 이 둘은 떼어놓고 말할 수가 없는 관계로 변화했다.

지금까지 문화예술은 매체의 발전과 맥을 같이해왔다. 인쇄매체의 발명으로 인문학을 포함한 문화예술은 지속적으로 발전해왔으며 수십 년 전 전자매체가 발명되어 문화예술은 꽃을 피웠다. 그중에서도 영화, TV, 비디오 등 영상매체는 대중매체로서 사회에 깊이 자리 잡았다. 그러나 이제 21세기는 디지털 미디어 매체시대로서 문자나 인쇄매체, 전자매체 발명과는 비교가 안 될 정도로 큰 혁명적 변화를 가져오고 있다.

디지털 문화의 발전 과정을 살펴보면 1980년대 말 새로운 세계를 열어준 PC통신의 시대를 시작으로 1990년대엔 누구든 원하는 정보를 쉽게 접할 수 있는 인터넷 시대가 도래했고, 2000년대는 무선인터넷 시대를 맞이하여 디지털과 결합함으로써 빠르게 우리의 문화수준을 이끌어가고 있다. 디지털문화는 컴퓨터 관련기술의 발전과 인터넷 발전의 산물이다.

디지털은 문학, 영상, 미디어, 디자인, 출판, 공학 등 다양한 분야와 관계를 맺고 있는데 그중에서도 문화 지식의 생산과 유통의 근본적인 변화에 주목할 필요가 있다. 지금까지 지식의 형태는 일정한 시스템을 통하여 일반인에게 전파되었다. 그러나 21세기 디지털 시대의 지식형태는 유무선 인터넷, 특히 카카오톡, 페이스북, 트위터, 인스타그램, 웨이보어 등 SNS의 발달로 인하여 시공간을 초월하여 무한정으로 전파, 가공, 카피되는 등 확대 재생산되며 전혀 새로운 문화가 창조되고 있는 것이다. 즉 예술과 과학, 문화와 산업은 이미 접목되고 있으며 그것이 21세기의 보편적인 현상으로 자리매김되고 있다.

2. 중국의 문화산업 정책

1) 중국의 문화산업 정책 현황

미국이 자신의 국가 이미지를 긍정적으로 호전시키면서 그들의 이데올로기를 세계인들에게 선전하는 기능을 담당하게 한 것이 바로 '소프트파워(Soft Power)'라 불리는 '문화산업'이다. 미국의 재정수입 가운데 가장 많은 부분을 차지하고 있는 것은 국방산업이며 문화산업이 그 뒤를 잇고 있다. 미국은 전 세계 음반시장의 40%를 차지하며, TV 프로그램의 75%를 제작해내고 있다. 미국이 생산하는 영화는 양적으로는 세계의 6.7%에 불과하지만, 영화 상영 시간의 50%는 미국산 영화이다. 또 미국의 400대 기업 중에서 72개가 문화산업 관련 기업이다.

중국의 경우 문화는 1949년 이후 주로 정치적 이데올로기의 선전 수단으로 인식되었다. 개혁개방 이전 중국에게는 문화를 하나의 상품으로 인식하거나 대중문화로써 인식되는 것은 매우 어려운 것이었다. 그러나 1978년 개혁개방 이후 국가가 문화를 인식하는 것에 조금씩 변화가 발생하게 되었다. 중국에 시장화의 물결이 일어나면서 중국에서도 서서히 대중문화를 하나의 산업으로 인식하기 시작한 것이다. 그러다 21세기 들어서면서 문화산업의 발전을 본격화하기 시작하였다.

개혁개방 이후 중국의 문화산업은 1978년 TV방송에서 처음으로 상업광고가 허가되면서 시작되었다. 상업광고의 시작이야말로 본격적인 문화산업 경영의 시작을 의미하기 때문이다. 그러나 이후 80년대에 영상산업을 중심으로 중국의 문화산업이 서서히 발전하기 시작했지만, 당시만 해도 중국이 문화를 하나의 산업으로 인식하지는 못한 것이다. 이후 90년대 들어서면서 중국이 문화를 하나의 산업으로 인식하기 시작하였다. 1992년 중국 국무원은 "3차산업 발전에 관한 결정"에서 '문화위생산업'을 3차산업에 포함시키고 정부차원에서 처음으로 '문화산업'이라는 개념을 사용하기 시작하였다. 이는 중국이 90년대에 들어서면서 문화를 하나의 산업으로 즉 시장적 가치로 인식하기 시작했다는 것을 의미하는 것이다.

그러나 중국정부의 문화산업 발전의 본격화는 90년대 말부터인 것으로 보인다. 중국정부는 1999년 중앙정부 차원에서 문화산업 발전을 본격화하는 모습을 보인다. 1999년 국무원발전계획위원회는 문화산업을 처음으로 정부의 종합적인 국가발전계획의 정책으로 채택하였고, 이어서 2000년 중공 제15기 5중전회에서 통과된 '중공중앙의 국민경제와 사회발전 10 · 5계획에 관한 건의'에서 처음으로 중국공산당 중앙위원회에서 문화산업을 언명하면서 문화산업의 문제를 제기하였다. 그리고 2002년 중국 16대에서는 문화 시장체제의 개혁과 관리 메카니즘의 정비 그리고 문화산업 정책의 강화를 통해서 중국문화산업의 총체적인 국제 경쟁력을 강화할 것을 강조하였다. 중공 16대의 이러한 원칙과 방향성은 2003년 3월 개최된 제10기 전인대 1차회의에서 중국정부의 공식적인 정책목표로 나타났다. 이후 국가광전총국은 2004년을 산업발전의 해와 디지털 발전의 해로 정하면서 방송영상산업 발전을 위한 관련정책을 잇따라 공포하였다. 또한 후진타오(胡錦濤) 국가 주석이 문화산업에 대하여 "중국이 처한 여건을 고려한 토대 위에서 중국이 중심이 되는, 중국을 위한, 변증법적 취사선택을 거친, 외국의 발전성과를 흡수하는, 더욱 뛰어난 중국의 문화산업을 발전시켜야 한다"고 역설한 바 있다.

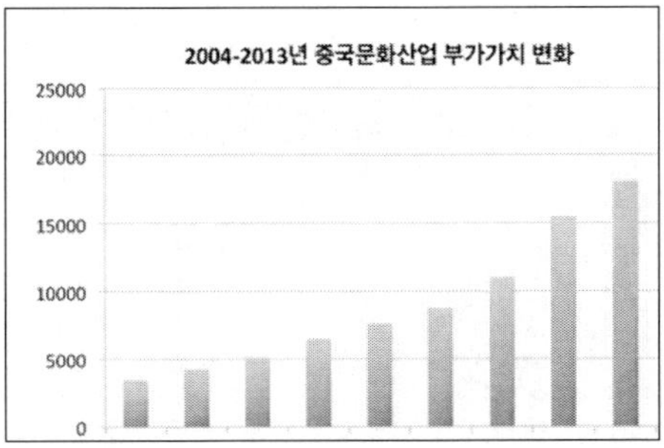

2015년 시진핑 정부는 향후 5개년 계획을 수립하면서 문화산업에 대한 집중적 지원 정책을 설정하였다. 이들의 발표 자료를 보면 '13차 5개년(13 · 5,

2016~2020년)' 계획 기간에 첫째, 문화창의 산업과 각 업종의 융합을 촉진해야 한다. 둘째, 지역의 특색에 따라 문화창의 산업 클러스터의 발전을 촉진해야 한다. 셋째, 금융지원을 통해 문화창의 산업의 발전을 어떻게 지원할지를 연구해야 한다. 이는 중국이 21세기의 산업이 문화산업임을 깊이 인식하고 직접적으로 금융지원을 하면서 문화산업을 육성해 나가겠다는 의지의 표현이기도 하다. 앞으로 중국의 문화산업은 한국의 문화산업과 경쟁과 협력의 관계가 형성될 것이다.

북경대학 문화산업연구소 연구원인 왕치궈(王齊國) 교수는 '중국문화산업정책 및 법규'라는 제하의 강연에서 중국의 문화산업발전에 대한 네 가지 모형을 제시했다.

첫 번째, 문화산업을 하나의 경제행위로 인정하고 경제법칙에 따라 운영해야 한다는 것이다. 이것은 중국이 지금까지 문화산업 자체를 정부의 정책 선전 도구로만 활용하며 산업화나 시장화를 이루지 못했다는 자기반성에서 나오는 분석으로 이해된다.

두 번째, 문화산업 단지를 조성하는 것이 문화산업을 발전시키는 지름길이라는 것이다. 정부의 투자를 바탕으로 대규모의 문화단지를 조성하여 문화산업을 이끌어가자는 것인데, 중관촌(中關村)이 IT산업의 중심인 것처럼 하나의 문화기지를 구축해 그것을 중심으로 문화산업을 발전시키자는 것이다. 문화산업 기반이 부족한 상황에서 정부의 지원으로 문화산업 거점을 조성시키려는 전략이다.

중관촌(中關村)

세 번째, 문화산업-학교-연구기관을 삼위일체로 연결하는 모형이다. 문화산업 자체가 고도의 창의력과 기술력을 필요로 한다는 점에서 대학과 연구소의 아이템을 바로 산업화하는 체제를 만드는 것이 필요하다는 지적이다.

네 번째, 정부는 문화산업의 무대 뒤로 사라지고 문화산업을 담당하는 기업이 전면에 나서 역할을 수행하는 구조를 만들어야 한다는 것이다. 정부의 역할을 최소화하고 시장의 원리에 따라 문화산업이 발전해야 한다는 것이다.

이 같은 논의는 정부주도형 발전모델과 시장주도형 발전모델 간의 모순, 국유기업과 민간기업의 불균형, 지역 자체의 문화산업 개발능력 부족 등 중국의 문화산업이 안고 있는 각종 문제점들을 드러낸 것인 동시에 아직 걸음마 단계이나 정부가 의지를 가지고 발전모델을 모색하고 있는 중국문화산업의 현주소를 잘 보여주는 것이라 하겠다.

또한 왕 교수의 소개에 따르면 북경대학의 문화산업연구소의 경우, 매년 대학 4학년과 석사과정 1, 2학년 중에서 30명 정도를 문화산업요원으로 모집하여 2만 달러를 투자하여 문화산업 역군을 양성하고 있다고 한다. 현재 이 같은 문화산업연구소는 상해와 북경 등 3곳이 있으며 앞으로도 계속 생겨날 예정이라고 한다.

중국은 유구한 역사에서 비롯하는 풍부한 문화원형과 56개 민족의 다양한 전통음악, 춤, 희곡, 건축, 조각, 회화, 서예 등의 폭넓은 문화 퇴적층도 보유하고 있다. 2003년 1인당 평균 GDP가 1000달러를 넘어서면서 문화를 향유할 수 있는 층도 많아지고 있다.

문화산업의 규모 면에서 보면 중국은 현재 TV방송국만 368개, 2124개 채널, TV보급률이 98%에 달한다. TV시청 가정이 3억 600만 가구이며 시청자 수는 10억 7천만 명이나 된다. 방송프로그램 제작 기구가 1239개이며 2002년 중국드라마 제작 편수는 489편에 달한다. 영화제작 기구도 39개, 발행기구 3655개, 상영기구는 6만 9176개나 된다.

중국문화는 현재 관련 분야의 제도와 법규가 마련되지 않은 상황에서 문화산업에 대한 인식부족과 부처별 이기주의, 난무하는 다오반(盜版, 불법복제 CD) 등이 문화산업의 발전을 저해하는 요소로 작용하고 있다. 그러나 정부가 의지를 가지고 문화산업에 대한 투자와 지원에 나서고 있어 향후 발전 전망은 밝다고 할 것이다.

중국은 예로부터 문화대국임을 강조하고 있다. 사실 그들만의 주장이 아니라 중국이 상품화할 수 있는 원천자원으로서의 문화자본이 풍부하다는 것은 부정할 수 없는 사실이다. 자신들이 보유한 문화자본을 활용해서 문화상품화하는 것은 경제발전을 추진하고 있는 중국으로서는 자연스러운 수순이고 최선의 길이기도 하다. 더욱이 중국은 2008년 북경 올림픽을 개최하면서 이를 활용하면서 문화대국으로서의 중국의 가치를 세계에 널리 알렸다. 따라서 문화산업의 의지는 더욱 높아지고 있다. 중국은 21세기에 들어서면서 문화대국을 향한 거대한 진보를 더욱 내딛고 있다.

2) 중국의 문화산업 추진 배경

〈중국 신세대 90후〉

중국의 문화산업 추진 배경은 크게 3가지로 나누어 볼 수 있다. 첫째, 개혁개방 이후 중국경제가 고도성장을 구가하는 가운데 소득 수준이 높아지면서 소비형태에 변화를 보이고 있다는 것이다. 소득 수준의 증가는 국민생활수준을 향상시키고 안정시키면서 대중문화에 대한 수요를 급속히 확대시키고 있다. 더욱이 80년대 초부터 시행된 한 자녀 정책에 의해 나타난 80후 세대(빠링허우)들과 90년대에 태어난 90후 세대(지우링허우)들은 중국 소비의 중요한 주체로 등장하기 시작했다는 점은 이러한 문화상품에 대한 수요를 더욱 촉진하는 요인이 되었다. 이들은 부모들의 과보호 속에서 앞선 부모세대와 확연히 다른 선진문화에 강한 욕구를 지니고 있는 것이다. 실제로 국민소비의 성향을 반영하는 엥겔지수가 경제성장과 더불어 낮아지고 있는 것은 그만큼 중국인들의 문화상품에 대한 욕구와 수용능력이 월등히 향상되었다는 것을 반증하는 것이기도 하다.

둘째, 중국 매스미디어의 급속한 증가와 전자, 정보산업의 발전으로 문화산업의 인프라는 신속히 구축되고 있으나 이를 채울 문화콘텐츠의 공급이 따라가지 못하고 있다. 중국의 TV방송국은 1978년 32개뿐이었으나 2003에는 360여 개로 늘어났다. 뿐만 아니라 2004년 디지털 유료 TV를 전국에 운영하여 실시하고 있다. 따라서 이러한 급속한 매체수의 증가를 중국의 문화상품이 따라가는 것은 역부족인 것으로 보인다.

마지막으로 중국 문화상품의 양적 부족뿐만 아니라 질적 부족의 문제이다. 경제성장만큼이나 급속히 높아진 중국인들의 대중문화 소비수준을 중국의 문화콘텐츠들이 만족시키지 못하고 있는 것이다. 특히 주요 문화상품 소비층으로 성장한 중국 청소년들의 수준을 맞춘다는 것은 중국이 처한 문화산업 현실로는 사실상 대단히 어려운 것으로 보인다. 중국의 문화산업은 그간 사회주의 경제체제와 특히 문화대혁명의 가혹함만큼이나 처참했다. 그것이 1978년 개혁개방 이후 다소 발전한다고 했지만 문화상품의 속성상 어느 정도의 절대시간이 필요하고 창의성을 바탕으로 하는 문화상품의 제작은 경제적 환경뿐만 아니라 사회 정치적 환경도 수반되어야 하기 때문이다.

이제 중국 문화산업의 현실을 중국정부와 산업계가 직시하기 시작하고 이를 실천하고 있다는 것이 매우 중요하며 이에 대한 대비를 철저히 해야 할 것이다.

제3장 중국 대중문화와 한류(韓流)

1. 한류의 탄생

중국에서 나타난 한류 현상은 중국에서 97년부터 한국의 TV드라마가 시청자들의 인기를 끌면서부터 시작된 것으로 보인다. 〈별은 내 가슴에〉가 〈星夢情緣〉이라는 제목으로 당시 중국 대륙과 타이완 홍콩 등 아시아 전역에 방송되는 중국어 방송 봉황TV에서 방영되어 예상 밖의 호응을 얻으면서 드라마를 통한 "한류"열풍을 일으키기 시작했다. 이 드라마에 등장한 안재욱은 일약 스타가 되었으며 현재에도 꾸준한 인기를 누리고 있다. 그리고 이러한 영향을 받아 한국에서 방영된 드라마들은 지속적으로 중국 TV에 방영되면서 한류의 열풍을 이어갔다. 그중에서도 97년에 방영된 드라마 〈사랑이 뭐길래〉가 중국 CCTV의 채널 1에서 〈愛情是什么〉라는 제목으로 방영되었는데, 평균시청률 4.2%로 중국의 수입 드라마 역사상 2위를 차지하는 기염을 토하였다.

〈사랑은 뭐길래(愛情是什么)〉

한국 드라마에 대한 중국 시청자들의 반응에 대한 분석에 따르면 대체로 한국 드라마는 중국의 청소년과 장년층에서 높은 인기를 끌었다고 한다. 청소년들의 경우 한국 드라마가 지닌 현대적인 요소들 즉 출연자들의 세련된 용모와 패션 그리고 높은 생활수준 등이 동경의 대상으로서 크게 다가왔다면, 장년층에서는 한국이 지닌 강한 가족 공동체적 성격과 유교적 가족질서 등에 대한 호감에서 비롯된 것으로 파악하였다.

한국 드라마에 의해 촉발된 한류의 열풍은 중국에서 주요 언론까지 대서특

필할 정도로 분명한 실체가 있는 하나의 유행을 창조했다고 본다. 한국 드라마가 중국에서 인기를 끌게 된 요소는 다음과 같다.

첫째, 일본이나 홍콩, 타이완의 드라마에서 보지 못한 신선함을 안겨주었다.

둘째, 동양적인 사고와 정서 그리고 친근한 인물형상을 통해 공감대를 형성하였다.

셋째, 미국과 일본의 상업적 요소를 세련되게 표현하고 있으면서도 현대 도시생활에서 오는 정신적 압박과 생활 주변의 갈등을 동양적 도덕률에 근거하여 재구성하여 한국의 특징을 살렸다.

넷째, 스타 출연진의 개성 있고 수려한 용모와 의상, 뛰어난 촬영기법과 아름다운 영상미가 돋보였다는 사실 등을 들 수 있다.

그러나 중국 언론에서는 한국 드라마가 대부분 일부 스타에만 의존하는 애정관계가 주류이며 줄거리와 전개방식, 배경, 음악 등이 중국인들에게 낯익은 일본 드라마와 별다른 차이가 없다는 것을 강조하면서 한류의 단점을 지적하여 한류의 또 다른 방향을 모색해야 하는 상황에 직면하게 되었다.

다음으로 한국의 TV드라마가 중국에서 한류의 출발점을 이루었다면, 이 한류를 한층 더 발전시킨 원동력은 바로 한국의 대중가요이다. 특히 한국에서 선

풍적인 인기를 끌고 있던 젊은 그룹 댄스 음악들이 한류의 열풍을 확산시켰다고 할 수 있다. 중국의 젊은이들 가운데 한국 가수들의 복장과 머리 모양을 흉내 내고 한글까지 배워가며 노래를 따라 부르는 합한족(哈韓族)이 나타났고 한국의 댄스를 배우기 위해 한국에 오는 사례가 빈번하게 이루어지고 있다.

한국의 대중가요는 90년대 중반부터 위성방송을 통해 중국 대륙에 흘러들어갔지만, 한류의 분수령으로 자리 잡게 된 결정적인 계기는 1999년 11월 클론의 북경공연에 이어 2000년 2월에 있었던 H.O.T의 공연이었다. 이들은 진정한 한류의 선봉자로서 그들의 앨범표지에 나타난 신선한 생김새, 검정색 의상과 가면, 5명의 과장된 신체언어는 신인류 모방의 대상이 되었으며, 1998년부터 그들이 해산한 2001년까지 그들은 한류의 대표자였다고 할 수 있다. 또한 이들의 콘서트가 중국의 젊은 층으로부터 폭발적인 인기를 끌면서 중국 내 음반판매도 크게 늘었다. 지난 1998년 5월 중국에서 처음으로 H.O.T의 음반이 발매된 이후 이듬해인 1999년 말까지 약 40여 종의 음반이 중국 시장에서 발매되었으며, H.O.T가 30만 장 이상, NRG가 20만 장 이상, 베이비복스가 15만 장 이상 판매되었다. 안재욱, 핑클 등의 음반도 많이 팔렸다. 이는 발라드가 주류를 이뤄온 중국의 대중음악 시장에서 현란한 춤과 빠른 음악, 염색머리와 독특한 의상의 댄스그룹이 신선한 충격으로 받아들여지면서 10대에서 20대 초반의 중국 젊은이들이 지닌 댄스음악에 대한 잠재된 욕구를 해소시키고 댄스음악 열풍에 불을 붙인 결과로 해석된다.

뒤에 잠시 다루게 되겠지만 2005년 〈대장금〉 이후 잠시 반한류 정서가 팽배하여 한때 한류가 위협을 받았으나, 지속적인 콘텐츠 개발에 의하여 2010년 이후 한국의 한류는 지속적으로 중국에 인기를 끌게 되었다.

특히 2010년 이후 한국의 대중가요와 드라마 등은 중국 젊은이들뿐만 아니라 중국의 중산층까지 좋아하게 되는 장르가 되었다. 가수는 싸이와 빅뱅, EXID, 2PM, 2NE1, 소녀시대 등이 인기를 끌었으며, 드라마는 〈상속자들〉, 〈별에서 온 그대〉, 〈미생〉 등이 한국과 동시간대에 방영될 정도로 많은 인기를 끌었다. 이러한 한류의 새로운 분위기에 맞추어 앞으로도 지속적인 신한류를 생성해 나가야 할 것이다.

최근 중국에 수출된 한국 드라마

2. 한류의 한계

중국에서 90년대 말부터 시작되었던 한류가 당시 많은 사람들이 우려했던 것과는 달리 오히려 더욱 발전되는 경향을 보이고 있다. 특히 중국에서 방영되었던 드라마 〈대장금〉의 인기는 한류의 새로운 반향을 가져왔다. 기존 중국에서 한류의 주력은 신세대풍의 음악과 트렌디 드라마였다. 이들은 한국적 감성에 서구화와 현대화를 가미한 것으로서 어느 정도는 국제적인 트렌드를 지닌 것이었다. 이들 상품 속에서 한국만의 문화를 찾으라고 한다면 그리 쉽지는 않다. 따라서 중국에서 한류에 대한 평가는 대체적으로 서구문화의 본격적 수입에 앞선 과도기적 산물로 보는 시각이 강했다. 그래선지 한류에 대한 중국의 우려는 그다지 높지 않았다.

그러나 2005년 9월부터 후난(湖南)위성TV에 〈대장금〉이 방영되면서 한류에 변화의 바람이 불기 시작했다. 기존의 한류가 한국적이지만 중국인들이 동경했던 경제적으로 풍요롭고 서구화된 현대적 대중문화의 확산을 가져왔다면 대장금은 한국 고유문화의 확산을 가져오고 있기 때문이었다. 한국의 역사, 한

국의 의상, 한국의 음식 등 한국 고유의 문화가 선풍적인 인기를 구가하면서 2005년 중국은 한국문화의 신드롬에 빠져들었다. 결혼식에 한국의 전통한복이 등장했고 중국 다처에서 대장금이란 간판을 내건 한국식당이 큰 인기를 끌었다. 이런 흐름은 한국의 전통문화에 대한 중국인의 관심을 고조시키면서 한국에 대한 보다 깊이 있는 이해를 촉진한 것이다. 또한 대장금을 통한 한국 고유문화의 확산은 한국인에게도 한국의 문화에 대한 자신감과 긍지를 가져다주었다. 그러나 2005 하반기 대장금의 선풍적인 인기와 더불어 중국이 보는 한류에 대한 시각이 점점 변화되었다. 그리고 그것은 반한류(反韓流)로 표출되었다. 단순히 서구문화의 혼용물로서 80년대 홍콩과 타이완, 90년대 초반의 일본의 대중문화처럼 한때 반짝하던 과도기적 증상으로만 여겼던 한류가 대장금을 필두로 증폭되었다. 이는 중국사회가 경계심과 위기의식을 느끼고 있음을 반증하는 것이기도 하다.

중국이 문화적 대국으로서의 역사적 위치를 공고히 하고 있을 때를 시대적 배경으로 삼고 있는 대장금을 통해서 당시 주변문화였던 한국 문화가 현대중국에 역수입되어 유행을 하였으니, 아마도 문화대국을 자부하던 중국은 자존심이 상했을 것이다. 즉 중국 자신보다 경제적으로 발전한 한국사회의 서구화되고 현대화된 오락문화의 단순유입을 넘어서 대장금을 필두로 한 문화적 변방의 한국 전통문화의 역유입에 직면하면서 중국인들의 자존심이 손상되면서 자신들의 문화를 발전시켜야 한다는 열정이 높아진 것이다.

여기에 한류의 한계에 경계를 해야 할 것이다. 반한류의 외침 속에는 한류에 대한 시기와 질투를 넘어서 중국정부에 대한 강한 요구가 담겨져 있으며, 중국정부 역시 이에 대한 행동을 취하고 있다는 것이다. 앞으로 한국의 대중매체와 한국정부의 대응이 필요한 시점이기도 하다.

제4장 중국 TV 드라마

1. 중국 TV 드라마 개요

현재 중국에는 이미 3억대의 TV와 9억여 명의 시청자를 보유하고 있으며, 현재 중국의 드라마는 갈수록 다른 나라 시청자들의 환영을 받고 있으며, 이로 인하여 많은 드라마가 일본과 동남아 여러 나라에 방송된 후 좋은 반응을 불러일으키고 있다.

TV 드라마는 내용 전개와 방영 시간이 영화보다 훨씬 탄력성이 있어 1~2집이나 몇 10집, 심지어 100집 이상까지 만들 수 있을 뿐만 아니라 극장까지 갈 필요 없이 집안에서 볼 수 있기 때문에 매우 편리하다. TV 드라마의 번성은 영화예술의 세계를 확대시키고 사람들의 문화생활을 풍부하게 해준 동시에 영화의 강력한 라이벌이 되어 영화산업에 위기를 가져다주었다. 이렇게 어려운 상황에도 불구하고 중국의 영화계는 더욱 큰 진보와 혁신을 통하여 비교적 많은 관중을 쟁취하고 있다.

그리고 중국에는 20여 개의 각종 영화 제작소가 있고 TV 방송국이 각 성(省)과 시(市)에 모두 있는데, 이곳에서 매년 100여 편의 극영화와 수천 편의 TV 드라마를 제작하고 있다. 영화와 TV 드라마의 창작을 촉진시키기 위해서 관련 부처에서는 정기적으로 우수 영화와 TV 드라마 시상식을 거행하고 있다. 중국에서 영화 인재를 전문적으로 양성하는 대학은 북경영화학원(北京電影學院)이다. 이 학교는 개교 40년 이래로 영화계에 많은 인재를 배출하여 "중국영화 예술가의 요람(中國電影藝術家的搖籃)"으로 불린다. 중국은 국산 영화 외에도 문화교류를 통하여 계획적으로 대량의 외국영화와 TV 드라마를 도입하여 더빙하였다. 특히 한류 초기인 90년대와 2000년대 초 우리나라의 드라마 중에서도 〈사랑이 뭐길래〉, 〈별은 내 가슴에〉, 〈가을동화〉, 〈여름연가〉, 〈대장금〉 등이 중국에서 가장 인기를 끈 드라마였다.

SARFT에 따르면 2006년 말까지 중국 라디오, TV 방송국은 총2,544개이다.

이 중에 라디오 방송국은 267개, TV 방송국은 296개, 교육 방송국은 46개가 포함되고 방송 송출국, 중계국이 44,620개이다. 이 밖에 마이크로웨이브망은 10만km, 마이크로 웨이브 스테이션은 2,749개이며, 202만 개의 위성 중계 스테이션, 10개의 중개위성, 라디오 199채널을 송출하고 있다. 케이블TV 가입자는 1.4억 호이며, 라디오와 TV의 시청자 커버율은 각각 95.03%, 96.24%이고 보유량은 각각 5억 대, 4억 대이다.

라디오 영화 드라마 제작기관은 2,070개로 드라마를 총 546편, 18,133회 제작하였으며, TV애니메이션은 195편, 총 8,866회를 8만 분 분량으로 제작하였다.

제작량의 지속적인 상승을 뒷받침하는 자료 중 SARFT 중국 광파전영전시총국, 인터넷, TV 등 정책법규, 정보공개, 업무절차 안내 부서가 발표한 데이터에 따르면 2007년에 제작되고 배급이 허가된 드라마는 총 529편으로 1만 4,670회에 달한다고 한다. 2006년의 경우는 제작 편수가 총 500편으로 1만 3,780회에 달했다(2005년은 총 514편, 1만 2,247회). 이 데이터에 따르면 중국 드라마 제작량은 매년 1만 회를 넘어서고 있을 뿐만 아니라 해마다 1,000회 이상 증가하고 있다.

2011년 중국의 '국산드라마 발행허가증(國產電視劇發行許可證)'을 받은 드라마는 총 469편(14,942회), 2012년 총 506편(17,703회), 2013년 441편(15,770회), 2014년 429편(15,983회), 2015년은 11월 말까지 총 310편(13,102회)으로 동기 대비 45편(232회) 줄어들었다. 2011년 4월 국가광전총국(國家廣電總局) 임시 부국장을 맡은 톈진(田进)은 전국 드라마 업무 회의에서 '12차 5개년 계획'에 드라마 발전을 총체적 목표로 하여 품질 개선, 산업 역량 증진, 과학적인 규범 관리, 국제경쟁력 향상을 추진할 것이라고 밝히면서 중국 드라마의 질적 향상을 도모하고 국가 간 드라마 경쟁관계에서 우위를 차지하려는 방향을 설정하였다.

이러한 자료는 중국이 경제발전을 하면서 다양한 문화적 욕구가 형성되고 되고 있는 중국인들의 요구에 부흥하고 있음을 반증하는 것이다.

2. 중국 드라마의 현황과 전망

〈소오강호〉

다른 나라에 비해 중국 드라마는 출발이 비교적 늦은 편이다. 중국 최초의 텔레비전 방송국인 북경TV(현재의 중앙TV)가 1958년 5월 10일 창설되었으며, 그해 6월 15일 여기에서 중국 최초의 드라마 〈차이빙즈 한 입(一口菜餅子)〉를 방송하였다. 이후 중국의 드라마 발전은 무협물로 발전하게 되었다. 중국의 CCTV는 최근 40부작 무협드라마 〈소오강호(笑傲江湖)〉를 제작·편성하는 등 장편 무협 작품을 드라마 시리즈물로 제작하기 시작했다.

이에 대해 무협 드라마 방송이 사회주의 역사인식과 청소년들에게 부정적인 영향을 미칠 것으로 보는 문예계 일부에서 CCTV가 시청률을 의식한 방송편성을 시작했다는 비판의 목소리가 나오고 있다.

약 13억 명의 인구인 중국은 한족이 절대 다수를 차지하는 56개 다민족 국가이다. 따라서 중국에서 고전문학 작품과 역사물의 TV 방송 드라마 제작은 전통문화의 현대적 해석이라는 의미 외에, TV영상을 통한 국가이념과 정치적 가치관 형성에 밀접하게 관계하고 있다. 전통소설을 각색한 고전소설 픽션극, 우리의 대하 역사 드라마와 같이 중국의 역사적 사건과 인물을 TV 드라마로 각색한 역사극, 그리고 전통문화를 배경으로 하는 장편 픽션 드라마가 대표적인 중국 TV방송의 시대극이다. 최근까지도 중국인들에게 역사와 시대극은 단순한 오락물이 아니었다. 역사에 대한 해석이었다. 그래서인지 역사와 전통문화를 소재로 하는 CCTV의 대형 드라마에 대한 해석은 광범위한 사회적 관심을 끌어왔다. 그 변화를 살펴볼 때 시대변화와 정치 메커니즘이 어떻게 한 작품에 대한 수용에 영향을 미치는가 하는 대목이 눈길을 끈다.

1) 1980～1990년대 드라마 특징

1976년 문화대혁명이 끝나고 등소평의 개혁개방정책이 시작되고 있던

1980년대 초, 중국인들에게 큰 감동을 주었던 드라마가 일본의 북경 침공 역사와 그 속에서 전변하는 인간의 운명을 묘사한 CCTV의 〈사세동당(四世同堂)〉이었다. 라오서(老舍)의 3부작 장편소설을 각색한 것으로, 지금까지도 중국 TV 드라마의 걸작으로 꼽히며 TV 장편 드라마의 성공을 알리는 서막이었다. 소인물을 통해 대역사를 서술하는 중국 전통소설 서사방식의 TV영상 버전인 셈이다.

〈사세동당〉

1980년대 당시 중국 학술계와 문예계의 문화논쟁은 개혁개방 후 들어오는 서구문화와 경제상품을 놓고 내적으로는 전통과 현대, 외적으로는 서구와 중국의 문제를 어떻게 해결해볼 것인가 하는 중국의 모더니티의 고민이었다. 따라서 1980년대 중국 TV방송계에 나타난 장사오린(張紹林) 현상도 이러한 사회적 분위기에 비추어보면 우연한 사건이 아니었다. 장사오린 현상은 극작 장사오린, 편집 스링(石零), 제작 장지쭝(張紀中)이 중심이 된 드라마 제작팀이 1980년대 중반 이후, 근 7년 동안 제작한 7편의 CCTV 드라마가 전무후무한 시청률을 올리며 중국 TV 방송 드라마를 이끈 대중문화 현상을 말한다. 그런데 이 장사오린의 작품이 모두 전통과 현대의식의 융합을 시도하고 있어 당시 시대 분위기를 잘 반영하고 있었다.

풍부한 자원과 체계로 대형 TV 드라마 제작의 중심에 있는 CCTV는 1980년대 중반 이후 중국 4대 고전소설의 드라마 제작에 나섰고, 1986년 그 첫 작품인 〈서유기〉는 2000년 다시 제작되어 절찬리에 방송되었다. 또한 근대 이후 중국 학술계와 문예계에서 '홍학(紅學)'이라고 불리는 청대 고전소설 〈홍루몽〉 해석을 둘러싼 논쟁은 이 소설이 1987년 드라마로 제작 방송되면서 다시 점화되기도 했다.

1991년부터 3~4년여에 걸쳐 84부작으로 제작 · 방송된 〈삼국연의〉는 규모로서는 건국 이후 초대형 드라마였다. 중원 회복의 대통일 역사의식을 드러낸 이 드라마는 인물의 형상을 놓고 각 계층의 다양한 의견과 비판 제기로, 영화 텍스트와 더불어 개혁개방 후 점차 대중소비문화 속으로 진입한 중국 사회에 파문을 일으킨 사회적 담화의 주된 텍스트였다.

이어 1998년 CCTV를 통해 방송된 드라마 〈수호전〉은 당시 시청률 44%의 기록적인 수치로 중국 시청자의 폭발적인 인기를 끌었다.

〈수호전〉

광대한 시청인구를 가진 중국 TV문화의 스펙터클을 보여주었을 뿐 아니라, 국내 문예계와 일반인의 큰 반향을 일으킨 수호전 판본과 그 사상성에 대한 대논쟁을 일으켰다. CCTV가 대본의 판본으로 삼은 시내암, 나관중 저작의 100회본 〈충의수호전〉은 70회본과 120회본의 수호지에 비해 두드러지게 송강의 인물형상과 수호의 인물들이 권력에 대한 반항정신이 희석되어 결국 봉건세력에 의해 비참한 최후를 맞는 것으로 끝을 맺고 있다. 이것이 논쟁을 일으킨 것이다. 이 100회본 판본은 소설 〈수호전〉이 보여주는 정신과 거리가 멀어 농민혁명 봉기의 원작 정신을 왜곡시켰다는 일부 학자들과 연구자들의 강력한 반대에 부딪혔다. 당시 연일 매스컴과 지면을 점철하며 사회적 논쟁을 일으켜, 양산박의 고향 산동지방에서는 새롭게 수호지를 제작하자는 주장도 나타났다. 여기에는 혁명 중의 모택동이 가장 애독한 책으로 알려진 수호지 해석을 놓고 그동안 침묵을 지켜왔던 수호지에 대한 자유로운 해석이 방송 드라마의 작품 해석을 통해 살아난 것이다

2) 2000년대 이후 드라마 특징

1980년대 이래 〈홍루몽〉, 〈삼국지〉, 〈서유기〉 등을 제작한 CCTV의 국민오락 픽션드라마 전략은 전통문화에 대한 영상적 해석, 상업적 요구 등과 얽혀 중국 TV 대중문화 수용의 중요한 계기를 이루고 있다. 따라서 근래 CCTV에서 불고 있는 무협 드라마 붐은 CCTV의 고전 드라마 제작 대상 폭이 고전 장편소설에서 무협소설로 확대된 것으로 이해할 수 있다.

〈와호장룡〉

CCTV의 무협 드라마 제작은 〈와호장룡〉에 대한 서구의 찬사와 맞물려 중국 관객의 주목을 끌었고, 타방송사 역시 무협 드라마 제작이 연이어지고 있다. 그 가운데 〈소오강호〉는 특히 주목을 받고 절찬리에 방송되었다. 그것은 중국인들에게 가장 널리 읽히고 있는 김용의 작품에 대한 CCTV의 첫 무협 드라마 제작이라는 점 때문에 더욱 그러했다.

〈소오강호〉의 연출은 중견 4세대 영화감독인 후왕지엔쭝(黃建中)이 맡았다. 자국 영화시장이 침체하면서 기존의 영화감독들이 TV 드라마를 제작하며 영화계와 TV가 합류하는 것이 한 현상으로 자리 잡아가고 있다. 장편 무협 드라마의 출현은 더 이상 타이완과 홍콩지역의 무협물에 무협시장을 빼앗기지 않겠다는 방송시장 전략을 분명히 하고 있고, 국내 시장이 확고한 드라마 제작에 영화감독들의 데뷔가 연이어지고 있는 최근 방송계 현상을 반영한다.

〈소오강호〉는 2001년 3월 26일부터 평일 2회씩 방송하여 4월 중순까지 CCTV 제1채널의 황금시간대를 통해 방송된다고 예고되었다. 그런데 방송보도가 나간 뒤 중국작가협회의 한 좌담회에서, 문학평론가이며 중국예술연구원 원장인 리시판(李希凡)이 공개적으로 CCTV에 대해 무협 드라마 방송을 유보해줄 것을 요구하고 나섰다. 그는 CCTV가 〈홍루몽〉, 〈삼국연의〉, 〈수호전〉을 찍을 때 고문으로서 고전문학 작품의 각색에 대해 적극적이고 긍정적인 입장이었다. 그러나 무협물을 찍는 것은 전혀 찬성할 수 없다고 한 것이다. 무협소설 속에 나오는 원한과 복수, 폭력과 살인 장면이 일반 시청자들에게 바람직하지 않은 결과를 가져올 것이라고 주장한 데 이어, 무협소설에 나오는 파벌은 유심주의 역사관을 선양하는 것이며 이러한 역사적 진실에 위배되는 드라마가 청소년 교육에 이로울 수 없을 것이라고 말하고 있다. 이에 대한 반대의 비판도 곧 제기되었다. 〈소오강호〉는 무협소설 중 일급에 속하고 정의를 바로잡고 인격적인 가치를 고취하는 작품으로 드라마가 원작의 정신을 얼마나 효과적으로 영상화하느냐가 문제이지, 무협소설의 TV 드라마 제작은 문제될 것은 없다는 주장이었다.

〈소오강호〉

1980년대 주윤발, 90년대 이연걸과 임청하가 나오는 영화로도 이미 널리 알려진 〈소오강호〉는 관객들의 큰 호응을 받지 못했고, 작가 진용도 이를 탐탁지 않게 생각했다. 그러나 이번 CCTV의 첫 번째 작품은 후반 작업 후 이를 직접 본 작가도 적지 않게 만족한 것으로 3월 24일 CCTV 대담 프로그램에서 내비쳤다. 그러나 문예계 일부의 워낙 강한 방송보류 제기에 방송국 측도 준비 중인 또 다른 무협소설 〈사조영웅전(射雕英雄傳)〉의 드라마 제작 작업을 잠정 중단하고, 〈소오강호〉 방영 후 각계각층 시청자의 이견을 수렴해 결정할 것이라고 밝히면서 일단 방송을 강행하였다.

김용은 장편 12편, 단편 3편을 썼으며, 그 판매부수가 모두 합쳐 1억 부를 넘는다. 대륙을 넘나들며 가슴을 뛰게 하는 장대한 협객 이야기에, 송 · 금 · 원 · 명 · 청 등 실제 역사와 동양철학이 절묘하게 버무려진다. 생생한 캐릭터 묘사는 모든 무협작가 가운데 으뜸이다. 대표작은 〈사조영웅전〉, 〈신조협려〉, 〈의천도룡기〉, 〈천룡팔부〉, 〈녹정기〉, 〈소오강호〉 등이다. 해적판까지 포함하면 훨씬 웃돌 것이다.

중국에서는 그의 작품을 연구하는 '김학(金學)'이 있을 정도이니, 무협소설의 한계를 뛰어넘어 전통문학 위치까지 올랐다는 이야기다. 미국에서도 그의 작품은 대학 교재에 실리고 각종 토론회가 열리기도 했다. 당연히 중국, 타이완, 홍콩 등에서 김용 작품을 원작으로 한 수많은 영화와 드라마가 만들어졌다. 또한, 지금도 계속 만들어지고 있기에 일일이 세기가 불가능할 정도이다. 그의 작품은 시청자들의 요구로 자주 리메이크된다는 점도 독특한 현상이다.

우리나라 케이블 무협액션채널 ABO에서도 〈천룡팔부〉(2003 · 40부작), 〈사조영웅전〉(2004 · 42부작), 〈신조협려〉(2006 · 40부작)를 방송하였다. 앞에 두 작품은 불법 복제물로 국내에 미리 상륙하기도 했으나, 공식적으로는 처음 소개되었다. 반면 〈신조협려〉도 잇따라 방영되었다. 〈사조영웅전〉에는 국내 배우 지진희와 영화 〈퍼햅스 러브〉에서 호흡을 맞췄던 주신이 황용으로 나오는 점이 눈에 띈다.

김용 원작 무협 드라마는 대개 오리지널 스토리에 충실할수록 인기가 높다. 양과와 소용녀의 애틋한 사랑으로 인기가 있는 〈신조협려〉는 드라마로만 다섯 차례 이상 만들어졌다. 이 가운데 유덕화가 주연한 1983년 버전과 고영락이 나온 1995년 버전이 국내 팬들 사이에 최고로 꼽힌다.

〈사조영웅전〉

칭기즈칸 시대에 송나라를 구하는 대협으로 커나가는 곽정과 황용의 성장기를 다루는 〈사조영웅전〉은 1994년 작품이, 금나라와 송나라의 다툼을 배경으로 의형제 교봉, 단예, 허죽의 활약상을 그리는 〈천룡팔부〉는 2003년판이 각광을 받고 있다. 최근 만들어지는 작품들은 다소 각색되는 측면이 많아 열혈 팬들을 실망시키기도 하지만, 소설 속 실제 장소를 배경으로 촬영되는 점이 돋보인다. 또 상상을 뛰어넘는 스케일은 시청자를 압도하고도 남는다.

3. 중국 드라마 시장 현황

중국의 연간 드라마 제작에 사용되는 총 투자액은 약 30억 위안으로, 정부로부터 제작 비준을 받는 수는 1,500부의 3만 회 이상에 달한다. 이 중 실제로 제작되는 드라마의 횟수는 9,000여 회에 달하고 있으며, 드라마 제작에 종사하는 단체가 약 1,000개로 집계되고 있다. 이미 거대한 시장공간을 형성하고 있는 상황이다.

SARFT의 데이터에 따르면, 매년 제작되는 9,000여 회의 드라마 중 80%가 민간기업의 자금에 의한 것으로 나타난다. 또한 그동안 약자였던 독립제작사도 점차 합병 등의 과정을 통해 대형화되고 있는 추세이다. 이제는 부동산 · 요식업 · 의약 등의 업종 그룹들도 드라마 시장에 관심을 기울이고 있으며, 대형 그룹을 배경으로 막강한 자금력을 갖춘 영화 · 드라마 투자 제작사들도 나타났다.

1) 큰 투자 산업

시장이 있으면 경쟁이 있게 마련이라, 드라마 시장 경쟁도 상당히 치열하다. 현재, 기존 중국의 TV방송국들의 드라마에 대한 연간 수요량은 대략 8,000회가량이며, 황금시간대에 최초로 방송될 수 있고 영리가 가능한 1급 드라마는 약 2,000~3,000회로서 그 가격은 1회당 50만 위안 혹은 그 이상이었다. 비황금시간대에 방송될 수 있고 이익 분기점에 도달할 수 있는 2급 드라마는 대략 3,000~5,000회에 달하며, 가격은 1회당 대략 20만 위안에 달한다. 하지만 약 반수 이상의 3급 드라마는 생사의 기로에 놓일 수밖에 없으며, 가격은 1회당 수백 위안에서 수천 위안 사이를 맴돈다. 이처럼 공급이 수요를 초과하는 환경이 형성되면서 품질향상이라는 명제는 현실로 나타나고 있으며, 이에 따라 제작단가도 상승되고 있다. 실제로, 최근 전반적으로 비교적 우수한 시대극 드라마의 제작원가는 1회당 60만~70만 위안, 비교적 우수한 패션 드라마 제작원가도 이제는 1회당 40만 위안으로 과거의 드라마 투자액을 훨씬 초과하고 있다.

이처럼 제작 부문의 규모가 확대되는 것은 중국 방송국의 드라마 편성시간 증가와 관계를 맺고 있다. TV방송국의 거두인 CCTV-1의 개편도 중국의 전체 드라마 방송량이 증가된 중요한 요소의 하나이다. 그중 가장 눈에 띄는 변화는 바로 드라마 방송량이 원래의 1일 2회에서 8회로 증가된 것이며, 황금시간대의 드라마 방송량도 오랫동안 계속되어오던 1회에서 2회로 증가되었다.

드라마 채널인 CCTV-8은 여전히 바이싱쥐창(百姓劇場), 징핀훠이서우(精品回收), 사오얼쥐위앤(少兒劇院), 황진챵당(黃金强档)과 즈예쥐(子夜劇)의 5

개 등급으로 나누어 매일 9회의 드라마를 방송했으며, CCTV-12도 드라마를 방송했다. 이렇게 계산할 경우, CCTV의 드라마 연간 수요량만 해도 7,000회가량 되며, 전국적으로 드라마를 방송하는 TV방송국은 이미 90% 이상에 달하고 있어 전국의 드라마 연간 수요량은 1만 회를 초과하게 되었다. 2000년, 유선TV와 무선TV의 합병으로 인하여 드라마 방송량이 감소된 후 드라마는 최초로 수요가 대폭 증가하는 추세를 보인 것이다.

2) 중국 국산 드라마의 발전

2000년 초, SARFT은 황금시간대에 방송되는 수입 드라마를 제한한다는 규정을 제시함으로써 국산 드라마는 힘을 얻게 되었다. CCTV-소프리(CSM)에서 제공한 데이터에 따르면, 2003년 한 해 동안 전국의 주요 도시 시청률 랭킹 10위권 안의 드라마는 거의 국산 드라마가 독점한 것으로 나타났다.

국산 드라마가 주류 지위로 재귀하게 된 것은 중국 자체 내의 노력과 더불어, 홍콩, 타이완 등과의 협력이 요인으로 작용하였다. 인기 드라마 중에는 홍콩의 무술지도, 타이완의 유명 배우, 중국 대륙의 감독과 프로듀서 등이 합작한 경우가 적지 않았다. 어찌 보면, 중국 당국의 외국 드라마 수입 금지라는 제약을 합작이라는 형식을 통해 피한 결과라고도 할 수 있다.

지역적 문화 특성을 확실히 이해하고 있다는 것도 중국 국산 드라마가 선전한 요인이었다. 중국 동북부 지역 문화의 특징을 짙게 띠고 있는 드라마 〈리우라오껀(劉老根)〉의 경우 북방에서 인기를 얻었다.

〈리우라오껀(劉老根)〉

이 드라마는 하얼빈에서 40% 이상의 시청률을 기록했으며, 심양(沈陽), 난주(蘭州), 북경 등 북방 도시에서 20% 이상의 시청률을 기록하기도 했다. 하지만 상해, 광주 등 도시에서는 시청률 차트에도 오르지 못하였다. 그 중요한 원인은 바로 〈리우라오껀〉에 내포된 동북부 지역 문화와 상해 문화, 광동 문화의 차이로 분석할 수 있다.

이러한 상황에서 한국 드라마가 인기를 끌 수 있

는 것 역시 중국 문화와의 동질감에서 어느 정도 기인한다고 볼 수 있겠다.

3) 주선율 드라마의 흥성

2008년에 중국에서는 북경 올림픽과 개혁개방 30년을 맞이하여 드라마 제작에 영향을 주는 정책성 요소가 많이 형성되었다. 2008년에 중국정부가 주창하는 이데올로기와 궤를 같이하는 작품의 제작을 위주로 할 것임을 결정하고, 국가 광파전영전시총국은 개혁개방의 장점을 표현할 수 있는 현실 소재의 '주선율'을 제작할 것을 명확하게 요구하였다.

드라마는 도시와 농촌 그리고 남녀 간의 사랑을 주로 다루었다. 특히 2004년 이후 중국정부가 실시하고 있는 농촌 살리기 정책과도 관련이 있다. 다음으로는 사건 소재 드라마가 증가하였는데, 미스터리, 생활의 참혹성을 표현하면서 현실 반영이라는 장점을 살리는 방향을 드라마를 제작하였다. 또한 2007년 이후에는 중국 건군 80주년을 계기로 하여 군사 소재 드라마와 혁명 소재 드라마가 안정적으로 발전하였다. 이러한 주선율 드라마는 현재까지 지속적으로 그 분량을 확보하며 제작 방영되고 있다.

제5장 중국 영화

1. 중국 영화의 시작

영화는 근대 과학기술의 기초 위에서 발전한 하나의 종합예술이다. 영화의 역사는 그다지 길지 않으며, 중국에서의 역사는 더욱 짧다. 그러나 영화예술은 오히려 영향력이 가장 크고 성장이 가장 빠른 예술인데, 그것은 중국에서도 그러하다. 오늘날 중국의 영화는 십 몇억의 관중을 보유하고 있을 뿐만 아니라 국제시장에도 진출하여 세계 영화계에서 당당히 한자리를 차지하고 있다.

〈정군산〉

중국에서 최초로 영화가 상영된 것은 1896년 8월 11일 상해에서였다. 당시 중국은 서구 열강들의 침탈이 극에 달했던 시기였고, 제국주의 국가들이 중국 내에 조차권을 하나씩 가질 때마다 중국의 산업경제 체제와 정치권력 체계는 붕괴의 위기에 몰리고 있었다. 또한 중국 최초의 영화는 1905년 북경 풍태(豊泰) 사진관(지금의 琉璃廠 부근)에서 촬영한 고대희곡 〈정군산(定軍山)〉이다. 중국 최초의 극영화는 1913년 정정추(鄭正秋)가 각색 연출한 무성영화 〈난부난처(難夫難妻)〉이다. 중국 최초의 영화사는 1918년에 설립된 상무인서관(商務印書館)의 활동영희부(活動影戱部)이다. 그 후에 각종 영화사가 잇달아 설립되면서 중국의 영화사업은 발전하기 시작했다. 중국최초의 유성영화는 1931년 장석천(張石川)의 〈가녀홍모단(歌女紅牡丹)〉이다.

이러한 역사적 상황은 중국 영화사에 반영된다. 1911년 만주왕조의 몰락 이

전에도 미미하나마 중국인들의 영화작업이 있었다. 그러나 1911년 이전의 대부분의 영화제작과 상영은 외국인들에 의해 이루어졌다. 간혹 영화를 보여주었던 상해 등지의 극장들은 모두 외국인 소유였으며, 최초의 영화 전문관을 개장한 사람도 외국인이었다. 그리고 영화의 제작도 제임스 리칼튼(James Richalton)에 의해 처음으로 시작되었다. 그는 1897년 에디슨의 단편 영화를 중국으로 들여왔고, 그해 에디슨 회사의 카탈로그를 위해 열 편 이상의 영화를 찍었다. 이 초기의 작품들은 거의 기록영화나 뉴스영화였으며, 중국에서는 그 어느 것도 상영된 것 같지는 않다고 한다.

2. 제 1세대의 시대(~1949년, 중화 인민공화국 수립 이전)

1949년 10월 1일 중화 인민공화국이 수립되기까지 정치, 경제적인 격동기에 영화산업은 극히 제한적으로 이루어졌다. 항일 무장 투쟁기(1937~1945)에 활동한 영화 관계자들은 대부분 5.4 운동에 영향을 받은 중 · 하층 소부르주아 지식인들이었는데, 이 5.4 운동 세대들이 해낸 전통에 대한 비판과 외국 문물에 대한 개화 등은 중국 공산당 형성에 많은 기초를 마련해 주었음에도 불구하고 1942년 마오쩌뚱이 이들을 가리켜 "전장 없는 영웅들"이라고 부르며, 나약한 인텔리겐차로 비난함으로써 이들의 지위는 급속히 쇠락하였다.

193,40년대는 영화를 관람하는 관객층도 영화를 만드는 예술가들만큼이나 제한되어 있었는데, 그들은 주로 상해 같은 개항지에 거주하는 사람들이었다. 1949년 이후 영화 예술가들에게는 그들의 지적, 문화적 배경을 부인할 것이 요구되었던 것과 동시에 영화관객을 전국적인 범위로 확대하려는 정책이 시행됨으로써 초기의 이러한 제한된 영화인구는 상당히 광범위한 것으로 변화된다.

영화 미학적으로 볼 때, 이 시기는 연극과 영화의 유사성이 강조되었던 때로서, 특히 1930년대에는 작가나 연출가 혹은 배우들 자체가 위의 두 예술 장르를 겸하거나 넘나드는 활동을 벌이고 있었다. 1932년 공산당은 문학 서클의 전위조직의 하나로서 최초의 영화조직을 건설하였다. 좌익 작가연맹이 영화집단(電影組)을 만들었다는 것은 그들이 영화의 대중적인 힘을 정치적 도구로 인식했음을 의미한다. 따라서 이 조직에 속한 진보적 영화 지식인들은 당시의 사회문제를 다룬 '진지한' 영화들을 만들 수 있었다. 그러나 1930년대의 이러한 변화들의 중요성을 1949년 이후의 시각으로 과장되게 해석하는 경우가 많은데, 당시의 공산당과 진보적 영화 제작 담당자들이 영화산업 자체를 장악하고 있었던 것은 아니다. 그리고 나중에야 '진보적' 혹은 '좌익'으로 일컬어진 영화 예술가들도 반드시 당시의 공산당 이데올로기나 당의 지도력에 대해서만 묘사한 것은 아니었다. 이 시기의 중요성은 결국 무성영화에서 사운드 영화로의 전환과, 영화제작자와 관객의 계급적 변화 같은 기술적이면서도 사회적인 측면에서의 발전이었다.

1920년대에 중국 영화 산업은 미국 영화가 거의 완벽하게 지배하고 있었다. 예를 들어 1929년 중국에서 제작된 영화는 50편을 넘지 못했고, 이 영화들이 경쟁해야 했던 영화시장에는 450편으로 추산되는 수입영화들(이 중 90%가 미국영화)이 있었다. 1933년도 이와 비슷하게, 중국 영화사가 자체적으로 만든 영화는 67편(이 중 14편이 무성영화)이었고, 500편의 미국 영화와 100편의 다른 나라 영화가 수입되었다.

1945년 일본군이 연합군에게 무조건 항복을 선언하기까지 중국 본토에서의 영화산업은 상해를 중심으로 그곳 특유의 영화를 내놓았다. 제이 레이다(Jey Leyda)가 말한 것처럼, 그러한 예외적이고 쓰라렸던, 또 어렵고도 때로는 피나는 상황들이, 이전에 나온 영화들보다 우수하고, 동시대의 주류 영화들보다도 우수하며, 또 많은 점에서 중국혁명의 승리 이후에 만들어진 어떤 영화들보다도 우수한, 가장 흥미 있는 불굴의 영화들을 내놓은 것이다. 원시적인 기재들과 내전, 일본의 침공, 기아상태 속에서도 연간 물밀 듯이 들어오는 헐리웃 영화에 영향을 받아, 서구화된 취향이 여기에 가미된 것 또한 무시할 수 없다.

당시 영화가 성공할 수 있었던 비결은, 이 영화가 다른 생활방식, 즉 현대와 전통의 다른 특징들을 대조시킴으로써 극적 재미를 불러일으켰다는 점에 있을 것이다. 그러나 다른 대부분의 중국 영화들은 서구의 취향이나 장르, 심지어 음악까지도 그대로 따랐으며, 1949년 이후 사회주의 리얼리즘이 당의 공식 영화 미학으로 확인되기 전까지는 모방의 단계에서 벗어나지 못하였다. 하지만 당시의 정치 상황에서 무관할 수 없었던 좌익 지식인들의 영화 참여는 가장 민족적인 영화의 생산으로 기울었으며, 그래서 당시에 나온 리얼리즘 영화는 비록 멜로드라마의 이야기 구조를 갖기는 했지만 농촌의 피폐상이라든가 도시 빈민의 생활 등을 그렸고 그런 영화로 5.4운동 세대의 대표작으로서 마오둔(茅盾)의 단편 소설이 주는 암시를 시각적 표현으로 전화시키는 데 성공한 작품이다.

〈봄누에(春蠶)〉(夏衍 감독, 1933)와 함께 1930년대의 대표적인 작품으로 일컬어지는 영화는 〈신녀(神女)〉(吳永剛 감독, 1934)와 〈한길(大路)〉(孫瑜 감독, 1935)이다. 창녀의 삶과 죽음을 다루었다기보다는 당시 외곽지역의 도덕상을 보여준 〈신녀〉는 흔히 대중적인 소설이나 드라마에 채택되는 아들을 둔 어머니/창녀를 등장시켜 이 여인을 생각하는 다른 인물들의 편견과 탐욕을 통해 불평등한 사회에 대한 여인의 투쟁을 상징화했다.

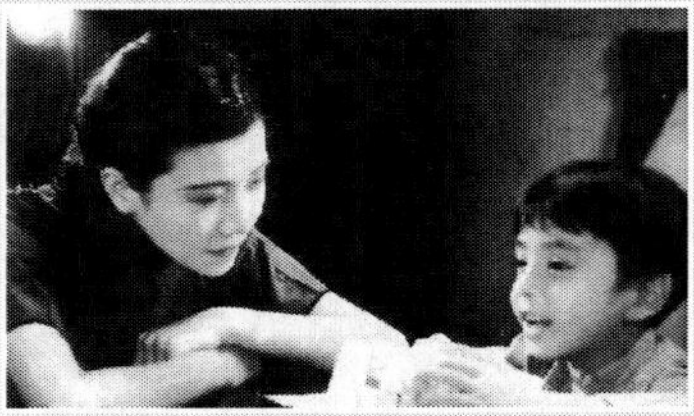

〈신녀〉

1937년 중반부터 일본과 전면전이 시작되자 〈한길〉 같은 민족적인 항일 영화들이 속출하였다. 이와 함께 영화산업은 상해에서뿐만 아니라 홍콩, 중경 등으로 확대되어 발전하였다. 전시 수도였던 중경은 진보적 영화인들이 상해의 우익 일변도 분위기에서 도피해 온 집결지였다. 이들은 중경에서 전문적 활동을 하며 전쟁에 직면한 중국인의 생활에 용기를 불어넣어 주는 영화작업을 할 수 있었다.

1941년 2차 국공합작이 실패의 길로 접어들 즈음에는 이들도 국민당의 지배하에 들면서 1943년까지 약간의 소강상태를 겪는다. 이와 달리 홍콩은 상해가 점령된 뒤 피난해 온 영화인들의 힘도 있긴 했지만, 이전부터 영화 제작에 있어서의 잠재적인 힘을 가지고 있었다. 그래서 이 시기에 희극, 활극, 일반 극 등의 다양한 장르를 통해 광동 지역을 대표하는 영화 중심지로서 역할을 하게 되었다. 광동 영화들은 상해의 기준으로 볼 때 그 영세적인 예산에 비해 의심할 것도 없이 훨씬 세련된 것들이었다. 그 영화들은 전통적인 하부 민속 문화의 부산물로서 대중적 수용에 대한 응답이었다.

1940년대 말까지의 중국 영화는 예술가의 지적 표현보다는 인민에 대한 항일 무장의 촉구를 중심으로 제작되었다. 그래서 이 시기의 관객과 예술가의 관계는 극히 원시적으로 친밀한 때였다. 〈봄이 오면 강물은 동으로 흐르고(一江春水向東流)〉(蔡楚生 鄭君里 徐韜, 1947)는 마치 중국의 〈바람과 함께 사라지다〉처럼 1940년대를 대표하는 영화다. 멜로드라마의 구조를 취하면서도 항일 전쟁 시기와 전후의 이상주의를 그려냄으로써 1920년대 이후 면면히 이어 오던 전통 문학의 계보와 중하층이 즐겨 찾던 대중적 소설을 연결하였다. 그 외에도 이 시기의 대표작으로는 김산(金山)의 〈송화강 위에서(松花江上)〉, 스동산(史東山)의 〈구름과 달의 8천 리 길(八天理路元和月)〉, 페이 무(費穆)의 〈마을의 봄(小城之春)〉, 왕빈(王斌)의 〈다리(橋)〉와 링즈펑(凌子風)의 〈중국의 딸들(中華女兒)〉 등이 있다. 이 중 〈마을의 봄(小城之春)〉은 지난 2005년 중국 영화탄생 100주년 기념 당시 100편에 뽑혔다.

〈봄이 오면 강물은 동으로 흐르고〉

1940년대 초의 항일 무장 투쟁과 중반의 내전은 이처럼 영화에서 미래를 위한 현재의 투쟁으로 드러났고, 그래서 리얼리즘의 원칙에 입각하면서도 그들이 익히 알고 있었던 영화적 환상을 보이는 방법으로 이루어졌던 것이다.

3. 제 2세대와 3세대의 시대(1949~1966, 문화대혁명 이전)

1949년에 수립된 중화 인민 공화국이 수립된 후 정치, 경제, 사회, 문화 각 방면에서의 일대 개혁이 이루어졌고 그 여파는 영화계에도 영향을 미쳤다. 1966년 장칭(江青)에 의해 영화 제작이 중단되었고, 1967~69년 사이 연간 제작 편수가 하나도 없게 되기까지 중국의 영화산업은 대약진운동의 일환으로서 사회주의 건설의 기치를 내걸고 창의력과 열성을 지닌 사회주의적 인간형을 창조해 내는 데 주력한다. 그러나 이야기 내용에 관계없이 대약진 자체만을 위해 움직이는 인물들은 모두 이전의 리얼리즘과는 무관하게 경직된 것으로 드러났다. 특히 문화대혁명 기간 동안에는 "민중 속에 들어가서 그들과 호흡하며 그들에게서 배우는" 예술인 형상에 맞추느라, 도식적인 인물 설정과 결말이 어떤 작품에나 의무화된 감이 없지 않았다. 1949년에서 1965년 사이의 대표적인 감독들과 그 작품들을 보면, 앞에 언급된 1949년 작품들과 함께, 주로 공산주의 혁명기에 있었던 지주 대 혁명 당원의 대립과 전통적 노예생활자 대 주체적 새 인간형의 대조가 뚜렷이 드러난다.

이 시기의 대표적 영화로는 〈중화의 아들 딸〉(1950)와 〈남북정벌〉(1952) 등이 있다. 모택동은 그의 문예정책의 일환으로 영화를 선전 도구로 활용했다. 그리고 사인방들에 의해 문화전선에서 사회주의 혁명을 위해 연극과 영화를 선전 도구로 사용하여 그 피해가 컸다. 이 당시에 10년 동안 총 8편의 영화가 상영되었는데, 대표작으로는 현대 경극 〈홍등기(紅燈記)〉, 발레극 〈백모녀(白毛女)〉, 〈홍색낭자군(紅色娘子軍)〉 등이 있다.

4. 제 4세대와 5세대의 시대(1978~, 문화대혁명 이후)

문화대혁명 전에 영화를 공부했지만, 문혁이 끝날 때까지 영화를 만들 수 없었던 이들이 4세대를 형성한다. 이들은 종종 '아카데믹파(Arcademic School)'라고 불린다. 그 이유는 그들이 영화 산업계에 입문하기 전에 이미 영화를 매체로서 형식적으로 공부한 세대들이기 때문이다. 이들이 처음으로 영화를 만들어 데뷔한 때는 이미 나이들이 많이 들어 있던 때이므로, 젊은 영화 연출가라기보다는 새로운 영화 연출가라는 말이 오히려 적당할 것이다.

1976년 모택동이 사망하자 중국의 모든 예술 장르는 부활하기 시작하였다. 그 이유는, 그가 1966년 5월에 내린 강령이 문화대혁명의 시작을 알렸고, 이를 기화로 전국의 학생들은 자신의 배움터로서 학교가 아닌 삶의 현장을 갖게 될 수밖에 없었기 때문이다. 문화대혁명의 시대에 청소년/청년기를 지냈던 4, 5세대 감독들은 이렇게 10대에 가졌던 마오이즘에 대한 환상이 환멸로 끝나는 것을 목격했던 세대이며, 그들이 기대하는 공산주의의 영광이 어쩌면 무의미한 것일 수도 있다는 개인적 체험을 겪었다. 또 그들은 학업을 해야 했던 시기에 당대의 농촌, 공장 지역의 실상들에 직면했던 까닭에, 그들의 사회 인식은 책에서 가르치는 것 이상의 강한 느낌으로 남아 있게 된 것이다.

한편, 5세대 감독은 북경영화학교 78학번들이다. 문화대혁명으로 인해 1966년 휴교령에 들어갔던 북경영화학교가 등소평의 개혁 정책에 힘입어 1978년 다시 문을 열게 됐고 1982년 졸업생들을 일컬어 5세대 감독이라 한다. 연출, 각본, 촬영, 디자인, 연기의 다섯 학과로 나뉘어 있는 이 학교는 삶의 현장에서 청소년기를 보내야 했던 20대 초반의 학생들을 받아들여 전문적인 영화인력의 충원을 시작했다. 그동안 영화를 만들 수 없었던 30세 전후의 젊은 이들도 대거 영화산업에 유입되었다. 젊은 영화학도들은 선배들의 영화를 보며 영화를 공부했으며, 자신이 자라난 시대와 사회를 영화에 담고자 노력했다. 이들이 세계 영화제에서 주목받기 시작한 시기는 1985년 첸카이거(陳凱歌)가 감독을 맡고 장이머우(張藝謨)가 촬영을 맡았던 〈황토지(黃土地)〉로 로카르노 영화제에서 입상하면서부터이다.

〈황토지(黃土地)〉

중국 정부는 이 영화에 대해 상당히 불만을 표현했었지만, 에딘버러(Edinburgh)와 로카르노(Locarno)에서의 잇단 성공을 목격하면서 "이해할 수 없는 일"이라며 난감한 표정을 지을 수밖에 없었다. 세계 영화인들은 이 영화에 깜짝 놀라며 첸카이거라는 감독의 이름을 기억했고, 비로소 중국영화의 존재를 인식했다. 그들은 〈황토지〉의 성과가 일회성으로 그칠 것이라고 믿었다. 하지만 첸카이거를 비롯한 장이머우, 톈좡좡(田壯壯), 황지엔신(黃建新) 등의 기세는 대단하였다. 〈낡은 우물(老井)〉이 동경에서, 〈대열병(大閱兵)〉이 몬트리올에서, 〈붉은 수수밭(紅高粱)〉이 베를린에서, 〈홍등(紅燈)〉이 베니스에서 좋은 성과를 올리면서, 세계 영화계는 중국영화의 전성시대가 개막되었다.

〈홍등(紅燈)〉

불과 5년 사이에 세계 유명한 영화제를 휩쓴 중국의 젊은 감독들을 사람들은 '중국의 제 5세대 감독'이라고 일컬었고, 첸카이거의 〈패왕별희(霸王別姬)〉가 칸의 황금종려상을 수상하면서 그들에 대한 관심은 절정에 이르렀다.

중국의 제5세대 감독들은 각자 개성을 가졌다. 그들이 영화계에 입문한 시기와 세계무대에서 두각을 나타낸 시기가 비슷할 뿐 하나로 묶을 수 있는 영화 이론적 토대나 작품들이 갖는 공통점을 꼬집어 말하기란 매우 곤란하다. 다만 이미 존재해오던 소재와 주제에 대한 불만, 영화 윤리와 형식 및 표현력의 차이, 중국의 관객들이 익숙해 있던 전통적 스타일에 대한 거부를 통해서 5세대 감독들은 신선하고 당돌한 느낌마저 주는 새로운 형식미를 갖춘 작품을 계속 내놓았다. 그들의 영화는 완결된 이야기 구조나 전통적인 양식에 함몰되지 않고 자신들의 의식이 드러나는 영상에 집착하였다. 또한 그들은 멜로 드라마적 분위기 전복을 강조하였다. 중국인의 민족성과 중국문화의 전통을 주로 다루었고, 정치현실에 민감한 주제를 언급할 수는 없었다.

서구의 영화인들은 이 새로운 감독군을 가리켜 '중국의 선봉파'라고 부르기도 한다. 그러나 1920년대 프랑스의 '선봉파(Avantgarde, 아방가르드)'나 1960년대의 '누벨바그', 1970년대 독일의 새로운 영화와 달리 그들은 어떤 '선언'도 한 적이 없다. 그들을 한데 모을 수 있는 공통점은 "혁명 후의 사회 현실을 직시하고 과거를 반성하는 것"이며 이와 아울러 역사적인 상황에 의해 좌절되는 인간상, 여성의 지위 향상 문제, 세대 간의 갈등, 사고방식과 생활 방식의 변화, 그리고 그 변화의 절실한 필요성 등을 담아내었던 것이다.

이러한 소재와 표현 기법에 있어서 이 시기, 이 시대의 작품들에는 제작 주체 자신들의 현실 감각에서 비롯되는 사실적인 묘사가 주로 쓰인다. 우티엔밍(吳天明)의 〈낡은 우물(老井)〉이나 첸카이거의 〈아이들의 왕〉 같은 영화들은 일상생활의 세밀한 그 무엇을 아주 담담하게 담고 있는 작품들이다. 이 일상의 연결에서 관객은 비일상의 핵 혹은 시간의 축적에서 우러나는 발견, 변화의 순간을 포착하게 되는 것이다. 이미 있던 소재나 모티브, 그리고 이야기 구조에 대한 이들 세대의 공통된 불만은 그들로 하여금 전통적 스타일—예를 들면 서사 형식과 연결성을 중시하는 이야기 전개, 유형화한 인물형, 전형성에 기초한 인물의 몸짓이나 말 등—을 비껴 나가거나 거기에 정면으로 도전하게 만들었다. 그리고 그들은 자신들의 작품이 관객들에게 당혹감과 신선함을 주고 불가해하다는 느낌을 갖게 만드는 것에 의식적으로나 무의식적으로 쾌감을 느끼게 되었다.

기교가 없는 화면의 관계와 균형을 느낄 수 없는 공간 구도도, 이 세대 영화들의 특징이다. 그전 세대들의 영화는 유연한 편집 기술에 구애되어 몽타쥬에 있어서의 연결성-비가시적 편집에 사로잡혀 있었다. 그래서 작품의 시공간적 내용이 쇼트의 연결에 결정적인 기준이 되었고, 해서 화면구도, 조명, 렌즈의 원근 조작을 위한 선택도 모두 이에 따랐다. 그러나 이 새로운 세대의 감독들은 구도 조형에 있어서의 불균형을 두려워하지 않으면서 '박진성'을 더하기 위해 다소 모순되는 듯한 '일상'을 구하는 것이다.

광선과 색채의 독특한 도입도 이 세대 감독들의 특징이다. 그들은 이미 언급되었듯이 전통적인 이야기 서술 방식에 의존하지 않는 시청각적 표현을 개발, 적용시켜 왔다. "종래의 영화는 화면이 항상 너무 밝다."라고 말하는 촬영 감독 출신의 연출가 장이머우의 말처럼, 이 세대는 지난 세대들이 무의식으로 따랐던 영화적 관행과 인습들에 대해 근본적인 의문과 비판을 가한다. 그래서 인물이 잘 보이지 않는 정도의 어두움도 과감히 작품 내에 수용하였고, 또 색채에 있는 어떤 의미도 이끌어낸다. 〈황토지〉의 갈색, 〈흑포사건〉의 빨강색과 흰색, 〈붉은 수수밭〉의 붉은색 등은 영화 자체 내에서 고유한 의미로 되살아나는 것이다.

일반적으로 1989년 천안문 사태까지를 제5세대 영화의 존속기간으로 평가한다. 이들의 영화는 외국에서는 높은 평가를 받았지만 정부의 탄압을 받아야 했다. 또한 천안문 사태 이후 중국의 역사를 담고 있는 후대의 젊은 감독들에게는 영화제용 영화이며 중국의 역사와 풍경을 이국적으로 보이게 만드는 오리엔탈리즘이라는 비판도 받아야 했다. 제5세대 감독들은 천안문 사태 이후 대부분 중국을 떠나 외국자본에 의해 영화를 만들고 있다.

첸카이거 감독

일찍이 장이머우 감독과 함께 중국 5세대 감독의 선두주자이자 중국 영화를 세계에 널리 알린 명망 있는 감독. 그의 영화적 자산은 문화혁명의 상처에 있으며, 그때 느낀 역사적 체험이 녹아 있는 영화들을 많이 만들었다. 그의 1984년 첫 작품 〈황토지〉는 대지에 터 잡고 사는 농민들의 시점에서 그들의 적나라한 삶과 고난을 다루었다. 이 영화는 지식인이 느끼는 혁명의 정감과 실제 농민들이 느끼는 정서 사이의 괴리를 짚어내며, 문화혁명의 잘못된 점을 비판하고 있다. 그 때문에 중국 당국의 제재를 받았고, 첸카이거는 좀 더 우회하는 길을 택한다. 1992년에는

〈현 위의 인생〉에서 중국 대륙의 아름다움, 도교의 마음, 그리고 권위의 부정과 자유인의 초상을 그렸다. 이때부터 형식미에 눈뜨며, 주제와 함께 독특한 스타일의 영상에 관심을 가지게 된다. 그런 징후가 강해진 것은 1993년 〈패왕별희〉. 중국 전통의 경극을 바탕으로 중국 현대사의 질곡과 이성애, 동성애의 문제에 접근해간 이 영화는 주제 자체는 많이 퇴색되고, 중국 당국의 입맛에 맞아떨어지는 쪽이었다. 하지만 영상의 스타일은 경극이란 화려한 소재에 걸맞았다. 이 영화로 칸느 영화제 대상을 수상하였다. 국제적인 성과를 얻자, 그는 중국의 문물을 바라보는 서양인들의 시각, 즉 오리엔탈리즘으로 중국의 신비화된 왜곡을 꾀한다는 인상을 줬다. 1996년 〈풍월〉이 그 대표적인 예. 화려한 스타일 속에 역사는 사라지고, 탐미적 영상은 힘을 잃었다. 코스모 폴리탄 쪽으로 나아가고 있으며, 이제는 중국이란 협애한 공간을 벗어났지만, 그가 향할 방향이 어디인지는 본인만 알고 있다.

장이머우 감독

첸카이거와 함께 중국 5세대 감독으로 꼽히는 대표적인 감독. 어린 시절 방직공장, 농촌에서 오랜 세월을 보내다 1978년 북경전영학원 촬영과에 입학하면서 영화인으로서의 길을 가게 된다. 졸업 후에 첸카이거 감독의 영화 〈황토지〉 등의 촬영을 맡아 이름을 알리기 시작한다. 그는 1987년 〈붉은 수수밭〉으로 화려하게 데뷔하는데 이 영화로 베를린 영화제 금곰상을 수상한다. 그 이후의 작품 〈홍등〉, 〈국두〉에서도 데뷔작과 마찬가지로 중국의 색인 강렬한 붉은 색조로 아름다운 영상미를 선보인다. 이 영화로 장이머우와 배우 궁리는 칸, 베를린에서 계속적으로 수상하여 세계적인 명성을 얻게 된다. 그러나 너무 형식에 치우친다는 비난에 장이머우는 현실의 역사에 눈을 돌린 〈귀주이야기〉, 〈인생〉을 만든다. 〈책상서랍 속의 동화〉도 좋은 반응을 이끌어냈다.

톈좡좡 감독

1952년 중국 북경 출생. 전직 카메라맨 출신인 티엔 감독은 북경영화아카데미를 졸업한 후 북경영화제작소에 입사해 아동영화 〈붉은 코끼리〉(1983)를 내놓았다. 1984년 춘밍스튜디오로 옮긴 톈좡좡은 〈9월〉을 공동 연출한 뒤, 자신의 첫 작품인 〈사냥터에서〉(1985)와 〈말 도둑〉(1986)을 잇달아 내놓았다. 이어 〈민요가수〉(1987), 〈로큰롤 청년〉(1988), 〈비법생명〉(1990), 〈대태감 리리안잉〉(1991)을 발표하였다. 중국역사를 담담하게 그리면서도 신랄하게 비판하고 있는 〈푸른 연〉(1993)은 자국에서는 상영금지를 당했으나 해외의 국제영화제에서 호평을 받았다.

5. 제 6세대 감독 시대(1989. 6. 4 천안문 사건 이후)

중국 내에서는 5세대에 대한 극복과 천안문 사건 이후 달라진 중국의 현실을 정면으로 다룬 〈광장(廣場)〉, 〈아들들(兒子)〉의 장위엔(張元), 〈소무(小武)〉의 지아장커(賈樟柯), 〈주말정인(週末情人)〉, 〈수쥬허(蘇州河)〉의 로우예(婁燁) 등의 새로운 감독들이 등장하였다. '제6세대'라 일컬어지는 이들은 1989년 북경영화학교를 졸업하였고, 1990년 이후 등장한 감독들로 현재 중국인들의 삶을 사실적으로 보여준다. 이들은 1989년 6.4 천안문 사건으로 지하활동이나 사회적 금기의 범위를 지속적으로 탐구하며 전위적, 언더그라운드적인 성격을 띠는데, 이외에도 왕샤오슈아이(王小帥), 허이(何一) 등이 대표적인 감독들이다.

'안티 5세대'가 천안문 사건을 계기로 새롭게 등장하였다. 이름 하여 제6세대. 1992년 장위엔은 포스트 천안문의 삶을 그린 〈북경잡종〉을 통해 새로운 중국 영화의 작가로 서방 세계에 가장 먼저 알려졌다.

그러나 연이은 〈광장〉, 〈아들들〉에서도 천안문을 맴돌던 장위엔은 퀴어시네마 〈동궁서궁〉으로 소재주의의 함정에 빠졌다. 소강상태에 빠진 중국영화를 두고 조기 진단서들이 나오기 시작하였고, 일찍 저버린 6세대를 뛰어넘을 새로운 작가의 출현은 요원하기만 했다. 그러나 이것은 어디까지나 외부의 시선일 뿐이었다. 지아장커가 〈소무〉로 중국 지하영화를 세상에 알린 것을 전후로 일군의 감독들이 두각을 나타내기 시작하였다.

〈소무(小武)〉

〈북경잡종(北京雜種)〉

그렇다면 6세대는 아직 건재한가? 그러나 변화한 중국의 현실, 그러니까 중국의 근대성에 대한 사유라는 지점에서 이들은 분명 우리가 '알던' 6세대가 아니었다. 이들은 장위엔과 지아장커를 잇는 가교이자 그 스스로 새로운 이름으로 거듭나고 있었다. 무엇보다 이들이 새로운 것은 아시아 영화라는 테두리 안에서 근대성과 정체성에 관해 진지하게 고민하기 시작한 첫 번째 중국영화라는 점이다.

중국에서 영화를 한다는 것은 세 가지 질문에 각각의 방식으로 대답하는 것이다. 첫째, 사회주의 국가 중국에 자본주의가 유입됨으로써 중국에서도 직면하게 된 근대성의 문제, 둘째, 다른 아시아 영화들과 동일한 문제 틀이 중국의 중화주의와 만나서 어떤 형태를 띠는가, 그리고 마지막으로 중국에서 영화를 한다는 것은 무엇인가이다.

현재 중국에서 영화를 한다는 것은 두 가지 문제와 싸워나가야 함을 의미한다. 검열과 시장성. 왕샤오슈아이, 허지엔준(何建軍), 장밍(張明), 지아장커는 각기 다른 방식으로 여기에 대답하는 중국 영화의 현재 진행형으로, 이들 각자의 영화로부터 대답을 들을 수 있을 것이다.

이처럼 중국영화는 점점 더 중화영화가 되어가고, 중국 제6세대 다음은 '중화 제1세대'가 될 것처럼 보인다. 그것은 이제 중국영화가 타이완과 홍콩을 연결하는 새로운 사고의 출발이라는 것을 선언하는 것이며, 동시에 새로운 커넥션의 가능성이다. 중국 제6세대는 그런 의미에서 위기와 비전을 동시에 안고 있다. 그것은 자본과 (지하에서 지상을 넘나드는) 인적 교류, 현장과 후반작업의 분리, 그리고 중국정부와 영화관계자 사이의 숨바꼭질에서 벌어지는 위기와 비전이다. 중국영화는 그만큼 새로워지겠지만, 동시에 그만큼 위험해 보인다. 게다가 계속해서 그 창구는 서방 세계의 영화제라는 점에서 제5세대와 같은 과정을 밟아나갈 수 있는 위기도 배제할 수 없다. 중국영화의 미학은 정부와 자본으로부터의 숨바꼭질이라고 서방세계는 탄식하였다. 문제는 희생이 너무 큰 숨바꼭질이기 때문에 언제 끝날지 모른다는 사실이다. 게다가 홍콩의 중국반환으로 이분화된 중국과 타이완영화의 관계는 아직 분명하진 않다. 중국 제6세대가 술래로부터 어디까지 도망칠 수 있을지 의문이다.

6. 포스트 6세대 감독의 시대(20세기 후반~)

〈임소요(任逍遙)〉

왕샤오슈아이 감독의
〈북경 자전거〉

중국 6세대 영화감독의 대표주자인 지아장커가 2002년 칸영화제에 들고 갔던 〈임소요(任逍遙)〉란 작품에는 한 젊은이가 오토바이의 시동을 걸기 위해 무려 30여 번 이상 '부르릉'거리는 고투의 장면이 나온다. 기초공사만 진행된 신흥 개발지구의 황량한 벌판에서 걸릴 듯 말 듯 한없이 울린 낡은 오토바이의 기계음은, 되는 것도 안 되는 것도 없는 현실에 대한 중국 '펀칭(憤青, 분노한 젊은이)'의 절절한 외침이었다.

이들 신세대 감독들은 특히 시장의 변화와 관객의 수요에 민감하게 반응한다. 오늘날 중국 영화계의 젊은 감독들은 지아장커의 오토바이 시동 소리와는 다른, 새로운 고투를 시작했다. 이른바 '6세대'라 불리는 지아장커, 장위엔, 왕샤오슈아이 등의 감독들이 '사회주의 시장경제체제'의 주변에 처한 이들의 분노를 담아냄으로써 '체제 비판적'이라는 딱지를 받았다면, 이들은 오히려 중국 영화시장의 진입을 위해 고투하고 있다.

6세대 감독들이 '지하영화'를 만든 뒤 칸, 베를린, 베니스 등 국제영화제에서 수상함으로써 국내 시장에 진입하는 우회로를 선택했다면, 이들은 굳이 국제영화제를 겨냥하지 않고 지금 현재의 중국 관중과 호흡하길 더 원한다. 6세대 감독들이 사회의 주변에 눈길을 돌리고 그에 대한 감독의 개성 있는 표현을 중시했다면, 이들은 "우리 할머니도 즐겁게 볼 수 있는" 영화를 만들겠다는 대중노선을 분명히 밝히고 있다. 〈중국신문주간〉(2005년 7월 18일 발행)에는 이들을 '포스트 6세대'라는 이름으로 묶었다. 그 대표적인 인물을 꼽자면 류하오(劉浩), 우스셴(伍仕賢), 장양(張揚) 등을 들 수 있다. 이들은 6세대 감독들과 나이나 경력에서 별 차이를 보이지 않는다. 이른바 '주류 영화계'에 편입해 들어가는 대신 제작자의 입김에서 자유로운 독립제작 형식을 선호하는 점도 닮

〈청홍(靑紅)〉

〈세계(世界)〉

〈스틸라이프〉

왔다. 그러나 이들을 6세대 감독들과 구별시키는 건 이들이 영화를 만들 때 관객과 시장을 늘 염두에 두고 있다는 점이다.

국제영화제 공식 경쟁부문에 오름으로써 중국 영화의 '국위'를 선양한 지아장커의 신작 〈세계〉와 왕샤오슈아이의 신작 〈청홍(靑紅)〉은 각각 2005년 초 중국 내에서 공식 상영의 기회를 얻었다. 당국의 탄압을 받아온 '지하영화'가 주류세계의 스크린에 걸리는 역사적인 순간이었지만, 이들의 재림은 가령 한국에서 〈파업전야〉 같은 '지하영화'가 누린 후광을 거의 누리지 못했다. 〈세계〉와 〈청홍〉은 흥행에서도 모두 참패했다. '포스트 6세대'가 지향하는 방향은 이들 영화의 참패에 대한 반성에서 출발한 것이라고도 할 수 있다.

6세대에 대한 가장 심각한 반성은 이들의 영화가 개인의 감수성을 표현하는 데 그쳤을 뿐 관중과 호흡하려는 의지가 없었다는 점이다. 6세대와 가장 먼저 '분리 선언'을 한 감독은 류하오다.

그의 경력을 보면 6세대와 거의 닮았다. 1995년 당시 26살이던 류는 북경영화대학 감독과에 진학하려 했으나 나이 제한에 걸려 야간대학을 다니며 3년 동안 청강생 생활을 했다. 그는 자신이 독립 제작한 이른바 '지하영화'인 〈천모와 메이팅〉으로 베를린영화제에서 수상했으며, 그 덕분에 두 번째 작품 〈양 모 시기〉는 아직 극장을 잡지 못해 상영이 지연되고 있지만, 당국의 심사는 순조롭게 통과했다.

지아장커와 거의 닮은 행보를 보인 셈이다. 그럼에도 그는 자신에 대해 '지하 감독'이라는 이름을 붙이는 데 대해 강력하게 항의하며 자신은 6세대와 다르다고 주장한다. 그는 자신이 찍으려 하는 영화란 "예술성과 통속성이 함께 있어야 하고, 우리 할머니가 보시더라도 이해할 수 있는 이야기이어야 하며, 그러나 반드시 개성은 있어야 한다"고 말한다. 이런 점에서 그는 '자기 세계에 함몰된 6세대'와 자신을 차별화한다. 실제로 그가 찍은 '지하영화' 〈천모와 메이팅〉은 길거리에서 꽃을 파는 청년 천모와 이발소에서 머리 감겨주는 일을 하는 아가씨 메이팅 사이의 순진한 사랑 이야기다. 가난하고 주변적인 삶을 다뤘지만, 감독은 무엇보다 '관객과의 교감'을 중시했다고 말한다. 그가 두 번째 만든 영화 〈양 모시기〉는 영화제작사인 베이다싱광공사의 '청년감독 새 영화 프로젝트'의 첫 번째 작품이다. 가난한 농촌 남자가 뜻밖에 외국으로 수출되는 고급 양을 얻게 돼 이 '보물'을 돌보느라 실제 자신의 생활이 엉망진창에 빠진다는 블랙 코미디다.

류하오는 북경영화대학 청강생 시절 지하실에서 살면서 3년 동안 온갖 할리우드영화와 홍콩영화를 '탐독'했다고 고백한다. "내가 특히 좋아한 영화는 〈세븐〉과 〈미션 임파서블〉이다. 이 영화들은 이야기를 멋지게 풀어갔다는 점에서 좋았다. 가장 이상적으로 생각하는 작품은 이탈리아 영화 〈일 포스티노〉다. 간단한 이야기를 통해 인생의 영원한 주제를 다뤘다." 이런 경험이 그로 하여금 '시장'과 '성적'을 돌아보지 않고 영화를 만드는 것만이 '작가'가 할 일이라는 기존의 관념과 다른 생각을 품게 만들었다.

그러나 '포스트 6세대'라 불리는 이들은 대체로 제작자의 입김에서 자유로운 독립제작 방식을 선호하기 때문에 이들의 '시장' 진입이 쉽지만은 않다. 이 문제에 관한 한 우스셴은 누구보다 더 힘들게 노력했다. 그는 2005년 첫 영화 〈홀로 기다리다〉를 찍으면서 아무런 간섭도 받기 싫어 독립제작 방식을 선택했다. 영화를 찍는 것까지는 좋았지만 남은 문제는 이걸 어떻게 극장 스크린에 내거느냐 하는 문제였다. "배급사와 협상을 거듭했지만 쉽지가 않았다. 이들은 국산 영화에 대해서도 신뢰가 없을 뿐 아니라 관객도 믿지 못한다. 더군다나 국내 영화 배급사들은 관행에 따라 움직일 뿐 아무런 객관적인 규범이 없다."

그는 자신의 영화 〈홀로 기다리다〉가 '젊은 세대의 영화'라고 말한다. "나는 어떤 영화든 8살에서 88살까지 모두 볼 수 있는 게 아니라고 생각한다. 나는 이 영화를 15~35살의 사람들에게 보여주고 싶어서 찍었다." 북경에서 연극배우, 로큰롤 밴드 등 문화권 주변의 젊은 사람들과 어울려온 그는 이런 체험을 바탕으로 디스코텍과 술집을 오가는 젊은이들의 일상과 감정을 영화에 담았다. 홍콩 대중가수 에스에이치이(S.H.E) 등 배경음악도 주로 대중음악을 썼다.

자신이 볼 때 상업성이나 흥행성이 풍부함에도, 그가 배급사와 협상을 할 때 가장 많이 들은 얘기는 "이런 국산영화를 누가 보겠는가", "이런 건 홍콩영화만큼 인기가 없다"는 말이었다.

〈홀로 기다리다〉가 북경의 대학생영화제에서 상영되었었는데, 젊은 관중들 사이에선 폭소와 박수소리가 잇따랐다. 대학생들의 열렬한 반응을 보며 우스셴은 "배급사는 관중에 대한 믿음이 없다"고 비판했다. 영화제에서 호평을 받은 데 힘입어 이 영화는 전국적으로 상영될 기회를 얻었다.

장양은 비교적 시장에 성공적으로 진입한 경우에 해당한다. 1988년 중앙희극학원(연극대학) 감독과에 진학한 장은 4년 동안 최건의 락 음악에 심취했다. 락 음악은 그를 착한 학생에서 '반역의 펀칭(憤靑)'으로 탈바꿈시켰다. 그는 정통 학교교육에 불만을 터뜨렸고 실험연극에 몰두했으며 장발에 락 음악을 연주하고 다녔다. 여기까지는 전형적인 '반체체 감독'의 성장기처럼 읽히지만, 그는 영화를 찍으면서 관객과의 교감에 대한 시각을 다잡았다. "나의 영화는 반드시 국내의 관중과 교감을 나눠야 한다. 그렇기 때문에 나는 체제 외적인 제작은 전혀 고려한 적이 없다." 처녀작 〈애정 마라탕〉과 두 번째 작품 〈목욕〉은 모두 저 자본으로 제작됐지만 극장에 걸렸고 성적도 나쁘지 않았다.

그의 〈어제〉는 조금 민감했지만 심사도 통과했고 "시장과 예술 사이에서 자신의 공간을 찾았다"는 평을 들었다. 〈어제〉는 주변적인 북경 청년의 삶을 찍었지만, 6세대의 〈북경 잡종〉, 〈극도 한랭〉, 〈주말 애인〉 등에 비하면 전혀 다르다. 감독은 "인성 가운데 비교적 선량하고 따뜻한 부분을 표현하고 싶었다."고 말한다. 그는 '포스트 6세대' 가운데 비교적 시장에 성공적으로 진입한 경우에 속한다. 그럼에도 그는 자신이 "순전히 관중의 박수를 받기 위해서만 영화를 찍는 건 아니다"며 "〈애정 마라탕(愛情麻辣湯)〉처럼 비교적 유행조류를 따라잡은 영화에서도 난 내가 표현하고 싶은 것을 안에 넣었다"고 말한다.

〈애정 마라탕(愛情麻辣湯)〉

'포스트 6세대'가 6세대 감독들과 차별화를 선언하고 있음에도 이들은 여전히 시장 진입을 위해 고군분투하고 있다. 2005년의 경우 중국영화계가 불경기에 휩싸이면서 212편의 낮은 제작편수를 기록했고 그 가운데 그나마 극장에 걸린 건 20편에 그쳤다. '포스트 6세대'의 독립제작 영화의 경우 극장에 일단 내 걸리기만 해도 '승리'라고 말하는 분위기다.

제6장 중국 대중가요

1. 중국 대중가요

리진후이(黎錦暉)

우리나라와 마찬가지로 중국의 대중음악도 서방 열강의 침입에 기원하는 '서방→본토'의 경로와 '서방+본토'식의 방식으로 형성되어왔다. 중국 대중음악의 창시자로 알려진 리진후이(黎錦暉)가 1927년에 창작한 〈가랑비(毛毛雨)〉란 노래가 중국 최초의 대중음악이라고 할 수 있다.

대중성, 통속성, 상업성, 비정치성, (시간적) 유한성 등을 대중가요의 일반적인 속성으로 볼 때, 그 곡이 여느 민요나 군가와 구별되는 대중음악적 본능을 지녔다고 볼 수 있다는 것이다. 따라 부르기 쉬운 멜로디에, 상업사회 출근족들의 입맛에 맞게 만들어져, 레코드와 축음기를 통한 음악 전파로 개개인의 오락 공간을 점유하며, 정치 이데올로기의 개입 없이, 일정기간 유행했다가 사라진 노래라는 데서, 최초의 대중음악이란 의미를 지니고 있다. 그 후로 유사한 성격의 대중가요들이 쏟아져 나오고, 1930, 40년대 개방 도시 상해 등을 중심으로 성행하게 된다. 그러다가 1949년 공산정부 수립 이후 대중가요가 종적을 감추게 되고, 1976~1978년 과도기를 거쳐 개혁개방의 물결 속에서 대중가요가 다시 나타나 혁명가요의 틈바구니 속에서 가쁜 숨을 내쉬며 발버둥치게 된다. 다만 공산정부의 주도세력(정치권+문화계 지배세력)들은 대중가요의 본성(고전음악이나 혁명예술과 구별되는 갖가지 속성)을 근거로 그것을 배척하였기 때문에, 상당 기간(1990년대 중반 이전까지) 대중음악의 발전은 억압되었으며, 그에 따라 중국 대륙 대중음악의 수준은 높지 않은 수준에서 정체하였다.

1992년 시장경제의 도입으로 인해, 대중음악은 점차로 산업과 오락으로서의 존재 가치를 인정받게 되고, 홍콩 · 타이완과 서구 · 일본으로부터의 모방 속에서 차츰 기반을 마련해나가게 된다. '헤이바오(黑豹樂隊)' 등 대륙의 록그룹이 1991년 타이완의 록 레코드에서 앨범을 발표하여 큰 인기를 누리고, 1992년부터 이에 자극을 받아 광저우 등에서 스타시스템을 도입하면서 산업형식으로서의 대중음악이 점차 토대를 구축해 가게 된다.

〈헤이바오 그룹(黑豹樂隊)〉

그러다가 1990년대 말부터 개혁개방을 통한 경제 발전과 산업화의 지속, 소비층의 확산, 문화적 전지구화의 경향이 중국에서도 음악의 산업화, 다양화, 상품화를 앞당김으로써, 다양한 음악상품 개발 및 생산과 문화 피드백을 통한 문화산업 부흥은 중국에서도 이미 거스를 수 없는 흐름이 되었다.

시대를 통해 살펴본 중국 대중음악은 1930, 40년대의 반식민 시기, 1950년대부터 개혁개방 이전까지의 사회주의 혁명 계승발전기, 개혁개방 이후부터 1990년대 중반까지의 문화개방과 문화개혁의 혼돈기, 1990년대 후반 이후부터 현재까지의 세계화와 중국특색의 대중음악 발전기에 이르기까지, 정치경제의 격변과 궤를 같이하여 왔음을 알 수 있으며, 사회주의 및 전통 유가(儒家)문화의 잔재, 대중매체의 정치 및 상업적 기능, 상업의 발전과 오락적 수요의 배가, 이데올로기 및 사회심리의 다양화 등 풍성한 소재들과 엮어져 왔음을 알 수 있다.

중국은 음악에 있어서 전통적으로 발라드가 상당한 비중을 차지한다. 우리나라에서는 여름에 댄스곡이 인기를 끌고, 가을에는 발라드 음악이 인기를 얻는 것처럼 계절에 따라 그리고 유행에 따라 음악장르의 주도권이 쉽게 바뀐다. 하지만 정도의 차이는 있을지라도 중국에서 발라드의 인기는 독특하리만큼 강하다. 그만큼 중국인들의 정서에는 애잔하고 심금을 울리는 멜로디와 가사가 어필하는 것이다. 음반 차트의 노래를 들어보면 특별히 가수들의 맑고 깨끗한 목소리에 중국 전통악기 '얼후(二湖)'의 음이 더해진 애잔한 곡이 항상 절반가량 된다.

그러나 중국에서의 발라드 인기가 중국인의 정서에 부합하기 때문이라는 설

등려군(鄧麗君)

명만으로는 뭔가 부족하다. 일반적으로 중국에서 대중가요가 자리 잡은 것은 등려군(鄧麗君) 등이 활동했던 1980년대와 4대 천왕을 대표로 하는 90년대로 본다.

4대 천왕은 곽부성(郭富城), 유덕화(劉德華), 장학우(張學友), 여명(黎明)으로 그들이 부른 노래는 중국의 대중가요를 대표해왔다. 그들은 지금 마흔이 넘은 나이지만 여전히 왕성한 활동을 하고 있는데, 이는 그들의 활동이 단순히 노래 하나가 성공하고 안 하고를 떠나서 그들 자체가 상품화되어 사람들에게 각인되어 있기 때문이다. 현재 중국 대중가요의 수용자층을 볼 때 큰 비중을 차지하는 층이 30대라고 한다. 이들은 바로 4대 천왕이 활동하던 시기의 중고생으로 지금의 실질적 구매자의 한 축을 이루고 있다. 따라서 이들의 발라드 편애 성향이 대체적으로 중국 대중가요를 발라드로 치우치게 하는 데 큰 역할을 하고 있다. 4대 천왕의 뒤를 이은 대표적인 발라드의 황제는 장신철(張信哲)이다.

최건(崔健)

이렇게 발라드가 중국 대중가요의 커다란 한 부분을 차지하는 데 이어 만만찮게 비중을 차지하는 또 다른 장르가 락(Rock)이다. 중국에서 락은 비교적 역사가 짧다고 할 수 있는데, 1989년 천안문사건 때 시위대가 재중동포 최건(崔健)의 노래를 부른 것을 필두로 지금까지 Beyond 등과 같은 락 그룹들이 많이 생겨났다. 이처럼 중국 락의 역사는 천안문 사태에서부터 시작되었기 때문에, 그것은 억압적 사회에 대한 사람들의 비판 혹은 갈망이 폭발적인 락을 매개로 표현된 것이라 볼 수 있다.

중국 사회의 급격한 변화의 물결 속에 중국 젊은이들이 방송을 통해 흘러나오는 외국음악에 익숙해지면서 락 음악도 1993년 록세트(Roxette)의 공연이 성황리에 끝나는 등 중국의 대중가요에 있어서 굵은 줄기를 차지하게 되었다. 대표적인 중국의 락 가수나 그룹으로는 두유(竇唯), 장초(張楚), 하용(何勇), 당조(唐朝), Beyond 등이 있으며, 흑표(黑豹), 오백(伍佰), ANODIZE, 초재악대(超載樂隊), ADO, 왕용(王勇) 등도 큰 명성을 얻고 있다.

중국 음악계는 발라드와 락 두 장르가 여전히 큰 비중을 차지하고 있지만 많이 달라지고 있다. 외국에서 들어온 다양한 음악들이 중국인의 기호를 바꾸고 있는 것이다. 힙합이라든지, R&B, 또 요즘 한류(韓流)라 불리는 한국 음악, 일본 음악 등이 이제 중국의 주류 음악 장르를 세분화시키고 있다.

그 외 대중음악이라고 하면 주류 음악인 팝이나, 락, 힙합 등을 떠올리지만 월드뮤직도 나름대로 자기 자리를 잡고 있다. 특히 뉴에이지 성향과 맞물리면서 월드뮤직은 그 나름의 의미를 찾고 있다. 중국의 지아 펑 팡은 중국의 대표적인 악기인 '얼후(二胡)'를 연주하는 연주자다. 특히 서양에 불고 있는 선(禪) 사상과 맞물리면서 그의 음악에 대한 관심이 커지고 있다. 대부분의 아시아 출신 뉴에이지 뮤지션들이 피아노나 기타 등을 통해 아시아적 감성을 표현하는데 반해 지아 펑 팡은 중국 전통악기로 아시아적 감성을 표현해 더욱 눈길을 끌고 있는 것이다.

2. 최근 중국의 대중음악 시장 동향

1) 음반, 비디오 시장의 외자 개방

중국은 세계무역기구(WTO) 가입을 촉진시키기 위해 엔터테인먼트 분야에 대한 외국자본 투자 문호를 더 개방할 것이라고 선지아정 중국 문화부장이 밝혔다. 외국 기업은 또 합작사를 통해 이들 제품을 중국 소매상들에게 유통시킬 수도 있다고 덧붙였다. 외국 기업은 그간 연간 600억 위안(73억 달러) 규모인 중국 음반, 비디오 시장에 진출하기 위해 아무리 지분이 적더라도 중국 기업과 합작사를 설립할 수 없도록 규제돼왔다. 이 조치가 취해지면 외국 음반, 비디오 체인점이 중국에 진출할 수 있게 된다면서 그간 중국의 음반, 비디오 시장을 영세 업체들이 나눠 가져온 상황에서 불법 복제 등이 기승을 부리고 있음을 강조했다. 중국 당국이 음반, 비디오 불법복제를 단속하고 있음을 상기시키면서 이것이 중국 업체는 물론 외국 회사에게도 이익이 되는 것이라고 강조했다.

2) 젊은이들을 사로잡는 한류(韓流)와 한국 대중음악

지금 중국을 비롯한 아시아의 젊은이들은, 빠른 음악과 격렬한 춤동작, 열정적이면서 청량음료와 같이 시원한 한국의 댄스그룹에 열광하고 강렬한 색채의 한국 드라마에 푹 빠져 한국 문화의 소비주체로 떠오르고 있다. '한류(韓流)'란 최근 몇 년 사이 중국, 타이완, 베트남, 홍콩 등 동남아시아 청소년들 사이에서 번지고 있는 한국 대중문화(음악, 드라마, 영화, 패션 등) 돌풍을 의미한다. 1999년 11월 클론과 2000년 H.O.T의 북경콘서트 대성공으로 인해 중국 언론에 한국 문화와 한국 매니아를 뜻하는 '한류'와 '하한족(哈韓族)'이라는 신조어가 생기게 되었다. 경제적인 측면에서도 콘텐츠로 대표되는 신경제의 활성화가 제시되고 있는 상황에서, 한류는 이미 여러 가지 부가가치를 창출해 내고 있고, 앞으로도 더욱 더 많은 부가가치를 낼 수 있다는 점에서 주목을 받고 있다.

한국 대중음악 가수들이 전 중화권에서 최고의 인기를 얻게 된 배경에는, 1980년대 이후부터 중국어로 번안된 많은 한국 가요들이 이 지역에서 불리면서 많은 중국인들의 귀에 한국 음악이 익숙해졌기 때문이다. 장궈룽(張國榮)의 〈친구여(愛在深秋)〉, 〈손에 손 잡고(心手相連)〉 등과 1990년대 말 한국의 빠른 댄스음악들이 번안되어 좋은 호응을 얻자, 한국 가수들은 대형 콘서트 개최를 통해 중화권에 진출하기 시작하였다. 최근 중국에는 한국 음악만을 소개하는 라디오방송 프로그램 〈서울음악실(漢城音樂堂, 1997년 시작)〉, 그리고 여러 차례의 한국 가수 콘서트를 계기로 한류가 '폭발'하기 시작했다. 한류는 각 지역에 따라 약간의 차이가 있는데, 타이완은 드라마가, 중국은 10대 청소년들을 사로잡고 있는 댄스그룹들의 음악이, 홍콩은 영화에서 커다란 성과를 올렸다.

2000년대 이후로는 중국 내에 본격적으로 한국의 가수와 그룹들이 콘서트를 진행하면서 한류의 붐을 일으켜 나갔고, 많은 한국의 가수들이 인기를 구가하였다. 급기야 2005년대에 이르러서는 중국 젊은 가수들이 한국의 엔터테인먼트 회사와 가수계약을 체결하고 가수 활동을 하는 지경에 이르렀다. 대표적인 가수는 수퍼 주니어의 한경, 엑소의 크리스, 루한, 타오, 에프엑스의 빅토리아 등이 있다.

티아라의 '바나나 프로젝트'

이러한 추세는 이제 중국의 기업이 한국 기업과 합작을 하거나 기업인수를 추진하는 경우로 확대되었다. 2016년 2월 중국 최대 전자 상거래 기업인 '알리바바'와 국내 엔터테이먼트 회사 SM이 파트너십 계약을 맺었다. 또 2015년 8월에는 완다그룹 왕젠린 회장의 아들 왕쓰충이 연예 기획사 '바나나 프로젝트'를 설립해 국내 걸그룹 티아라의 중국 판권 계약을 맺었다.

중국 기업들이 본격적으로 대중음악 사업에 뛰어들고 있다. 이렇게 대중음악 사업에 진출하는 이유는 인터넷, 모바일, SNS 등으로 콘텐츠 홍보와 마케팅, 유통채널이 확장되면서 음악 시장이 활기를 띠고 있기 때문이다. 또한 '팬경제'가 중국에서도 형성되면서 경제적 파급효과를 거둘 수 있기 때문이다. 이러한 팬덤은 중국 내에서도 90년 이후 출생한 세대를 90후와 2000년대 이후 출생 세대인 00후로 구분되면서 중국 콘텐츠 소비의 양대 축을 형성하고 있다.

3. 중국 대중가요 시장의 특징

1) 불법복제음반〔盜版〕

현재 중국에서 팔리고 있는 불법복제음반 및 영상물의 판매량이 합법적인 제품 판매량의 15배가 넘으며, 중국 내에서 유통되는 음반 중 90%가량이 불법복제음반으로 추정되고 있는 만큼, 불법복제음반은 중국 음반 문화의 최대의 골칫거리라 할 수 있다. 심지어 정품임을 증명하는 원음정판(原音正版)이라는 스티커가 붙어 있는 제품들 중에도 불법복제음반이 태반이며, 내로라하는 유명할인상점이나 백화점에서조차 아무런 거리낌 없이 팔려 나가고 있다. 이는 홍콩도 마찬가지이며, 타이완에서는 최상의 복제기술을 이용하여 "정품과 구별이 안 가는" 해적판을 만들어 내고 있다.

이 같은 현상의 원인을 찾아보자면, 우선 확연한 가격의 차이를 들 수 있다. CD의 경우, 수입정품과 불법복제음반의 가격차는 최고 10배에 달하기 때문에, 동네의 작은 레코드 가게에서는 값비싼 수입정품은 아예 갖다 놓지도 않는 실정이다. 또 하나 불법복제음반의 매력이라고 할 수 있는 것은 일명 "끼워주기곡"으로, 정품에 수록된 곡들 이외에 이전 히트곡들을 더 수록해서 팔고 있다. 특히 타이완에서는 초등학생조차도 불법복제음반 산업에 쉽게 접할 수 있을 정도로, 인터넷과 통신망을 통한 판매활로가 활짝 열려 있다.

이 같은 불법복제음반의 난무 현상에 대처하기 위해 홍콩과 타이완의 각 음반사들은 연합으로 광고를 제작하는 등의 노력을 기울였으나, 그다지 효과를 보지 못했다. 이에 음반사들이 택한 자구책은 가격을 내리기보다는 오히려 고품격화를 통한 차별화였다. 즉, 위에서 이미 본 것처럼 정품을 구입하면, 달력, 미니 사진첩, 엽서세트 등을 끼워준다거나 이벤트에 응모하거나, 콘서트 티켓 혹은 값비싼 자동차나 전자제품 등의 상품을 탈 수 있는 기회를 제공하는 것이다. 그러나 중국 대륙의 경우 불법복제음반에 대한 대응과 실제 효과는 거의 전무한 실정이다.

2) 인터넷 음반 밀수와 지적 재산권의 보호

인터넷을 통해 국경을 넘나들며 활동하는 음반 밀수업자들이 증가하는 가운데, 중국에서는 2000년 3월, 수입 음반과 비디오의 온라인 거래를 금지하고, 외국 투자기업이 시청각 상품을 인터넷으로 판매하는 것을 강력히 제재하기로 하는 법안을 발표했다. 이 같은 법안이 발표된 후, 실제로 인민최고법원은 지난해 국제음반연맹 회원사인 차이나레코드, 소니뮤직, 유니버설뮤직, 워너뮤직 등의 사이트에서 MP3 파일을 불법으로 다운로드 받도록 연결한 혐의로 제소당한 북경(北京)의 마이웹(My Web)에 대해 최근 저작권 침해 판결을 내렸으며, 또한 법원은 같은 혐의로 피소된 광주(廣州)의 텍슨 사이트에 대해서는 현재 심리를 진행 중이다. 인민최고법원 지적재산권 분과[知識産權審判庭]의 장지페이(蔣志培) 주임판사는 이 같은 판결에 대해 "급속도로 발전하는 중국의 인터넷산업을 감안, 사이버 공간에서의 저작권 침해에 대한 규제를 강화할 필요가 있다"고 밝혀 중국 법원의 인터넷 저작권 보호 강화 움직임을 시사했다.

3) 대륙 출신 스타의 부재와 인터넷 공략

이 밖에 중국 대륙 내의 대중가요의 취약점으로, 대륙 출신 인기 가수의 부재를 들 수 있겠다. 이는 중국 사회의 정책에 의해 아직 자유로운 음악활동이 어렵기 때문인데, 중국에는 아직 사전검열 제도가 존재(이 때문에 해적판 음반을 더욱 애용하게 된다)하며, 대륙의 가수들은 공연이나 방송출연의 기회가 적으며 여전히 노래에서 이념의 색깔을 지우지 못해 내용이 어렵고 공허하기 때문이다. 물론 락 가수인 최건, 하용, 장초 등의 경우 방송출연과 공연이 자유롭지 못한 상태에서도 공연할 때마다 폭발적인 인기를 모으기는 했지만 이는 어디까지나 공연장에서일 뿐이지 음반시장으로 연결되지는 않고 있다. 이 때문에 중국 대륙에서는 현재 다양한 장르의 음악들이 존재하며 음반 판매량 역시 급속도로 증가하고 있지만 결국 이는 모두 홍콩, 타이완, 구미(歐美), 한국 등의 노래로 이어지고 마는 것이다. 이 같은 현상에 대해 앞에서 밝힌 바와 같이 최근 인터넷을 통한 공략이 출구가 될 수 있을 듯하나, 이것이 실제로 성공할 수 있을지의 여부는 역시 두고 봐야 할 일일 것이다.

세계 최다 인구를 과시하고 있는 중국에서 해외로 빠져나간 중국인들은 서로 단합해 동남아 경제권에 상당한 영향력을 행사하고 있으며, 연예산업에 있어서도 결코 무시할 수 없는 위력을 보여주고 있다. 특히 싱가폴은 영어와 중국어가 공용어로 쓰일 만큼 국민의 대다수가 화교이며, 중국과 타이완 음반시장의 거점지인 타이완과 거의 경계선을 찾아볼 수 없을 정도로 중국어권 가수들이 절대적인 사랑을 받고 있다. 이런 현상 때문에 중국어권에서 어느 정도 고정적인 위치를 확보한 가수들은 소위 성마(星馬)지역이라 불리는 싱가폴, 말레이시아 지역에서의 홍보활동을 게을리할 수 없다. 따라서 순회콘서트 지역을 결정할 때에도 중국대륙-홍콩-타이완이 기본적인 1차 선택지라고 한다면 성마지역은 콘서트가 보다 장기공연으로 추진될 때 반드시 추가되는 지역이다. 그다음은 화교권이 비교적 많이 거주하고 있는 지역(미주, 캐나다, 유럽공동권 등)으로 공연지가 확대되어 그야말로 "세계 순회 콘서트"라 할 만한 공연 일정이 결정되는 것이다.

이렇게 중국어권 가수들은 결코 한 지역에서만 인기를 끌 것을 생각하지 않고, 데뷔 때부터 여러 지역에서의 성공 가능성을 점친다. 그런 이유로, 홍콩 출신이면서도 보다 광범위한 활동지역으로의 진출을 위해 미리부터 국어음반시장을 노려 타이완으로 건너와 데뷔를 하는 이들이 등장하고, 성마지역에서 어는 정도 인기를 확보하고 타이완으로 진출하는 가수들도 눈에 띄고 있다. 이처럼 성공하고자 하는 가수들이 타이완으로 몰려드는 이유는, 요즘 타이완에서 뜨면 중국어권 시장에서 반은 성공한 것이나 다름없다고 이야기 될 만큼 타이완음악계에 여러 국가에서 들어오는 상품이 집결되고 있기 때문이다.

최근에는 타이완시장의 무한한 가능성을 인식한 비화교권 지역에서도 타이완에서의 음반 발표에 열을 올리고 있다. 이러한 지역으로는 대표적으로 태국과 한국을 꼽을 수 있는데, 위성채널인 채널 V를 통해 이 지역의 음악이 자연스럽게 중국어권 지역에 알려지게 되면서 얻게 된 지명도를 이용해 속속들이 자국가수들을 홍보하는 데 힘쓰고 있다. 상황이 이렇게 되면서, 중국어권 가수들 역시 마케팅 전략을 바꿔 비화교권(한국, 일본 등)까지 깊숙이 파고드는 계획을 세우고 있다.

이 밖에도 인터넷 활용의 중요성이 날로 커져감에 따라, 동방매력(東方魅力)이라는 이름의 스타이스트(www.stareastnet.com)와 같은 웹사이트가 생겨나고 있다. 동방매력은 1999년 말 홍콩의 거물급 연예인들이 주축이 되어 설립한 것으로 50여 명의 홍콩 유명스타와 직접 투자, 계약을 맺어 그들의 활동기록을 전 세계에 송출하는 역할을 하고 있으며, 홍콩에 이어 타이완에까지

연계 사이트(tw.stareastnet.com)를 개설하고 아시아 글로벌 체계를 목표로 분주히 사업자와 투자 대상을 물색하고 있다. 비단 동방매력뿐 아니라 최근 홍콩이나 타이완에서는 엔터테인먼트 산업에 몸담고 있는 이들이라면 앞을 다투어 웹사이트를 만드는 데 촉각을 곤두세우고 있다.

2000년 중국이 세계무역기구(WTO) 가입을 촉진시키기 위해 엔터테인먼트 분야에 대한 외국자본 투자 문호를 더 개방할 것임을 발표함으로써 중국의 음반 산업은 세계 시장과 보다 밀접한 관계를 형성하게 되었다. 한편으로 중국의 대중가요에 대한 정체성 부재에 대한 우려와 각종 불법 복제판으로 인한 음반 시장의 위축을 걱정하는 의견이 있지만 자국 시장에 있어서의 저력과 세계진출을 위한 준비작업은 성공적이라 할 수 있다.

중국의 음악 시장, 그중에서도 대중가요 부분에서 중국은 현재 다국적 음악이 난무하고 있지만 머지않아 더욱 분명한 그들의 색깔을 찾게 될 것이다.

제7장 중국 광고산업

1. 광고와 대중문화

광고는 현대인이 가장 많이 접하는 것 가운데 하나이다. 우리는 일상에서 알게 모르게 갖가지 광고를 접하게 된다. 아침에 눈을 떠서 처음 펼쳐 든 신문에서나 길을 가다가 뿌려지는 전단지, 길거리 곳곳에 걸려 있는 간판이나 휴식을 위해 찾는 극장에서 우리는 여러 가지 광고를 접하게 된다. 그중 가장 많은 광고를 접하는 곳은 단연 TV나 라디오 같은 방송매체일 것이다.

광고는 자본주의 사회의 필수적 부산물이다. 현대 사회가 이러한 광고의 바다를 이루게 된 것은 자본주의 사회의 가장 큰 특징은 시장이 형성되었기 때문이다. 이 시장에서 살아남기 위해서 기업들은 우수한 제품을 생산해야만 한다. 하지만 그 우수한 생산물들을 어떻게 광고를 하느냐에 따라서 기업의 흥망이 좌우되는 것이 현대사회에서의 특징이라 할 수 있겠다. 그래서 기업들은 매년 막대한 양의 돈을 광고비에 지출하게 된다. 하지만 요즘에는 제품보다는 기업 자체를 광고하는 전략이 나타나고 있다.

광고는 통상 대중문화로 불리는 그 사회의 문화상 그 자체를 보여준다. 광고를 통해서 우리는 대중이 지향하며 향유하고 있는 문화적 가치를 읽을 수 있다.

중국은 1976년 이래로 '1가구 1자녀'의 산아제한정책을 실시하여왔다. 그 결과 아이는 가정의 유일한 보배가 되었고 부모들은 자식에게 최대한 잘해주려고 애쓰고 있다. 더욱이 노인들의 손자, 손녀들에 대한 사랑은 이루 말할 수 없을 정도에 달하고 있다. 이른바 소황제(小皇帝)는 이처럼 아이가 가정에서 황제처럼 떠받들린다 해서 나온 말이다. 또한 망자성룡(望子成龍)과 같은 말은 자식이 훌륭한 인물이 되기를 바라는 부모의 마음을 담고 있다.

그러나 자식에 대한 지나친 사랑과 기대는 오히려 아이들의 성장에 좋지 않은 영향을 끼칠 수도 있다. 중국의 공익 광고에서 자식을 과잉보호하는 것에 대해 경계하는 광고가 많다는 사실은 그 부작용이 이미 사회적으로 문제시되고 있음을 말해준다. 이처럼 중국에 관한 많은 사회, 문화적인 단면을 담고 있는 광고는 좋은 학습 자료가 될 수 있을 것이다.

중국 광고의 탄생과 성장은 중국이 오랜 세월 견지해 온 '사회주의 통제경제'를 '중국식의 사회주의 시장경제'로 전환한 시점 및 그 성장과 맥을 같이하고 있다. 따라서 중국 광고의 수준은 아직은 초보단계라고 할 수 있을 것이다. 1979년 1월 상해시 TV에서 처음으로 방송 광고를 시작했고, 상해에서 발행하는 문회보(文匯報)에 스위스 라디오 시계광고가 게재되었는데, 이를 중국 현대 광고의 시발점으로 볼 수 있다.

2. 중국 광고 시장의 특징

중국광고연감에 따르면, 99년도 광고회사는 37,162개, 광고업종사자는 368,638명으로 조사되고 있다. 그러나 서비스의 질적인 면에서는 차이가 매우 커 현대적이고 과학적인 시스템을 통해 종합광고대행서비스를 할 수 있는 대행사는 한정되어 있다. 1967년 상해광고공사가 중국 최초의 광고회사로 설립된 이후, 1979년에 이르러서야 상업광고가 허용되었으며, 1994년 중국 제8차 전국인민대표회의에서 광고 대행제 법률시행이 공표됨으로써 국제적인 관례를 모델로 한 중국광고가 정상적으로 성장하기 시작하였다.

이것은 기업의 광고활동이 광고회사를 통해 이루어질 수 있도록 규정하는 것으로, 이를 계기로 해외의 다국적 광고회사들이 합자기업의 형태로 다량 중국광고시장에 진출하기 시작하였으며, 1999년도에는 1위 Saatchi & Saatchi, 2위 McCann, 3위 JWT, 4위 Grey, 5위 O&M로, 다국적 광고회사들의 매출액이 크게 성장하였다. 이는 해외브랜드기업의 중국 내 광고활동이 크게 성장하였음을 나타내는 동시에 해외광고회사들이 중국기업을 대상으로 적극적인 광고영업을 추진하고 있음을 나타내고 있다. 다국적 광고회사에 이어 중국 내 8위권에 드는 중국대행사로는 중국광고연합총공사, 상해광고공사, 광주대행사가 있다.

국내 대행사로는 삼성, 현대, LG 그룹의 중국진출과 함께 제일기획, 금강기획, LG애드가 중국에 진출하였으나, 계열사의 인하우스 에이전시로서의 영업 활동이 대부분인 상황이다. 중국에 자체 대행사를 보유하지 않은 국내 기업들은 매체 브로커 혹은 소규모의 대행사를 활용할 수밖에 없는 실정이라 종합적인 광고대행 서비스를 받지 못하고 있다.

중국광고협회에서는 2004년을 '중국광고년(中國廣告年)', 광고의 '국제화 원년(國際化元年)'으로 규정하였다. 제39차 세계광고대회장에서 왕중푸(王衆孚) 국가공상행정관리총국 국장은 내년 말까지 광고시장을 전면 개방한다고 발표하였다. WTO 협약에 따르면, 2004년부터 외국합자 광고회사의 경우 외국 회사 측에서 50% 이상의 지분을 확보할 수 있으며, 2006년부터는 외국기업이 독자적으로 중국에 독립적인 광고회사를 설립할 수 있다.

중국의 광고 산업은 눈부신 경제성장과 함께 매년 비약적인 발전을 거듭하고 있다. 그 하나의 예가 〈신경보(新京報)〉 2005년 11월 11일자 창간 2주년 특집판이다. 이 특집판은 단행본의 두께에 버금가는 232면이었다. 이 신문이 창간 2주년 만에 어떻게 232면을 발행할 수 있었을까? 사실 중국에서 매체의 폭발은 새로운 일이 아니다. 북경에서 발행하는 〈북경청년보(北京青年報)〉나 〈신보(晨報)〉 같은 조간은 물론이고 〈만보(晚報)〉 같은 석간의 발전 속도는 상상을 초월한다.

〈신경보〉의 232면 발행에서도 알 수 있듯 중국 매체성장의 배경에는 광고가 있다. 〈신경보〉 특집판에서도 광고가 120면을 차지했다. 광고가 없다면 억지로 이렇게 많은 면을 발행할 이유가 없는 것이다. 중국광고협회 자료에 따르면 지난해 중국광고시장 총액은 1200억 위안(15조 6천억 원)에 달했다. 이는 미국, 일본, 독일에 이은 세계 4위 규모다.

중국 광고시장은 90년 이후 15~20% 이상의 성장을 거듭해 왔고, 이런 추세는 2010년 상해박람회까지 무난하게 이어졌다. 세계 2대 광고회사인 WPP 그룹의 CEO 마틴 소렐은 2008년 북경올림픽을 전후해서 중국이 세계 2대 광고시장으로 부상했다. 중국 광고시장의 증가는 벌써 10년 넘게 고공행진을 계속하는 중국 경제 발전에 기인한다. 광고 성장을 주도한 부동산이나 자동차 등 신흥 산업은 외자기업의 주도하에 빠른 성장을 거듭해 왔다.

광고의 최대수혜자는 TV-신문-라디오-잡지 순이다. 2004년 광고시장의 최대 수혜자는 38.8%를 차지한 텔레비전이었다. 신문과 라디오, 잡지의 광고비율이 23.1%, 3.0%, 7.4%로 뒤를 이었다. 전체적으로 방송이 빠르게 발전했는데, 특히 메인 국영텔레비전 방송인 CCTV는 매년 30% 이상의 광고 성장률을 보였다. 텔레비전 전체의 광고시장도 매년 15%씩 성장해 지난해 309억 위안의 광고액을 올렸으며, 올해에도 350억 위안에 이를 것으로 예상하고 있다.

2005년의 경우 후난(湖南) 위성텔레비전의 도약이 두드러졌는데, 이는 한국 드라마 〈대장금〉과 자체적으로 제작한 오락 프로그램인 〈슈퍼우먼(超級女性)〉의 수입 덕이었다. 후난 위성의 선전은 중국 텔레비전 시장에서 중앙텔레비전만 절대 매체가 아니라는 것을 보여준 사례로, 이후 광고시장에서의 변화를 예고하는 부분이다.

텔레비전 광고는 의류나 신발 같은 브랜드 기업에서 자동차, 전자 및 이동전화 등으로 다양하게 분포돼 있다. 광고주로 봤을 때는 부동산이 1위를 고수하고 있다. 지난해 부동산 광고 총액은 125.31억 위안으로 전체 광고의 10%를 차지했다. 다음은 약품과 식품이었는데 각각 122.39억 위안과 107.04억 위안이었다. 이 밖에 화장품 광고는 86.69억 위안, 자동차 광고는 59.29억 위안 순이다.

신문광고를 이끌어가는 가장 큰 힘도 부동산과 가전, 이동전화다. 〈신경보〉 특집판의 5단 이상 광고를 분석해보면 아파트 분양광고가 다수의 전면광고를 포함해 25개로 최다를 차지했다. 이어 건축자재 광고 19개, 부동산 광고 5개, 오피스 광고 3개로 대다수의 광고가 부동산 관련 광고였다.

이런 광고시장에서 신문이 뛰고 있다면 인터넷은 날고 있다. TV와 신문 외에 주목할 분야는 인터넷 시장의 도약이다. 정보통신 연구기관인 중국인터넷 정보센터(中國互聯網絡信息中心, CNNIC)가 지난 2005년 7월 내놓은 자료에 따르면 올 중국 인터넷 광고 시장 총액은 19억 위안으로 전망돼 지난해 대비 70%의 성장률을 기록할 것으로 예측됐다. 중국 내 인터넷 인구는 1억 300만 명이며 컴퓨터 대수는 4560만 대, 도메인 수 67만 7500개에 달한다. 인터넷 광고액은 현재 1.4%로 세계수준(5%)에 못 미치지만 성장률은 매우 가파르다.

인터넷 광고의 5대 광고주는 IT, 인터넷서비스, 이동통신, 자동차, 부동산 순이다. 최대 잡지인 〈현대광고(現代廣告)〉에 따르면 지난해 최대의 인터넷 광고주는 삼성전자로 5910만 위안을 광고비로 지출했다. 이외에는 중국이동통신(4047만 위안), 이취(易趣, 4002만 위안, 중국 이베이) 순이었다. 중국 인터넷 광고는 최대의 포털 사이트인 〈신랑(www.sina.co m.cn)〉을 필두로, 나스닥에도 상장한 검색엔진 〈바이두(www.baidu.com)〉 등에서 강세를 보였다.

그러나 광고 산업이 커지면서 광고 수준에 대한 지적도 많이 나오고 있다. 홍콩을 필두로 외국 광고회사들이 들어오면서 광고의 수준이 빠르게 성장하고 있는 건 사실이지만 아직까지 중국 자체의 광고제작 기반은 열악한 상황이다. 사실 세계 양대 헤게모니 국가라고 불릴 만큼 성장한 중국의 질주는 주변의 경계와 더불어 근원적인 의문들을 안기고 있다. 2003년 1인당 GDP 1000달러를 넘었고, 2020년에 3000달러를 바라본다고 하지만 그 도달 시점이 어디인지를 예측하기는 쉽지 않다. 중국의 발전은 그 속도를 잃는 순간 내부적 혼란을 가져올 수 있는 위험을 안고 있다. 급속히 증가하는 언론 광고시장도 그런 상황을 간접적으로 대변한다. 불과 2년 만에 232면으로 등장한 한 신문의 기이한 성장이 주목받는 것도 이 같은 이유 때문이다.

3. 중국 광고 시장의 성장

중국의 광고시장은 90년대 이후 평균 50% 이상의 급속한 성장을 거듭하여 2001년 인민폐 1천억 위안을 초과(한화 13조 원)하여, 향후 미국, 일본, 독일에 이어 세계 4대 광고시장으로 성장하리라는 기대를 모으고 있다. 지역별로 보면, 중국 정치와 문화의 중심지인 북경, 최근 대다수의 중국 및 다국적 기업의 마케팅 초점이 되고 있는 상해, 홍콩과 인접해 있어 해외경험과 선진광고지식, 기술습득이 용이하며 광고업계 종사자가 가장 많은 광동성 3개 지역이 중국전체 광고시장의 51%를 차지하고 있으며, 그 밖에 연안지역인 강소성(江蘇省), 절강성(浙江省), 산동성(山東省), 요녕성(療寧省), 복건성(福建省), 천진 등도 커다란 광고시장으로 성장하고 있다.

현재 중국에는 전국 각지에 303개의 방송국이 있으며 1882개의 방송프로그램이 진행 중이며 중국 내 대상의 40여 종의 언어와 해외대상으로 43종 언어(38종 외국어와 4종 지역방언)로 진행되고 있다. 따라서 현재 주목할 만한 것은 이러한 TV광고와 새롭게 부상하고 있는 인터넷광고이다.

1981년 1억 8100만 위안의 수준으로 시작한 중국의 광고 산업은 2001년 794억 9천만 위안으로 40.2%의 연평균 성장속도를 과시하면서 발전해 왔다. 1983년부터 2001년까지 TV광고가 연평균 51.7%의 증가속도로 가장 맹렬하게 성장하게 왔다. 그러나 최근 5년간의 성장속도는 다소 주춤한 14.8%의 연평균 성장을 기록해 15.6%의 신문광고와 17.2%의 잡지광고에 비해 약간 낮아진 수치를 기록하고 있다. 그러나 아직도 TV광고의 광고시장에서의 아성은 매우 높은 것은 자명하다.

실제 중국 내에서의 광고시장은 전 세계 기업과 중국 기업들의 치열한 쟁탈전이 벌어지고 있다. 중국의 국영방송인 지난 11월 CCTV에서 있었던 2002년도와 2003년도 저녁 7시 30분부터 8시 사이 광고시간(프라임타임) 광고업체 선정경매에 참여한 광고시간 경매참여자는 125개 기업의 800명에 달했다. 이는 음료수, 제약사, 휴대전화, 식품, 가정용품 및 건강용품 등의 회사로 노키아, 모토로라 등의 외국기업도 대거 참여하였으며 경매가가 인민폐 33억 1천만 위안에 책정될 정도의 많은 참여가 있었던 것으로 알려졌다. CCTV사의 광고수익은 전년대비 26% 증가한 것으로 발표했었다.

그러나 최근 인터넷을 통한 광고 역시 매년 높은 속도로 증가하고 있으며 이러한 추세를 무시할 수는 없다. 물론 아직까지 인터넷 광고시장이 활성화된 것은 아니어서 글로벌 인사이트 시장조사 연구센터에 발표에 따르면 2003년 전 세계 인터넷에서 광고를 위한 비용지출은 약 16%가량 증가할 것으로 예측하고 있다. 그러나 인터넷시장 거품이 전체 인터넷시장을 강타한 후 우리나라의 상황과 비슷하게 수익성을 바탕으로 한 펀더멘털이 우수한 기업들에 의해 점차 질적 변화를 추구하고 있다. 미국의 인터넷광고 수익이 매년 10억 달러 이상인 상황과 비교하면 중국의 인터넷시장의 전망은 매우 낙관적이라고 할 수 있다.

2002년도 중국에서의 인터넷광고의 대부분은 IT관련 회사 및 전자제품 회사가 주종을 이룬 것으로 나타났다. 2001년 인터넷 시장규모는 약 70억 위안이며 인터넷 광고시장은 약 5.3억 위안으로 집계됐다. 전체 인터넷 광고수입은 전년대비 3,200만 위안이나 증가했다.

또한 2002년 제3분기 중국 인터넷관련 기업의 수익이 전분기에 비해 93.3%나 성장했으며 2002년도 하반기부터 나타난 일반 제조기업 등 전통산업관련 회사들의 인터넷광고가 늘어나고 있는 것으로 나타났다. 통계에 따르면 전체 인터넷광고 기업 중 IT관련 회사가 전체의 22%를 차지했으며 가전회사가 13%, 통신제품 관련 회사가 10%로 각각 집계됐다.

4. 중국광고의 브랜드 네이밍

도시의 하루는 광고에서 시작하여 광고에서 끝난다. 우리가 매일같이 듣고 보는 TV와 라디오, 신문과 잡지의 면면을 장식하고 있는 것이 광고이다. 도처에 차고 넘치는 광고 속에서 평범한 카피는 무관심을 넘어 오히려 짜증을 자아낸다. 그래서 소비자의 눈길을 사로잡을 수 있는 다양한 수사법과 카피가 동원된다. 반면에 아이디어가 넘치는 광고는 보거나 듣는 사람의 상상력을 자극하고 즐거움을 주며, 인지와 기억을 거쳐 상품의 판매로 이어질 가능성이 많다. 그리하여 광고주들이 그들의 메시지에 주의를 기울이도록 하려는 노력은 더욱 필사적으로 되어가고 있으며 그것이 가장 잘 드러나는 분야 중의 하나가 수사이다. 우리가 접하는 표현들 가운데에는 규범에 맞게 만들어진 문장에 일정한 변형을 가한 표현들이 있는데 이와 같이 일상의 언어에 '일탈'을 가하여 생기를 불어넣는 것이 수사라는 것이다. 광고는 설득의 담론으로서 그 목적이 소비자의 시선을 끌고 제품을 인지하고 구매 행위를 하게 하는 데 있다.

아무리 제품이 좋고 싸고 또 디자인이 좋더라도 네임이 나쁘면 그 상품의 매력은 반감된다. 특히 동일 제품군에 비슷비슷한 상품이 넘쳐나는 요즘 같은 시대에는 네임의 힘이 더욱 진가를 발휘한다. 심지어 상품 이름을 변경함으로써 크게 히트한 경우를 우리는 주위에서 종종 본다. 이제 네이밍은 기업의 마케팅 전략 차원에서도 매우 중대한 요소로 대두되고 있다.

1992년 덩샤오핑 주석의 남순강화(南巡講話)를 통하여 중국의 시장 개방이 가속화하면서 최고의 기술로 무장한 세계적 브랜드들이 중국으로 몰려들고 있다. 그런가 하면 비록 디자인과 성능은 약간 떨어지더라도 가격 경쟁력에서 타의 추종을 불허하는 중국기업 제품들이 하청 생산에서 벗어나 당당히 자신의 목소리를 내고 있다. 중국은 브랜드의 천국이다. 2001년 한 해 동안 중국 내에서 등록된 상표가 27만여 건에 달한다는 사실이 그것을 증명해 준다.

이 수많은 브랜드들 중에서 우리의 관심을 끄는 것은 중국에 진출한 외국 기업의 브랜드 네임이다. 그들은 다른 제품과 차별되면서도 중국의 소비자의 마음을 끄는 이름으로 중국시장을 공략하고 있다. 그렇다면 한국의 기업은 어떤 브랜딩 전략을 펴야 할까? 어떤 브랜드 네임을 가지고 들어갈 때 중국 소비자의 마음을 단숨에 사로잡아 그들을 구매로 이끌 수 있을까?

이제부터 중국 브랜드 네임의 특성을 먼저 살펴보고 그 장단점 분석을 통해 이 물음에 대한 답을 구해보자.

1) 중국어 브랜드 네이밍의 특징

중국어 브랜드 네이밍은 영어나 한국어 네이밍과는 사뭇 다르다. 중국어가 한국어나 영어와 여러 가지 면에서 틀리기 때문이다.

첫째, 중국어는 표의문자, 즉 뜻글자로서 모든 글자는 문맥에 관계없이 고유한 의미를 지닌다. 어떤 글자를 선택한다는 것은 필연적으로 그 글자의 의미를 선택하는 것이 된다. 그래서 심지어 단순히 음역, 즉 원래 네임의 소리만을 옮긴다고 할 때에도 그 이름은 어떤 식이건 의미를 지니게 된다. 그래서 중국어 네이밍에서는 글자 하나 하나의 선택이 대단히 중요하게 된다.

둘째, 발음이 다르다. 한국어나 영어에 있는 발음 중에 중국어로 표시되지 않는 것이 많다. 예컨대 중국인에게 SAMSUNG을 정확하게 발음하도록 기대하는 것은 무리다. 표준중국어에는 SAM이란 발음이 없기 때문이다. 이런 점에서 볼 때 중국 진출을 생각하고 있는 기업이라면 영문으로 네임을 지을 때에도 중국어의 이러한 특성을 염두에 두어야 한다. 아무리 잘 지어도 중국 소비자들에게 쉽게 읽히지 않으면 소용이 없기 때문이다.

셋째, 중국어는 성조(聲調) 언어이다. 네 개의 높낮이가 다른 성조가 만들어내는 운율상의 아름다움을 네임에 반영시킬 수 있어야 한다.

넷째, 문화의 차이를 이해해야 한다. 중국인은 거대한 대륙에서 5천년 동안 살아오면서 그들만의 독특한 사유구조와 행동양식을 형성해 왔다. 더욱이 1992년 우리나라와 다시 외교 관계를 수립할 때까지 근 100년 동안 서로 특별한 왕래 없이 각자의 길을 걸어왔다. 같은 동양권 사람으로서 가지게 되는 보편적인 정서와 아울러 그들만의 특수한 경험과 가치관을 이해해야 하며 그것이 브랜드에 반영되어야 한다. 단순히 제품의 효용이나 이점을 추구하는 네임으로는 그들의 호감을 살 수 없다. 시대와 문화와 세대에 대한 이해를 바탕으로 한 브랜드 포지셔닝과 네이밍만이 그들의 공감을 얻어낼 수 있다.

2) 중국어 브랜드 네이밍 5가지 기법

이 부분은 박종한 교수가 그동안 〈포춘(Fortune)〉지(紙)가 선정한 세계 500대 기업 중에서 중국어 이름을 가지고 있는 기업 440개와 자체적으로 수집한 한국 및 외국 기업 약 60개를 대상으로 하여 중국어 브랜드 네이밍 방법을 연구한 결과이다. 이에 따르면 중국에 진출한 외국 기업의 중국어 브랜드 네이밍 기법은 다음과 같이 크게 5가지로 분류된다.

첫째, 원래의 브랜드가 지닌 소리에 최대한 가깝게 중국어로 옮긴다.

索尼 [쑤어니] =SONY

둘째, 원래의 브랜드가 지닌 의미를 중국어로 옮긴다.

大衆 [따중]=Volkswagen 국민 차

雀巢 [취에차오] =Nestle 새 둥지

셋째, 원래의 브랜드와 소리가 유사하면서도 새롭게 긍정적인 의미를 지니도록 네이밍한다.

可口可樂 [커코우컬러] '맛있고 즐겁다' =Coca-Cola

樂高 [러까오] '즐거움이 넘친다' =LEGO

넷째, 표준말이 아니라 지방의 방언을 활용한다.

必勝客 [삐성커(표준) <= 삐싱하커(방언)]=Pizza Hut

다섯째, 원래 가지고 있는 한자나 한글, 또는 영문 이름을 그대로 사용하는 것이다. 엄밀히 따지면 네이밍을 하지 않는 것인데, 중국인에게는 여전히 하나의 새로운 네임으로 인식될 것이므로 하나의 기법으로서 분석 대상으로 삼아야 한다.

이러한 브랜드 네이밍의 중요성을 알 수 있는 예로서 중국 구글의 개명을 들 수 있다. 중국 구글은 최근에 '구거(穀歌)'로 이름을 바꾸었다. 구거는 '곡식을 수확할 때 부르는 노래'라는 의미다. 구글의 에릭 슈미트 최고경영자(CEO)는 2006년 4월 12일 북경에서 열린 회의에서 자사의 중국 이름을 이렇게 확정했다고 파이낸셜 타임스(FT)가 13일 보도했다. 그동안 중국에서 구글은 '개'를 의미하는 단어 '거우(狗)'를 중첩한 '거우거우(狗狗)'나, 늙은 개를 뜻하는 '구거우(古狗)'로 불려왔다. 이에 비해 야후는 중국에서 사이트명을 '아호(雅虎, 우아한 호랑이)'로 표기하고 있다. 구글 측은 "신뢰할 만하고 생산적인 검색 서비스를 제공한다는 뜻에서 중국 이름을 이렇게 정했다"고 밝혔다. 이렇게 중국 이름을 바꾼 구글은 인터넷 사용자가 수억만 명에 달하는 중국시장 공략에 더욱 적극적으로 나설 수 있을 것이다.

제8장 중국 인터넷

1. 중국 인터넷의 현황

인터넷은 이미 가장 중요한 대중매체가 되었다. 특히 현재 중국의 포탈 사이트는 '신랑(新浪)'이 선두주자이다. 그러나 앞으로는 '소후(搜狐)'가 앞설 것이라고 전망하는 전문가들이 많다. 지금까지는 역사와 전통과 실적 면에서 신랑(www.sina.com)이 단연 앞서고 있지만, 중국 포털 산업의 미래는 소후(www.sohu.com)에게 더 있을 것이라는 말이다. 특히 최근 인터넷 포털들을 먹여 살리는 광고업계의 동향을 보면 이를 실감할 수 있다.

신랑 바이두 소후

이러한 소후의 성장에 대해 세계 언론도 주목하고 있다. 미국의 블룸버그 통신은 2006년 2월 7일 소후닷컴의 2005년 4분기 실적을 크게 다뤘다. 블룸버그는 소후닷컴의 순이익이 한 해 전 같은 기간에 비해 37%나 증가했으며, 이는 특히 광고매출의 급상승(28%)에 힘입은 것이라고 보도했다. 이에 따라 이 회사는 4분기 순이익이 890만 달러(약 89억 원, 주당 23센트)를 나타내 1년 전의 650만 달러(약 65억 원, 주당 17센트)를 웃돌았다고 말했다. 블룸버그에 따르면 이는 월가 애널리스트들이 당초 예상했던 주당 순이익 21센트를 웃도는 것이다. 같은 기간 소후닷컴의 매출은 일 년 전에 비해 27% 늘어난 3050만 달러(약 305억 원)로 집계됐다.

블룸버그뿐 아니다. 중국 현지는 말할 것도 없고, 소후닷컴의 상승을 경이로운 눈으로 바라보는 세계 언론들은 많다. 비슷한 기간 월스트리트저널이나 뉴욕타임스 · 워싱턴포스트 · AP통신 등 미국의 유수한 언론들은 물론, 영국의 로이터통신 등 세계 각국의 신문 · 방송 · 통신들이 소후닷컴의 급상승을 주요 기사로 타전했다.

물론 여전히 현재 포털업계 방문자 수 1위는 시나닷컴이다. 2005년 중국 사회과학원이 '2005년 중국 5개 도시 인터넷 사용 현상 및 영향 조사보고'를 통해 공개한 보고에 따르면 16세에서 65세 사이의 2376명 가운데 30.9%가 가장 먼저 방문하는 사이트로 조사됐다. 소후닷컴은 시나에 이어 2위였는데, 그 격차는 상당히 컸다. 문제는 미래의 강자가 누구냐는 것이다.

그러나 중국 IT계 전문가들 사이에서는 소후에 핵심이 결여돼 있다는 분석도 나온다. 북경에 있는 IT 관련 한 분석가는 "포털 중에서 신랑은 뉴스에 강하고, 네티즌은 게임에 강하지만 소후는 어떤 분야에서도 최고의 칭호를 단 게 없다"고 지적했다. 이 분석가는 "그냥 그런 인터넷업체일 뿐이다. 네티즈닷컴을 보라. 해마다 100% 이상의 성장률을 보이고 있지 않은가"라며 30%를 초과하는 소후의 급성장이 놀라울 일도 아니라는 말도 했다.

하지만 소후는 네티즌 같은 업체와는 비교도 되지 않는다. 규모가 큰 기업의 1% 성장이 작은 업체의 100%보다도 위력적일 수도 있기 때문이다. 이미 대부분의 분석가들은 중국 내 인터넷 포털업체의 뉴스 공급은 특성상 네티즌들에게 지속적인 재미를 보장해주기 어려우며, 게임시장은 중국 당국의 규제가 워낙 심해 발전에 제약요인이 많다는 점을 지적한다. 때문에 중국시장에서 열풍을 몰고 오는 광고시장의 급성장이 소후닷컴의 성장을 보장해줄 것이라는 분석이 나오고 있다.

지난 5년간 중국 내 광고시장은 인터넷 포털매체에게 안정적인 수입원으로 자리 잡았다. 특히 시나와 소후, 왕이 등 3대 포털에게는 더더욱 그렇다. 여전히 시나의 광고수입이 총액 기준으로 가장 많지만 소후가 그 뒤를 바짝 쫓고 있다.

중국의 온라인마케팅 효과 조사기관인 아이리서치(iResearch)가 2006년 2월 9일 공개한 자료에 따르면 중국 인터넷 포털매체가 2005년 한 해 동안 벌어들인 광고수익은 약 31.3억 위안(3756억 원)이다. 이 중 시나가 6.8억 위안

(21.7%)로 1위를 차지했고, 소후가 4.7억 위안(15.0%)으로 2위, 왕이(網易)가 2.5억 위안(8.0%)으로 3위를 기록했다.

관심거리는 소후의 성장 추이다. 시나의 경우 2004년에 비해 2005년 20% 안팎의 성장률을 보이는 데 그쳤지만 소후는 30%대의 급성장을 이뤄냈다. 지금 추이대로라면 향후 중국의 인터넷 광고시장 규모는 2006년에 46억 위안, 2007년에 66억 위안, 2008년에 91억 위안, 2009년에 121억 위안, 그리고 2010년에 157억 위안으로 기하급수적으로 커나갈 것으로 보인다.

포털 매체의 광고주 수는 2005년 기준으로 3418개 업체이며 이는 2004년의 3205개보다 6.6% 늘어났다. 이 가운데 최대 광고주는 한국의 삼성전자인 것으로 조사됐다. 삼성전자는 지난 한 해에만 포털매체에 6035만 위안이라는 돈을 쏟아부었다. 4110만 위안을 투자한 중국이동통신이 그 뒤를 잇고 있다.

최근 들어 중국 IT기업으로 텐센트가 부상하고 있다. 텐센트는 2013년 게임으로 약 4조 원 이상 수입을 올렸으며, 위채, QQ, 텐페이 등 다양한 사업을 영위하고 있다. 그리고 2015년도에는 한국에 첫 인터넷 전문은행 사업 컨소시엄에 참여하여 한국 내의 은행업무를 통하여 수입구조를 확대하고 있으며, 한국의 포털 사이트인 다음카카오 지분(2대 주주)을 인수하였다. 이로서 텐센트 중국뿐만 아니라 한국내에서도 그 영향력을 발휘하고 있다. 2000년도 초반에 한국에서 게임을 수입해 중국 내에 보급하던 수준에서 이제는 한국에 직접 투자하는 글로벌 기업으로 성장하였다. 한국의 게임회사들은 텐센트에 납품하기에 많은 노력을 기울이고 있는 실정이다.

알리바바는 영어 교사였던 마윈(馬雲)이 중국 제조업체와 국외의 구매자들을 위한 기업 대 기업(B2B) 사이트(Alibaba.com)를 1999년 개설하면서 설립되었다. 2000년 일본 소프트뱅크의 투자를 유치하면서 본격적으로 성장하였고, 2003년 전자상거래 사이트인 타오바오(淘寶)를 개설, 가파른 성장세를 보였으며 그 영향으로 미국 이베이(Ebay)가 2006년 중국 시장에서 철수하는 계기가 되기도 하였다. 2004년에는 온라인 결제 시스템인 알리페이(Alipay)를 설립하였으며 2008년에는 세계적인 제품을 중국 소비자가 직접 구매할 수 있도록 한 사이트인 티몰을 열었다.

알리바바는 중국 전자상거래 시장의 약 80%의 점유율을 차지하고 있으며 2013년 매출 79억 5000만 달러, 순이익은 35억 6000만 달러에 이른다. 2013년 기준 알리바바 산하의 사이트에서 팔린 상품은 2480억 달러어치로 이베이, 아마존(Amazon)의 거래 규모를 더한 것보다 더 많다. 2014년 7월 기준 일본 소프트뱅크가 34.4%, 야후가 22.6%의 주식을 보유하고 있으며 마윈 회장은 8.9%로 개인으로는 최대 지분을 가지고 있다.

2. 인터넷과 광고효과

최근 중국 인터넷 포털 광고업계의 키워드는 '광고효과'이다. 무엇보다 온라인 광고시장이 신속히 발전하면서 더욱 성숙되고 있기 때문이다. 전반적인 중국 광고시장의 지속적인 성장과 네티즌의 급증 등은 온라인 광고의 복합적인 증가 요소이다. 아직 온라인 광고가 전체 광고시장에서 차지하는 비중은 2%밖에 되지 않는다. 이는 세계 평균인 4%의 절반밖에 되지 않는 비율이다. 역설적으로 이는 광고시장의 잠재력과 가능성을 나타내는 것이기도 하다.

시나닷컴과 소후닷컴 등은 미국 나스닥에 상장돼 있을 뿐 아니라 이들 주식은 외국 기업 가운데 상당히 인기가 많은 종목 가운데 하나이다. 이런 인기는 중국 내에도 그대로 전이돼, 일부 인기 광고의 위치는 그 가격이 이미 하루 수십만 위안에 달한다. 예약도 수개월 전에 해야 간신히 자리를 얻을 수 있다.

소후의 경우 지금까지 두 차례에 걸친 인수합병으로 최근 수년 동안 비약적으로 발전해온 업체다. 이 때문에 소후는 시나와의 격차를 해마다 줄이고 있다. 또 검색엔진이 온라인 광고시장에 진입했고, 검색엔진과 포털을 함께 공유한 소후의 역할이 그만큼 커지게 됐다. 이와 함께 클릭 수에 따라 비용을 지불하는 PPC(Pay Per Click) 광고가 2004년까지만 해도 기업의 특수한 홍보 형식으로 인식돼왔지만 지난해부터는 포털과 검색엔진 광고의 한 특성으로 자리 잡았다. 이는 말할 것도 없이 온라인 매체들의 '광고효과'와 이에 대한 기대수준의 상승에 따른 것이다.

또 전문 온라인 매체의 수량이 급증하고 자원의 통합이 이루어지고 있는 추세도 포털업체들의 광고효과 증대에 영향을 미치고 있다. 특히 네티즌들의 이용횟수와 사용량이 바로 포털업체들의 수익과 직결된다는 점에서 최근 중국 내 증가일로를 걷고 있는 인터넷 이용자수의 급증은 바로 광고효과로 직결되며 이것이 광고주들로 하여금 인터넷 업체들에 관심을 갖게 하는 요인이 된다.

그러나 2005년 들어 변화가 일어나고 있는데, 중국 최대 점유율을 차지하고 있는 검색엔진은 단연 바이두로 등록되고 있다. 특히 지역별로 살펴보면, 중국의 수도인 북경에서는 55%의 과반수 이상의 인터넷 이용자가 최대 국제 도시 상해에서는 43%의 이용자가 검색엔진 이용 시 바이두를 사용한다는 통계가 나왔다.(출처: CNNIC 2005.08)

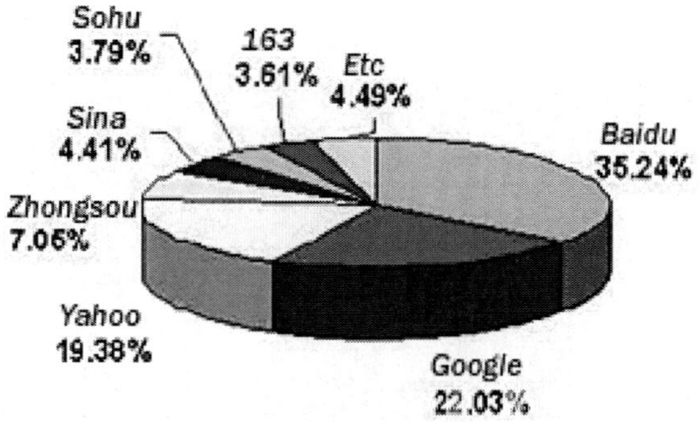

자료출처: http://www.123china.co.kr/engine.htm

이러한 바이두의 영역 확장 및 점유율 상승은 해를 더할수록 늘어나고 있는 실정이다.

Bai du 百度

바이두 이외에도 글로벌 검색엔진인 Yahoo China, Google China가 그 뒤를 이어 점유율 상위에 기록되고 있는 것을 볼 수 있다. 중국 검색엔진을 이용하는 목적에 따라 선택하는 검색엔진에도 차이가 있다. 웹 페이지 및 웹 사이트 서치를 할 때나 사전 및 백과사전 검색을 할 때에는 Google China의 이용이 가장 많고, 그다음으로 Baidu를 이용하는 것으로 나타나고 있다.

반면에 음악을 듣거나 다운로드를 받을 때는 바이두 검색엔진 이용이 가장 많은 것으로 나타나고 있다. 이 외에도 쇼핑 또는 비즈니스 정보수집은 구글, 소후, 바이두 순으로 나타나고 있다.

TIP

중국의 대표적인 포털사이트

* 바이두(百度) http://www.baidu.com/
* 시나(新浪)닷컴 http://www.sina.com.cn/
* 소후(搜狐)닷컴 http://www.sohu.com/
* http://korea.sohu.com/
* 넷이즈(網易)닷컴 http://www.163.com/
* China.com http://www.china.com/
* Yahoo China http://www.yahoo.com.cn/
* Hao123 http://www.hao123.com/
* HiNet http://www.hinet.net/
* 이쏘우 http://www.yisou.com/
* 3721.com http://www.3721.com/
* 21CN http://www.21cn.com/

제9장 중국 전통문화와 대중문화의 소통

1. 숫자와 대중문화

1) 8에 대한 애착

중국인들은 8을 좋아한다. 전화번호, 자동차 번호, 방 번호, 복권 번호, 신용카드 번호 가릴 것 없이 8자가 들어가면 좋아한다. 중국은 가히 8자의 천국이라고 할 수 있다. 그렇다면 그들이 유달리 8자를 좋아하는 까닭이 무엇일까?

8에 대한 애호는 그것이 돈과 연관된다는 점에서 비롯되었다.

사람들은 누구나 부자 되기를 꿈꾼다. 다만 한국사람이 은근히 속으로만 궁리한다면, 중국 사람은 노골적으로 표현한다는 차이가 있을 뿐이다.

우리나라에서 새해 덕담으로 '돈 많이 벌어라'고 말하는 이는 별로 없다. '돈' 얘기는 가급적 기피하며 꼭 말해야 한다면 넌지시 돌려서 말한다. 하지만 중국인들은 다르다. 새해 인사로 나누는 '궁시파차이'(恭喜發財 gong xi fa cai)는 '축하해, 돈 많이 벌어라'는 뜻인데, 너무나도 현실적인 덕담을 직선적으로 표현하는 그들의 생각을 엿볼 수 있다.

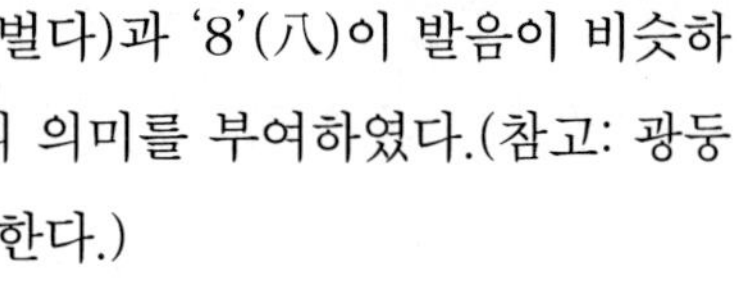

그런데 여기서 잠깐만 생각해 보자. 우리말에서도 '發'(발)과 '8'(팔)이 발음이 비슷하지 않은가? 중국어로도 역시 '發'[fa]와 '8'[ba]로 음이 비슷하다. 이 점을 놓치지 않고 8에 부유함의 이미지를 연관시킨 것은 중국에서도 타고난 장사꾼으로 꼽히는 광동 사람들이었다. 그들은 '發'(돈을 벌다)과 '8'(八)이 발음이 비슷하다는 점에 착안하여 '8'자에 '發'(돈을 벌다)의 의미를 부여하였다.(참고: 광둥어로 '發'과 '8'은 각각 [fat]과 [bat]으로 발음한다.)

광동 사람들은 개혁개방 이래로 다른 지역보다 한발 앞서 부자가 된 관계로 여타 지방 사람들의 부러움의 대상이었다. 그들의 일거수일투족이 관심의 대상이었고 모방의 대상이었다. 광둥성 부호들이 내륙으로 발걸음을 옮김에 따라 8을 숭배하는 관념도 자연스럽게 중국 전역으로 퍼져나가게 되었다.

중국인이 8을 좋아하는 것은 거의 집단광기에 가까울 정도다. 어찌나 좋아하는지 결혼식도 8일이나 18일 28일을 골라서 한다.

북경올림픽이 벌어진 2008년 8월 8일, 중국에서는 거국적으로 결혼 잔치가 벌어졌다. 8자가 들어간 그날이 중국인들에게 대단한 길일로 여겨졌기 때문이다. 당시 홍콩, 마카오, 타이완에서 발행된 신문을 보면, 이날 결혼식장 예약이 쇄도하여 모든 예식장이 밤까지 꽉 찼으며 도처에서 터뜨린 폭죽으로 시내가 온통 전쟁을 방불케 했다고 한다.

결혼뿐만 아니라 회사나 사무실 개업도 8이 들어간 날짜에 많이 한다. 실제 1990년대 초에 우후죽순처럼 생겨난 수많은 회사들이 모두가 8이 들어간 날에 개업했다고 한다.

개업 날짜와 관련하여 다음과 같은 에피소드가 전한다. 어떤 회사가 개업을 하는데 날짜를 8일로 잡고 개업식을 아침 8시 8분에 하기로 하였다. 내심 흐뭇해하며 8자를 최대한 많이 이용했지만 시간이 너무 이른 관계로 사람들이 별로 오지 않았고 썰렁하게 하루를 보냈다. 그러자 그걸 본 이웃 사람이 18일에 개업을 하면서 시간을 8시 88분으로 통보하였다고 한다. 실제로는 9시 28분이지만 이렇게 써 놓은 걸 보고 많은 사람들이 함박웃음을 지으며 달려왔다고 한다.

그러다 보니 신문사의 편집장들은 이때마다 매번 골치를 앓아야 했다. 개업 광고가 8일 18일 28일에 집중되는 바람에 그 많은 광고를 모두 실어줄 수가 없는 사태가 벌어진 것이었다. 새로 개업하는 회사들의 광고는 잔뜩 쌓여 있는데 모두 싣자니 정작 기사가 빠져서 신문을 보는 사람이 없을 것이고 빼자니 광고주로부터 날아오는 질타를 감당할 수 없었다. 그래서 상해에서는 이때가 되면 신문의 면수가 평소의 배로 늘어났으며 반 이상이 개업을 알리는 빨간색 광고로 뒤덮였다고 한다(중국인들의 색채 관념에 대해서는 뒤에서 상세히 이야기할 것이다).

가수 뤄다여우(羅大佑)의 상해체육관에서 공연 역시 날짜는 9월 8일이고 입장료는 A석 480위안(한화로 약 7만 5천 원)이고 B석 380위안으로 정했다. 운동장의 관중석에 마련된 C석은 280위안이고 그다음은 180위안 80위안 순이다. 8에 대한 지극한 사랑을 구석구석에서 확인할 수 있다.

결론적으로 말해, 중국인들의 머릿속에서 8은 부와 연결되어 있다고 보면 된다.

2) 6은 순조로움을 나타낸다.

6[六 liu 류]자는 막힘없이 순탄하게 흐르는 물의 이미지를 떠올리는 '流'[liu]와 발음이 같고, 또한 '가는 길마다 순조롭다'는 의미를 은유하는 六六大順[liu liu da shun 류류다순]과 연관되어 중국인들이 8자 다음으로 좋아하는 숫자이다.

=> 为什么是"六六大顺"不是"七七大顺""八八大顺"?

어떤 젊은이들은 모든 일이 뜻대로 순조롭게 이루어지기를 바라는 마음에서 결혼일자를 16일 26일처럼 6이 들어간 날짜를 택하기도 한다. 만약 음력과 양력이 모두 6을 포함하고 있다면, 다시 말해 양력 6월 6일이 음력 5월 16일이라면 이 날은 대단한 길일이 된다.

6[六 liu 류]가 나라로부터 받는 봉록을 뜻하는 '祿'[lu 루]와 소리가 비슷하다고 해서 6자를 선호하는 사람도 있다. 그렇다면 6은 부귀뿐만 아니라 공명까지 함축하게 된다.

북경과 상해에서 세 자리로 된 국 번호를 한 자리 더 늘려야 했다. 가입자 수가 늘어났기 때문이다. 시내 구역 중에서 인구가 제일 밀집된 지역부터 국번호를 네 자리로 늘이기 시작했다. 이때 제일 먼저 사용된 숫자가 6이다. 북경과 상해의 중심지역의 전화번호는 제일 첫 자리가 6으로 시작된다. 그 지역 사람들은 이 번호를 돌릴 때마다 사업이 원만하게 풀릴 것이라는 암시를 받을 것이다. 그다음에 쓰인 숫자는 8이다. 8을 선택한 이유에 대해서는 이제 더 이상 설명을 달 필요가 없을 것이다.

전화번호를 만드는 데도 이렇게 깊은 배려를 아끼지 않는 중국인들에게 다시 한 번 놀라게 된다.

3) 9는 영원함을 의미한다.

중국 사람들은 오래 전부터 9가 장수를 뜻하는 것으로 여겨왔다. 9[九 jiu]의 발음과 '久'[jiu, 장수하다]의 발음이 같기 때문이다.

9는 특히 봉건시대 제왕들이 자신의 만수무강과 왕조의 무궁한 번창을 바라는 뜻에서 좋아했다. 명대에 건축된 자금성은 문이 9개이며 그 문에 박혀 있는 못도 가로 세로 9개이고, 궁전의 계단도 9 또는 9의 배수로 이루어져 있다. 그리고 자금성 안의 방은 모두 9999와 1/4칸이다. 9999는 인간이 도달할 수 있는 최상의 수를 의미하고 1/4은 여백이다.

이렇듯 평생 늙거나 죽지 않고 오래오래 황제 노릇을 하고 싶은 염원을 궁궐 구석구석에 담아 놓았다. 하지만 영원한 휴식은 누구에게나 공평하게 다가오는 것을!

4) 4자는 우리와 비슷하다.

四[사 si 쓰]와 死[사 si 쓰]가 음이 비슷하기 때문에 입에 올리기 싫어하는 것은 중국인들도 우리와 마찬가지다. 그래서 광동과 복건 지역 같은 데서는 병원에 4호 병실을 두지 않고, 버스에는 4번이 없으며, 차의 번호판에도 4번이 없다. 빌딩에는 4층이 없는데, 十四[shisi 스쓰, 14]가 '實死'[shisi 스쓰, 실제로 죽다]와 음이 비슷하다 하여 14층도 없다.

하지만 4가 항상 기피되는 것은 아니다. 때로는 일부러 4자에 맞춰서 일을 처리하는 경우도 있다. 현대의 북경 말에도 '四四到底'(si si dao di)라는 말이 있는데 잔치를 성대하게 벌일 때 요리를 네 접시씩 내온다는 뜻이다. 4를 부정적으로 보고 있다면 이렇게 말할 리가 없다.

어쨌든 4가 일반적으로 썩 선호되는 숫자는 아니지만 지역에 따라 긍정적인 의미로 사용되고 있음을 알 수 있다.

2. 높은 가격에 팔리는 행운의 번호들

숫자는 힘이 세다. 숫자에는 어떤 마력이 있다. 처음에는 사물의 본질에 상관없이 단지 수를 세어 생활의 편리함을 도모하기 위해 만들어진 것들이 인간의 욕망의 구조에 따라 새로운 의미를 부여받으면서 거꾸로 인간을 지배해 가고 있다. 인간은, 그러니까 중국인들은, 숫자 하나하나에 그들의 다양한 욕망을 심어놓았다. 이제 그 욕망들이 실제로 현금 가치를 지니고 거래됨을 보게 될 것이다.

그 예는 우선 번호 경매에서 볼 수 있다. 앞에서 잠시 언급했듯이 8이 '發財'(facai, 돈을 벌다)와 연결되면서 8뿐만 아니라 28, 87, 98처럼 8이 포함된 숫자도 덩달아 행운의 숫자로 승급했다. 보기만 해도 배부른 8의 의미를 중국인들이 놓칠 리 없다. 직접 8을 가지고 장사하려는 사람들이 생겨난 것이다.

8을 가지고 처음으로 큰돈을 벌어들인 것은 상해 우편전화국이었다. 90년대 초 서민들의 소득이 늘어나면서 가정집과 개인 회사에 전화 설치 요구가 빗발쳐 들어오자 그들은 이 기회를 놓칠세라 사람들이 좋아하는 번호를 골라 경매에 붙였다. 그러자 'xxx-8888'과 같은 전화번호는 경매에서 인민폐 수십만 위안의 고가에 팔렸다. 한국 화폐로 치면 수천만 원에 해당한다. 'xxx-1688'도 좋은 번호로 여겨져서 고가에 판매되었다. '1688'[yi liu ba ba]의 발음이 '이루파파'[一路發發 yi lu fa fa]와 비슷해서 '계속해서 돈을 번다'는 의미를 연상시키기 때문이었다. 이런 '吉祥號碼'[jixiang haoma]는 순식간에 동이 났고 우편전화국은 8자를 이용하여 진짜 부자가 되었다.

자동차번호 시장에서도 경매 바람이 불어닥쳤다. 번호가 '京B D8804'인데

차 번호 : 88888

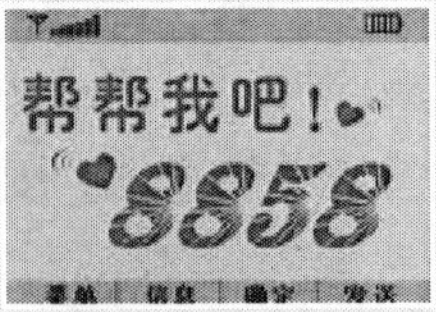

나 좀 도와줘~

부동산 선전 문구

'京'은 수도 북경을 가리키고 B는 업종을 가리키고 D는 지역을 가리킨다. 그리고 8804가 이 차의 번호가 된다. 바로 이 뒤의 네 자리 번호를 경매에 붙였는데 'x888 x168 x518'과 같은 번호가 너도나도 앞다투어 사려는 인기 번호로 꼽힌 것은 당연하다. 왜냐하면 'x888'은 '發發發'[fa fa fa, 벌고 벌고 또 벌다]의 의미를 연상시키고 'x168'은 '一路發'[yi lu fa 끊임없이 벌다]를 연상시키고 'x518'은 '我要發'[wo yao fa, 나는 돈을 번다]의 의미와 연결되었기 때문이다. 참고로 5[五 wu]는 '나'를 뜻하는 吾[wu]와 통하고 1[一 yi]는 때로 [yao]로 발음되기 때문에 要[yao ~하려 한다]를 대신하여 쓰인다.

중국 연속극에서 남자가 여자 친구한테 차를 선물했는데 번호가 1314[yi san yi si]였다. 선물도 선물이었지만 그 번호를 보면서 그 여자 친구는 무척이나 감동을 하는 모습을 보였다. 1314가 '이 세상 끝까지'라는 一生一世[yi sheng yi shi]를 뜻했기 때문이다.

그리고 안후이성의 한 경매[拍賣 paimai, 옥션]회사가 차이나모바일[中國移動: Zhong guo Yidong]과 제휴하여 소위 30개의 '手機靚號[shouji jinghao, 좋은 핸드폰번호]' 경매에 들어갔다. 그중에서 1366-666-6666은 경매 시작가 인민폐 10만 위안에서 자그만치 30만 위안이라는 천문학적 숫자에 낙찰되었다. 당시 물가에서 보면 중국에서도 웬만한 집 두세 채에 맞먹는 값이다. 이처럼 숫자에 의미와 염원을 싣는 것은 중국인들 사이에 생활 속의 일부로 되어 있다.

결론적으로 중국인과 사업을 하는 경우라면 당신이 지닌 번호, 예컨대 자신의 전화번호, 차량의 번호 등 숫자와 관련된 것을 바꾸는 것도 한 방법이다.

최소한 부정적인 느낌을 주는 숫자는 피해야 한다. 나쁜 번호는 상대방을 불안하게 만든다. 반대로 좋은 번호는 일이 잘 풀릴 것이라는 암시를 준다. 중국인은 세계에서 꼽히는 장사꾼들답게 숫자에 강하다. 그래서 중국인과 거래를 잘하려면 중국에서 사업을 잘 하려면 특히 숫자에 밝아야 한다. 이것은 기본적인 상식이다. 이처럼 중국 시장에서 뿌리를 내리고 장기적으로 성공하려면 셈뿐만 아니라 숫자 하나하나가 가지고 있는 문화적 함의도 잘 파악해서 활용할 줄 알아야 한다.

3. 중국의 색채와 대중문화

어느 나라에서 특정한 색이 어떤 메시지로 인식되는가를 아는 것은 그 나라의 문화를 이해하는 데에도 도움이 되며 나아가 비즈니스 활동을 하는 데에도 도움이 된다. 색깔 자체가 하나의 상징이자 언어인 만큼 이에 대한 이해는 의사소통의 필수요건이라고 할 수 있다. 문화가 다르면 색깔에 대해 느끼는 이미지도 달라진다. 사람이 색깔을 인식하고 분별하는 양상은 대체로 같으나 그 색깔에 어떤 가치와 신앙을 결합시키는가는 문화와 환경에 따라 다르다.

이제부터 기본적인 5가지 색깔에 대해 중국인들이 가지고 있는 인식에 대해 알아보기로 한다.

1) 옐로우

중국 최초의 임금 黃帝

중국인들은 중국 최초의 임금을 黃帝(황색의 임금)라고 부르며, 스스로를 黃帝의 자손이라고 말한다. 한대에서부터 청대까지 중국의 황제는 모두 황색 옷[黃袍]을 입었다. 황제가 머무는 궁전의 지붕은 황금빛으로 만들었다. 지금의 자금성이 현존하는 증거이다.

그런데 지금 중국에서 '黃色'처럼 천대를 받는 색도 없는 것 같다. 우선 '黃色'은 중국에서 특히 色情(음란물)과 관련된 것

월병(月餠)

을 일컫는다. '黃色電影'은 음란한 에로 영화, '黃色小說'은 외설 소설 작품을, '黃色報紙'는 음란한 내용을 담은 신문을 가리킨다. 성인용 도색 웹사이트를 '黃色網站'이라고 하며, 여기에 접속하는 것을 '看黃'이라고 한다. 가끔 시내의 피시방에 대한 일대 단속이 벌어지는데 이때 벌어지는 음란물 단속을 '掃黃打非'라고 한다. '黃色'이라는 단어는 이렇게 보잘것없이 퇴락했지만 황금색이 지니는 고급의 이미지까지 바뀐 것은 아니다.

실제 황금색 그 자체는 대단히 애호 받는 색깔 중의 하나이다. 중추절[추석] 때 월병[月餠 yue-bing]에 황금색을 입힌 것이 수만 원 내지 수십 만 원에 팔린다. 고급 음식점이나 호텔의 상호의 글자는 대개 황금색으로 디자인한다. 황금색 그 자체는 '黃色'이라는 글자와 달리 부와 귀와 품위를 나타내는 존귀한 색임에 틀림없다.

2) 레드

중국에서 이 색깔은 보통 경축 활동 혹은 기쁜 절기와 유관하다. 국경일 기념식장, 결혼식장, 개업식장, 대규모의 회의장은 온통 빨간색 현수막과 커튼과 휘장으로 장식된다.

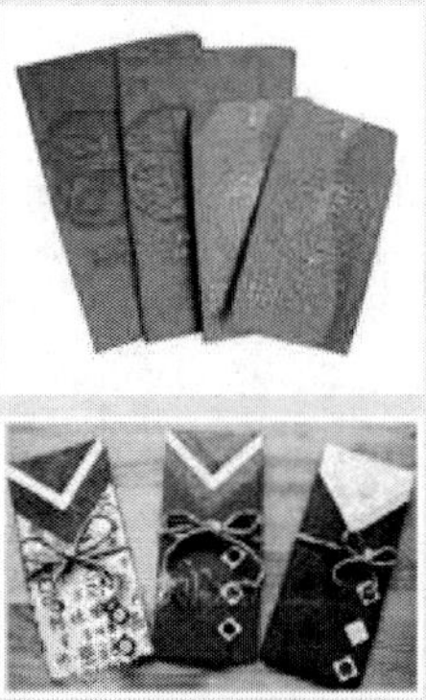

홍바오

결혼식 올리는 곳에 가보면 천지사방이 온통 빨강으로 가득 차 있다. 신부는 빨간색 치파오(旗袍)를 입고 빨간 족두리를 쓴다.

신방 구석구석도 모두 빨간색으로 가득 채운다. 빨간 커튼, 빨간 상자, 빨간 침대, 빨간 이불, 빨간 의자, 빨간 주련 등. 손님들에게 주는 선물 역시 빨간 종이에 싼다. 식장 바깥에서는 귀신을 쫓아낸다는 의미로 폭죽을 터뜨리는데 이 폭죽도 역시 빨간색으로 포장되어 있다.

중국인들은 아이를 낳으면 빨갛고 노란 이불로 감싸준다. 하얀 배냇저고리를 입혀주는 한국의 어머니들을 그들은 도저히 이해하지 못한다. 왜 하필이면 상서롭지 못한 색깔을 쓰는가. 액땜을 해주면서 행운을 가져다주는 빨강을 쓰지 않고! 라는 것이 그들의 생각이다. 축의금이나 금일봉이나 세뱃돈을 줄 때에도 빨간 종이나 천에 싸서 준다. 이것을 紅包[홍바오]라고 한다.

중국의 전통 오페라인 경극에서 등장인물의 성격을 색깔로 표현하는데, 빨강은 선한 역을 맡은 사람에게 칠한다. 대표적인 인물이 관우이다. 중국인들이 〈삼국지〉에서 제일 좋아하는 인물이다. 그러다 보니 좋은 일이 생겼을 때 '紅' 자를 써서 표현하는 경우가 많다.

예컨대 영화배우나 가수 같은 사람들처럼 관중의 호감을 많이 받게 되어 지명도가 점점 높아진다면 "他最近走紅了"(Tz zui jin zou hong le)라고 한다. 직역을 하면 "재 요즘 빨개졌어"가 된다. 아주 유명한 사람을 '大紅人'[따홍런]이라고 한다.

3) 그린

하이얼

중국에서 브랜드 파워 1위를 달리고 있는 하이얼(Haier) 기업의 핸드폰 광고. 바탕색이 시원하면서도 고급스럽게 느껴진다. 이 점은 중국인들도 마찬가지다.

특히 녹색이 지니고 있는 '건강, 환경보호, 안전, 생명' 등의 이미지로 인하여 더욱 각광을 받는 색으로 자리 잡고 있다.

다만 한 가지 주의할 게 있다면 모자를 쓰더라도 녹색 모자만은 쓰지 말라는 것이다. 그걸 보고 중국인들은 자기네끼리 "他戴着(一頂)綠帽子"(Ta dai zhe lu maozi)라고 말할 텐데, 그 말은 "당신의 아내가 다른 남자와 바람피고 있다"는 것을 의미하기 때문이다. 이것은 옛날 명나라와 청나라 때에 기방의 남자에게 녹색 모자를 씌우던 일에서 연유한 것인데 지금까지도 그들의 인식 속에 뿌리깊이 남아 있는 관념이니까 주의할 일이다.

4) 화이트

흰색을 싫어하는 나라나 민족은 별로 없을 것이다. 그런데 중국에서는 조심스럽게 다뤄야 할 색의 하나이다. 중국에서는 이 색깔이 죽음과 관련되어 있기 때문이다.

가을에는 모든 것들이 빛깔을 잃고 퇴락한다. 생명체들도 잎을 떨구고 겨울을 준비한다. 이 모든 것들은 죽음을 연상케 한다. 그래서 그런지 중국 사람들은 하양에서 부정적인 연상을 많이 한다. 그래서 축제의 색깔인 빨강의 반대 의미로 많이 쓰이고 있다.

중국에서는 장례를 '白'으로 표현한다. 예컨대 '紅白喜事'는 결혼과 장례를 의미한다. 여기서 '紅'은 결혼을 의미하고 '白'은 죽음을 나타낸다. 그래서 하양은 죽음의 색깔이다. '백의민족' 입장에서는 놀랄 일이 아닐 수 없다.

전통 오페라인 경극에서 얼굴에 분칠을 하고 나오는 이는 썩 좋은 인품의 소유자가 아니다. 경극 삼국지에서 허옇게 분칠하고 나오는 두 인물이 있는데 하나는 조조이고 또 하나는 동탁이다. 실제 이들은 난세에 한가락 하는 영웅들이었는데, 소설 삼국지에서 그만 최악의 간웅과 색마로 바뀌어 버렸다.

중국인들에게 흰색은 반동, 즉 혁신을 거부하는 색깔이기도 하다. 편 가르기를 할 때 우리는 청군 백군이라고 한다. 그들은 홍군 백군이라고 한다. 홍군은 좋은 나라의 군대인 중국의 인민해방군을 가리키고 백군은 장개석이 이끄는 나쁜 나라의 군대인 국민당 군대를 가리킨다.

그래서 결혼식 때 흰색 봉투에 돈을 넣어 주는 것은 대단한 금기이다. 결혼 때만 되면 세상의 온갖 사람을 불러 모아 흰색 봉투에 정성을 담아 상부상조의 정신을 발휘케 하는 흥미로운 결혼문화를 가지고 있는 한국 사람들이 특히 경계해야 할 일이다.

그런데 오해하지 말기 바란다. 중국인들이 무조건 흰색을 꺼리는 것은 아니다. 전통적으로 내려오는 습관이 그렇다는 것이지 하양이 가지고 있는 '순수함'의 이미지까지 부정하는 것은 아니다. 여름에 길거리를 나서봐라. 하얀 블라우스나 티셔츠를 입은 선남선녀들을 천지로 만날 수 있을 것이다. 여름에 미백(美白) 화장품 광고가 지면을 메우는 것을 보면 그들도 역시 흰색을 좋아함을 알 수 있다.

5) 블랙

검은 색인 '블랙'은 동서양을 물론하고 '사악함, 불결, 범죄'와 같이 대개 좋지 않은 것과 연관되어 있다. 중국에서도 마음 씀이 음흉한 자들을 형용할 때 '黑'자를 쓴다. 블랙리스트를 '黑名單'[헤이밍단]이라고 하고 비밀리에 이루어지는 암시장을 '黑市'[헤이스]라고 하며, 일부 불온한 무리들의 모임을 '黑社會'[헤이서훼이] 또는 '黑幇'[헤이방]이라 하며, 이들 사이에서 자기네끼리 통하는 은어를 '黑話'[헤이화]라 한다. 한국 영화 〈조폭마누라〉를 그들은 〈我的黑道老婆〉(워더헤이다오라오포어)라고 한다.

중국역사상 '黑'자가 제일 큰 목소리를 냈던 시기는 '문화대혁명'(1966~1976) 때이다. 이 시기에 '黑'자가 포함된 단어가 무수히 만들어졌다. 이 당시에 가장 많이 사용된 단어는 '黑五類'이다. 지주, 부농, 반혁명분자, 악질분자, 우파지식인과 그 자식들을 일컫는 말이다. 이에 대한 반대말은 '紅五類'이다. 어쨌든 이 당시에 검은색과 관련된 단어는 그야말로 올바른 일에 쓰이는 것이 하나도 없었다.

그렇지만 '블랙'이 긍정적인 이미지를 나타내는 경우도 있다는 것이다. 한때 우리나라 TV에서 〈포청천〉이라는 드라마가 인기를 끈 적이 있다. 송나라

〈포청천(包靑天)〉

때 개봉현의 현장으로서 청렴결백하며 난해한 송사를 솔로몬보다 더 뛰어난 지혜로 풀어나가는 위인. 그리고 끝까지 잘못을 뉘우치지 않는 천하의 몹쓸 죄인은 황제의 친척이라고 봐주는 것 없이 날이 시퍼렇게 선 커다란 작두로 처단해버리는 인물이 바로 포청천이다. 그러나 중국인들에게는 '바오공(抱公, Baogong)'으로 더 잘 알려져 있다. 그의 이미지는 검은색이지만 이 검은색이 진실을 밝혀주는 이미지로 다가온다.

중국의 색이 다채로워지고 서구화되고 있다. 메이크업, 화이트닝 광고의 범람. 거리의 화려한 네온사인, 특히 선진 글로벌 기업의 색채 전략이 중국인의 색감을 키우는 데 한몫을 하고 있다. 상업 광고, 포장, 로고, 캠페인 등을 통하여 글로벌 스탠더드로의 상향 평준화가 지속되고 있다. 상점이나 약국에 들러 포장지의 색을 살펴보면 정말 갖가지 색이 다 있다. 너무나 다양한 나머지 포장을 어떤 색으로 디자인하더라도 일단 진열대에 들어가기만 하면 그냥 묻혀버릴 거라는 생각이 든다. 로고나 포장의 색채 디자인에 대해 특별한 차별화 전략이 필요하다는 얘기다.

중국 시장에 성공적으로 진입하기 위해서는 중국의 색에 대한 연구가 필요하다. 중국어에서 색채 언어가 가지는 의미 특성은 무엇인가, 특정의 색깔에 대해 소비자들이 갖는 이미지는 무엇인가. 중국인만의 독특한 색채심리를 파악하여 실제 마케팅에 활용하는 것, 중국 비즈니스의 성공의 요건 중의 하나이다.

참고 자료 및 읽을 거리

강만석, 『WTO와 중국방송』, 커뮤니케이션북스, 2002.

강명상, 『재미있는 중국의 이색풍속』, 을유문화사, 1995.

고광석, 『중화요리에 담긴 중국』, 매일경제신문사, 2006.

공봉진. 『중국지역연구와 현대중국의 이해』, 오름출판사. 2007.

공봉진 · 이강인, 『중국대중문화와 문화산업』, 한국학술정보, 2013.

공봉진 · 이강인 외 8명, 『현대중국사회』, 세종출판사, 2009.

공봉진 · 이강인 · 조윤경 외 3명, 『시진핑 시대의 중국몽』, 한국학술정보, 2014.

공봉진 · 이강인 · 조윤경 외 5명, 『21세기 중국! 소통과 뉴 트렌드』, 산지니, 2015.

공봉진 · 이강인 · 고영근, 『중국지역문화의 이해』, 부산외국어대학교출판부, 2013.

공상철 외, 『중국 중국인 그리고 중국문화』, 다락원, 2001.

권경민, 『애니메이션 서사분석을 위한 방법론적 고찰』, 한국콘텐츠학회논문지, Vol.7 No.6, 한국콘텐츠학회, 2007.

김관도 · 유청봉, 『중국문화의 시스템론적 해석』, 김수중, 박동헌, 유원준, 천지, 1994.

김능화, 『자연과 씨름하는 사람들』, 간경도감, 1993.

김선자. 『중국 소수민족 신화기행』, 안티쿠스, 2009.

김창남, 『대중문화의 이해』, 한울, 2003.

김형순 · 김원겸 · 제혜금, 『중국 비즈니스문화의 이해』, 배재대학교출판부, 2008.

나가사와 가즈도시, 『실크로드의 역사와 문화』, 이재성 옮김, 민족사, 1994.

다이진화 지음, 『성별중국 : 중국 영화와 젠더 수사학』, 배연희 옮김, 여이연, 2009.

다케우치 미노루 지음, 『가면을 벗어던진 중국인 중국문화 이야기』, 김숙이 옮김, 아주좋은날, 2009.

더크보드, 『중국인은 무엇을 생각하고 어떻게 살아왔는가』, 이명수 옮김, 여강출판사, 1991.

따이진화, 『숨겨진 서사 : 1990년대 중국대중문화 읽기』, 오경희 · 차미경 · 신동순 옮김, 숙명여자대학교 출판국, 2006.

로버트 오어, 『현대중국의 종교』, 路출판, 신대균 옮김, 1987.

멍판화, 『축제인가 혼돈인가-오늘의 중국대중문화읽기』, 김태만 · 이종민 옮김, 예담, 2002.

문지성 외, 『현대중국의 객가인 객가문화』, 학고방, 2005.
박성봉 편역, 『대중예술의이론들-대중예술비평을 위하여』, 동연, 2000.
박자영, 「上海 노스텔지어: 중국대도시 문화현상 사례와 관련 담론분석」, 『중국현대문학』 제30호, 한국중국현대문학학회, 2004.
박종한, 「수사를 통해본 중국 광고 카피의 세계」, 『광고정보』, 2001년 9월호.
박종한, 「중국어 브랜드네이밍 연구 : 중국에 진출한 외국기업의 사례를 중심으로」, 『중국언어연구』 제15집, 2002.
박종한, 「중국의 광고문안에 대한 언어학적 연구」, 『중어중문학』 제28집, 2001.
박춘순 · 조우현, 『중국 소수민족 복식』, 민속원, 2002.
백 양 · 소관한, 『병든 중국인』, 박춘호 역, 문학사상사, 1989.
백원담, 『동아시아의 문화선택 한류』, 펜타그램, 2005.
번 성, 『포스트문화대혁명』, 지식산업사, 2008.
森三樹三郎, 『중국사상사』, 임병덕 옮김, 온누리, 1986.
송진영, 「중국의 문화산업정책과 문화원형 콘텐츠 개발」, 『인문콘텐츠』 Vol.3, 인문콘텐츠학회, 2004.
슈테판 크라머, 『중국영화사』, 이산, 2000.
존 스토리, 『대중문화와 문화연구』, 박만준 옮김, 경문사, 2002.
신인섭, 『중국의 광고』(나남신서94), 나남, 1991.
신현준, 「1970-80년대 홍콩대중문화의 형성과 국제적 전파: '칸토팝스타'를중심으로」, 『중국현대문학』 제36호, 한국중국현대문학학회, 2005.
신현준, 「중국 대중문화의 세가지 역사적 형세들에 관한 하나의 시선」, 『중국현대문학』 제30호, 한국중국현대문학학회, 2004.
심재주, 『오늘의 중국방송』, 나남, 2002.
심형철, 『중국 알타이어계 소수민족 금기문화 연구』, 보고사, 2007.
양영균 외, 『동북아 문화공동체 형성을 위한 한국 중국 일본의 대중문화산업에 대한 비교연구』, 통일연구원, 2004.
양효영, 『중국사회사상사』, 고재욱 옮김, 강원대학교출판부, 1987.
왕총런, 『중국의 차문화』, 김하림 · 이상호 옮김, 에디터, 2004.
위아이칭, 『대중음악으로 이해하는 중국』, 이용욱 · 구성철 옮김, 학고방. 2005.
윤세원, 『중국적 사유와 삶』, 도서출판 나라, 2006.
이경자, 『이경자 모계사회를 찾다』, 이룸, 2001.
이국희, 『도표로 이해하는 중국문화사』, 현학사, 2005.

이동연, 「동아시아문화교류를 위한 이론적 모색」, 『중국현대문학』 제30호, 한국중국현대문학학회, 2004.
이동연, 『대중문화연구와 문화비평』, 문화과학사, 2002.
이욱연, 『포스트 사회주의 시대의 중국문화』, 서강대학교출판부, 2009.
이인호, 『중국 이것이 중국이다』, 아이필드, 2002.
이종계, 『중국문화개론』, 이재석 옮김, 동문선, 1991.
이종희, 『중국영화의 어제, 오늘, 내일』, 책세상, 2000.
李珠魯, 「1950년대 중국 영화의 문화이데올로기와 정치권력」, 『中國人文科學』 Vol.30, 중국인문학회, 2005.
인 홍, 『중국 영상문화의 이해』, 학고방, 2002.
인 홍, 『중국영상문화 연구의 길』, 이용욱 옮김, 학고방. 2007.
임대근, 「중국문예사에서 영화의 지위」, 『인문학연구』 제34집, 숭실대학교인문과학연구소, 2004.
임대근, 「중국영화학을 둘레짓기 위한 한 가지 물음」, 『중국현대문학』 제32호, 국중국현대문학학회, 2005
임대근, 『중국영화 이야기』, 살림, 2004.
임어당, 『만만디, 만만디』, 조양제 엮음, 덕성문화사, 1991.
임춘성, 『소설로 보는 현대중국』, 종로서적, 1995.
장정룡, 『한 · 중 세시풍속 및 가요 연구』, 집문당, 1988.
정석원 지음, 『불가사의한 중국인 '어떻게 이해할 것인가?1 · 2'』, 도서출한 대홍, 1994.
정재남, 『중국소수민족연구』, 한국학술정보, 2007.
정재남, 『중국의 소수민족』, 살림, 2008.
주봉학 · 유여걸, 『방언과 중국문화』, 전광진 · 이연주 공역, 영남대학교출판부, 2005.
채하연, 「중국의 소프트파워로서 공자콘텐츠의 전개현황 및 의의」, 『儒教思想研究』 Vol.33, 韓國儒教學會, 2008.
최무장(1989), 「중국의 문화재정책」, 『美術史學』 Vol.3 No.1, 한국미술사교육연구회, 1989.
한국외국어대학교 외국학종합연구센터, 『세계의 혼인문화』, 한국외국어대학교 출판부, 2005.
한국중국희곡학회 편, 『한국과 중국의 연극과 연희』, 서우얼출판사, 2006.
한홍석, 「중국 문화산업의 제도적 특징과 발전」, 『現代中國研究』 Vol.6 No.2, 현대중국학회. 2004.
허휘훈 외, 『중국소수민족 종교신앙』, 태학사, 1997.
후자오량, 『중국의 문화지리를 읽는다』, 김태성 옮김, 휴머니스트, 2007.
후지이 쇼조, 『현대중국, 중국영화로 가다』, 지호, 2001.
http://www.people.com.cn/GB/shehui/43/20010429/455250.html 《中华人民共和国婚姻法》(검색일 : 2008.12.20)
http://www.china.com.cn/chinese/tibet-china/mzzz.htm 民族区域自治(검색일 : 2008.12.20)
http://gb.cri.cn/3821/2004/05/31/301@178896.htm "中国少数民族自治地方依法享有充分的自治权"
http://www.people.com.cn/item/flfgk/dffg/1983/F311093198317.html "海西蒙古族藏族哈萨克族自治州关于施行中华人民共和国婚姻法结婚年龄的变通规定"
http://www.people.com.cn/item/flfgk/dffg/1985/E211093198532.html "镇宁布依族苗族自治县执行《中华人民共和国婚姻法》变通规定"
http://www.people.com.cn/item/flfgk/dffg/1983/F311093198318.html "海北藏族自治州关于施行中华人民共和国婚姻法的补充规定"(검색일 : 2008.12.20)
http://lunwen.24en.com/renkou/2006-03-16/6925.html "中国少数民族人口问题研究,"(검색일 : 2008. 12.1.)
http://www.kinocine.com/reviews/us/china.htm
http://www.cine21.com
http://blog.naver.com/kol88
http://blog.naver.com/heibaokorea
http://www.123china.co.kr/engine.htm
바이두(百度) http://www.baidu.com/